LA VIE PASSERA COMME UN RÊVE

DU MÊME AUTEUR

Le Cinéma moderne, Serdoc, 1964.
Un jour, une mouette, roman, Grasset, 1964.
Les Visiteurs de Cannes, Hatier, 1992.

Gilles Jacob

LA VIE PASSERA COMME UN RÊVE

ROBERT LAFFONT

ISBN 978-2-221-08739-8

À Jeannette

« Il n'attendait qu'une chose : qu'ils lui disent enfin : raconte ! Et c'est le seul mot qu'ils ne lui dirent jamais. »

Milan Kundera, *L'Ignorance*

« Si on arrêtait de parler cinéma, c'est la barbe à la fin. »

Marguerite Duras

« *There were no protection at the balcony. Some shareholders jumped out the Wall Street Tower from the 30th floor. They were dead before smashing down the ground. Here is K City Radio, New York, and now, back to our music program.* »

Radio américaine

1

Bulles de vie

Les sirènes de l'écriture

Tout le monde connaît la fameuse séquence de *La Rose pourpre du Caire*, de Woody Allen. Celle où le héros descend de l'écran pour se mêler au public, fait la cour à une spectatrice, et devient par là même un homme de chair et de sang, un être vivant.

J'ai suivi une métamorphose analogue, mais en sens inverse.

Je suis né en cinéphilie à l'âge de dix-huit ans, c'est-à-dire que je suis entré dans l'écran en 1948 pour devenir tour à tour critique, éditeur, et finalement directeur du Festival de Cannes.

Un festival, ce sont des films, plus des drames. Des drames qui se révéleront n'être en définitive que de minuscules péripéties. Sur la Croisette, cette définition se vérifie plus encore : des films du monde entier, des drames à caractère frénétique, auxquels il faut ajouter les délices de la Côte d'Azur. (Ce point n'est pas insignifiant : on voit mal un festival de films de haute montagne inventer le mythe de la starlette...)

La première des péripéties auxquelles il m'ait été donné d'assister fut celle de ma nomination. J'y reviendrai. La plus récente – et surtout la plus délicate pour moi – a été l'écriture de ces souvenirs. Démarche assez malaisée dans la mesure où elle mêle deux opérations contradictoires. Agir et commenter ce que l'on fait, c'est courir le risque d'enjoliver la vérité pour laisser de soi une image flatteuse. À moins que, saisi par l'humour juif new-yorkais, on ne préfère gagner la sympathie à force de se moquer de soi-même. D'où, peut-être, cet hommage affectueux à Woody Allen…

Peu après mon arrivée à Cannes en 1976, j'ai pris des notes, sans jamais imaginer un seul instant écrire une histoire du Festival. Même à un poste d'observation aussi privilégié, il faudrait plusieurs équipes pour retracer une telle aventure.

J'ai cherché simplement à faire le portrait de quelques artistes et, au rythme de ces vignettes qui s'entrecroisent, à donner à sentir ce que sont la vie du Festival de Cannes dans ses préparatifs, ses coutumes et ses rites, l'effervescence devant un palmarès contesté, les lubies des stars, le cérémonial sans cesse recommencé de la montée des marches, et surtout, surtout, le privilège d'assister « en direct » à la résurrection annuelle de la célèbre *Foire aux vanités* inventée bien avant notre époque par le prophétique Thackeray.

Dans son existence, chacun a plusieurs vies. J'en ai eu au moins deux, ma vie biologique et ma vie cinématographique. Je ne voudrais pas faire trop durer le suspense : elles se rencontreront et, faisant mieux que s'équilibrer, elles se nourriront l'une de l'autre, telles deux sœurs jumelles.

Ces bulles de vie personnelle, la mémoire les a fait remonter à la surface. Pourquoi celles-là, pourquoi aujourd'hui ? Peut-être parce que nul ne connaît son heure et que le temps n'est qu'une illusion. Il serait trop commode de pouvoir classer les choses sans zigzags : la mémoire serait le passé, la vie le présent, et l'imagination le futur. Et comme tout récit serait simple si la mémoire n'était gouvernée par l'incertitude ! Des endroits où j'ai vécu, des gens que j'ai croisés, des choses que j'ai vues, le souvenir risque d'être déformé, je le sais bien, par des lectures, des rêves, des films, les sirènes de l'écriture, et mille autres influences, à commencer par le souvenir que j'ai aujourd'hui du souvenir originel. Mais il y a, dans ce paysage sensoriel, des jalons tangibles parmi lesquels j'essaierai de retrouver mon chemin. Par exemple : j'avais neuf ans quand nous sommes tombés dans ce gouffre qu'on appelle la Deuxième Guerre mondiale, dix-neuf quand, renonçant à devenir professeur, j'entrai dans l'industrie, quarante-huit quand je fus nommé directeur du Festival de Cannes. Cela peut s'écrire aussi : j'avais quatre ans quand j'ai été piqué par une abeille, dix-sept quand, dans la même soirée, j'ai écouté Cocteau, Gide et Orson Welles, cinquante-quatre quand j'ai dit adieu à François Truffaut.

Une chose est sûre, j'ai adoré le cinéma. Le cinéma et ses hommes. Encore aujourd'hui, j'aurais du mal à définir si je préfère les films ou les metteurs en scène. Les films, c'est ce qui reste, c'est l'œuvre achevée, c'est le marbre éternel – et c'est le plaisir ; les metteurs en scène, c'est la souffrance.

Cette souffrance j'aurais pu l'éprouver quand, sur le tard, je suis devenu documentariste. Mais ce n'est pas comme cela. Quand l'informatique a débarqué dans les bureaux du Festival de Cannes, j'ai vite compris le côté jubilatoire de monter un film à l'ordinateur. Pas besoin de chutier, de gants blancs, de crayon gras, de coupeuse-colleuse. Tout est là, en virtuel, sur le banc de montage, à l'image près, à quelques clics du résultat. Comme on garde toutes les propositions, tous les repentirs, toutes les versions successives, on n'est pas découragé si le film dont on rêve est encore loin. On est saisi par la fièvre d'essayer, d'essayer encore. Avec ce pouvoir absolu sur la matière, le débutant se croit un démiurge. Quelle troublante révélation !

Plaisir solitaire, semblable à l'écriture, quand on découvre, tâtonne, apprend, invente, corrige, conserve, musique, et quand, bonheur, on finit par se dire *j'y suis*.

2

Les fils invisibles

Papa, tiens-moi !

Avant moi, dans la famille Jacob, personne n'avait jamais travaillé dans les métiers du spectacle. Pour que trois petits paysans lorrains s'unissent à une bourgeoisie aisée et épousent l'un la fille d'un général, l'autre celle d'un polytechnicien, et le troisième une héritière de grands magasins, il aura fallu un concours de circonstances et un homme d'exception. Fermier devenu orphelin, accablé de sœurs à doter, mon grand-père, Auguste Jacob, réinvente le commerce sans le savoir. Il divise en deux un hectare de bonne terre, vend chaque moitié au prix du total, rachète un champ, double la mise : la boule de neige immobilière est lancée. C'est à l'image d'une même avalanche que Jeanne Weil, sa femme, lui fit coup sur coup trois garçons, les trois petits Jacob de Nancy. Puisque la réussite lui souriait, Auguste s'enhardit. Flanqué de ses trois fils, il vint s'installer à Paris comme marchand de biens à l'enseigne de la Société AJF, Auguste Jacob et Fils, 117, boulevard Malesherbes, à vingt maisons de l'immeuble où – ironie du sort – le Festival de Cannes élira domicile soixante-dix ans plus tard.

Vers la fin des années 20, Simon, Pierre et André (mon père) se mirent à négocier des immeubles en Haute-Normandie. Le temps de les vendre, ils en disposaient. C'est ainsi que, de Rouen à Fécamp, d'Elbeuf à Manneville-la-Goupil, nous passions nos week-ends dans des demeures à chaque fois différentes, une ferme, une maison de notable, un rendez-vous de chasse, un château. Mon nomadisme était né. Nous étions bien un peu surpris, mon frère Jean-Claude et moi, de ces brusques mutations hebdomadaires, mais mon père nous promenait dans des voitures à âne, souvent l'ânesse refusait d'avancer, et ma mère souriait.

« Papa, tiens-moi ! » C'est au château de Boissey-le-Châtel, dans l'Eure, que j'appris à faire du vélo. Mon père décida de supprimer les stabilisateurs de ma belle Alcyon bleu ciel. Il était corpulent, alors, et courait derrière moi en criant : *Pédale, pédale ! Ne t'arrête pas !* Et moi je hurlais... Ce pétochard « papa, tiens-moi ! » restera dans les annales de la famille. Mais, par la suite, j'affichai une belle assurance. Je ne quittai plus ma bicyclette, sauf le jour où, lâchant les mains dans un sentier bourbeux, je me cassai net le poignet.

Quand ma mère était sortie et la maison silencieuse, je me glissais dans sa chambre et là, devant sa glace à trois faces, j'ouvrais son poudrier en écaille, je sortais la houppette de cygne, me tamponnais doucement les joues comme je l'avais vue faire cent fois, la poudre de riz qui voletait autour de moi sentait bon, et la femme de chambre me surprenait : *Qu'est-ce que tu es encore venu farfouiller dans les affaires de Madame ?*

Tenir son rang

Avant guerre, tout le monde portait chapeau. Les messieurs, canotier, melon ou feutre mou, histoire de saluer une connaissance avenue du Bois lors de la promenade dominicale, les dames en bibi, toque ou capeline, pour agrémenter le visage, ponctuer la silhouette d'une touche seyante. La vogue des modistes battait son plein et la voilette, tamisant la lumière, adoucissant la naissance d'une ride, approfondissait le mystère des yeux. Dans ma famille, les femmes ne travaillaient pas. Elles s'occupaient de la maison, élevaient les enfants, gouvernaient la domesticité. Bref, elles tenaient leur rang. Les hommes gagnaient leur vie, elles dépensaient l'argent. Plus tard, devenues veuves, elles sortaient peu, ne recevaient guère, mangeaient léger, dormaient mal. Icônes vêtues de noir, elles incarnaient le respect dû aux ancêtres, les yeux baissés sur une tristesse secrète. Quelles que soient les circonstances, mon père et ses deux frères rendaient visite à leur mère tous les soirs à cinq heures. Les appartements de la famille étaient regroupés dans le quartier Monceau à l'exception de ce dissident d'oncle Pierre qui s'était aventuré jusqu'à la rue de Longchamp. Mais lui aussi était fidèle au rendez-vous.

Le moulin de Vlaminck

Je suis né le 22 juin 1930. Chabrol arrive dans deux jours, Godard a encore cinq mois à gigoter dans le ventre de sa mère, Jean Vigo achève le tournage d'*À propos de Nice*. Le cinéma et la Côte d'Azur seront mes bonnes étoiles, mais je ne le sais pas encore.

Je ne sais pas grand-chose non plus de l'immeuble où je suis né, rue Margueritte à Paris, près du boulevard de Courcelles, où allait vivre Bertrand Blier, cinquante ans plus tard. En vérité, chaque fois que j'ai habité quelque part, des signes mystérieux, que je ne remarquais pas, m'ont relié au cinéma. Tout le bizarre de la destinée tient sans doute dans ces fils invisibles. J'ai beau essayer de m'en détacher, je n'y arrive pas. Dans les années 60, Marcel Carné était notre voisin, boulevard Suchet. À Authouillet, où nous passions les week-ends, je voyais, par-dessus la haie, Eddie Constantine mettre son cheval au trot. Rue Raynouard, en 1950, on s'interpellait de balcon à balcon : Anatole Litvak bavardait avec Terence Young, Simone Berriau avait le béguin, comme on appelait ces chapeaux qui s'attachent sous le menton, si solidement ancré qu'elle devait, j'imagine, le garder en toutes circonstances. Même au lit. Et, avant guerre, quand mes parents s'installèrent au coin du boulevard Haussmann et de la rue de

Courcelles, nous habitions juste en face de l'immeuble où Louis Malle tournerait *Ascenseur pour l'échafaud.*

Qu'il était grand notre appartement du boulevard Haussmann ! Encore plus grand que nature dans le souvenir d'un petit garçon de cinq, six ans. Tout en façade et en plein midi, le balcon du 170 courait le long du boulevard, au-dessus de la maison Perret-Vibert, antiquités de Chine, tournait autour de la pièce en rotonde que mon père, en bon officier de réserve, avait réquisitionnée pour y installer son bureau puis, vis-à-vis du fleuriste Veyrat, longeait la rue de Courcelles sur laquelle donnaient les chambres des enfants et la lingerie. La porte cochère me paraissait gigantesque.

Pour les amateurs de cinéma, je dirai que notre Roux-Combaluzier hydropneumatique marchait mieux que celui de Louis Malle, même si la cabine lambrissée était tellement lente que nous préférions, Jean-Claude et moi, grimper les six étages en courant. Juste en dessous, un oto-rhino, le docteur Salomon, allait exceller à m'introduire des abaisse-langue dans l'arrière-gorge, et les sinistres petits entonnoirs en inox dont il visserait la molette pour dilater le conduit qui mène au tympan… Tristes otites.

On entrait chez nous par une vaste galerie où mon père avait disposé ses blancs de Chine qui étaient bleus et une Kouanin dont, par miracle, les doigts étaient demeurés intacts. Pour le reste, ma mère avait tenu bon : le grand salon qui s'ouvrait par deux portes coulissantes sur une salle à manger Art déco et la chambre des parents en enfilade, avec son couvre-lit de satin rose, des rideaux en crêpe de Chine, un pastel de Berthe Morisot et un *Moulin au bord de la rivière,* par Vlaminck, avaient été confiés à une amie décoratrice.

Koula-la-Roumaine avait le chic pour camoufler les éclairages et elle avait fait fort sur les moulures en stuc. Ma mère s'était aussi entichée de fragiles terres cuites, signées Maurice Charpentier-Mio, qui accrochaient la poussière en des postures implorantes. Dès lors, pour mon père, pas question de perdre la face :

M. Mohr, faubourg Saint-Antoine, un élève de M. Jules Leleu, avait conçu, pour le bureau en rotonde, une bibliothèque qu'un jeu de tasseaux, épousant la forme du mur, arrondirait en même temps que ses fins de mois. Je l'ai encore aujourd'hui. Là régnait l'acajou alors que, chez ma mère, tout n'était qu'ébène, palissandre et loupe de noyer. La moquette de haute laine cinq brins était tête-de-nègre chez mon père, ailleurs assortie aux yeux bleus de ma mère.

Match nul !

Par contraste, nos quartiers étaient tapissés de linoléum, revêtement idéal pour notre armée de soldats de plomb et pour le train électrique de chez Roussy, dans le quartier Saint-Lazare, une merveille d'électromécanique avec ses passages à niveau automatiques que mon père menaçait de donner au fils du concierge si nous ne le rangions pas tous les soirs. Je ne me rappelle plus si nous avions chacun notre chambre ou si, en tant que cadet, je partageais celle de « mademoiselle » qui s'occupait de nous, nous baignait, poussait nos landaus, tempérait nos ébats. On se battait pour disposer d'un jouet et je convoitais la mappemonde lumineuse de mon aîné.

Après la nursery, sur cour, c'étaient les communs : cuisine, office, buanderie, salle à repasser, le domaine de Valérie Ogier, la cuisinière, indépendante une fois qu'elle avait pris les ordres, de Reine Courtois, la femme de chambre au franc-parler des soubrettes de Molière, et de l'arrogant chauffeur de mon père, celui qu'on appelait Gros-Albert, qui campait dans l'office en attendant son patron, gourmandant l'une, faisant de l'œil à l'autre, houspillant le garçon qui livrait la glace, la sortant d'un sac de jute qu'il portait sur l'épaule : on suivait sa trace humide depuis l'escalier de service, ensuite il la découpait au pic et la fourrait par blocs dans la glacière… Et pendant que Gros-Albert chantonnait en lutinant la caméריste, je contemplais le mystérieux tableau électrique aux voyants lumineux « madame », « monsieur », « salle de bains », « bureau » (le signal de la salle à manger était actionné par une sonnette à pied dont le fil passait sous le tapis), tableau que je retrouverai plus tard dans *Le Journal d'une femme de chambre*, avec Jeanne Moreau dans le rôle de Reine Courtois, et qui sonnerait, avec la venue de la guerre et des temps nouveaux, le glas d'une certaine bourgeoisie française.

Mes parents étaient-ils riches ? Je ne me posais pas la question, n'ayant aucune idée de ce qu'était la richesse. Mon père aimait s'habiller, sortir, aller au spectacle, traverser Paris pour aller voir un meuble ou un objet, ma mère s'était fait offrir plusieurs manteaux de fourrure, un ragondin, une loutre, un astrakan, qu'elle portait avec tact et dans lesquels, surtout la loutre, caché dans la grande penderie toute en glaces, j'allais enfouir ma tête, voluptueusement. La loutre sentait l'eau de rose. Une vie entière aurait pu s'écouler dans cet appartement aux choses douces et lumineuses…

3

Un jour rêvé dans la vie de Maurice Pialat

Sylvie, où est-ce que tu vas ?

À Fabas, Haute-Garonne, cinquante ans plus tard, nos voisins sont Daniel Toscan du Plantier et Maurice Pialat. Agacé de nous voir passer, ma femme et moi, les week-ends chez lui, Daniel a dit en plaisantant : « Achetez-vous donc une maison, et qu'on n'en parle plus ! » Le plus fort, c'est qu'il a fini par nous la trouver...

Dans ces années 90, je prépare un livre intitulé *Les Visiteurs de Cannes*. Une idée simple : demander à de grands metteurs en scène habitués du Festival de nous confier, à leur choix, un document, un dessin, une lettre, un témoignage. Comme je tiens à avoir un texte de Pialat, et que son caractère bourru me fait craindre un refus, Daniel propose de m'accompagner.

Nous longeons la maison, une maison trapue de notable, avec une jolie vue plongeante sur la vallée, comme on en découvre à chaque tournant dans cette partie du Comminges. Sur la pelouse, une petite cabane pour enfants. Maurice est de bonne humeur. Il est content de son *Van Gogh* à peine terminé. Mais il vient de se rendre compte d'une chose qui va gâcher tout notre week-end : à deux heures quarante-cinq, le film n'aura que trois séances quotidiennes. C'est peu pour dépasser dix mille entrées le premier jour. Aujourd'hui, Pialat s'angoisse, mais demain il se mettra dans un de ces états qui le rendent si difficile à fréquenter.

De toute façon, Maurice se dit malade, il ne sait même pas s'il pourra continuer à faire des films : le cœur.

— Allons bon! Qu'avez-vous donc au cœur, Maurice?

— J'ai de la tension, beaucoup de tension. En fait, je sais tout ça parce que je me suis fait communiquer mon dossier, j'ai un bloc au lieu d'un demi-bloc, des troubles du rythme, une oreillette hypertrophiée, qu'est-ce que j'ai encore? un ventricule aussi, le gauche je crois, je ne sais plus si c'est le côté le plus dangereux... donc, je ne sais pas si je vais encore tourner, alors vous pensez... peut-être que je vais me remettre à la peinture, l'ennui c'est que pour redevenir un peintre, je ne dis pas bon, disons à peu près convenable, il faut cinq ans, mais je vous ennuie avec mes histoires, de toute façon avec la condition qui m'est faite dans le cinéma français... vous allez peut-être dire que c'est un manque de modestie de ma part et pourtant je suis le premier à reconnaître que mon travail ne vaut pas grand-chose, encore que j'ai fait deux ou trois choses qui me plaisent, enfin qui me plaisent... c'est beaucoup dire, disons qu'elles ne sont pas trop déshonorantes par comparaison avec les autres qui sont encore plus nuls, mais même ça, ça ne veut pas dire grand-chose puisqu'on ne trouve plus de professionnels, regardez la prétention de tous les chefs opérateurs, alors que : qu'est-ce que c'est, un chef op'? un technicien qui n'a gagné qu'en arrogance, un artisan qui n'est même pas un bon artisan et qui n'est jamais prêt quand il le faudrait, eux ils travaillent des heures dans une journée, ce qui ne me laisse travailler, moi, que quelques minutes, quelques minutes par jour et, après, on me reproche de m'énerver ou d'être en retard... dans la scène des bords du Loing, je lui avais défendu d'utiliser un groupe électrogène, à mon chef op', juste quelques déflecteurs, eh bien si vous saviez le temps que ça lui a pris, les bords du Loing, Truffaut je suis sûr qu'il n'est jamais venu les voir, aller visiter le vieux Renoir à Los Angeles c'est autre chose, c'est vrai que Renoir, humainement, il n'était pas très... un militant communiste qui part en Italie tourner un film pour les fascistes, vous appelez ça comment, vous, Sylvie où est-ce que tu vas? tu te lèves toujours, pour aller chercher quoi... dis-le si ça ne t'intéresse pas... je suis peut-être un vieux con, comme tu dis, mais toi tu es super-chiante, super-chiante, ah oui je pense vraiment qu'en France, les dés sont pipés, il vaudrait mieux être un inconnu, ou alors un grand Italien, parce que les critiques... les plus nuls c'est encore les critiques de province... je me demande si je ne devrais pas changer de nationalité... vous pouvez pas me faire naturaliser suisse ou allemand ou italien, oui : italien ce serait pas mal, tiens je ne vous ai pas dit, Daniel, j'ai retrouvé l'autre jour un bouquin que j'avais déjà lu et qui pourrait peut-être faire un film, c'est un bouquin de Constantin-Weyer, comment déjà : *Un homme... – Un homme se penche sur son passé,* ils l'ont réédité en poche, dit Sylvie – peut-être qu'avec le succès du type avec les loups, là, on va refaire des westerns, reprend Maurice, notez je n'y crois pas, mais ça pourrait... ce n'est pas que j'aie envie de tourner dehors par moins 35, non, mais il y a beaucoup de... d'intérieurs, quand je dis western c'est pas tout à fait ça, ou alors mon histoire à Lyon, je vous en parlerai, pourquoi vous viendriez pas déjeuner demain? on dîne chez Daniel demain soir? je sais, Sylvie, mais Gilles n'a qu'à venir avant, comme ça on pourra parler...

L'espagnolette

Un jour, pendant la guerre, j'ai donné une gifle à ma mère. La scène se passe dans un coin du salon de l'hôtel Hermitage, à Nice, où nous sommes réfugiés. J'ai dix ans. L'hôtel est fermé, sauf pour quelques pensionnaires amis de la maison qui partagent les lieux avec l'armée italienne d'occupation. Mon père est prisonnier en Allemagne, ma mère est seule pour s'occuper de nous, mon frère Jean-Claude et moi. Donc, pour je ne sais plus quelle raison, je lui donne une gifle, ou plutôt je la lui rends. Le fait que cet échange se soit déroulé en public, en présence d'un ami de ma mère, n'a pas peu contribué à la honte qui aussitôt m'envahit. « Monte immédiatement dans ta chambre », dit ma mère, soudain très pâle et comme stupéfaite que son petit garçon, son tout-petit, se soit rendu coupable d'un tel sacrilège. Je me précipitai dans l'escalier et grimpai les trois étages en sanglotant. Le poids de la punition qui, inévitablement, allait s'abattre sur moi était plus que n'en pouvait supporter un enfant de mon âge. Je voulais mourir. Me volatiliser à jamais. Je tournai l'espagnolette de la fenêtre et m'apprêtai à sauter. Dans ma hâte, j'avais oublié de m'enfermer à clé. Ma mère est entrée à cet instant comme si elle avait pressenti une bêtise irréparable et, au lieu de me gronder, elle m'a pris dans ses bras. Ce fut un moment de fusion silencieuse auquel aujourd'hui encore je ne peux penser sans être ému. Elle me serrait plus fort que d'habitude, comme si elle avait voulu me faire retourner dans sa chair, comme si elle avait voulu me dire, sans faire entendre sa voix, la vie, mon chéri, c'est moi qui te l'ai donnée. Je pleurais et riais à la fois. Son chignon s'était défait, nous étions barbouillés de larmes et de rouge à lèvres. Elle me laissa dormir auprès d'elle cette nuit-là.

Le médecin de l'assurance

— Maurice va très bien, me dit Daniel dans la voiture, mais il passe son temps à aller voir des médecins. C'est pas étonnant que j'aie des ennuis avec l'assurance : c'est le seul metteur en scène au monde qui consulte *à titre personnel* le médecin de l'assurance, vous vous rendez compte ! Le type lui dit, comme à tout le monde : ça va ?, prêt à signer tout ce qu'on veut, et lui il commence à lui décrire tous les symptômes d'un grand cardiaque, alors le type, qu'est-ce qu'il écrit sur son dossier ? Une chance sur deux d'accident cardiaque grave. Conséquence : une somme énorme rien que pour s'assurer... Une nuit, à deux heures du matin (ça lui arrive tout le temps), Maurice réveille Sylvie, il a le pouls qui bat à 150, SOS cardiologie : le médecin arrive et Maurice lui montre son épaule gauche et son bras et lui dit, ça me descend là-dedans, c'est tout bloqué, le type lui fait un électro : rien, aucun signe. Par précaution, on l'hospitalise à Boucicaut, des tuyaux partout,

Maurice est ravi… Le lendemain à midi, on lui amène le yaourt maigre et la compote de pommes des grands cardiaques. Alors, il arrache tous les tuyaux, s'habille et va déjeuner à deux pas, au Bistrot 121, puis il revient sagement se remettre au lit et reste une semaine à se faire faire des électros et prendre sa tension. Comment voulez-vous que l'assurance ne tique pas après ça ? En fait, ce qui s'est passé, c'est qu'on lui a proposé de tourner une pub, la première qu'on lui demandait. Vous vous rappelez : *Votre argent nous intéresse*, le truc de la Société Générale. Lui, ce n'est pas l'argent qui l'intéresse, il a tous les défauts du monde, il est râleur, il est lâche, il est menteur, il est paresseux, il est parano, il est brutal, et plein d'autres choses encore, vous voyez, ça ne laisse pas beaucoup de place pour la cupidité, mais enfin il signe pour cette pub. Il devait commencer un lundi. Le premier jour, il ne se présente pas, bon, le deuxième, il téléphone qu'il ne peut pas venir… Les types de la pub – ce n'est pas comme dans le cinéma – commencent à s'énerver, le troisième jour, tout ce qu'il a trouvé c'est le SAMU, et voilà toute l'histoire. Et tout est comme ça, seulement c'est le plus grand, il n'a jamais fait un mauvais film et il n'y a aucun film qu'il n'ait pas terminé…

La haine de l'Anglais

Le lendemain, j'arrive chez Maurice. J'ai préparé des questions… Maurice lit la première, pose la feuille sur la table, ne répondra à aucune. Il me dit tout à coup que ses parents ont été collabos et lui aussi. Voilà pourquoi il déteste Louis Malle et son *Lacombe Lucien*, pourquoi il a toujours voulu faire un film sur l'épuration, pourquoi, surtout, il est si mal dans sa peau. Il tient à dire que ses parents n'ont rien fait de répréhensible. Que lui est resté chez lui, à ressasser sa haine de l'Anglais sous des emportements germanophiles. Haine aussi des Juifs ? Que répondre à Maurice ? Lui parler des deux guerres ? Lui dire que rien, à son âge, n'obligeait mon père à se porter volontaire, en 1916, et à se conduire si courageusement qu'il obtint croix de guerre avec citation et médaille militaire ?

Le sang me bat aux oreilles. Je voudrais être ailleurs. Je lui confie seulement que, pendant la guerre de 40, j'étais du côté de ceux que la Gestapo venait chercher au petit matin dans ses torpédos noires.

4

L'alumnat du Saint-Rosaire

Souris grise

Un jour de 42, deux décapotables freinent sec sur le gravier et encerclent le perron de l'hôtel Hermitage, sur les hauts de Cimiez. Une petite troupe en descend et demande au concierge le colonel Rati, le chef de l'armée italienne d'occupation. Mais le colonel est rentré à Rome dans la nuit. Alerté par le bruit, je vois par la fenêtre les hommes de la Gestapo qui s'engouffrent dans l'hôtel. Ce sont des personnages à chapeau et manteau de cuir noir, suivis de deux femmes en uniforme gris. Je n'en ai jamais vu de pareils. On se croirait dans un film d'espionnage. À cet instant, ma mère entre dans ma chambre, avec mon frère. Pourquoi est-elle si pâle ? « Tu vas faire exactement ce que je te dis, elle s'accroupit près de moi, tu vas suivre Adolphe, le barman. Il va s'occuper de vous, il sait ce qu'il doit faire. Prenez l'escalier de service, il n'y a pas une minute à perdre, et, tu m'écoutes ? c'est très important : à partir de maintenant tu t'appelles Jousse, Gilbert Jousse, tu n'oublieras pas ? Si quelqu'un te demande qui tu es, tu t'appelles Jousse… Répète ! »

Je ne veux pas la quitter, je me jette sur elle, j'ai beau comprendre que l'heure est grave, je ne veux pas. *J'aime mieux rester avec toi.* Mon frère me pousse vers la porte. Ma mère me serre dans ses bras, elle sourit pour nous rassurer, « Vite, dépêchez-vous, Adolphe vous attend. Dans deux ou trois jours au plus, je vous rejoindrai : faites bien tout ce qu'il vous dit. Au revoir, les enfants. »

Je dégringole l'escalier derrière mon frère et j'aperçois à travers la rampe des soldats qui montent. Ils se répartissent dans les étages, on entend des ordres dans une langue inconnue. Des tambourinages de porte. Entre le deuxième et le troisième, je croise une des deux femmes en gris ; en voulant m'effacer pour lui laisser le passage, je lui barre involontairement la route, elle me soulève le menton et me dévisage, je n'oublierai jamais son regard. Puis je lui échappe et je reprends ma course. L'espace d'un instant, le destin semble hésiter sur mon sort. Mes semelles de bois claquent dans l'escalier. J'ai bientôt douze ans et mon frère quatorze.

Je n'avais jamais vu Adolphe habillé autrement qu'en barman. Il est en short de toile et en chemise Lacoste. Il nous entraîne par la main, courant presque. Il est essoufflé, il n'a plus le crâne bandé pour la première fois depuis son accident : sa tête était restée coincée par le coffre du monte-plat. « Et ma mère ? dis-je. – Ne vous inquiétez pas. Ta mère sera ce soir en lieu sûr. Je vous emmène chez des amis, les Bellagamba, il faudra bien les écouter et ne pas faire de bruit. Dans quelques jours, vous serez près de Grenoble. »

Adolphe nous conduit dans le quartier Masséna, un coin que je ne connais pas, dans un rez-de-chaussée au fond d'une cour obscure. Du linge qui sèche pend à mi-hauteur des deux côtés de la ruelle. Une porte s'ouvre, Pierre Bellagamba s'efface pour nous laisser entrer. Adolphe lui serre la main sans rien dire et s'éloigne en hâte. Pierre est petit, corpulent, le regard vif, les cheveux noirs. Ressemblance frappante avec l'acteur Bob Ingarao, celui qui fera des cascades dans les films d'Eddie Constantine. Sa femme Félicienne, l'air pas commode, les cheveux tirés en chignon, ne tarde pas à nous rejoindre. Pierre explique les plans : « Vous allez rester ici deux ou trois jours. Défense de sortir. Défense d'ouvrir la porte. Défense de regarder par la fenêtre. Pendant que nous serons à notre travail, vous vous cacherez dans la cave. Vous verrez, c'est confortable. Après-demain, Félicienne partira avec Jean-Claude qui s'appellera désormais Alexis. Et quand elle reviendra, Gilbert, ce sera ton tour. » Je ne comprends pas. Ah oui, Gilbert, c'est moi. Et où irons-nous ? « Tout est prévu. Vous entrez dans un séminaire qui est dans la montagne au-dessus de Voiron. Vous y êtes déjà inscrits tous les deux sous votre nouveau nom, Gilbert entre en quatrième et Jean-Claude en troisième. Personne n'est au courant. Au début, vous serez externes et votre mère habitera avec vous, juste en face, dans une petite maison du village qui s'appelle Miribel-les-Échelles, mais avant d'aller prendre le train, il faut attendre que les choses se tassent, il y a beaucoup de contrôles en ce moment… »

Je me demande bien comment ma mère a pu ainsi tout préparer, tout organiser et j'en éprouve de l'admiration et de la fierté. Pierre s'oblige à nous interroger, à nous faire répéter dix fois notre identité, l'endroit où nous irons, ce que nous allons y faire.

Le lendemain est un dimanche. Les Bellagamba – il nous a expliqué qu'il était courtier en vins et sa femme secrétaire – s'accordent un moment de repos. Tout un code d'affection. Ils tirent deux transats dans l'angle du séjour qui est au soleil, leurs doigts se frôlent, sans doute comme tous les dimanches, ils lisent chacun de leur côté un roman policier de la collection « L'empreinte » en reprenant leur lecture à la page cornée. J'ai déjà repéré dans la chambre leur petite bibliothèque sur un tourniquet, et je me prépare à lire à mon tour un roman du « Masque ». Le jour suivant, Jean-Claude part avec Félicienne. Resté tout seul, j'ai le cœur gros.

Un gros rat noir

Comme Pierre Bellagamba me l'a ordonné, je me tapis dans la cave traversée par un ruisseau où Pierre met son vin à rafraîchir. En tirant sur une ficelle, je ramène deux bouteilles de blanc, du vin d'Alsace que Pierre se réserve pour une prochaine dégustation. Ou pour la victoire ? Je les remets à l'eau. Toutes les demi-heures environ, on entend un fracas. Le ruisseau enfle et une grosse vague vient lécher l'espace où je suis. Cette montée d'eau à l'odeur âcre dure environ cinq minutes. Un autre bruit par moments, un petit couinement. J'entends mon cœur sauter dans ma poitrine. À cet instant, je vois sortir du ruisseau un œil qui me fixe : c'est un rat, un de ces gros rats au pelage gris foncé dont le canal est peuplé et qui me donnent le frisson. Cette nuit, je rêverai que je remonte cet égout à la nage, que les rats me poursuivent, que je vais les distancer quand soudain une grille barre la rivière…

Je remonte à toutes jambes dans l'appartement ; dénonciateurs ou pas, je refuserai quoi qu'il arrive de retourner dans la cave. Je me détends un peu. Je trouve une pile de vieux *Cinévie* que je lis et relis avidement. Déjà le cinéma tient dans ma vie une place que je ne mesure pas encore. Le lendemain, Félicienne revient, elle est, je ne sais pourquoi, de très mauvaise humeur et elle me rudoie toute la soirée, sans doute parce que Pierre s'est plaint que je n'ai pas été sage, alors que pas du tout. C'est comme ma mère qui avait le chic pour raconter à mon père ce qu'il ne devait surtout pas savoir. Dans ces moments-là, j'étais très fâché contre elle. Décidément, je ne comprends pas les grandes personnes.

En écoutant les Bellagamba derrière la porte quand tout le monde est couché, je me rends compte qu'il est question d'Adolphe. Adolphe qui a été torturé. Adolphe qui ne parlera pas, je l'apprendrai par la suite. J'ai su aussi, plus tard, que se mettait peu à peu en place au même moment tout le réseau de résistance Sud-Est, mais, à l'époque, le mot même de résistant m'est totalement étranger.

Le lendemain, Félicienne m'accompagne en train jusqu'à la gare de Voiron. Je ne suis pas tranquille. Je crains de me troubler si on me demande quelque chose. Après quoi, nous prenons l'autocar pour Les Échelles d'où l'on monte au village de Miribel, à cinq kilomètres, sur la route qui mène au Vercors. Ironie de la chose : mes parents ont fixé notre refuge à une lieue de ce qui va devenir l'un des plus gros nids de la Résistance ! Mais on n'en est pas là.

Il y a des contrôles. Un homme à l'accent chantant passe la tête par la porte du car. Il porte un brassard et un revolver à la ceinture. « Police française ! Descendez, le petit aussi. Faites voir vos papiers… Hep ! toi, comment tu t'appelles ? – Jousse, m'sieur. – Ton prénom ? – Gilles. – Mais là il y a inscrit Gilbert, fais voir ta figure. – C'est un diminutif, intervient Félicienne. Son prénom c'est Gilbert, mais tout le monde l'appelle Gil, g,i,l. – Disparaissez ! »

Le car repart en hoquetant. Nous arrivons le soir même.

Le père supérieur

Le père fourrier nous fait entrer au parloir du séminaire, une grande pièce froide avec de hauts sièges d'église. Il flotte ici une odeur de cire et d'encens qui vous prend à la gorge. Une horloge à balancier marque lourdement les heures. Aucun autre meuble ne garnit la pièce. On a peint à même le mur une fresque montrant le Christ en croix et en dessous, en caractères gothiques, on lit ces mots en latin : *Adveniat regnum Tuum*, dont j'apprendrai qu'ils sont la devise des pères de l'Assomption. Je suis impressionné par la majesté de l'endroit comme par celle de l'homme en soutane noire qui entre dans le parloir. Le père Bruno se présente à Félicienne : il est le père supérieur de l'alumnat du Saint-Rosaire. Il a la mâchoire carrée, les yeux méfiants mais souriants, l'accent comme lui venu d'Alsace. Je remarque sa tonsure quand il se retourne. Sans un mot, le père Bruno ouvre une porte : ma mère est là. Elle me prend dans ses bras, elle sent toujours l'eau de rose, je trouve qu'elle a changé mais la famille se reconstitue. Le père explique que personne ne doit savoir qui nous sommes, pas même les professeurs. Je suivrai, comme mon frère déjà en classe, la vie du couvent et j'assisterai aux offices. « Vous n'êtes pas obligés de chanter les cantiques ni de faire le signe de croix mais vous devrez, à votre tour, lire le rosaire au réfectoire, poursuit le père supérieur. Je compte sur vous pour mener la vie de vos camarades. Et pour travailler avec le plus grand sérieux. Vous verrez, le niveau est assez élevé ici. Vous avez fait du latin et du grec ? Parfait. Je serai votre professeur principal, vous habiterez avec votre mère, ah, très important : soyez à l'heure le matin. Cette maison apprécie le travail et l'exactitude. Mesdames… » Le père incline la tête et quitte le parloir. Il boite légèrement.

Je porte à présent l'uniforme des élèves séminaristes et, le soir, je traverse la rue pour retrouver ma mère qui a loué deux chambres dans une petite maison attenante à une ferme. Le jeudi, ma mère m'envoie chercher du lait et des œufs mais les poules ne pondent pas et la fermière est regardante. On fait nous-mêmes nos fromages qu'on laisse sécher sur des clayettes recouvertes de feuilles de salade. Je ne suis pas habitué au froid, ni aux toilettes au fond du jardin, pas plus qu'à ce professeur de sciences naturelles qui fait craquer ses phalanges quand il nous interroge. Je croise mon frère au réfectoire, je fais la connaissance de mes nouveaux camarades en récréation où l'on joue à l'épervier : on se partage en deux équipes et les pères coincent leur soutane dans leur ceinture de cuir pour courir plus à l'aise contre le camp des séminaristes. Est-ce que je suis malheureux ? Est-ce que je comprends qu'à la minute où j'ai échappé à la souris grise, à l'Hermitage *(ces deux petits-là, je les aurais bien cuisinés)*, c'est comme si je recevais une seconde vie ?

Écrevisses

Il ne se passe rien. Les nouvelles de la guerre ne nous parviennent pas, même amorties. De toute manière, je suis partagé entre une inquiétude diffuse et une folle envie de m'amuser. Le raisonnement est simple : si je ne joue pas à mon âge, quand le ferai-je ?

Les cours succèdent aux offices : matines, complies, vêpres, la messe tous les matins, je ne suis pas long à savoir par cœur les chants grégoriens que j'entonne avec les autres comme j'ai dû brailler *Maréchal nous voilà* à pleins poumons en marchant au pas sur la route du Château, à Nice, mais là le cœur n'y était pas. Ces hymnes, l'orgue qui les accompagne, me donnent des idées pieuses. Mais ma mère nous a dit, à mon frère et à moi, que nous n'avions pas à nous signer. C'est quoi se signer ? Les dimanches d'été, mes camarades et moi passons des après-midi entiers à attraper des écrevisses dans la rivière et à nous éclabousser les uns les autres en sautant dans l'eau froide. C'est la monotonie miraculeuse des beaux jours. En automne, le séminaire au grand complet sort en chantant, le long des routes et des bois, pour ramasser des noix. Maman nous apprend qu'elle va aller retrouver sa mère qui se cache à Pau, chez un cousin rabbin, réfugié là… Nous voici donc, Jean-Claude et moi, pensionnaires sous un faux nom à l'alumnat du Saint-Rosaire. Ma mère est partie mais je ne suis pas triste.

Et si s'habituer, c'était devenir insensible ?

Je suis un enfant qui ne rit pas. Je travaille bien. Je suis deuxième derrière un garçon dont je me rappelle parfaitement le nom, Pierre Gallay. Les classiques m'accaparent, par exemple *Esther* ou *Polyeucte*. J'aime Tacite et Cicéron. Je prononce le latin à l'ancienne. Le père supérieur m'ouvre l'esprit et me confie aux grands auteurs.

Troubles

Un jour le père économe m'envoie au village chercher des boules de pain. Je n'ai évidemment ni l'accent, ni le parler patois des petits Savoyards, ni cette façon assurée de claquer les sabots sur le seuil de la boutique où s'agite un rideau de perles. « C'est le petit Parisien », chuchote la boulangère à une cliente : exactement les rumeurs que ma mère voulait éviter. En sortant, je vois un paysan qui en poursuit un autre avec sa fourche. « C'est à cause de sa bonne amie », m'explique mon frère.

Un ou deux ans plus tôt, j'ai éprouvé un étrange trouble à la lecture d'un illustré, un *Mickey*. Est-ce que j'arriverai à reconstituer l'histoire ? Mickey suivait un itinéraire comportant une ligne qu'il ne devait franchir à aucun prix. De l'autre côté de cette frontière, il y avait Minnie, une accorte jeune fille en tenue de trapéziste dont le tutu se relevait à chaque pas et elle lui disait méfie-toi, chaque fois que tu dépasseras la ligne interdite, je te marcherai sur la queue. Mickey avait beau faire attention, il ne pouvait pas toujours s'empêcher de traverser la frontière et Minnie alors lui écrasait la queue d'un pied leste. Mais il arrivait que celle-ci coïncidât exactement avec la ligne sans toutefois la franchir. Minnie pressait son pied quand même et je me disais qu'elle trichait. C'est à ces moments-là que le trouble m'envahissait. Cet émoi m'emplissait d'un plaisir inconnu et, bien que j'eusse toute la collection des *Mickey*, c'est à cet album-ci que je revenais toujours. D'autres fois, Minnie me ceinturait le cou et, d'une prise ferme, me forçait à poser ma tête sur son sein que j'apercevais en dessous de moi. Je résistais de toutes mes forces mais ne pouvais l'en empêcher. Le trouble alors me reprenait.

Pour les repas, tout le monde se retrouvait au réfectoire où chacun à son tour lisait un verset de l'Évangile, on mangeait sans avoir le droit de parler tandis que, sur une estrade, les prêtres avalaient leur repas en chuchotant entre eux. Nous étions au régime des rutabagas, des topinambours, des tickets de rationnement. Les pères, faute de tabac, fumaient des feuilles de tussilage. Et nous toussions.

Autour de nous, la terre tournait. Les événements se déroulaient à grand bruit dans le monde et nous n'en savions rien ; en tout cas, les hommes en soutane n'en parlaient jamais devant nous. Une fois, en passant devant la cellule du père supérieur – sans doute à la recherche d'une station défendue –, j'entendis le brouillage caractéristique de la radio, mais de Gaulle, Churchill, Staline, Hitler, Mussolini, Mers el-Kébir, Pearl Harbor, le front russe, qu'est-ce qu'on comprend de tout cela à douze ans, toute cette effervescence : les garçons de mon âge n'étaient pas très éveillés en ce temps-là. Encore aujourd'hui, les filles sont plus vives.

Ma mère m'avait, bien sûr, expliqué l'étoile jaune, la Gestapo, la déportation. Est-ce que c'était mal d'être juif? Je faisais des cauchemars me représentant mes parents emmenés par la police. Ils s'escrimaient à ouvrir la porte du wagon où ils étaient enfermés. Ils cherchaient à se sauver, ils n'y parvenaient pas. La pluie à présent. Ils s'abritent dans les bras l'un de l'autre, ils n'ont rien à manger, ils font leurs besoins dans un coin du wagon devant les autres prisonniers. Est-ce que, si je me convertissais au catholicisme, ma famille serait épargnée? Je sentais bien que ce serait trop simple, et puis personne ne me l'avait demandé.

Un samedi que je lisais sur mon lit (les autres passaient le week-end dans la ferme de leurs parents), un camarade d'une classe supérieure entra au dortoir et sauta sur moi. Nous roulâmes sur les lits rapprochés aux couvertures bien pliées et tandis que nous luttions, chacun ayant tantôt le dessus, tantôt le dessous – mais c'était souvent l'autre, le grand, qui me chevauchait –, je ressentis le même trouble au point que, dans les semaines qui suivirent, je cherchai le moment où, me retrouvant seul avec lui, je pourrais provoquer Nicolas, car c'était son nom, qui semblait aussi y trouver du plaisir. Parfois l'un de nous criait pouce et, encore haletants, nous écoutions si quelqu'un venait, dans ces longs couloirs froids voués au silence et au recueillement. Mais non, personne, et de nouveau nous nous précipitions fiévreusement l'un contre l'autre. Il me reste de ces luttes joyeuses l'odeur du corps de Nicolas, la dureté de ses bras nerveux, cette haleine à parfum de fraise qu'il s'amusait à me souffler à la figure en signe de victoire.

À quelque temps de là, le père supérieur me dit qu'à son avis la guerre est en train de basculer, que ce ne sera plus très long. Comme j'aimerais alors qu'elle dure encore, le plus longtemps possible, sinon je serai séparé de Nicolas. Et aussitôt j'ai honte de l'avoir pensé. Comme si, avec ces picotements de mauvaise conscience, ma joie ne demeurait pas. Longtemps je me demanderai ce qu'est devenu Nicolas. Si je le croisais un jour dans la rue, est-ce que je le reconnaîtrais? Pourtant la chose m'arrivera, soixante ans plus tard, avec quelqu'un d'autre.

L'harmonium

Le père Mathias qui officiait à l'harmonium me trouvait une jolie voix. Elle ne muait pas encore même si ma personne se trouvait être le lieu de transformations que je ne m'expliquais pas. Un jour que j'étais seul à la chapelle, je me juchai sur le siège de l'harmonium, m'étirai pour atteindre les pédales et tirai les clefs comme je l'avais vu faire au père Mathias, ici le basson, là le cor anglais, et je me mis à substituer aux vêpres et au *Miserere* les goualantes populaires que fredonnait Gros-Albert à Reine Courtois, et que, même aujourd'hui, je n'aurais aucune peine à faire ressurgir.

En pesant de toutes mes petites jambes sur le pédalier de l'harmonium, j'aperçois dans l'embrasure de la porte le visage du père supérieur qui m'épie. Il s'approche, il claudiquait toujours, referme le couvercle de l'harmonium, il dit : « Qu'est-ce que vous faites ? » Et, après un temps : « C'est un *sol* dièse, retournez en étude. » Comme j'ai pris plaisir à jouer, je jure mes grands dieux (oh pardon !) que je me limiterai désormais à déchiffrer les motets sacrés qui traînent sur le pupitre, sans compter les sonatines de Clementi. Comment deviner que, dans quelques heures à peine, le père me dira, avec sa pointe d'accent alsacien et un petit sourire rassurant : « C'est fini, hein, mais on a eu chaud… »

Le grand plouf

En notre honneur, Toscan a servi du foie gras de canard et une bouteille de Latour. Tout se passe bien avec Pialat, mais c'est l'embellie avant l'orage. Comme ces éclairs secs qui embrasent soudain les Pyrénées, Maurice se met à fulminer. Il pique une de ses fameuses colères d'ange exterminateur et tire méthodiquement sur tout ce qui bouge. À part Eustache et Rozier, il méprise tous ses confrères. Tous. C'est bien simple, à l'entendre, le cinéma français n'est qu'un cinéma de tontons flingueurs… sauf qu'à l'heure qu'il est, c'est lui qui flingue. Puis il revient à *Van Gogh* et à Dutronc qui a été absolument « nul » : « Il joue mollasson, Dutronc, on le voit tout de suite… Dès qu'il sort du train on comprend que c'est foutu; il ne sait même pas boire un verre d'eau, il faudrait tout lui souffler : Serre ton verre, tiens-le bien, porte-le à tes lèvres, commence à boire, *commence à boi-re*, qu'est-ce que tu attends pour le reposer? Bon Dieu, non, avec lui il n'y a décidément rien à faire. Dans la scène du piano avec Marguerite Gachet, c'est elle qui rafle tout, mais on regarde Dutronc parce qu'on sait que c'est le héros. De toute façon, à la fin du film on est glacé, on reste cloué, sûrement que ça ne va pas marcher, forcément, avec Dutronc… »

Feinte ou pas, l'exaspération de Maurice n'est pas bonne pour ses extrasystoles. Sa voix blanche, les poils de sa barbe poivre et sel qui se dressent, son regard d'homme traqué derrière les lunettes, lui font littéralement perdre la face. En fait, sans qu'il se l'avoue, Maurice est à nouveau fou d'anxiété, il a peur d'un échec avec le seul film qui lui tienne à cœur…

Maurice s'excuse : il a manqué d'éducation, jamais il n'aurait dû nous ennuyer avec tout ça… Après son départ, assis sur l'escalier, nous parlons de lui, naturellement. Pialat, le peintre qui broie du noir, l'artiste au ban de la société, le génie en attente perpétuelle de la reconnaissance du public. Alors, l'amertume. La violence verbale. La persécution qui frise la névrose. Il est si angoissé, Maurice, qu'on a dû reporter la sortie de *Van Gogh.*

Sophie, la femme de Daniel : « Je n'aime pas quand il parle de la mort. Du grand plouf, comme il dit.

— Quel fou, dit Daniel.

— Oui, mais un fou qui a du génie. »

Automitrailleuse

Un jour de 44. Un instant de sérénité. De la terrasse du séminaire, la vue s'étendait de tous côtés et, dans le potager, s'activaient des garçons plus âgés que moi qui se cachaient eux aussi, fuyant le STO, le service du travail obligatoire. Le printemps faisait éclater les bourgeons. Surveillant une abeille du coin de l'œil, je bêchais le potager avec les jeunes « réfractaires ». C'est alors que je *les* ai vus. Des éclats de soleil insolites luisent dans les premiers blés. Le parc s'ouvre au nord à flanc de coteau sur des kilomètres, et tout d'un coup les adolescents se mettent à courir en laissant tomber leurs outils, vite, vite, les prêtres me font rentrer et le père supérieur lui-même me dit de me cacher avec mon frère. L'alumnat vient d'être encerclé par une colonne allemande qui cherche des maquisards et monte lourdement à l'assaut, baïonnette au canon. Il y a même, sur le côté, une automitrailleuse. Mon frère m'entraîne derrière l'harmonium où un faible espace entre lui et le mur permet juste le passage. Accroupis, le cœur battant, nous attendons des heures.

La vie nous joue parfois des tours bizarres : les Bellagamba ont traîné leurs transats au soleil, les souris grises nous auraient bien torturés, le paysan a transpercé l'amant avec sa fourche, et moi je viens de courir de toutes mes forces à travers les plants de tomates et la terre meuble du potager du monastère… Est-ce que tout cela a un sens ? Ces questions, et bien d'autres, je ne me les pose pas, caché derrière l'harmonium du père Mathias. Dans le silence de ma retraite, je retiens mon souffle.

Des STO se sont égaillés par la petite porte qui donne sur le village, mais les soldats allemands fouillent le séminaire de fond en comble malgré la protestation des prêtres. À un moment, le bruit des pas se rapproche, nous nous recroquevillons encore davantage quand le père supérieur pénètre dans la chapelle, suivi d'un officier nazi. Je m'efforce de compter mentalement pour ne pas penser à mes parents. Les bottes résonnent sur ces dalles que je connais si bien. L'officier s'approche, appuie sur une touche de l'harmonium qui ne renvoie aucun son. Je revois le doux visage de ma mère et je suis soudain très malheureux. Si nous sommes fusillés, qui va lui annoncer la nouvelle ? Diversion. Un appel au-dehors. Le bruit net et sans réplique d'un fusil qu'on arme.

Cavalcade. On vient de découvrir un jeune homme qu'on emmène. Cette capture nous a-t-elle sauvés, Jean-Claude et moi ? Un baume, la voix grave et puissante du père Bruno qui parle en allemand avec le chef du détachement, calme un peu ma frayeur, même si je ne comprends pas ce qu'ils disent. Ma peur, le père l'emmène avec lui dans le bruit de la porte qui se referme, dans celui des pas qui diminuent dans le silence retrouvé. L'écho s'en répercute sous la voûte ainsi que dans un mauvais film aux effets appuyés. Je ne bouge toujours pas. Le moment qui suit dure le temps du silence. C'est comme une pomme qu'on va mordre, qu'on a frottée contre son chandail, je la contemple, je vais croquer dans la vie retrouvée, cette vie qui se réempare de mes bras engourdis, de mes jambes ankylosées quand, changé en pierre, j'ai retenu mon souffle, retenu le sang qui battait dans mes tempes. Le silence s'envole. Puis il retombe lourdement. Beaucoup d'années plus tard, je reconnaîtrai ce silence d'après le silence à la fin d'un tremblement de terre à Los Angeles.

La vie sauve

Une mouche grésille sur la fenêtre. Comment avons-nous pu nous en tirer ? Dieu nous a pris sous son aile ? Mais quel Dieu ? Celui de mon oncle Simon qui, chaque samedi à la synagogue, se balançait d'avant en arrière quand il priait, ou le Dieu de l'Église catholique ? Pour le remercier, faut-il embrasser sa religion ? *Adveniat regnum Tuum.* Est-ce qu'après, la vie de tous les jours va reprendre ses droits ? Bien sûr, les souffrances de ma famille sont tellement minuscules, en regard de l'Holocauste, qu'il peut paraître indécent de les mentionner. Mais c'est ce jour-là que j'ai compris d'où je venais, c'est ma vie, ma vie propre qui donne à ces événements qui, miraculeusement, ne nous ont pas atteints dans notre chair, cette allure de catastrophe. Restent les séquelles, un caractère anxieux, cette peur des voyages, un besoin de sécurité, qui vont désormais m'accompagner quoi qu'il arrive, quoi qu'il m'arrive... En tout cas, même si je n'ai plus à faire semblant d'être catholique, je ne laisserai jamais dire devant moi que l'Église n'a pas aidé les Juifs pendant la guerre, et le lien sacré entre l'alumnat du Saint-Rosaire et moi durera jusqu'à la fin des temps. Simplement quand, plus tard, beaucoup plus tard, je voudrai y retourner, le séminaire sera devenu une institution pour malades mentaux, juste à côté, qu'est-ce que je disais, du cimetière.

La becquée

Je déteste les enterrements mais j'aime les tombes, les tombes ne sont pas tristes, il flotte autour d'elles des atomes des disparus. J'ai eu mon premier contact physique avec la mort quand ma grand-mère maternelle s'est laissée périr d'anorexie. Était-ce le mauvais sang qu'elle s'est fait pour nous pendant l'Occupation ? Rentrée à Paris, elle ne pouvait avaler aucun aliment, même liquide. Il fallut lui chercher de l'eau de Seltz dans des siphons bleutés qu'on empruntait chez Balzar, au Quartier latin. Et on l'a nourrie à la becquée, comme elle nous avait nourris, enfants. C'était comme si le cycle naturel de la vie reprenait son cours, immuable mais inversé : une cuiller pour Denise, une cuiller pour Gilles... Pendant la guerre, elle avait survécu pour ne pas déranger. Une fois qu'elle a été sûre que sa fille et ses petits-enfants étaient sains et saufs, elle a tiré sa révérence.

Je n'aime pas les corbillards, les pompes funèbres, les fossoyeurs – tout ce cérémonial de rigueur que la société a élaboré. J'ai refusé de voir ma grand-mère sur son lit de mort. En revanche, même si l'émotion me submerge, je me sens en paix au cimetière Montparnasse où reposent mes parents, chacun dans sa famille, à deux cents mètres l'un de l'autre. De sa vie entière et bien qu'il l'ait quittée, ma mère ne divorça jamais de mon père, mais quand elle mourut, elle avait laissé une lettre. Elle se fit enterrer auprès des siens dont elle était si fière. Mon père, disparu trois ans après elle, a rejoint ses aïeux sous une lourde dalle de marbre noir. De petits cailloux, symboles du passage d'un proche dans la religion juive, en sont le seul ornement, alors que le mausolée de la famille Lévy s'agrémente, quand il ne neige pas, de géraniums et de bruyères, que nous faisons renouveler ainsi que nous l'avons promis. C'est là aussi que, le 30 janvier 2005, nous avons enterré mon frère Jean-Claude. Il avait soixante-dix-sept ans. Moi qui ne suis pas croyant, j'aurais aimé déposer sur ces tombes des symboles d'autres rites. Aligner à côté des cailloux, traces d'une piété filiale, de minuscules bougies en signe de pensée et de vie, mais les intolérants ne l'auraient pas permis.

5

Goodfellas

La pêche aux films hollywoodiens

Hiver 1990. Pour affronter ce qu'on appelle un froid polaire, il suffit d'aller à New York, un jour de grand gel, quand la bise déboule de l'Alaska sans rencontrer d'obstacle. Il fallait absolument que j'obtienne un film de Martin Scorsese, cette année-là, et ça me rendait nerveux. Le blizzard aussi me rendait nerveux car je devais être de retour à Paris le lendemain. J'ai été bloqué, il y a bien longtemps, par une tempête de neige à Montréal. Depuis, je voyage léger. Un soir, en arrivant au-dessus de Kennedy, après avoir tourné longtemps dans une couverture neigeuse, le 747 avait fini par se poser à Newark, l'aéroport voisin. Plaisir des voyages. Personne ne pouvait sortir à cause des bagages de soute et on attendait qu'à JFK la piste soit dégagée pour redécoller et s'y poser enfin. J'ai levé triomphalement mes deux petits sacs de cabine, on m'a ouvert la porte et, cible de la jalousie des autres passagers, j'ai loué une voiture jusqu'à Manhattan.

La particularité du 1619, Broadway, c'est qu'il n'est pas situé sur le trottoir impair mais de l'autre côté de l'avenue. Anxieux de pouvoir montrer, au Festival de Cannes 90, *Goodfellas* (*Les Affranchis*), film populaire intelligent comme tout le monde les aime, j'avais donc pris rendez-vous au bureau de Scorsese. Terry Semel, le patron de Warner, nous rejoindrait, m'avait dit Marty qui voulait le mouiller dans nos discussions. Pauvre nigaud que j'étais !

J'allais me faire rouler dans la farine par Terry. Après quelques allées et venues infructueuses sur le trottoir verglacé, j'ai enfin l'idée de traverser la rue. Trop tard : Terry est arrivé avant moi et s'est enfermé avec Marty. J'attends. Je sais que je dois surtout convaincre Semel qui ne voudra jamais être en compétition. Marty, lui, a quatre raisons de venir à Cannes cette année-là (la première étant la plus importante) : 1. pour présenter *Goodfellas* ; 2. comme acteur dans *Rêves,* de Kurosawa (tiens, tiens, le rôle de Van Gogh) ; 3. comme producteur de *The Grifters*, une merveille de film noir signée Stephen Frears, futur président du jury ; enfin 4. un colloque sur la préservation des films, sujet qui le passionne plus que tout autre... Avec d'aussi sérieuses bonnes raisons, se défiler paraît inenvisageable. Mais en Amérique, chacun se renvoie la balle. Le décisionnaire final est multiple, anonyme et impossible à coincer. La porte s'ouvre : Scorsese et Semel me serrent la main. Mais Terry a déjà son pardessus et s'éclipse. Le Festival est bien le cadet de ses soucis. À la place de notre discussion, j'ai droit à un monologue de Marty. Marty est en forme, intarissable, éblouissant. Je le sais déjà, passer d'un sujet à l'autre est sa spécialité : le film qu'il termine, ceux qu'il a faits, ceux qu'il veut faire, les films des autres, sans oublier les films qu'il empêche d'être perdus à jamais... Ouf ! Il me demande de lui retrouver une copie des *Orgueilleux*, titre qu'il prononce comiquement, en disant : « Je sais bien que les gens de la Nouvelle Vague ne l'aimaient pas, moi si ! Et puis, ajoute-t-il, qui peut savoir quels films resteront ? Si on avait dit aux peintres de la Renaissance que deux cents ans après, la France serait la capitale de la peinture mondiale, ils auraient bien ri. » Nous nous esclaffons à notre tour comme des peintres de la Renaissance. J'essaie bien, de temps à autre, de ramener la conversation sur *Goodfellas* mais il est entraîné par cent idées à la minute. Il en parle enfin. Son film est un documentaire sur plusieurs générations de la Mafia : comment, par exemple, le couteau de cuisine doit couper tels légumes en biais vers la gauche et tels autres vers la droite, en attendant de se concentrer sur d'autres estafilades... Puisqu'on parle couteau, il n'arrivera pas à ramener le film à deux heures, c'est le film qui dira lui-même la longueur qu'il doit avoir finalement. Pour la compétition, Marty est réticent, bien qu'il reconnaisse que vis-à-vis des acteurs, surtout l'« épatant » Joe Pesci, c'est injuste. Nous restons une heure à jacasser, lui surtout, et je ressors si ravi de notre entretien que je marche vingt minutes dans l'air jaune glacé de New York avant de m'apercevoir que je me dirige vers les docks, à l'opposé du Méridien. Et de m'apercevoir un peu tard que *Goodfellas* va me passer sous le nez. Décidément, je ne suis pas de force. Marty m'a promené. C'est une bonne leçon. Il y en aura d'autres.

Pourtant, c'était l'année où Mrs Steve Roth, l'épouse du grand patron de la Warner, avait produit un documentaire sur Quincy Jones. Comme elle mourait d'envie de venir à Cannes, on aurait dû lui dire que ce n'était pas le moment de me contrarier. Mais Semel en a décidé autrement. Ils auront tellement finassé, tergiversé, promis, reculé, repromis, annulé, que le Festival s'est passé sans que l'un ou l'autre des films ne vienne. L'attitude de Marty a été, deux ans après *La Dernière Tentation du Christ*, de s'en laver les mains.

Une soirée à Hollywood, un de ces repas où les Borgia dînent chez les Atrides. D'un bout à l'autre de la table, Richard Fox, patron de l'international chez Warner, énumère les mérites comparés de Cannes et de Venise. Naturellement, le lendemain, un ami présent m'a tout raconté. Je sais aujourd'hui que le blocage est venu d'Irwin Winkler, le producteur du film. Explication officielle : De Niro sera en tournage et ne pourra pas venir à Cannes. Et sur le film de qui ? D'Irwin Winkler, dont ce sera le premier comme réalisateur. Comme il ne pourra pas parader sur la Croisette, il fait barrage. Mais la vraie raison, je suis seul à la connaître : Winkler préfère Venise pour un motif personnel. Irwin a un fils. Un fils qui a dirigé un premier film. Le comité de sélection de Cannes l'a vu. Puis l'a refusé. Et Winkler a pris ce refus pour de la mauvaise volonté. *Si Gilles avait voulu le programmer dans une petite salle...* Bref, rancune, et rancune tenace. De mon côté j'avais tenu bon : sans *Goodfellas*, pas de femme du président… Marty finira par venir, mais sans son film.

Cette fable illustre les rapports de force qui se sont installés de tous temps avec les Studios hollywoodiens, le plus souvent au désavantage du Festival. Si nécessaires soient l'enthousiasme et l'énergie à dépenser, la pêche aux films réclame une bonne dose d'acharnement, mais aussi de fatalisme. « Goodfellas », ça veut dire « des types bien ».

6

Fellini entre deux gendarmes

Un petit garçon nommé Gandhi

Juillet 1993. Communiqué de l'Agence France-Presse : Fellini vient d'avoir une attaque. Une attaque cérébrale.

Je songe à son œil intense et tendre, à sa petite voix haut perchée, et je téléphone à son attaché de presse.

« Est-ce que je peux mettre un mot à Federico ?

— C'est défendu mais il va mieux », ment doucement Mario Longardi.

Et je comprends que mon ami va mourir.

Je le revois, un matin de février, dans son bureau du Teatro 5 (le fameux plateau principal de Cinecittà) où, avec ses feutres de couleur, il crayonnait machinalement ses fantasmes de matrones bien en chair et une esquisse pour l'affiche du Festival, le paquebot *Rex* d'*Amarcord* dont l'étrave fendait fièrement la mer. Encore le Teatro 5 où, sous les bâches de *E la nave va*, des machinistes rigolards actionnaient à la main cette mer plus vraie que nature. Je le revois chez lui, via Margutta, l'air comme toujours embarrassé de me refuser quelque chose, les pieds chaussés d'étranges babouches. Je le revois à Cannes, en conférence de presse, la crinière grisonnante trop longue dans le cou, le regard brillant, à la torture d'avoir à parler de lui ou, pire, d'avoir à expliquer ses films.

« Il sait que les amis pensent à lui, dit Mario, il est dans une clinique à Ferrare où il travaille dur sa rééducation, six heures par jour. Giulietta a craqué, elle est à l'hôpital à Rome : repos absolu. Mais Federico n'a pas perdu son humour : Ferrare n'est pas une ville pour moi, m'a-t-il confié, Ferrare c'est pour Antonioni. Bien sûr : sa ville à lui, c'est Rimini, la ville des *Vitelloni*. La mer en hiver, les nuages bas, les jeunes qui traînent, Alberto Sordi, la *pasta*... Savez-vous, dit enfin Mario, que, dans sa prime jeunesse, Federico était un gamin famélique qui, même sur la plage, refusait de se mettre en maillot? Pour se moquer de lui, les autres enfants l'appelaient Gandhi. »

Quelque temps après son accident, Federico a choisi la poudre d'escampette : il s'est enfui de l'hôpital de Rimini où on l'avait transféré. Il a voulu fêter, pardi, son cinquantième anniversaire de mariage, et il a rechuté. Trois jours après avoir filé, il est entré dans un coma profond.

Nous sommes le 30 octobre, l'AFP annonce que Fellini vient de mourir. Je suis comme orphelin et je ne suis pas le seul. Entre cinéphiles, on se téléphone, on échange des souvenirs, des anecdotes. On se dit que si quelqu'un aurait mérité de n'être pas frappé au cerveau, c'est justement le cinéaste du fantasme, de la mémoire et de l'intime. En fouillant dans mes papiers, j'ai retouvé le menu du dîner donné en son honneur, au Festival, pour *Intervista,* et une lettre m'expliquant que sans l'aide d'un promoteur immobilier, ce film n'aurait jamais été financé – ni, a fortiori, présenté à Cannes : la femme du milliardaire voulait monter les marches. À quoi tiennent les chefs-d'œuvre.

2 novembre, une réception quelconque rue de Valois. Le ministre me prend à part.

« Écoute, me dit Jacques Toubon qui tutoie tout le monde, demain je t'emmène aux obsèques de Fellini. Huit heures, Villacoublay... »

J'annule mes rendez-vous.

Voiture-sirène

À sept heures et demie, au salon d'honneur de Villacoublay, Costa-Gavras, Nicolas Seydoux, Anne de Gaspéri et Toscan du Plantier prennent déjà le café. On n'attend plus qu'Anouk Aimée, la Luisa de *8 ½*. Le ministre s'impatiente : on se dirige vers le Fokker quand elle apparaît sur la passerelle.

Dix heures et demie, aéroport militaire de Rome : ambassadeur au garde-à-vous et honneurs militaires. La petite bande s'engouffre dans un convoi qui remonte à contresens une circulation impossible. En Italie, la voiture-sirène, chargée d'ouvrir la route, roule en deuxième position ; du coup, la voiture du ministre prend tous les risques. Derrière, notre chauffeur fonce aussi, pour « recoller ». À notre entrée en ville, concert d'avertisseurs : tout est bloqué. Dans *8 ½* déjà, Mastroianni s'évadait d'un embouteillage en passant du toit d'une voiture à l'autre…

Les nerfs en pelote, on arrive enfin : onze heures moins deux.

Magali a pleuré

La piazza della Repubblica où est située Sainte-Marie-des-Anges-et-des-Martyrs, basilique des funérailles nationales, est noire de monde. Une foule grave, unanimement recueillie sous un pâle soleil d'automne ; pas du tout une foule romaine. À Naples, si l'on croise un convoi funèbre, on fait les cornes et on se touche les testicules ; pas ici. Cette foule, il faut la fendre. Nous nous accrochons en cordée les uns aux autres pour gagner la nef, nous faufilant entre les caméras de la Rai. Notre groupe est conduit tout près du chœur, sur les bancs du corps diplomatique. Je serre la main de mon collègue, Gian-Luigi Rondi, le directeur de la Mostra de Venise, comme toujours vêtu de noir. Pas loin de moi, Monica Vitti, toute triste, me fait un petit signe, Vittorio Gassman arrive un peu plus tard, Magali Noël, Sandra Milo pleurent, et aussi, plus émouvants encore, les artisans, les machinistes, les décorateurs, tout le peuple de Cinecittà, reconnaissables à leurs gros chandails comme à leur gros chagrin. Il fait froid. J'ai gardé mon manteau. Derrière moi s'installe bientôt Mario Cecchi-Gori, le producteur de *La voce della luna* : une mine à faire peur que j'attribue à l'émotion. Comment deviner qu'il sera, dès le lendemain, emporté à son tour par une crise cardiaque ? Toutes proportions gardées, c'est la mort de Cocteau éclipsée par celle d'Édith Piaf, le même jour.

Bientôt, venue de l'extérieur, éclate, à l'italienne, une salve d'applaudissements. Elle enfle, enfle encore, gagne la basilique de proche en proche. L'historien Lorenzo Codelli me racontera qu'à l'inverse, on a sifflé le cercueil d'un défunt, un socialiste condamné pour corruption…

Gelsomina

Qui aurait dit que Federico Fellini entrerait au paradis entre deux gendarmes ? Son cercueil n'est pas porté par des metteurs en scène, mais par des inconnus, encadrés par d'immenses carabiniers au plumet vert, blanc, rouge. Sous la houle des applaudissements, les photographes suspendent un moment leurs flashes comme en hommage suprême à l'homme qui a inventé le mot paparazzi. Dans le chœur, la pauvre Giulietta, inerte, petite souris recroquevillée dans les bras de ses proches, ne réagira qu'à la fin, quand la dépouille de son mari s'en va et que de la main elle lui adresse un long, un déchirant adieu.

En face, on a aligné, comme au jeu de massacre, le président de la République, les présidents du Sénat et de la Chambre, le chef du gouvernement. Ils sont tous là, faisant des têtes de circonstance, on dirait des gisants. Tout près, Francesco Rosi représente ses confrères. D'autres artistes sont éparpillés dans la nef : j'aperçois Antonioni, livide, comme navré de survivre à Federico alors qu'il a été terrassé avant lui… Et si le destin avait tenu à frapper du même mal les trois plus grands metteurs en scène italiens, Visconti, Antonioni puis Fellini, de cette attaque au cerveau si symbolique du sort récent du cinéma italien ?

La messe, soudain. Comme toujours les orgues tirent des larmes à l'enfant juif camouflé en élève séminariste. Ici, la pompe est grandiose, le faste tutélaire (Verdi plutôt que Nino Rota), mais l'absence de pénombre à cause des projecteurs-télé qui éclaboussent la voûte les transforme en spectacle. On s'attendrait presque à voir danser les ecclésiastiques. Tous – cardinal, évêque, prélats, diacres, sous-diacres, archiprêtres – évoquent si irrésistiblement l'univers de Fellini et particulièrement le défilé de mode religieuse de *Roma* (oh les sœurs en rollers, dont les cornettes battaient des ailes), que le cinéaste semble s'être glissé, une dernière fois, derrière la caméra pour réaliser son rêve le plus fou : mettre en scène son propre enterrement.

Il est là, j'en suis sûr, voltigeant parmi nous, déambulant quelque part dans le transept, avec son petit chapeau mou à carreaux, son pardessus à chevrons et son écharpe rouge, son porte-voix à la main, et il sourit à la ronde, il cligne de l'œil à un machiniste, remet en place un surplis, traverse les groupes, remercie qu'on se soit dérangé, s'excusant du retard : n'est-ce pas l'heure de la pasta ? À la fin, tandis qu'une sonnette grêle annonce l'élévation, il s'approche du catafalque, s'agenouille, se retourne vers moi et, de sa voix flûtée, me demande, taquin : « Savez-vous qui est mort aujourd'hui ? C'est le cinéma, tué par la télévision. »

Il y a encore un dernier moment d'émotion, quand une trompette s'époumone dans une variation sur le thème de Gelsomina : la note monte, monte dans le chœur, dernier soupir d'un génie qui disparaît – et tout un monde avec lui.

À la sortie de la basilique, la foule a encore grandi. Le silence occupe tout l'espace. L'Italie vient de vivre l'enterrement de Victor Hugo.

7

Drôle de proposition !

Délégué pour la frime

Qu'est-ce qui leur a donc pris, à Robert Favre Le Bret, le président du Festival de Cannes, et à Maurice Bessy, son délégué général, de me proposer la direction du Festival par cette journée ensoleillée de l'automne 75 ? Est-ce le critique de cinéma – depuis douze ans déjà – qu'ils voulaient embaucher ? Pourtant, j'ai toujours été peu diplomate, je ne sais pas parler en public, j'ai l'esprit d'escalier…, enfin, j'oubliais, je suis d'un naturel pessimiste. Bref tout ce qu'il faut pour faire un délégué général sans avenir. Au crédit, l'amour du cinéma, une vraie curiosité, une certaine connaissance du cinéma mondial, et l'expérience de la gestion. Est-ce que ça suffisait ? Est-ce que ça suffirait ? Toujours est-il qu'à peine avais-je reçu mes indemnités de licenciement de *L'Express* (j'y reviendrai), Favre Le Bret me téléphona. Puis, le lendemain, Maurice Bessy. Ils m'ont convoqué, mais séparément. Comme s'ils ne s'étaient pas concertés.

Favre Le Bret d'abord, au bureau du Festival. En lisant mes critiques, il a perçu, me dit-il, indépendance d'esprit et sens de la mesure. Puis Maurice m'invite à déjeuner Chez André, rue Marbeuf. Conversation aimable. Je préfère le laisser parler. Chacun d'eux me tiendra exactement le même discours : 1) c'est lui qui a pensé à moi ! 2) on cherche quelqu'un à qui apprendre le métier, avec lequel on puisse s'entendre ; le poste, c'est pour plus tard… Est-ce que l'idée me plaît ? Est-ce que j'aime les voyages ?

Que leur dire ? Que je ne les aime plus. Qu'il me faudrait emporter une valise de médicaments pour hypocondriaque. Que je suis d'une génération qui n'a jamais pris de leçons : la guerre ne l'a pas permis… La natation, le tennis, la machine à écrire : j'ai tout appris tout seul, besogneusement. Je suis nul en société, je ne dessine pas, je ne danse pas, je ne skie pas. Ah si, le piano. Professeur Mme Barraine, rue Caulaincourt, la mère d'Elsa Barraine, compositeur de Jean Grémillon, encore un fil invisible. Elle officiait dans un petit appartement où trônaient un piano droit et un métronome exigeant. Elle s'aperçut vite que je mentais : je n'avais pas répété mes exercices, ni mon solfège. À la place, comme au beau vieux temps de l'harmonium, à Miribel, j'aimais retrouver des airs populaires en tâtonnant car je n'ai pas l'oreille absolue et aussi inventer des sonates de ma composition que j'eus un jour l'imprudence de lui interpréter, en première mondiale. Cette négation d'une vie entière consacrée à transmettre son savoir la courrouça. D'accord, je n'étais pas César Franck, mais me le dire aussi vertement, c'était bas.

Cinéphilie

Oui, que dire à Bessy et à Favre Le Bret ? Si vous cherchez un cinéphile, je suis votre homme. En tout cas, je le suis devenu car, contrairement à ce qu'on pourrait croire, la cinéphilie ne se décrète pas d'un coup et pour toujours. Si j'étais né vingt ans plus tard, j'aurais peut-être découvert le cinéma avec *Les Quatre Cents Coups* au lieu d'*Alerte en Méditerranée* mais qu'est-ce que cela aurait changé ? Il y a des hauts et des bas. Des engouements. Des crises de découragement. Je me rappelle très bien la période où j'ai arrêté net d'aller au cinéma. C'était dans une petite salle de la rue Cujas, au Quartier latin, où l'on donnait *Vautrin*. Metteur en scène Pierre Billon, interprètes : Michel Simon dans le rôle-titre, Madeleine Sologne, Georges Marchal, Louis Seigner… C'était, c'est toujours, une illustration toute bête du roman de Balzac comme en tricotaient à l'époque ceux qu'on appelle, selon l'humeur du moment, un « tâcheron » ou un « honnête artisan ». Je venais d'avoir quinze ans. Je suis sorti sur le trottoir, j'ai descendu le boulevard Saint-Michel. Devant la librairie Gibert Jeune, je me suis arrêté pour prendre l'autobus, le receveur a mouliné mon ticket dans son petit appareil sanglé sur le ventre, et là, sur la plate-forme, tandis qu'il tirait le cordon, j'ai pris ma décision. C'était sûr et certain, le cinéma ne valait pas la littérature. Il n'atteindrait jamais sa richesse romanesque, ni la profondeur infinie de ses rêveries et de sa réflexion. Il me parut clair désormais que je ne pouvais plus perdre ainsi mon temps. J'ai cessé sans regret d'aller au cinéma et chaque fois que l'envie m'en prenait ou qu'un camarade cherchait à m'y entraîner je me disais ah non, tiens bon ! le ciné, c'est trop stupide (amusement de retrouver plus tard les mêmes mots dans la bouche de Robert Bresson). Assez de mauvais films ! J'avais eu mon compte. Je ne savais pas encore qu'il peut être délicieux de découvrir un navet et qu'il y a toujours une scène à sauver dans n'importe quel film. Surtout, je n'avais pas compris que le cinéma c'est l'amour fou, la beauté des émotions, la poésie même. Au cinéma, on peut voir des lions dévorer des chrétiens, Néron incendier Rome, Nastassja Kinski sourire. On peut voir Jennifer Jones et Gregory Peck s'étreindre et s'entretuer…

Un an après, je rechutai à la vue de je ne sais plus quelle affiche et j'escortai une jeune fille, censée me presser la main dans le noir devant un film d'horreur… Elle a ignoré ma main mais j'ai replongé pour toujours.

Lire le cinéma

Sans trop m'en rendre compte, j'ai deviné peu à peu que le cinéma est une matière qui se travaille, et la cinéphilie, un amour qui s'entretient. Je ne l'ai pas analysé aussitôt, c'est juste entré en moi. Lorsque, par exemple, Buster Keaton défie l'ouragan, que Cyd Charisse danse dans une robe verte, ou qu'un petit garçon pagaie dans un bayou... Je me suis mis à lire sur le cinéma, j'ai dévoré tout ce qui me tombait sous la main, des journaux, des revues, des magazines, des livres, toute une littérature florissante à l'époque puisqu'elle coïncidait avec l'âge d'or de la cinéphilie. Les critiques des quotidiens disposaient de place pour leurs articles et, dans les hebdos, des écrivains qui avaient, comme on dit, une plume, c'est-à-dire du style, ne répugnaient pas à écrire sur le cinéma. Rien de tel pour briller dans les dîners en ville.

Il y avait les librairies spécialisées, Le Minotaure, rue des Beaux-Arts, où officiait Roger Cornaille, ou la librairie Fontaine, rue de Médicis. J'y passais chaque semaine pour voir les nouveaux arrivages. Il y avait *Les Cent Visages du cinéma* de Marcel Lapierre, *Le cinéma a-t-il une âme?* d'Henri Agel, *Le Mythe de la femme dans le cinéma américain* de Jacques Siclier, *Le Cinéma et ses hommes* d'Henri Colpi, *L'Écran démoniaque* de Lotte Eisner, *Panorama du film noir américain* de Borde et Chaumeton. Ado Kyrou avait inventé l'amour fou avec *Le Surréalisme au cinéma,* et Claude Mauriac la spécificité cinématographique dans *L'Amour du cinéma.* Il y avait *La Revue du cinéma* à la couverture jaune que Gallimard allait bientôt arrêter, les magazines d'étudiants, *Raccords, Positif, L'Âge du cinéma, Ciné-Club, Saint-Cinéma-des-Prés...* (En khâgne, avec quelques amis : Flacon, Balland, Ducrot, Nadal, Chanut, Grenier, nous avons fondé *Raccords,* revue de cinéma trimestrielle, puis mensuelle, appris comment se fabrique un journal et tenu deux ans. Personne ne sait plus aujourd'hui ce qu'a été *Raccords,* ni ce que cette initiation a représenté pour nous.) Il y avait les ciné-clubs qui prospéraient, des débats très courus, voire houleux, des animateurs comme André Bazin, Armand J. Cauliez ou Jean Cheray, des historiens comme Georges Sadoul ou Jean Mitry, des éditeurs comme Bernard Chardère, à Lyon, il y avait des salles d'art et d'essai, les Agriculteurs, le Studio 28, les Ursulines, le

Panthéon, le Cardinet, les Reflets, le Studio Raspail 216, d'autres, comme le Studio Parnasse qui pratiquait le « jeu des questions » ou le Cluny Palace où certains soirs se confrontaient des cinéphiles de choc – Chabrol, Truffaut, Rivette, Schérer alias Rohmer (ceux des *Cahiers*), mais aussi Kyrou, Benayoun, Goldfayn (ceux de *Saint-Cinéma-des-Prés*, de *Positif*), beaucoup d'autres moins connus, qui fréquentaient surtout la Cinémathèque française, d'abord avenue de Messine, où le contrôleur se nommait Frédéric Rossif, puis, plus tard, rue d'Ulm. Le grand chic, c'était d'être assis dans les trois premiers rangs ou, mieux, s'il n'y avait plus de place, par terre devant l'écran. Il y avait enfin des jeux à la radio et à la télé : à l'émission « La tête et les jambes », de Pierre Bellemare, j'ai gagné, dix ans plus tard, mon premier téléviseur. Est-il utile de préciser que je « faisais » la tête, les jambes étant incarnées par un athlète, grimpeur de corde sans les pieds. Chaque fois que je chutais sur une question, il devait se hisser d'équerre, presque sans répit. Comme, à force, il peinait, je fus copieusement sifflé par le public…

À l'époque, le cinéma n'avait que cinquante ans.

Tout cinéphile, même le plus érudit, a des trous dans la liste des films qu'il faut avoir vus. Mais c'était encore possible de les combler, ce qu'on faisait petit à petit, au hasard des passages et des reprises. Aujourd'hui que le cinéma a cent ans et que les propositions de loisirs se sont multipliées par dix, se faire une culture est une autre paire de manches.

Une lampe de bureau

En arrivant au bureau du Festival, le lundi 5 janvier 76, je n'avais pas compris que Bessy et Favre Le Bret avaient conclu un pacte : l'idée était d'*amuser* les pouvoirs publics qui réclamaient le départ de Bessy, et de gagner du temps jusqu'au remplacement du ministre lui-même. Onze ministres de la Culture en dix ans, cela donnait de belles espérances, et une fois le nouveau en place, le temps qu'il se mette au courant… Pour remplacer Bessy, on avait déjà testé deux candidats qui avaient quitté la place sans avoir eu le temps d'en apprécier les bienfaits. En fait, Bessy et Favre Le Bret m'avaient caché que ce n'était pas un poste où l'on arrivait mais d'où l'on partait. J'avais été engagé à mi-temps pour six mois à l'essai non renouvelables : on n'est pas plus prudent.

Au bureau, je découvris une atmosphère sépulcrale, quasi hors du temps. Le hall du Ritz sans la richesse, ni la fantasmagorie. Dehors, c'était la vraie vie, le faubourg Saint-Honoré, terrain de mes ancêtres, et son boucan de tous les diables. Mais les doubles vitrages ne laissaient filtrer qu'une sorte de murmure végétal comme si le ficus de l'entrée cherchait à se faire entendre. Peu de personnel, essentiellement féminin. Trop inoccupé pour se dispenser de cancaner, de geindre sur soi-même. Quelques années plus tard, nous ferons des livres-anniversaire, des films de montage, des expositions, des leçons de cinéma, des rétrospectives, des hommages – de quoi galvaniser la petite équipe et la rendre fière de conforter « le plus grand festival du monde », et tant pis si les journaux n'en parlent guère, tout accaparés qu'ils sont par la compétition !

En attendant, ces dames devisaient à voix basse, chacune s'affairant à se dire débordée. Mais, de juin à décembre, on surveillait le moment où le comptable, le seul homme de la maison avec le chauffeur, mettrait à exécution l'un de ses plans vitaux : faire la sieste, se coucher de bonne heure. On attendait surtout l'heure du thé. Sauf la secrétaire de direction, Mme Ponsignon, qui espionnait les autres pour complaire au patron. Tout tournait autour de lui. Aucune action, aucune décision, aucune pensée ne venait d'autrui. Et lui s'abritait derrière l'accord du contrôleur d'État pour la plus infime augmentation ou la moindre emplette de première nécessité. C'est ainsi que – la cour étant très sombre – j'ai dû m'user les yeux des mois avant de pouvoir disposer d'une lampe de bureau…

Je me promis qu'un jour le Festival s'offrirait ce dont il avait besoin. Et j'y suis parvenu.

Migraines et corps de ballet

Je connaissais à peine Robert Favre Le Bret qui avait une réputation d'habile homme, peu féru de cinéma moderne. En fait, il possédait un instinct et une intelligence rares. Plus que le cinéma, il aimait passionnément la danse. La danse, ou plutôt les danseuses, étant allé jusqu'à épouser l'une d'elles, devenue ensuite directrice de l'école de danse de l'Opéra de Paris. Ainsi l'amour donnait des ailes à FLB – puisque c'est par ces trois initiales que tout le monde le désignait. On ne s'étonnera donc pas si ses missions pour le Festival à travers le monde l'entraînaient, comme par enchantement, dans les pays où le corps de ballet se produisait. Mais il y voyait peu de films, ils lui donnaient la migraine. À peine arrivé, il se faisait conduire dans le meilleur hôtel de la ville et prendre sa tension. Ensuite, il contactait les deux plus gros producteurs de la place : une visite à l'un : « Qu'est-ce que vous avez, cette année ? » Un déjeuner chez l'autre : « Alors, on marche comme ça, cher ami ?… »

Et c'était tout.

Quand on prenait de ses nouvelles, il répondait d'une petite voix : « Ça ne va pas trop mal, je vous remercie », ou, d'une voix plus mourante encore : « Ça va tout doucement ». Mais il avait consacré sa vie à lancer, à protéger, à développer *son* festival avec un flair et une vision de l'avenir assez ébouriffants. C'était un homme discret qui m'a communiqué le goût du secret, des négociations en tête à tête. Il se contrefichait d'avoir de bonnes relations avec une presse qu'il méprisait cordialement. Il m'appelait parfois dans son bureau et m'invitait cérémonieusement à m'asseoir : « Il y a quelque chose qui m'ennuie un tout petit peu, cher ami », me disait-il, en agitant sa jambe. Il fallait comprendre : Je suis absolument fou de rage contre vous… J'étais plus à l'aise avec Bessy qui avait été journaliste (il dirigeait l'hebdo corporatif *Le Film français*). Favre Le Bret était protestant émigré en

Suisse, Bessy, niçois monté à Paris : autant dire qu'il n'y avait guère d'affinités entre eux. Mais ils se connaissaient par cœur et avaient besoin l'un de l'autre.

Quand FLB arrivait faubourg Saint-Honoré par le vol de Genève, les dames du bureau se jetaient sur son pardessus comme si elles faisaient les soldes. C'était à qui le plierait, l'époussetterait, le lisserait d'un revers de main. L'installerait amoureusement sur un cintre. Sur *son* cintre !

Titularisé

Méfiant, Favre Le Bret avait tout prévu. Même les complots. Il avait fait adopter des statuts sur mesure où il était désigné à la fois comme président à vie et comme président réélu tous les trois ans et il utilisait trop fréquemment la formule *personne n'est indispensable* pour ne pas s'exclure lui-même du champ de son application. En tout cas, même du jour où sa santé l'obligea à prendre un délégué, fonction qu'il avait assumée pendant plus de trente ans, il avait eu la prudence de conserver les instruments du pouvoir : la gestion du budget, les invitations, les places, les relations avec les pouvoirs publics et la mairie. Cela m'allait comme un gant car seul le cinéma m'intéressait. J'avais ainsi les coudées franches même si, de temps à autre, FLB me reprochait de ne pas l'informer suffisamment. Je ripostais qu'il se mêlait des affaires sans les connaître : si, quand j'étais en voyage, on lui passait les Russes avec lesquels les relations étaient tendues, il promettait sans savoir, et tout était à recommencer. Alors que, justement, j'étais dans l'avion pour Moscou…

Au bout des six mois convenus, FLB m'a convoqué dans son bureau d'où je suis ressorti titularisé pour six mois, à temps complet cette fois, et au salaire de deux mille francs ! On progressait. Seulement, je n'avais rien à faire. Mon bureau était voisin de celui de Bessy : quand j'entendais du bruit dans le sien, par exemple la visite d'un étranger, je frappais, j'entrais, et Maurice, d'un sourire énigmatique, me présentait à sa manière : « Vous connaissez mon ami Gilles Jacob ? » *Mon ami Gilles Jacob !* Comme si j'étais passé lui dire bonjour…

8

Une poignée de main historique

Gide

À l'âge de dix-sept dix-huit ans, Orson Welles était l'une de mes idoles. L'autre, c'était André Gide. Je doute fort qu'on trouve encore aujourd'hui une photo de cette réunion, mais je les ai vus ensemble, en chair et en os. Je les ai vus se parler, se serrer la main ! Nous ne devons plus être nombreux à avoir assisté à cet événement. Alexandre Astruc, peut-être... Avec Gide, ce fut, hélas, ma seule rencontre.

Nous venions d'arriver, avec ma mère, à une projection privée, au Club Objectif 49 où j'avais été parrainé par Jacques Doniol-Valcroze, un des meilleurs critiques de cinéma de l'époque et fondateur des *Cahiers du cinéma.* De nombreux cinéphiles et quelques snobs se pressaient pour assister à la première présentation mondiale du *Macbeth* d'Orson Welles. La chose se passait à la Maison de la chimie, rue Saint-Dominique, à l'endroit précis, je l'apprendrai bien plus tard, où de jeunes résistants avaient été condamnés à être fusillés par une cour martiale nazie, en 42.

Il faisait un froid de canard, mais les manteaux de ma mère, ses douces fourrures d'avant guerre, avaient disparu avec le reste. Welles avait accepté de dire quelques mots, et Cocteau qui venait, au cinéma, de montrer coup sur coup *L'Aigle à deux têtes* et *Les Parents terribles* se faisait une fête de l'introduire. On était entre collègues, n'est-ce pas. Gide était donc là en voisin, accueilli, fêté, accompagné par sa traductrice et amie, Dorothy Bussy, dont le hasard voulut qu'elle fût alors la partenaire de bridge de mon père. Quoi, l'auteur des *Caves du Vatican* et de *Si le grain ne meurt,* c'était donc ce vieux monsieur, à l'apparence ecclésiastique, frileusement emmitouflé dans sa fameuse cape en loden, un béret sur la tête et l'œil larmoyant ? Je le regardais, à la fois ravi et affligé. Il me rappelait M. Billot, mon prof de littérature en seconde à Louis-le-Grand, emmitouflé lui aussi dans un plaid trop grand pour lui, protégeant son cou d'un coquet foulard, se délectant de l'incipit de *Paludes* :

« À six heures entra mon grand ami Hubert ; il revenait du manège. Il dit : Tiens ! tu travailles ?

Je répondis : J'écris Paludes. *»*

M. Billot lisait si bien, détachant chaque syllabe, s'en gargarisant presque, que nous étions sous le charme et que le silence qui suivait sa lecture faisait encore partie du plaisir. Après, nous nous précipitions chez un libraire du Boul'Mich' pour acheter tous les Gide d'occasion que nous pouvions trouver.

Voulant faire durer mon ravissement, ma mère avait proposé à Dorothy Bussy que nous ramenions Gide, en voiture, rue Vaneau. C'est moi qui conduisais la Citroën, Gide était assis à ma droite, la place du mort. Naturellement, j'ai imaginé le trajet le plus improbable, j'alléguai des sens interdits, j'allai à dix à l'heure tant la distance entre Saint-Dominique et Vaneau est courte. Gide a dû s'apercevoir de ces manigances mais il se taisait, il me regardait du coin de l'œil. Il a senti cependant que j'étais suspendu à ses lèvres tel le plongeur en quête de perles au fond de l'océan. À la fin, il a fait tournoyer sa canne entre ses genoux osseux et s'est penché vers moi. Sa phrase anodine s'attarde encore dans mon esprit avec une étrange précision.

— Et vous, monsieur, qu'avez-vous l'intention de faire ?

Je voyais bien que c'était une banalité, mais j'avais Dieu dans ma voiture.

À vrai dire, je ne savais pas moi-même qui je voulais être. J'ai répondu n'importe quoi.

— Plus tard, j'aimerais écrire.

Il a eu un hochement de tête. Je le surveillais à la dérobée. Le risque de perdre un fragment de ce qu'il allait me dire me serrait le cœur.

— Ah, c'est bien, fit-il, et ses lèvres minces formèrent à regret un fantôme de sourire.

Déjà, hélas, nous étions au coin de la rue Vaneau et de la rue de Varenne. Gide est sorti de la Citroën avec difficulté, ou plutôt Dorothy l'en a extirpé. Alors, tandis qu'à petits pas il s'engouffrait dans l'immeuble, je regardai disparaître à jamais cette silhouette fameuse qui incarnait pour moi la grandeur et le mystère de la littérature.

Grâce à ma mère, j'avais touché la main du grand homme! Gide, Welles, Cocteau, Sartre peut-être, Camus sûrement, l'homme au trench-coat, à qui j'avais demandé une dédicace dans une vente de livres et qui m'avait signé *La Peste* (il avait écrit : « sincèrement ») : on imagine mal ce que ce déploiement de génies pouvait représenter pour un jeune homme de dix-sept ans, timide et mal dans sa peau, ne sachant rien de la vie et ne fréquentant que quelques renvoyeurs de balles, sur un court de tennis, et quelques œuvres artistiques, dans sa ville natale qu'il connaissait si peu. Mais enclin à l'admiration et rempli d'une envie rêveuse : jouer soi-même un rôle, si petit soit-il, dans un domaine à découvrir. Je retrouverais ce même embrasement à chacune de mes grandes rencontres. L'enthousiasme était là, il ne me quitterait plus.

Ce soir-là, ma mère fut surprise de me voir retourner dans sa chambre.

— Je ne t'avais pas bien dit bonsoir, lui dis-je.

Orson

L'année où j'ai été engagé à Cannes, en 76, Maurice Bessy m'emmène à Los Angeles (pour vous apprendre le métier, me dit-il) et m'envoie ensuite à Moscou (pour m'apprendre la vie ?). Dans ma chambre, au Beverly Wilshire, une bonbonne d'eau minérale italienne me transmet le bon souvenir de Dino Di Laurentis, un ami de Bessy. Sans compter des corbeilles de fruits portant la signature des principaux studios hollywoodiens. Ils veulent nous amadouer ? demandai-je à Maurice.

— Non, courtoisie d'usage. Disons lutte d'influence.

À cette époque, chaque studio a en tête d'envoyer un film à Cannes mais pas en compétition. Pour le prestige. Et de préférence des films « prise de tête », des films d'auteur que les *executives* ne savent comment sortir en salles, sans parler de l'ego des metteurs en scène soucieux de reconnaissance internationale. Surtout depuis qu'Altman a gagné la Palme d'or, en 70, avec *MASH*, film dont ils n'apprécient guère l'ironie. Alors, Cannes…

Dans une salle de projection, à Beverly Hills, nous visionnons à bobine abattue pour la sélection cannoise quand, tout à coup, la lumière se rallume et la porte s'ouvre à la volée. Ravi de nous faire cette bonne blague, précédé de son rire énorme qui roule en cascades, Orson Welles, mon idole de l'heure, fait son entrée. Révérence gardée, il traîne un peu la patte.

Je me demande si le souvenir qu'il évoque, pour la génération d'aujourd'hui, n'est pas surtout l'ombre démesurée qui court sur l'écran dans la Vienne du *Troisième Homme* et l'homme qui dit des choses amusantes sur les horloges suisses appelées coucous…

C'était l'époque où on ne le voyait nulle part : pas de numéro de téléphone, un domicile hypothétique à Las Vegas – autant dire introuvable. Pas pour son ami Bessy qui, je crois, avait eu quelque chose à voir avec *Mr Arkadin* (fil invisible : prénom du héros joué par Akim Tamiroff ? Jakob…). Plus tard, Maurice publiera un livre sur Welles en utilisant ses documents sans le lui dire, et Welles ne lui parlera plus.

Mais là, Orson parle. Et d'abondance. Il nous joue un de ses numéros tonitruants de prestidigitateur.

Puis il se met à papoter avec Maurice d'une manière si elliptique que leur bavardage prend pour moi des allures de société secrète. Après quoi, Orson se tourne vers moi et nous parlons cinéma. Comme avec Pialat, je comprends que peu de cinéastes d'aujourd'hui trouvent grâce à ses yeux : Welles aime Martin Scorsese, sûrement, et aussi Terrence Malick, l'auteur de *Badlands* (*La Ballade sauvage*) qui n'est pas encore un film-culte.

Et c'est à peu près tout.

La note du Crillon

Je contemple Orson. Son corps éléphantesque drapé dans la fameuse cape sombre. Du mince héritier de *Citizen Kane* qui allait acheter un opéra pour une chanteuse ne subsiste que le nez, un nez ridiculement petit, comme la trace de cette vulnérabilité juvénile qui le rend si attachant. J'ignore ce qui lui a donné cette enveloppe charnelle au périmètre affolant. Sûrement pas l'abus de glace vanille qui a conféré à Brando un aussi considérable abdomen. Plutôt l'alcool. Ou ce lard de jambon dont il est fou. Mais les vrais coupables sont le système hollywoodien, le manque d'argent et les vertiges suicidaires de l'excès. Ainsi, dans les studios, neutralise-t-on le génie.

Il lui reste le panache. De passage à Paris pour un hommage à la Cinémathèque, le mirobolant Orson se rend à son hôtel, il monte dans sa chambre, appelle au téléphone Oja Kodar, sa compagne restée à Los Angeles, et quand il a fini la conversation, Orson ne raccroche pas : il dépose simplement le combiné sur la table de nuit. Ainsi est-il resté en ligne pendant trois jours. On imagine la tête du contrôleur d'État du Centre national de la cinématographie quand le comptable de Langlois lui a présenté la note du Crillon…

Salade fraîcheur

Los Angeles, restaurant Ma Maison, quelques années plus tard. Impossible d'oublier cette voix semblant sortie d'une barrique. Si belle dans Shakespeare, elle pouvait aussi bien venir de maître Falstaff que du pachyderme lourdement affalé à la première table à droite, à l'entrée du bistrot français alors à la mode à Beverly Hills. Un de ces troquets où les serveurs, presque tous comédiens, font travailler leur mémoire en récitant les plats qui ne figurent pas sur la carte. Un sketch répété à chaque table et digne d'Henri Michaux[1].

Les *executives* qui s'y pressent en foule prennent leur entrée sur la terrasse à même le trottoir, seul Orson siège à l'intérieur.

Lorsque je viens le saluer ce jour-là, Orson Welles est seul.

Il fait mine de se lever, il s'attaque au problème. Lui que j'ai connu tour à tour mince et gros, riche et pauvre, mais toujours en train de s'esclaffer, entame le processus qui va le conduire à la station verticale, cependant que sa chaise émet un craquement d'aise. Malgré mon insistance, il reste debout tout au long de l'entretien. Par courtoisie et, comme il dit, pour faire honneur au Festival de Cannes, une phrase qu'il prononce comiquement. Son costume est élimé aux poignets et je respire autour de lui une fine odeur de camphre, comme s'il avait voulu tenir à distance toute cette faune hollywoodienne dont les pépiements, dehors, se répercutent sous le vélum.

J'invite Orson à venir remettre un prix à Cannes, idée qui d'évidence l'amuse. Il le fera d'ailleurs et nous assisterons à une scène surréaliste où il remettra le *prix du cinéma de création* (?) ex aequo à Bresson et à Tarkovski, stupéfait de voir le public siffler :

1. « Ce que vous avez là dans votre assiette ne figure pas sur la carte » (Henri Michaux : *Un certain Plume*).

comment Welles aurait-il pu deviner que Bresson, pour son film *L'Argent*, était accusé d'avoir engagé Valérie, la fille de Jack Lang, en échange de l'aide directe du ministre de la Culture ? Peu importait : les mauvaises langues ne font pas les bons films.

Pour l'instant Welles évoque un futur guère plus exaltant. Il a d'abord un de ces éternuements homériques qui peuvent passer pour un rire. Et quand, au bord de l'asphyxie, il aspire enfin une goulée d'air, ses yeux noyés dans la graisse brillent d'une gaieté sauvage.

Il m'explique que l'avenir n'est pas au cinéma infantile dont on abreuve les adolescents mais qu'il est trop vieux pour attendre. Et d'ailleurs, attendre quoi ? Il se tâte le visage du revers de la main comme pour vérifier que son petit nez existe toujours. Il a perdu sa face d'ironique chérubin pour adopter celle de vieillard sceptique, dernier Mohican d'une race en voie de disparition : les démiurges visionnaires.

Orson m'offre une gorgée de cabernet-sauvignon en s'excusant que ce ne soit pas du margaux.

Roi Lear

« Regardez-les, dit-il en contemplant le Tout-Hollywood qui, dans la cour, picore sa salade-fraîcheur. Regardez-les se pavaner avec leur peau bronzée, leurs petites coucheries minables, leur cocaïne à portée de main... Regardez comme ils ont peur de perdre leur place, avec leurs regards meurtriers et leur sourire de cobra. L'autre jour, un de ces cobras, un gamin de vingt-huit ans, *executive vice-president* dans un studio, chez MGM je crois, a demandé à Billy Wilder de lui raconter ce qu'il avait fait dans la vie. À Billy, vous vous rendez compte ? Et vous savez ce qu'il a répondu, Billy ? Il a riposté *You first* ! (Là, Orson s'étrangle de rire.) Profitez-en, mon cher ami, tout Hollywood est là... (Je connais plusieurs personnes dehors, il parle fort, je suis gêné...) Oui, les rats sont là, reprend-il, les patrons de studios, les acteurs, les réalisateurs, les avocats, les agents, les femmes, *les femmes!* Et toute cette merde qu'ils produisent aujourd'hui, n'est-ce pas la victoire du crétinisme et du fric ?... » À cet instant précis, Orson retrouve la véhémence du roi Lear : « Hollywood est devenu un tonneau qui roule vers l'abîme. Ils s'entretuent. Regardez le sol de ce restaurant, il grouille de cadavres... »

Et de nouveau, pour moi seul, le marin O'Hara raconte la fameuse histoire de *La Dame de Shanghai*, l'histoire des requins qui se battent entre eux et dont le sang rougit la mer... Sous l'hilarité vengeresse de cette philippique, il n'est pas difficile de percevoir un cri de souffrance.

Je m'esquive, laissant Orson, qui va se rasseoir, à son délicat problème d'énergie cinétique. Déjà, le cinéaste Henry Jaglom qui vient déjeuner avec lui s'approche en souriant. « *He is all yours*, il est à vous, Henry », lui dis-je. Et je retourne à ma mélancolie.

Des limousines stationnent dans Melrose. Le soleil ricoche sur des chromes et des carrosseries brûlants. Au volant d'une berline noire, une Oldsmobile à marche-pied ou une Pontiac, j'aperçois un vieil homme triste qui ne peut être que le chauffeur d'Orson. Un chauffeur qui, j'imagine, doit le véhiculer trois fois par semaine comme Eric von Stroheim conduisant Gloria Swanson dans *Sunset Boulevard*. De Billy Wilder, justement.

Tandis que j'attends ma voiture, le propriétaire du restaurant, neveu du patron de la Tour d'Argent, me raccompagne. Tout près de nous, sur le trottoir, une petite fontaine ruisselle d'une voix claire. Des palmiers, des bougainvillées, des rosiers grimpants. Terrail est sapé comme un prince. Ses chaussures à deux tons, son costume bleu roi à rayures écartées, sa cravate jaune, assortie d'une exubérante pochette orange, ont tout pour séduire la belle clientèle. L'automne approche. Un vol de cormorans remonte vers le nord. « Il faudra revenir nous voir », dit Terrail.

9

Le rouet de grand-mère

La lutte des clans

Nous ne sommes rien si nous oublions nos ancêtres. Ma grand-mère maternelle est née Marguerite Salomon le 5 avril 1880, 5, place du Théâtre-Français. Elle était la fille unique de M. et Mme Alexis Salomon, mes arrière-grands-parents, installés 20, boulevard de la Station, à Garches. À l'âge de vingt ans, elle épouse un polytechnicien, sorti, comme on dit, dans la botte. Alors, il démissionne de l'armée. Lambert Lévy devient, très jeune, directeur de l'Est lumière, l'ancêtre de la CPDE, la Compagnie parisienne de distribution d'électricité. On lui doit l'invention, en banlieue, de l'éclairage au centre des rues. Ce fossoyeur des becs de gaz que cassaient trop facilement les apaches est mort trop tôt (en 34) pour que mes souvenirs de lui – lorgnons, barbiche, moustache – ne viennent de photographies plutôt que de mon magasin personnel. Je me rappelle pourtant, j'ai trois ou quatre ans, d'un quai de gare, l'été, de sifflets de locomotives à vapeur, d'un vieux monsieur à bottines qui me lance au ciel : ce devait être Papa Coco, son surnom pour mon frère et pour moi, rentrant le soir de Montreuil vers sa maison de Garches…

Avant son mariage, il habitait rue de la Harpe au numéro 1. J'ai retrouvé il y a peu une carte où il écrit à ma grand-mère Marguerite.

C'est elle qu'on appelait Maman Do et qui habitait 16, rue du Louvre ; elle se servait d'une canne à poignée guidon qui me renforçait dans l'idée – j'entendais parler à l'office de Tourmalet, d'Aubisque, d'Isoard – qu'elle s'était cassé le col du fémur dans une étape du Tour de France. Elle avait un casque de cheveux rincé à la teinture violette, bizarrement relevé sur le côté, et des lunettes d'écaille blonde qu'adoucissait encore l'ovale du visage. Même en demi-saison, elle disait « Je suis gelée » et se réchauffait auprès de la salamandre au mica rougeoyant que, sur sa demande, on laissait allumée nuit et jour. Elle abandonnait derrière elle un délicat sillage de miel hamamélis et garnissait sa bonbonnière de pastilles de chocolat qui nous étaient destinées. C'était un amour de grand-mère.

Il y avait lutte d'influence entre la rue du Louvre et la rue de Courcelles où est venue habiter Jeanne, mon autre grand-mère, après la mort de son mari, Auguste, le marchand de biens, mort lui aussi en 34, une année d'hécatombe pour les grands-pères français, en tout cas les miens. À cette grand-mère-ci, Jeanne Jacob, née Weil, on disait tout bonnement Grand-mère : il semble que mon père, dès la naissance de mon frère aîné, ait pris d'avance une option sur ce titre officiel, il n'y avait pas à discuter. Depuis la mort de son mari, elle s'habillait tout en noir, le cou orné d'un ruban de soie noire elle aussi. Tout ce noir m'impressionnait, comme la cicatrice ronde sur sa pommette – vieille blessure causée par la flèche d'un fusil d'enfant. Pour recevoir, Grand-mère « avait son jour ». Elle avait également un chat en porcelaine qui ne résista pas au coup d'aspirateur d'une soubrette maladroite. Elle avait enfin un jeu de puces et un rouet. Ce rouet et tout le nécessaire de la fileuse, elle avait dû les ramener comme des trophées de ses propres ancêtres, les Weil de Colmar. Quand j'avais tripoté un moment l'écheveau et le dévidoir de chanvre, fait sauter quelques puces vers la sébile et joué avec la voiture de pompiers, rouge comme de juste, elle me renvoyait en me donnant vingt sous. Maman Do remportait facilement cette manche en me glissant cinq francs. Puis elle m'installait devant le train électrique qui avait sa pièce à lui et chauffait au bain-marie des chocolats onctueux comme des princes de l'Église.

Le soir, à la maison, mon père faisait la tête : « Tes fils vont voir ta mère plus souvent que la mienne… » C'est là que j'ai acquis sans le savoir des rudiments de diplomatie. Les jeux chez Grand-mère ne m'amusaient plus depuis longtemps mais je faisais semblant de me distraire pour faire plaisir à mon père. Et, pour bien marquer devant ma mère cette suprématie, il me prenait sur ses genoux et me disait : « Hein, tu t'amuses bien chez Grand-mère… »

C'était plus facile après la classe d'aller rue de Courcelles en sortant de Carnot pour s'offrir à la boulangerie des cordonnets de réglisse noire qui s'enroulaient sur eux-mêmes autour d'une petite perle rouge en sucre candi. Mais ma mère trichait en venant nous chercher avec la Talbot ou la Delaunay-Belleville au volant de laquelle, en bonne ancêtre du féminisme et fière d'avoir été une des premières femmes à passer son permis, elle avait gagné à La Baule un concours d'élégance. Elle m'emmenait à Carnot dans sa belle voiture neuve. Elle aurait adoré me déposer juste devant le lycée mais, par honte ou par pudeur, je préférais descendre plus loin.

Je n'ai pas souvenir de repas pris en commun entre les deux clans. Du reste, les grandes tablées chez nous n'existaient pas. Mais j'ai survécu à ces milliers de tranches de foie de veau bien cuites qu'il fallait manger jusqu'au bout parce que « le foie contient du fer ».

La compétition s'exerçait dans tous les domaines, y compris dans celui de l'art, mais, entre le Napoléon III cher à Courcelles et le style nouille de la rue du Louvre, entre un portrait de famille fatigué et une horrible marine (une vague en creux à donner le mal de mer), comment se prononcer ? Le Commissariat général aux Questions juives, qui n'y regardait pas de si près, à moins que ce ne fût le voisinage, déménagea les deux mobiliers sans se soucier de comparaison.

10

Le cheval de la rue Taganskaïa

Michel Strogoff

Février 77. Ma première grande négociation internationale.

On dirait qu'il n'y a pas foule au bas de l'échelle de l'Ilyouchine, à Cheremetievo. Il gèle à pierre fendre. Je n'aperçois ni le vice-ministre, M. Ermach, ni le chargé des festivals au Goskino [1], M. Chkalikhov, ni le directeur d'Air France, M. Tchepelkine, ni le chef d'escale, M. Antoine, pas davantage M. Lazerges, de l'AFP, ni Mme Héléna, une personne du sexe, recommandée par Bessy et qui, entre autres talents, devait parler français, ni même l'étrange M. Yvan.

Sans doute ces dignitaires ont-ils craint de ne pas m'identifier sous la chapka qui me donne des airs de Michel Strogoff. À leur décharge, un vent violent, auquel aucun relief ne fait obstacle entre Verkhoïansk et Moscou. Des miliciens rogues m'épargnent le salon d'honneur et déchiffrent laborieusement les visas.

La porte sur la piste est restée ouverte. Un coulis glacial. Je la pousse. Un soldat s'approche, rouvre l'huis d'un coup de botte, puis me reconduit à la queue, sa kalachnikov pointée vers ma poitrine. Bon. Je ne suis plus dans le camp de l'initiative individuelle…

C'est mon tour. Le factionnaire dévisage ma photo, relève la tête. Puis il retourne à ce cliché qui a bien dix ans. Vais-je passer

1. L'organe central du cinéma soviétique.

la nuit en cellule comme Yves Boisset venu chercher le grand prix du festival, et qui s'était impatienté? Mais on ne pouvait entrer sans visa et le visa, cher monsieur Kafka, il fallait huit jours pour l'obtenir... Reconnu le lendemain, Yves – pourtant inscrit au PC – avait refusé les excuses et exigé qu'on le remît dans le premier avion.

— Mais c'est un vol pour Stockholm...

— Pour où vous voulez, pourvu que je me casse d'ici!

Babouchkas

Je récupère mon bagage. Une main brandit avec nonchalance une pancarte à mon nom. « Monsieur Yvan? demandé-je. – M. Yvan. Je suis votre interprète. »

Yvan a une fine moustache rousse et la cordialité volubile de l'âme slave. La nuit tombe, le chauffeur conduit très vite, à travers des banlieues aux bâtisses uniformes. Des plaques de neige grisâtres crissent sous les pneus.

Devant l'hôtel Sovietskaïa, l'antique palace réservé aux hôtes étrangers, deux vieilles babouchkas, agenouillées à même le trottoir, piochent la glace au burin, et leurs haleines accrochent sous leurs fichus de minuscules stalactiques. Lorsqu'elles lèvent la tête en m'adressant un sourire modeste, je suis saisi d'une forte émotion, quelque chose venu de la nuit des temps : il me semble voir le reflet de mes deux grand-mères, comme si, ployant silencieusement sous la différence de leur condition, elles avaient songé à une autre vie dans un autre monde.

— Ce n'est pas un métier de femme, dis-je à Yvan.

— Vous savez (toutes ses phrases commençaient par vous savez), pendant la guerre, l'Union soviétique a perdu vingt-cinq millions de ses enfants, la plupart de sexe masculin, récite-t-il.

La guerre, les suites de la guerre; mais l'heure est venue de visiter mes appartements.

Je ne suis pas attendu. Il faut téléphoner. Palabres. Escarmouches avec la réception. Les choses finissent par s'arranger mais on me confisque mon passeport, ce qui, la nuit, dans une ville dont je ne connais pas la langue, réveille, chez un ancien traqué par la Gestapo, des frayeurs maladives.

Au bout d'une heure, je suis enfin dans ma chambre. Yvan a tenu à m'accompagner. C'est pour me remettre une somme en roubles sur laquelle je devrai vivre. Au bout de trois jours, il renouvellera l'avance… Mais c'est surtout pour me demander – il a baissé la voix :

— Avez-vous mes dictionnaires ?

— Comment ?

Yvan a l'air surpris.

— M. Bessy ne vous a rien dit ?

Et il m'explique qu'il est *refuznik*, qu'il veut émigrer et qu'il lui faut des manuels pour parfaire son vocabulaire. Je n'ai jamais su s'il s'agissait d'un intellectuel hostile au régime ou d'un membre du KGB chargé, en fait de roubles, de me donner le change. « Méfiez-vous du KGB, a dit Maurice, les interprètes en sont tous. »

Je donne à Yvan mes magazines. Il les glisse sous sa vareuse et me recommande de prendre mon petit déjeuner dans la salle à manger. Là-dessus il me souhaite une bonne nuit : présomptueuse prophétie.

Vaste, tapissée d'un papier cafardeux aux guirlandes grenat, la chambre n'est pas très engageante. Des robinets de la salle de bains s'écoule un liquide brunâtre. Mais ça m'est égal… Je foule le sol de Tarkovski, de Iosseliani et de Paradjanov ! C'est donc le cœur ouvert à tous les émerveillements que je décide d'aller faire un tour dans le hall.

À l'étage, une *dejournaïa* aux airs de Grand Inquisiteur veut confisquer ma clef. Sans passeport et sans clef, on n'est rien : je tente de la garder, elle m'arrache la poire de bois. Visiblement la matrone n'est pas programmée pour laisser le touriste s'expliquer. Sans doute encore un agent du KGB. Je me promets d'inspecter à fond les caches à micros.

Mandibules

Le hall est vide, il fait lourd. Partout des colonnes de marbre très « réalisme soviétique ». Une musique légère semble venir de la salle à manger. Sous d'immenses lambris, un orchestre de femmes y mouline des airs à la mode. Pas un chat dans la pièce. Je m'assieds à une table sans réaliser que le service est fini. Au bout d'une demi-heure, comme personne ne s'avise de m'en informer, je ne préviens pas non plus que je remonte dans ma chambre.

La babouchka d'étage a disparu.

Ma clef ?

J'attends des heures, je toque à une petite porte. Je descends demander une autre clef ou une autre chambre. À la réception, personne non plus. Un garçon passe, qui ne me répond pas. Je remonte. Une seconde pipelette fait une apparition chancelante. L'autre a dû troquer sa garde contre une bouteille de vodka. Il y a un tableau protégé d'un sous-verre sur la table et il faut désigner son nom. Mais tout est inscrit en cyrillique et j'ai oublié mon numéro de chambre…

Un peu plus tard, je grignote les petits-beurre qui me restent, quand je l'aperçois. *Elle* est là, fonçant sur moi comme le moustique des *Caves du Vatican.* Bien sûr ce n'est qu'une petite araignée soviétique et vu sa taille, son trajet, sa vitesse, il lui faudra plus d'heures pour parvenir à la verticale de mon lit que la nuit n'en compte. Là-haut, tissant la toile, les petites pattes accélèrent leur sarabande. Sans doute devrais-je lui faire la chasse, sinon, ma vie, ma vie nocturne, va devenir un enfer. Inspections, écoutes, rallumage au moindre crissement de mandibules… Dans quel état de misère physiologique me trouverai-je demain ?

De quand date cette paranoïa ? Trente ans ? Plutôt quarante ! La moindre écorchure au genou, et il a toujours fallu que je réclame une piqûre antitétanique, une prise de sang, une radio du poumon… Maintenant, ça va mieux. Vous comprendrez que je suis guéri quand je vous aurai dit que la mygale est à présent *sous* mon lit. Non, je plaisante : je suis vraiment guéri. Peut-être ai-je compris, avec le recul, que les choses ne se passent jamais comme on croit. Je rallume. Faute de balai, je confectionne une sarbacane telle qu'homologuée au lycée Louis-le-Grand. Mais le monstre a disparu. Et tandis que je me demande s'il n'entre pas dans ma terreur une plus grande part de comédie que je ne veux bien l'admettre, j'entends, derrière moi, la voix protectrice de mes babouchkas : *C'est l'heure de dormir, mon chéri.*

Au programme, visionnage et visite de Moscou. Je deviens imbattable sur le Kremlin, le Goum, la rue Gorki, même un petit Gauguin ocre de la galerie Tretiakov. Je comprends bientôt pourquoi le chauffeur ne coupe jamais le moteur de la Zil, même en stationnement. L'essence gèlerait. Tandis qu'un pâle soleil envoie de grandes éclaboussures sur les glaces de la Moskova, le froid s'infiltre dans les gants, sous les habits, partout. Je fais quelques pas. J'ai oublié ma chapka à l'hôtel. Un homme de la rue – un pétrolier de Bakou, un Kazakh d'Alma-Ata ou un Kirghiz aux pommettes saillantes – ramasse une poignée de neige et me frotte les oreilles qui ont commencé à geler.

Je veux lui offrir un verre mais déjà il a disparu dans la foule.

Grisâtres, jouant des coudes dans les grands magasins, les Soviétiques vont, viennent, s'arrêtent, repartent, font la queue sans mot dire, avec, toujours, un sac à provisions en cas d'arrivage alimentaire, et ils arpentent les grandes avenues aux voitures rares, les perspectives imposantes, les esplanades glorieuses, sans un regard pour les clochers de la ville impériale, les bulbes, les coupoles dorées, ignorant aussi les miliciens sous leurs grosses capotes bleues et leurs toques fourrées. Si, tout de même, cet attroupement autour d'un pauvre cheval qui a dû glisser sur la neige et qui reste couché, rue Taganskaïa, une patte cassée peut-être…

Pastorale

— Êtes-vous un anticommuniste primaire comme M. Bessy? me demande Chkalikhov au bout de deux jours de visionnage, où l'on m'a promené d'une salle à l'autre, probablement pour m'impressionner par leur nombre. Je lui assure que non. J'ai des amis communistes à Paris, M. Samuel Lachize, M. Marcel Martin, des critiques qui ne lui sont sûrement pas étrangers? J'ai même bien connu M. Sadoul. Chkalikhov hoche la tête. Il sait tout ça, il a ma fiche. Il est là, boudiné dans son costume bleu marine qui exhale un fort parfum de musc. De temps en temps, ses yeux chavirent, comme effrayés du peu que sa bouche a dit et qui est encore trop.

Je lui demande de me montrer *Pastorale*, le nouveau film de Iosseliani dont il ne faut pas dire qu'il est interdit.

— Vous savez, a dit Yvan, ils ne vous le donneront pas.

— Et pourquoi donc?

— Il y a une séquence où on aperçoit au fond d'un plan un paysan qui fauche son pré. Vous ferez attention, ça ne dure qu'une seconde...

— Et alors?

— Réfléchissez... Un type avec une faux, pour le Comité central, c'est comme si on niait que l'Union soviétique soit entrée dans l'ère du machinisme agricole. Inacceptable!

Il ne plaisante pas. Chkalikhov commence par me dire qu'il n'y a pas de copie, puis, le lendemain, qu'on va la faire venir, enfin que si je veux voir le film, il me faudra aller en Géorgie.

— D'accord. J'y vais.

Mais le jour suivant, il n'est plus certain qu'il y ait une copie, même à Tbilissi...

En attendant, je visionne ferme et, contrairement à Bessy, je n'arrête pas les films : surprise des responsables.

C'est donc abruti par ces longues heures de visionnage, fatigué par mes nuits sans sommeil, exaspéré par l'absence de nouvelles de Paris – « attente indéterminée » répètent à l'envi les standardistes – que je me présente à la fameuse réunion finale avec le vice-ministre, ma première grande négociation internationale !

Bessy m'a averti : « Surtout, ne vous laissez pas faire. »

Favre Le Bret m'a prévenu : « Avec les Soviétiques, allez-y doucement. »

Comme tout est simple…

La ligne générale

La salle des réunions protocolaires est imposante ; on a sorti les petits fours, le thé, la vodka, les sous-main aux buvards roses, les écritoires de bronze. Une succulente odeur de cire me rappelle le séminaire. J'entre le premier avec mon interprète, qu'on a flanqué d'un autre interprète, sans doute pour le surveiller. Puis Chkalikhov paraît, impénétrable, et enfin le vice-ministre Ermach qu'accompagnent deux autres vice-vice-ministres, avec un souci évident du décorum. On dirait le vice-roi du *Carrosse d'or*.

Les yeux plantés au fond des miens, Ermach me broie la main. Lon-gue-ment. Puis les deux délégations s'installent de part et d'autre de la table autour de laquelle vont se mesurer dans une inconciliable hostilité la toute-puissance des politiques et l'amour du cinéma. Silence ! Le ministre va parler. Il parle.

Ermach me demande un exposé sur le cinéma mondial. Visiblement, il me teste. Je le scrute à mon tour. Vieux moujik blond, irascible et sanguin, portant l'insigne étoilé des dignitaires. L'homme est balourd mais l'œil est d'un vif ! J'imagine que, secrètement, il aime les cinéastes, même ceux qui ne marchent pas droit. Je me concentre sur une veine qui bat sur sa tempe. Erreur !

C'est cet instant précis que choisit le ministre pour se fâcher tout rouge. Il s'offre une de ces colères programmées qui viennent se fracasser contre les doubles vitrages. Mon traducteur traduit. Il est en nage. Le chef traducteur l'a repris sur un détail.

La ligne générale, c'est que Bessy « n'est qu'un pas grand-chose » qui déteste les Soviétiques en général et leur cinéma en particulier.

Je m'insurge aussitôt. Maurice est au contraire un fervent amateur du cinéma russe mais vos chefs-d'œuvre, vous ne voulez jamais nous les donner...

— Pourquoi donc, demande le ministre, ne prenez-vous pas davantage de nos films ? L'Union des républiques socialistes est une grande puissance. Vous qui savez tout, dites-moi un peu combien de films nous tournons chaque année ?

— Pourquoi donc, dis-je à mon tour, avoir attendu trois ans pour nous donner *Andreï Roublev*, ce chef-d'œuvre absolu ? D'ailleurs, nous l'avons montré sans votre autorisation...

(J'entends d'ici les remontrances de Favre Le Bret, mais c'est plus fort que moi.)

— Pourquoi donc M. Bessy est-il allé deux fois cet hiver aux États-Unis ? Pourquoi ne vient-il pas lui-même à Moscou ?

— Et pourquoi me refuser *Pastorale*, à moi qui adore Iosseliani ?

— C'est à nous d'en juger, et vous, vous nous demandez toujours des films inter... pas terminés !

Soudain le ministre abat son poing sur la table. Va-t-il être frappé d'apoplexie ? Va-t-il se demander à haute voix si, moi aussi, je ne serais pas par hasard un « pas grand-chose » ?

Dans le silence qui suit, le crachotement du chauffage poussé à blanc.

Soudain le ministre se lève. Il fait lentement le tour de la table et me donne une grande tape dans le dos. Cette chaude bourrade, tout à coup, paraît lui rendre sa bonne humeur. Il rit. Tout le monde lui emboîte le pas.

— Je vous dis à bientôt, cher monsieur Jacob. Un peu de vivacité rend nos destins moins fades, vous ne trouvez pas ? Et n'oubliez pas : nous sommes une grande puissance.

Je regarde partir avec soulagement le ministre Ermach, serré de près par ses deux acolytes, tel Claude Rains à la fin des *Enchaînés* d'Hitchcock. Un jour tout ce système craquerait. Les sbires réclameraient la tête de Filipp Ermach et lui-même, schizophrène sans le savoir, finirait écartelé entre ses convictions politiques et son faible pour les artistes. Il exploserait en vol.

Délaissant *Partition inachevée pour piano mécanique*, ou Tchekhov filmé par Nikita Mikhalkov, je choisis *Les Orphelins* de Nicolaï Gubenko, la guerre et les enfants mis en scène avec un sens très sûr de la décadence. Première sélection, première erreur : j'apprendrai qu'à force de voir trop de mauvais films (vingt-trois), les mauvais films finissent par vous faire tromper.

Pouvais-je alors deviner que Gubenko deviendrait ministre de la Culture ou qu'Abouladze, dont le film m'a été caché, serait un jour primé à Cannes ?

On me rendit mon passeport. La neige avait fondu. Le vol d'Air France était à l'heure.

11

La douceur de vivre

Chétif thorax

Dans notre enfance, de bonnes notes en classe nous rapportaient, à Jean-Claude et à moi, un accessoire de train électrique : tunnel, gare, poste d'aiguillage, wagon ; pour un prix ou un accessit, une loco ! Cependant que la maladie nous valait des soldats de plomb. On récoltait des cavaliers pour une angine, un régiment pour une maladie contagieuse.

Il serait fastidieux de dresser la liste des maladies infantiles que j'ai attrapées dans mon jeune âge – je les ai eues absolument toutes, même la diphtérie en des temps où les antibiotiques n'existaient pas. Les jours de fièvre, qui survenaient comme par hasard les jours d'interro écrite, je me glissais dans le lit de ma mère, à peine mon père parti avec Gros-Albert, et je la regardais se maquiller avant de sombrer dans une douce torpeur. Puis c'était l'arrivée cérémonieuse du docteur Niel, 229, rue de l'Université, qui, du haut de ses lorgnons, me faisait vite comprendre qu'il n'était pas dupe. Mais nos intérêts n'étaient-ils pas liés ? Alors il sortait le grand jeu et son stéthoscope. Il promenait son instrument glacé sur mon chétif thorax. « Tire-moi la langue (la spatule enfoncée trop avant manquait me faire vomir), donne-moi la main (il prenait mon pouls), tu n'as rien, mon garçon, tu peux te recoucher », et il rédigeait l'ordonnance. Ma mère n'aurait laissé à personne le soin de fabriquer ces fameux cataplasmes à la farine de lin ou les sinapismes à la farine de moutarde. Chauds mais pas brûlants, entourés d'une gaze qui semblait ainsi contenir une assiette de salade cuite : je vous salue, docteur Niel ! Remède miracle censé guérir des bronches déjà si obstruées par les brouillards de la ville : on ne parlait pas encore de pollution... À la maison, le malade n'était réputé guéri que si sa température touchait 36,7 °C plusieurs jours de suite. Ma mère consultait le thermomètre et je retournais à mes édredons, mes Erckmann-Chatrian et mes sirops de grenadine. La fièvre aidant, je voyais tourbillonner le manège du lustre en bois aux petits chevaux ajourés qui se mariait si délicatement avec les meubles bleu Ripolin de ma chambre d'enfant. Hitler pouvait bien publier son ordonnance contre les Juifs, celle du bon docteur Niel me suffisait. C'était moi, le roi du monde !

Le père d'Hitchcock

« Tu les gâtes trop », disait mon père. Mais à d'autres moments, c'était : « Qu'est-ce que j'ai fait au bon Dieu pour avoir des enfants pareils !... » Et c'est vrai que nous faisions les fous, parfois.

— Rattrape-la, dis-je à mon frère, bloque-la !

Mais non, la bille qui roule sur le balcon, passe sous le grillage de protection qu'a fait installer ma mère, tombe vers le trottoir et frôle, en s'écrasant, le képi du sergent de ville en service au carrefour. Ma tension artérielle monte à mesure que la chute s'accélère et que « monsieur l'agent » se dirige vers la loge du concierge. À dix centimètres près, le gardien reposait en paix et notre père, civilement responsable comme on dit, allait croupir en prison. Les parents sont souvent enclins à exagérer les qualités de leurs enfants mais ce jour-là, on ne sera pas fiers de nous en haut lieu. À cinq ans, je découvre les lois de la gravitation et la mécanique de la fessée. On raconte que le père d'Hitchcock, lassé des incartades du petit Alfred, avait demandé au commissaire d'enfermer son fils une journée entière dans une cellule et que l'effet de cet emprisonnement sur le futur cinéaste lui fit réserver ses méfaits pour les films. De son côté, le père de Bergman infligeait des coups de badine qui laissaient des traces sanglantes sur le dos de ses fils ; ensuite il fallait baiser la main du père pasteur.

Nous l'avons donc, Jean-Claude et moi, échappé belle. Toujours est-il que, beaucoup d'années plus tard, je me souviens du moindre détail de ce jour peu glorieux, comme si la bille n'en finissait pas de rebondir sur le trottoir et le sergent de ville de porter son sifflet à ses lèvres…

Il semble évident que la phrase de mon père ne pouvait qu'être dirigée contre ma mère. Ma mère qui nous élevait dans du coton, dans un amour qui nous dérobait à l'autorité patriarcale. Ce rapt affectif mettait mon père hors de lui. Même devenus adultes, même devenus pères à notre tour, nous avons eu à pâtir de ces luttes d'influence. Plus sensible que moi, Jean-Claude se montrait affecté par ces sourdes querelles. Eux ne se préoccupaient pas de l'effet que ces bisbilles auraient sur lui. Je les trouvais assommantes et m'en tirais en donnant tort à chacun d'eux.

« Qu'est-ce que j'ai fait au bon Dieu… », avait dit mon père et il répétera cette lamentation, en plus véhément, quand un pugilat fratricide fera voler en éclats le verre cathédrale de sa salle de bains ou que mon frère devra se représenter à l'oral du baccalauréat. Estimant que maman nous élevait comme des poules mouillées, mon père faisait la grosse voix, épinglant nos autres bêtises, qui étaient nombreuses. J'étais, par exemple, le célèbre professeur Lardenois, le chirurgien qui m'avait retiré l'appendice à la clinique de la rue Blomet. Je pratiquais à mon tour l'intervention sur mon ours. Après l'incision, si nette, j'extrayais de ses entrailles des masses de crin, puis je réclamais du fil et une aiguille, histoire de recoudre la cicatrice. On me refusait l'aiguille mais Céleste, qui travaillait à la cuisine, avait pitié de moi et suturait la plaie. Le soir, en rentrant, mon père trouvait des restes de peluche dans son cabinet de toilette et, flairant l'autopsie, se mettait à nouveau en colère. Il y avait une variante, hurlée en claquant la porte : « Allez vous coucher sans dîner et que je ne vous entende pas ! » J'étais terrorisé. Une atmosphère de catastrophe imminente comme la fin du monde emplissait la pièce, Jean-Claude étouffait ses fous rires sous les draps et plutôt qu'aller souper chez des amis, ma mère s'inventait des migraines pour nous tenir compagnie. Ainsi mon père était-il doublement de mauvaise humeur face à une famille qui lui donnait tant de fil à retordre.

Jean Gabin

Ma mère était fille unique. Elle a à peine vingt-deux ans quand elle se marie et ne connaît pas grand-chose de la vie, pour ne pas dire rien du tout. Elle tient sa maison, voit beaucoup ses parents – ce qui agace aussi mon père – et compense ses frustrations et sa taille minuscule en achetant une foule de choses inutiles. Elle chérit avant tout ses enfants.

Mon père était grand, corpulent, les traits aquilins, sérieux, irritable, pas démonstratif, on avait du mal à se sentir proche de lui, sauf quand, nous emmenant promener, il nous racontait sa guerre, celle de 14. Il avait sauvé deux soldats blessés sous la mitraille. Le travail et sa famille semblent avoir été ses principaux centres d'intérêt. Surtout, le lien avec sa mère prenait le pas sur tout le reste, y compris, j'en ai peur, sur l'amour conjugal. Il passait, je l'ai dit, voir sa mère à cinq heures. Il ne s'en dispensait que lorsqu'il partait en tournée et encore s'arrangeait-il souvent pour rentrer à temps. Il confiait alors avec satisfaction que Gros-Albert avait « bien marché ». Un jour que mon père avait tenu à prendre le volant, ils furent arrêtés à un passage à niveau. L'express Paris-Le Havre passa à grande vitesse mais le chauffeur crut reconnaître Jean Gabin, aux manettes de la loco. Il pensa alors que la vie était assurément belle, qui permettait une telle halte au milieu du destin. Après quoi, mon père les envoya tous les deux dans le fossé, accident dont Gros-Albert porta toute sa vie la marque au visage.

De Rouen à Fécamp, de Bréauté à Yvetot, tel un notable de *Madame Bovary*, mon père connaissait sur le bout du doigt tous les notaires de Normandie, les agences immobilières, les ventes aux enchères ou à la bougie, sur saisie ou sur licitation. Il achetait, vendait, divisait, gardait, achetait, vendait… Il disait en souriant qu'on ne pouvait pas « la lui faire ». Qu'aux banques il ne faut rien devoir, mais au contraire leur prêter de l'argent. Il souriait, mais même quand il souriait, il intimidait son monde. Je ne me rappelle pas avoir vu mon père en tenue de sport ou en maillot de bain mais, étant jeune, il avait dû jouer au tennis car j'ai retrouvé dans une malle une vieille raquette au cordage détendu, une Driva champion. Et il était imbattable au bridge. Il existe une photo de lui où il ressemble à Malraux. Il est en tenue avec son calot de capitaine de réserve, attablé avec d'autres officiers, et ils jouent aux cartes. De la cigarette qui se consume entre ses doigts monte une volute de fumée et la cendre est si longue qu'on meurt d'envie de lui glisser une soucoupe. Il est toujours aussi concentré sur une autre photo ; cette fois la cigarette est fichée au coin des lèvres et il cligne de l'œil car la fumée le gêne pour fixer son jeu qu'il dissimule aux regards indiscrets. La légende ne dit pas s'il joue un trois sans atout contré vulnérable mais la physionomie de son partenaire exprime une attention souriante : il aperçoit le photographe.

C'est l'époque de la drôle de guerre, l'année où la France fait semblant d'être sûre d'elle-même. Nos parents n'en parlent jamais devant nous mais en traînant du côté de la cuisine, je sens bien que quelque chose ne va pas. De la radio sortent de temps en temps les éructations amplifiées du fameux dictateur. Un jour j'entends mon père dire à ma mère qu'il va y avoir la guerre et quand j'entre dans la pièce, elle se détourne et je vois qu'elle a pleuré. Ses larmes me bouleversent. Pour me consoler, on nous conduit sur l'avenue voir défiler l'armée française. Il y a des barrières, des sergents de ville, des gradés importants aux képis galonnés, des périscopes, de la musique militaire à vous donner envie de marcher au pas cadencé. La foule crie, applaudit.

Les journaux sont remplis de mots-clefs comme « Entente cordiale », « non-intervention », « Munich », mais je ne les lis pas plus que les articles consacrés à l'invasion des Sudètes. « Vive l'ordre ! » lance un porteur de guêtres. À la hauteur du rond-point, la musique de la flotte joue *Sambre et Meuse* et, remontant les Champs-Élysées, les chevaux pomponnés de la garde républicaine en grande tenue, parfois, sur le pavé, lâchent le lourd crottin du soulagement. Un homme qui crie « Trahison ! » est rapidement entraîné vers le commissariat. C'est une de ces belles journées où la brise d'été fait danser les robes légères des Parisiennes, mais je ne m'y intéresse pas. La fausse douceur des années trente a commencé de s'enfuir à tire-d'aile...

Je n'étais pas gêné d'avoir une jeunesse si préservée, si gâtée, si privilégiée. De cette situation je ne pensais rien, n'en connaissant pas d'autre. La guerre passa là-dessus comme un ouragan sur mes certitudes. Je commençai à me poser des questions. Pourquoi mon père avait-il demandé sa main à ma mère ? Pourquoi elle ? Où l'avait-il rencontrée ? Était-ce un de ces mariages arrangés entre deux familles, deux communautés d'intérêts, deux classes sociales équivalentes, deux patrimoines qui s'additionneraient tôt ou tard ? Était-ce cela le bonheur ? Vers quelle félicité marchaient-ils en se dirigeant l'un vers l'autre pour une valse à mille temps ? L'absolue conviction que mes parents formaient un couple uni m'habita jusqu'à la guerre. Je compris qu'il n'en était rien quand la musique cessa et que les danseurs se séparèrent. Le bal était fini, tournée la page des temps heureux.

12

Un Woody gros comme le Ritz

Le triomphe de Manhattan

Un jour d'avril 79, j'étais délégué général à Cannes depuis un an, Ernst Goldschmidt, des Artistes Associés, me téléphone. Ernst n'est pas un *executive* comme les autres. Lui connaît le nom des metteurs en scène.

— Vous avez encore une petite place dans le programme ? J'ai une surprise pour vous.

— Mon programme est plus que complet, mais je suis curieux.

— Le film, c'est *Manhattan*, de votre cher Woody Allen. En voulez-vous quand même, *yes or no* ?

— Si j'en veux ? J'aime New York, j'aime Gershwin, j'aime l'humour juif new-yorkais : j'achète !

— Mais la place ?

— Mon cher, la place, quand on n'en a plus, on en fait.

Ernst avait eu le nez creux. L'accueil de *Manhattan* à Cannes fut inoubliable : le jazz, le noir et blanc, Woody et Diane Keaton en contre-jour sur le banc devant l'Hudson River, les dialogues drôlissimes, tout concourait à faire de cette première un événement dans une année déjà riche (Coppola, Fellini, Forman, Huston, Comencini, Schloendorff, Herzog, Wajda, Jancso, Ritt, etc.), en fait une des plus riches de l'histoire du Festival. Le public le plus blasé du monde avait applaudi de longues minutes. Il applaudissait le rideau puisque Woody n'était pas venu. Le lendemain, les journaux ne parlaient que de ça. C'était le sacre…

Malgré ce triomphe, chaque fois que j'ai essayé d'inviter Woody à Cannes pour accompagner un de ses films, son entourage m'a toujours répondu comme si c'était son personnage qui parlait : *Je veux croire que vous badinez, papa !*

Pourtant, s'il parvenait à le convaincre d'apparaître au Festival en chair et en os, pour ce film-ci ou pour un autre, j'avais garanti à Ernst Goldschmidt que Woody gagnerait la scène sans rencontrer âme qui vive (à la fin, par exemple, de la projection de *Hannah et ses sœurs*, en 86). Promis ! Juré ! Le tout, c'était de contrôler la chose de A à Z : demeure à l'écart, protection rapprochée, itinéraire détourné (on serait passés par la gare routière et les coulisses, préalablement vidées de tout le personnel). Arrivée devant l'écran, bain d'applaudissements, retour idem. Et j'y serais parvenu ! Mais non, non, non, même ainsi, c'était non.

Ses proches ont toujours entretenu autour de lui cette réputation de timidité, de refus des honneurs, le Woody Allen qui préfère jouer de la clarinette au café Carlyle à New York, à son habitude, plutôt que d'aller chercher son oscar à Hollywood. En réalité, il a décidé une fois pour toutes de ne faire que ce qui lui plaît : écrire, préparer son prochain film, le réaliser, puis l'abandonner aux mains des commerciaux en attendant (pas longtemps) de recommencer le cycle. Car, plus les années passent, moins Woody s'accorde de répit. C'est ainsi qu'on oublie de penser à la mort.

Quand on a su faire de l'état d'esprit le plus particulier qui soit un genre universellement compris et adoré, on peut se permettre de rester chez soi. Comme Kubrick. Aussi ai-je toujours eu scrupule à déranger cette belle ordonnance.

La Rose pourpre du Caire

Avant 1984, je n'avais jamais parlé à Woody Allen. Un jour, à Paris, je m'en souviens très bien, je déjeunais au Plaza à cinq mètres de lui. Il était lui-même attablé derrière une colonne avec une jeune femme que je ne connaissais pas. (Woody descend toujours au Ritz, mais, cette fois-là, c'était bien au Plaza.) J'avais terriblement envie de le saluer. D'entrer en contact avec lui personnellement et professionnellement. Au bout d'un moment, je pris mon courage à deux mains et me dirigeai vers sa table, et puis là, au milieu du restaurant, avec la valse des serveurs qui tournoyaient autour de moi, me faisant comprendre que je gênais le service, j'ai laissé tomber « pour ne pas troubler son intimité ». En fait, par orgueil. – « Bonjour monsieur Allen. Je suis Gilles Jacob. — Ah oui, et alors… » Tandis qu'à New York, je suis allé le voir dans les bureaux où il travaille. Mais j'avais pris rendez-vous.

Fin 84, je venais voir un de ses films à peine terminé – c'était *La Rose pourpre du Caire* – et, dans sa petite salle de projection de Park Avenue, sa secrétaire m'avait désigné le fauteuil où il a l'habitude de s'asseoir. Respectueusement, je me suis installé à sa place, m'attendant presque à ce que du coussin s'élève une voix plaintive : *Ça ne vous ennuierait pas de vous asseoir ailleurs que sur mes genoux* – ou quelque chose comme ça. Mais cette fois-ci, j'allais rencontrer Woody en personne, et cette idée me transportait. Je ne soupçonnais vraiment pas que j'allais voir, un peu à l'image de son film, un personnage imaginaire descendre de l'écran et devenir réel…

Bien sûr, le cinéma évolue tout naturellement dans le domaine du rêve. Mais l'image de Tom Baxter (Jeff Daniels) rejoignant Cecilia (Mia Farrow) dans la salle, comme celle du poète de Cocteau traversant le miroir, nous aide à nourrir cette illusion. Le héros de *La Rose pourpre* qui sort de l'écran devient un être vivant, tandis que la « réelle » Mia Farrow en l'accompagnant dans son univers accepte de devenir un être de création. Et nous, que sommes-nous dans tout ça ? Est-ce que nos rêves deviennent réalité ? Est-ce que Dieu existe ?

C'était comme si mon esprit se séparait en deux et vivait mes deux vies simultanément, comme si ces deux vies – ma vie réelle et ma vie de cinéma – cheminaient côte à côte.

Je sélectionne le film.
Nouvelle absence de Woody à Cannes, nouveau triomphe.

Vint 91. Cette année-là, je m'étais trouvé un bon prétexte : je voulais que Woody contribue au livre du quarante-cinquième anniversaire. J'avais échoué avec Pialat, si vous vous rappelez, pas question de manquer Woody. Même si ce n'était qu'un prétexte pour le rencontrer, je m'y cramponnais, comme une moule à son rocher.

Henri Béhar, son sous-titreur et mon espion, m'appelle de New York : Woody arrive à Paris, il sera au Ritz sous un faux nom, tu peux le joindre par Anne Lara, l'attachée de presse de la Columbia. Anne me confirme : « Oui, Woody sera ravi de vous voir. Dix-sept heures demain, devant le concierge du Ritz. »

Anne m'a emmené au troisième étage où Woody séjournait avec Mia Farrow et leurs neuf enfants. J'en croisai trois qui descendaient en maillot vers la piscine. *Le Monde* terminait son interview. Après moi, ce seraient les Suisses. C'est alors que Mia traversa le couloir. Évidemment, je mourais d'envie de la saluer, mais elle ne s'arrêta pas. Elle m'adressa juste un petit signe de tête qui m'inonda de bonheur…

Il était là, debout dans le fond de la pièce, exactement comme le cinéma nous l'a fait connaître, peut-être un peu plus petit que je n'aurais cru, un peu plus fragile en tout cas, une pauvre petite chose frileuse flottant dans des vêtements trop grands, dans une carcasse humaine que son hypocondrie a toujours alimentée en maladies psychosomatiques, immortalisées par une séquence de *Hannah et ses sœurs*, dans laquelle, moi et quelques autres, nous nous reconnaissons… Le portrait-robot de Woody était là devant moi, ressemblant à son état civil et à sa légende : les grosses lunettes à monture noire, la tignasse un peu moins rousse, un peu plus clairsemée, les sourcils prompts à se hisser, le regard incroyablement vif et noir dans un visage allongé, assez pâle – mais je n'imaginais pas trouver dans ses yeux tant de gentillesse, de bienveillance embarrassée. Voilà, ses yeux brillants souriaient comme s'il avait l'air de s'excuser d'être Woody Allen. Il est venu à moi, m'a remercié d'avoir montré ses films et a ajouté quelques paroles charmantes que j'aurais bues comme du petit-lait si mon estomac l'avait toléré.

Les Visiteurs de Cannes

Il se passa pourtant une chose étrange, Woody restait debout. Du coup, je fis comme lui, pétrifié à l'idée que l'entretien se termine avant d'avoir commencé. Passant la tête, Anne sauva la situation :

— Vous ne voulez pas vous asseoir ?

— Si, si, bien sûr.

Je me précipitai sur une chaise. Lui se posa avec d'infinies précautions sur l'extrême bord d'un fauteuil et nous devisâmes. Euh… nous devisâmes…

On commença par du silence. On se sourit. Nouveau silence. S'il s'était agi d'une interview, j'aurais été bon pour une engueulade de mon rédac' chef…

Mais pourquoi donc, après tout, éprouve-t-on le besoin de parler continûment ? Nous étions assis, nous étions bien. Nous nous souriions avec douceur. Un apprivoisement réciproque. Je souriais à un artiste que j'admirais. Il souriait à celui qui avait montré ses films, un par an (sauf en 88) de 84 à 90. Les « sérieux » comme les comiques.

Entre timides, il n'y a pas de milieu : ou c'est la catastrophe, ou le courant passe. Il passa. Nous finîmes par bavarder. Du Festival, de ses enjeux, du principe de la compétition qu'il n'aimait pas, de Bergman qu'il aimait, encore de Bergman, des films de Woody sans Woody, du jazz, de la musique de *Radio Days*, d'*Amadeus*, des dates de Cannes. Là, Woody s'anima parce que, depuis plusieurs films, le calendrier ne collait plus et qu'Orion, son nouveau producteur, envoyait ses films à Berlin. Il aurait adoré, me dit-il, ramener des films à Cannes, de préférence en première mondiale. Politesse ou vrai désir ?

L'heure tournait, j'expliquai à Woody ce que je voulais faire avec le livre *Les Visiteurs de Cannes*, et je lui indiquai ce que m'avaient déjà offert des metteurs en scène célèbres : Fellini, Kurosawa, Scorsese, Schlöndorff, Kieslowski… Woody accepta tout de suite et me dit à quoi il pensait. Me donner des feuilles volantes, des petites idées de scénario griffonnées sur des blocs-notes de palaces aux noms qui font rêver : une feuille du Ritz, une du Claridge, un feuillet du Grand Hôtel à Rome, un en-tête du Dorchester, un autre de la villa d'Este… Est-ce que ça m'amusait ? Si oui, il me les enverrait. Oui, ça m'amusait, et tout d'un coup, comme si un transfert d'inspiration me frappait illico, j'eus un éblouissement : je trouvai, ici au Ritz, le sens du livre. Ce qui n'était jusqu'alors que juxtaposition de cadeaux hétéroclites devint une nécessité, la mosaïque bien ordonnée d'un thème essentiel : *la mise en scène*. Woody, ce serait la genèse d'un film, Schlöndorff pareil, et aussi Oliveira qui m'avait envoyé un argument à la Barbey d'Aurevilly, Kieslowski ce serait le tournage et le montage, Cavalier, le casting, d'autres, la direction d'acteurs, et ainsi de suite. Et pourquoi pas, comme titre : « Mettre en scène » ? Je cherchai des yeux le petit bloc du Ritz, près du téléphone, de peur d'oublier le thème.

« Mister Jacob ? The gentlemen from Zurich are here. » La secrétaire américaine me rappelait à l'ordre. C'était bien fait pour moi : j'étais avec Woody Allen et je divaguais ! C'était du gâchis, même si, grâce à lui, j'avais eu une révélation. En me raccompagnant, Woody : « Si vous passez par New York, venez me voir au studio, nous avons encore tant de choses à nous dire… » Il me serra longuement la main et, comme à mon arrivée, un sourire angélique s'afficha sur ses lèvres. Je pensais que j'allais me souvenir mot pour mot de ce qu'il m'avait dit, mais je me trompais. La seule chose dont je me souvienne parfaitement, c'est d'avoir croisé le regard de Mia Farrow quand elle a traversé le couloir. Et qu'elle m'a fait son petit signe de tête avant de disparaître.

Un jour de 2001, les choses changèrent brutalement. Depuis quelque temps, les films de Woody faisaient moins d'entrées en

Amérique, ils ne se montaient plus sans le concours de producteurs indépendants européens. Le reste du monde devenait pour lui essentiel. Un soir de décembre, le téléphone : *« Hello, it's Woody. »* Je crois à une farce : Et moi, je suis Ingmar ! Non, c'est bien lui. « Il me semble que j'ai quelque chose pour vous… » Il veut dire son nouveau film *Hollywood Ending*, un film sur le cinéma. Je vois le film et me dis que deux scènes au moins vont dévaster la Croisette : celle où son débit verbal s'accélère irrésistiblement quand Woody (car il joue) repense à ce que son ex lui a fait, cette autre où lui, le metteur en scène du film, devient aveugle sur le plateau de son propre tournage et doit le cacher à l'équipe – et les rebondissements qui s'ensuivent. Deux scènes d'anthologie parmi les plus drôles et les plus réussies de toute son œuvre, comme, dernièrement, le visage flouté de Robin Williams dans *Deconstructing Harry* (*Harry dans tous ses états*) (masquer la tête d'une star si onéreuse, n'est-ce pas le pied de nez suprême ?) ou la mamma juive de *New York Stories* admonestant son fils depuis les nuages…

Quelques jours plus tard, sa sœur Letty propose que Woody vienne à Cannes. « Lui, dans un festival ? Vous voulez rire : il ne l'a jamais accepté. — Justement. — Et il viendrait ? — Il viendra. Non plus avec Mia Farrow mais avec une de leurs filles adoptives, Soon-Yi, devenue sa femme. — Bon, d'accord, on fera comme j'ai promis : il ne verra pas âme qui vive. — Pas du tout : Woody fera tout ce que font les autres metteurs en scène. — Vous croyez ? — Tout. » Et Woody a fait le photo-call, la conférence de presse, les interviews, la montée des marches – il a même dit qu'il était trop tard pour reculer, maintenant qu'il avait loué son smoking… Il a reçu, sur scène, une palme d'honneur et déclaré le Festival ouvert : *Les Français pensent que je suis un intellectuel parce que je porte des lunettes…* et *On croit que je suis un artiste parce que mes films perdent de l'argent*, et toute la salle conquise, jury et invités en tête, a, encore une fois, hurlé de rire.

13

La Libération

Revolver au poing

La France se réveillait transie d'un long hiver mais elle avait toujours froid et le charbon manquait. Non, *tout* manquait. Pas d'essence, pas d'ampoules, pas de bougies, pas de savon, pas de papier, pas de nourriture, pas de dentifrice ; nommez un produit : il manquait.

La libération de Paris nous passa sous le nez. Mon père avait écrit qu'il n'était pas question pour les enfants de revenir à Paris tant que les Allemands seraient là, à cause des tireurs embusqués. Nous manquâmes les combats, les barricades, l'arrivée des chars de Leclerc, la liesse populaire, les FFI et les FTP qui délogeaient ces fameux tireurs des toits, nous manquâmes les cloches à la volée, le discours de De Gaulle, les feux d'artifice… C'est ainsi que les Allemands m'ont volé *ma* victoire.

Notre appartement du boulevard Haussmann avait été réquisitionné et vidé de ses meubles par le Commissariat général aux Questions juives dès le début des hostilités. Nous habitâmes quelque temps à La Tronche où étaient réfugiés mon oncle Simon et ma tante Andrée. D'ordinaire si affectueux et si attentionné, oncle Simon ne mangeait pas, ne dormait pas, ne parlait pas. Il était fou d'angoisse d'être sans nouvelles de son fils François, futur Prix Nobel de médecine, qui avait rejoint de Gaulle au début de la guerre. On avait seulement su qu'il suivait la 2e DB comme médecin-lieutenant, depuis le Fezzan et El-Alamein. Depuis, plus rien. Alors mon oncle avait épinglé au mur de sa chambre une carte détaillée des opérations et notait la progression des Alliés avec de petits drapeaux et des bouts de laine multicolores tendus par des pièces de cinq sous, celles qui étaient percées. Au moment où l'on se demandait si nous devions nous inscrire au lycée de Grenoble, j'ai été pris de violents maux de tête. Un médecin accouru diagnostiqua une migraine, puis le mal empirant et la nuque commençant à se raidir, un second constata une méningite. La pénicilline n'existait alors que dans le paquetage d'infirmiers GI qui pour l'heure avaient d'autres chats à fouetter. Je me retrouvai donc avec des poches en caoutchouc que ma mère me fixait sur le crâne après les avoir remplies de glace pilée. Un peu plus tard, grâce au marché noir, on m'administra des sulfamides et, la nature aidant, les maux de tête finirent par diminuer et mon cerveau par reprendre du poil de la bête. C'est le moment que choisit oncle Simon pour troquer sa mine sombre contre un humour encore plus noir : il me demanda si à force de me creuser les méninges mes facultés intellectuelles n'allaient pas s'en trouver amoindries. On voit qu'il était temps de regagner Paris.

Quand on rentra enfin, ce fut pour emménager au premier étage sur cour, au numéro 7 de la rue de Villersexel, tout près du ministère de la Guerre, boulevard Saint-Germain. Nous n'avions plus d'endroit où aller mais le service d'aide aux réfugiés nous avait affecté cet appartement occupé par un collabo qui n'entendait pas laisser la place. Alors mon père, tout amaigri qu'il était, s'y rendit dans sa tenue de capitaine, pénétra de force et, revolver au poing, donna une heure au collabo pour déguerpir.

Peu à peu, les magasins se regarnissaient. Il fallait des tickets pour tout. Mais j'avais découvert la musique classique. Dans ma chambre, il y avait un lit ou plutôt un cosy-corner, un bureau, une radio et un vieux tourne-disque. La radio était en bois précieux avec des lampes à iode. On apercevait au dos les filaments faiblement éclairés au travers d'un carton ajouré qu'il fallait démonter en cas de grésillements dans la transmission. En façade, sigle de la marque radio LL, un lièvre en pleine course simulait la vitesse de la lumière. Pour la recherche de la station une étroite plaque de verre indiquait les capitales du monde le long desquelles circulait un fil vertical. Enfin le réglage était affiné par un gros œil vert, grossissant ou rétrécissant selon qu'on était pile sur la station, ou non. Au bout d'un certain temps de mise sous tension, le poste avait des relents de poussière chaude. Mais je l'aimais. J'avais confectionné dans ma chambre une batterie avec baguettes de chez Paul Beuscher et peau tendue sur une corbeille à papier et, tandis que Toscanini, Furtwängler ou Sir Thomas Beecham se déchaînaient à la tête d'orchestres fameux, je lisais la partition des morceaux qu'ils dirigeaient et j'interprétais, selon moi de main de maître, la partie de timbales sans m'inquiéter outre mesure du fait qu'elle faisait double emploi avec celle du concert. En tout cas, j'étais au septième ciel (les voisins, moins) et en avant la musique ! Debout devant le gramophone, transporté, battant la mesure, c'était décidé, je serais Toscanini.

Petit ouistiti

J'avais deux autres dadas : les émissions de Pierre Cour et Francis Blanche, deux amuseurs que je n'aurais manqués pour rien au monde – *Gens du monde entier et d'ailleurs, foule invisible et lointaine, bonjour !* Et, secundo, la réclame radiophonique. Encore aujourd'hui, je sais par cœur les publicités de l'époque :

La boldoflorine, la boldoflorine, la bonne tisane pour le foie, une pub de six secondes. Mais il y avait aussi, dommage que la musique soit absente :

Papa, maman, belle-maman, bébé
Tous ont de belles chaussu-u-u-res…
Papa, maman, belle-maman, bébé
Tous vont s'chausser chez André-é-é !

Sans compter le crochet radiophonique repris d'avant guerre qui se tenait au Poste parisien, 116 *bis,* Champs-Élysées, à l'endroit même où Jacques Prévert tombera (se jettera ?) de la fenêtre et mourra sur le coup.

Un autre suicidé aura été le chat de ma grand-mère qui répondait, quand ça lui chantait, au joli nom de Pompon. Maman Do vantait les talents de son angora qui comme tous les chats se retournent quand ils sautent de haut et retombent sur leurs pattes sans se faire une égratignure. Jusqu'au soir où, parti à la recherche d'une consœur de gouttière, il s'immobilisa sur le rebord de la fenêtre, tourna ses prunelles phosphorescentes vers la lumière et s'écrasa du cinquième étage. La cuisinière m'empêcha de découvrir son petit corps sans vie sur le trottoir…

La vie reprenait. J'avais grandi. Avec d'autant plus d'impatience que je voulais savoir si j'aurais plutôt la taille élevée de mon père ou celle, minuscule, de ma mère. Les études, le tennis, les surprises-parties – celles-ci, rarement. Les sorties avec les jeunes filles auraient dû constituer une réaction nécessaire aux années de guerre et de privations, mais ma pudeur naturelle et mon inquiétude permanente ne facilitaient pas les choses. Il n'était pas question de fréquenter les filles avec la liberté que l'on apprécierait quelques années plus tard. Jamais mes parents ne m'ont enseigné les codes de la séduction. L'époque sans doute ne s'y prêtait pas et le sexe était tabou à la maison au bénéfice des disputes conjugales. Dans la bibliothèque de mon père, je regardais parfois les livres défendus en écartant les pages non coupées des éditions originales. Les illustrations des *Aventures du roi Pausole* m'émouvaient mais ne me révélèrent pas le b.a.-ba de la conquête amoureuse. C'est ainsi que j'ignorais notamment que si une jeune fille accepte une invitation à dîner et qu'elle ne propose pas de partager l'addition, c'est que vous ne lui êtes pas indifférent. Par chance, il y eut plus tard une jeune fille au pair avec qui je jouais au tennis et que j'emmenais flirter la nuit au bois de Boulogne en sautant pardessus la barrière du Racing Club de France. Elle avait la hardiesse et la pâle douceur des petites Anglaises. Enfin quelque chose m'arrivait !

Je ne me rappelle plus dans quelle langue nous parlions entre deux baisers. Mais, tennis ou pas, nous n'aurons perdu qu'un soupçon d'innocence. Je ne poussai pas l'avantage et bientôt elle regagna Londres, peut-être insatisfaite de mes trop respectueuses caresses. Nous nous écrirons pendant quelques semaines, puis je compris qu'il était temps de tomber amoureux d'une autre dulcinée. Heureusement, j'avais le cinéma. À l'écran, les corps et les visages adorables étaient légion. Nous étions tous amoureux de Joan Fontaine. Nous connaissions par cœur le si beau début de *Rebecca* : *La nuit dernière, j'ai rêvé que je retournais à Manderley.* Adepte sans le savoir du star-system, j'étais disposé pour ma part à aimer Joan d'amour. Je ne me lassais pas de contempler ses cheveux courts, sa nuque, le creux de son coude, le petit visage chiffonné de celle que Cary Grant appelait, dans *Soupçons*, « mon petit ouistiti ». Je ne tardai pas à imiter mon idole : j'appris ainsi, entre autres rites, qu'il faut fermer les yeux quand on embrasse. Les banquettes arrière des voitures que je conduisais et les pique-niques champêtres pouvaient attester des fonctions formatrices de la vedette. Bref, pour un regard de Joan, j'étais prêt à me jeter au feu. Mais je me réchauffais surtout aux flammes immatérielles de la contemplation.

Jeune étudiant, j'allais bientôt publier, dans la revue *Positif*, un conte fantastique où Charlie Chaplin voudrait m'engager pour un film et où je côtoierais, en chair et en os, des stars de cinéma réputées inaccessibles. Je plaisantais, je ne me doutais pas que j'allais matérialiser mes rêves… Totalement inconnu, j'arrivais à Cannes, j'étais l'intime de Marlène, je déjeunais avec Buster Keaton… Et puis l'image a bougé, est passée du flou au net, l'affabulation est devenue la vraie vie.

14

Sharon

Sharon Stone est née trois fois.

La première fois à Cannes, en 92, où elle était Catherine Tramell, la tueuse en série à la délectable blondeur qui dans *Basic Instinct* maniait le culot, la bisexualité et le pic à glace. Cette icône flamboyante eut l'esprit de mettre le feu au Festival : dans la vie en en montant les marches, sur l'écran en croisant les jambes. Mais la classe de Sharon, sa vive intelligence, son profil de comète devant qui les hommes tombent à genoux en un clin d'œil, auraient mérité une autre carrière que la sienne.

Comme pour me contredire, elle renaît, trois ans plus tard – deuxième photo – en Ginger McKenna, ex-prostituée et femme de De Niro dans le *Casino* de Scorsese, entrant ainsi dans la légende. Elle y casse la baraque, dans le seul chef-d'œuvre de son parcours, lançant les dés au Tangiers de Las Vegas lors d'une séquence célèbre, trompant De Niro avec son ami d'enfance et jouant les femmes fatales tout comme les femmes enfants.

Au jury du Festival 2002, sa beauté naturelle, son humour, sa séduction rieuse firent mouche. Depuis, miel et cannelle, elle monte les marches chaque année, comme sur ce cliché de rêve au noir et blanc sublime d'Emanuele Scorcelletti qui répond à la question : qu'est-ce qu'être une star ? Comment incarner une divinité que la lumière caresse et qui renvoie leur fantasme à ses adorateurs ? Et l'on ne saura jamais si, ployée en arrière en une posture éternelle, elle rend grâce à ce festival qu'elle a tant aimé

– et qui le lui rend bien – ou si elle fait don à la postérité du plus bel arrêt sur l'image de l'histoire du cinéma.

Il existe, selon moi, une quatrième naissance. C'est le jour où les rites de la République ont conduit ma main sur le sein de Sharon Vonne Stone, née à Meadville (Pennsylvanie). Souvenir cher à mon cœur. Nous étions en plein Festival, au Café des Palmes, presse et invités nombreux vu l'importance de l'événement. Il s'agissait, après le compliment d'usage, de lui épingler la rosette d'officier des Arts et des Lettres. Or, le tissu de son corsage était rude à transpercer et je ne voulais pas piquer la célèbre poitrine. Imaginez un peu qu'à cet instant crucial une goutte de sang perlât… Quelle histoire ! L'assistance retenait son souffle, les caméras ronronnaient, Sharon patientait, la confusion me gagnait. J'y parvins enfin, et dois à la vérité de dire que la Légion d'honneur aurait été mieux assortie au rose de mes joues. Mais Sharon était heureuse.

15

Normale sup ou l'industrie

L'Abbé-de-l'Épée

Dans son livre *Laissez-moi rire*, Claude Chabrol (mon jumeau, à deux jours près) affirme que nous partagions souvent la première place en philo : pour ce qui me concerne, j'ai des souvenirs moins triomphants…

1947. Le jour des résultats du bachot (deuxième partie), nous étions réunis dans la salle des examens, rue de l'Abbé-de-l'Épée. Comme j'avais raté ma copie de philo, j'étais nettement plus anxieux que les autres. L'appariteur arrive et lit la liste des reçus. Je n'entends pas mon nom, et pour cause. Cris de joie, embrassades, pleurs, brouhaha. L'appariteur lève la main, réclamant le silence. Reçus avec l'indulgence du jury : deux camarades se congratulent. La petite troupe s'ébroue et gagne bruyamment la sortie. L'appariteur alors, dans la salle désertée : *Reçu avec l'extrême indulgence du jury, Jacob, Gilles…* Résultat bien peu glorieux : je fus sauvé par mon livret scolaire !

En hypokhâgne, j'améliorai mon score, grâce à un maître que j'aimais beaucoup. Rendant la philo limpide, M. Dreyfus-LeFoyer était une sorte de gnome grimaçant aux yeux pétillants d'intelligence et aux oreilles décollées à la perpendiculaire. Je le revois pirouettant sur lui-même et terminant ses cours le plus souvent par : *Et j'en aurai ainsi fini, messieurs, avec les deux tiers du programme*, phrase que nous répétions à l'envi pour nous moquer de lui.

En khâgne, en revanche, régnait la terreur. Dès la première minute, le maître Sausy, notre prof de lettres, nous informa qu'au bout d'un mois, un tiers d'entre nous aurait disparu. Les autres ne seraient pas quittes pour autant. C'était travail, travail, travail... À vrai dire, le lycée jouissait d'une excellente réputation et n'avait nullement l'intention de la perdre. En France, sur douze cents élèves qui se présentaient à Normale, une trentaine, en moyenne, étaient reçus et Louis-le-Grand comptait bien en faire intégrer sept ou huit. À vous de voir, messieurs, si vous serez de ceux-là !

Ces menaces ne nous faisaient ni chaud ni froid mais nous enfournions à qui mieux mieux des rudiments de réflexion : « Le rire est le propre de l'homme, le ciel étoilé au-dessus de ma tête et la loi morale en moi, science sans conscience n'est que ruine de l'âme, philosopher ce n'est pas autre chose que s'apprêter à la mort », toutes ces choses-là et bien d'autres ne me permirent pas de briller au concours d'entrée. J'eus surtout le malheur d'être assis pendant les huit heures que durait l'épreuve sur le même banc – rue de l'Abbé-de-l'Épée, décidément ! – que Jacques Balland, futur président de l'UNEF. Balland rédigeait si nerveusement sa copie qu'il secouait le pupitre d'une trépidation anxiogène. Son écriture était si agressive et si résolue sa pensée que j'en avais le cerveau stupéfié au moment où, précisément, le sujet choisi, cette fameuse indépendance d'esprit dont j'aurais tellement à faire montre au Festival, aurait dû me conduire sur les chemins qui mènent à Ulm. Au lieu de quoi, je me retrouvai loin des premiers admissibles et mon prof de khâgne, M. Michelin, consulté sur mes chances aux futurs concours (à Normale, on a le droit de se présenter trois fois), diagnostiqua sombrement un nouvel échec en deuxième année et un hypothétique succès en troisième. Fallait-il s'en tenir là ? Je dégringolais de mes illusions.

C'est dans ces moments de doute existentiel que ma mère, qui a toujours eu une solide tendance à dramatiser, m'appela, elle avait sa tête d'enterrement, et pour cause : l'associé de mon père venait de mourir.

Wormser

À Nice, en 41, ma mère s'était liée d'amitié avec un couple plus âgé. Juif d'origine alsacienne, Louis Wormser avait épousé une petite Parisienne très sûre d'elle malgré son physique banal. Suzanne Wormser, née Bodin, tenait son intérieur, vérifiait ses chemises aux initiales brodées et régnait sur un univers de napperons et de services à thé. Elle repassait aussi des formules toutes faites. Wormser, lui, était remarquablement intelligent. Tout était petit chez lui, sauf l'esprit : petite taille, petite moustache, petites lunettes à double foyer sur lesquelles venaient s'emboîter des verres antisoleil. En évoquant sa silhouette aujourd'hui, je trouve qu'il ressemblait à Charlot, un Charlot qui aurait la myopie de Mr Magoo. Quand ma mère semblait désemparée par les nouvelles de la guerre, il la faisait rire. Il me disait toujours : « Fais pas le malin ! » Et sa femme, en écho assourdi, commentait : « Que veux-tu, il fait son important... » Nous nous retrouvions à des tables voisines dans la belle salle à manger de l'Hermitage où séjournait aussi Pierre Daninos qui mijotait ses *Carnets du major Thompson* et les enrichissait de cette expérience douloureuse, il y avait enfin un académicien Goncourt, collabo de surcroît, Jean Ajalbert, escorté de sa femme. Le major Thompson s'inspirait-il du colonel Rati ? Toujours est-il que l'hôtel avait été réquisitionné par l'armée italienne qui y logeait son état-major ; on murmurait que le colonel était neveu du pape. Au demeurant, la présence de ces officiers, âgés et planqués, n'aurait rien eu de pesant si la femme d'Ajalbert, une rouquine anguleuse, n'avait cru bon de faire le salut nazi quand l'occupant entrait dans la salle à manger. Elle sautait sur ses talons, tendait le bras à l'horizontale et criait *Heil !* Ce salut avait pour effet d'allumer un mince sourire sur les lèvres pincées du colonel qui, gêné, esquissait en retour un petit geste furtif.

Ainsi passaient les jours. Nous allions au grand lycée, c'est là que je récoltai les premières réprimandes de mon prof de sixième, le fameux M. Morrisset. Comme le disait Wormser, je faisais le malin pour attirer l'attention, M. Morrisset levait les yeux en souriant : Jacob, vous connaissez le tarif? Et je faisais mes deux cents lignes. Mais comme j'étais dans les premiers et que j'avais de bons bulletins, ma mère me lâchait la bride. Que risquions-nous d'ailleurs à jouer aux billes dans le ruisseau ou au foot sur l'esplanade du Paillon, dans une ville où la circulation était réduite aux services de nettoyage et aux véhicules militaires? Parfois, je poussais une pointe vers la pâtisserie Vogade, place Masséna, où les financiers ruinaient déjà mes économies. Puis je revenais par Dubouchage, un de ces boulevards à prophétie coronarienne. Mais n'anticipons pas.

Le Cinéac de l'avenue de la Victoire

Heureusement, il y avait le cinéma car, après Paris, Nice était la ville de France qui comptait le plus grand nombre de salles. J'allais donc de découverte en découverte. Je cherchais ma pâture dans les programmes du *Petit Niçois* ou de *L'Éclaireur de Nice et du Sud-Est* sans personne pour me guider : mon père était encore prisonnier, Wormser ménageait ses yeux pour le bridge, pas de doute, le monde des adultes avait perdu ses repères. Je ne faisais, et pour cause, aucune différence entre les films. Du reste, on n'allait pas voir un film, on allait au cinéma. C'est cet univers-là qui me captivait : la salle, l'affiche, les petites ampoules qui clignotent l'une derrière l'autre en un attirant cheminement lumineux, les photos d'exploitation, la caissière, l'ouvreuse, l'avant-programme : tout cela a été montré et bien montré dans de nombreux films, italiens notamment.

Le besoin de faire durer le plus longtemps possible mon argent de poche et une hérédité chargée dans le domaine des affaires me catapultaient au Cinéac de l'avenue de la Victoire. Le jeudi, à midi, on en avait pour ses huit francs. Il y avait changement de programme à quatorze heures et l'on avait droit à deux grands films pour le prix d'un. Alors les titres...

N'ayant aucune culture, aucune connaissance, aucun sens critique, j'avalais tout, j'aimais tout : les films d'aventures, les films d'aviation, les films policiers, les *Arsène Lupin*, les comédies. Aujourd'hui, on dirait les films de genre, à l'époque c'était le ciné.

Entre deux parties de ping-pong à la plage du Ruhl, je faisais la tournée : avenue Victor-Hugo, passage Édouard-VII, les cinémas pullulaient, le spectacle était permanent, les interdictions rares. Voici que j'étais devenu sans le savoir un cinéphage au long cours. En 41, j'ai onze ans mais j'en parais douze. J'ai bien trouvé *La Fille du puisatier* un peu long mais je tombe amoureux fou de Josette Day et je le vois deux fois. Ce ne sera que le début d'une longue série de coups de cœur pour de fulgurantes beautés qui, du haut de l'écran, illumineront mes rêves. C'est vers cette époque que je commence à m'intéresser aux filles – et d'abord à leur effigie. C'est l'été et je ne sais plus pour quelle raison ma mère autorise un aide de camp du colonel Rati à m'emmener nager à Saint-Jean-Cap-Ferrat. Propriété donnant directement sur la mer, rochers, crique privée, plongeoir : je saute les pieds en avant en me bouchant le nez, terrorisé à l'idée de rencontrer un rocher. Je m'allonge sur l'eau, les chevilles croisées et les bras étendus. Tout d'un coup, en m'essuyant les yeux, je la vois. Elle, c'est la fille du consul d'Italie, qui doit avoir quatre ou cinq ans de plus que moi et dont la silhouette s'immobilise, dans toute sa blondeur nacrée, avant de plonger vers la crique en un harmonieux saut de l'ange. J'apprends que sa mère est scandinave tandis que nous partageons une glace à la fraise sous nos serviettes mouillées. Quelle belle journée! « Reviens quand tu veux », me dit Claudia, en m'embrassant. Un vent léger passe sur ma joue. Mais, chapitrée par Wormser, ma mère ne le permettra plus.

Mon père, je l'ai dit, est revenu de l'*Oflag* IIIC d'où il nous envoyait des cartes de la *Kriegsgefangenenpost* à l'écriture violette. J'en ai retrouvé une datée du 22 juillet 40. On devait juste barrer les mentions inutiles. Il y avait sept phrases préimprimées, j'en donne deux . La 5 : *« Je suis prisonnier de guerre et très malade, mais il n'y a pas de danger de mort »*, la 7 : *« Dans quatre semaines à peu près, je peux donner de mes nouvelles. »* Mon père les avait toutes barrées, sauf la première : *« Je suis prisonnier de guerre et en bonne santé. »* Et il avait signé André, souligné d'une main qui ne tremblait pas. Il a fini par bénéficier du cadeau fait par Hitler à Laval, un échange de prisonniers, anciens combattants de la guerre de 14 contre jeunes recrues du STO. Faut-il rappeler que la France était alors coupée en deux : au nord de l'Allier, l'armée allemande, au sud, la zone libre, et, tout en bas de la carte, la zone côtière, dite zone interdite, occupée par les soldats de Mussolini ?

Mon père rentra. Il avait minci. Il s'enfermait souvent avec ma mère et Louis Wormser dans leur chambre avec vue sur les charmilles. On ne parlait que du conflit planétaire : les Anglais attaquaient Rommel, les Japonais Pearl Harbor, les Allemands Stalingrad, Jules Berry le cœur des amants changés en pierre, et moi je montais au filet contre mon frère Jean-Claude.

Depuis quelque temps, en effet, nous avions investi le tennis de l'hôtel. Le court n'était plus entretenu depuis l'entrée en guerre, le grillage était arraché par endroits, les lignes – des bandes de tissu fatiguées – se devinaient vaguement. Les raquettes étaient détendues et les balles, toujours les mêmes, avaient la texture de boules caoutchouteuses sans leur revêtement de peluche. Elles rebondissaient si haut que, plus adroit, j'aurais pu les smasher. Tout cela ne nous empêchait pas de jouer des heures et de nous disputer comme des chiffonniers.

Je ne sais pas ce qui se passait entre mon père et ma mère, mais un jour que j'entrai dans sa chambre, je vis qu'elle avait pleuré. Je pleurai aussi quand un grand escogriffe que je ne connaissais pas me lança un coup de poing en pleine figure, à la récréation, me traitant de sale youpin. J'essayai de riposter mais il me tint d'une main à distance en répétant « Sale youpin ! ». Un peu plus tard, alors que la classe était en promenade dans les allées du château, le même gaillard – je me souviens encore de son nom : Olivari – ramassa un gland sous un chêne et profita de ce que j'avais la bouche ouverte pour me le catapulter de toutes ses forces. Un petit morceau d'incisive tomba par terre, qu'on ne retrouva pas. Il fallut me désensibiliser la dent restée grisâtre depuis.

L'argent cependant commençait à manquer. Les boutiques n'avaient pas grand-chose à vendre mais l'hôtel ne faisait pas crédit, même s'il avait consenti des arrangements. À Paris, Auguste Jacob et Fils était en sommeil et le Commissariat général aux Questions juives avait placé Elwor sous séquestre.

Hareng de la Baltique

Elwor, c'était la société de Wormser. Les établissements Elwor pratiquaient avant guerre le commerce de toutes sortes d'aciers, la plupart importés de la Ruhr. Mais la Ruhr, pour l'heure, devait produire à outrance pour la Wehrmacht, les chars, les canons, les fusils, les avions, et se fichait pas mal du sort d'un petit négociant juif qui commandait au kilo des aciers spéciaux qu'il découpait dans son dépôt du Pont-Cardinet : la camionnette déchargeait les barres, les tubes, les longs cylindres qu'un magasinier étiquetait, avant de les peser sur des balances de marque Toledo. La Toledo Scale Company assurait à elle seule quatre-vingts pour cent de la production mondiale de pesage : « Du pèse-bébé au pont-bascule pour locomotive », tel était le slogan de la marque dont Wormser était « concessionnaire pour la France et les colonies ». Et l'affaire avait prospéré. Wormser enregistrait les commandes et les télexait à la maison mère à Toledo (Ohio). Après quoi, il rentrait déjeuner rue Verniquet, n° 11, à l'arrière de sa Lincoln Continental bleu acier, et se faisait servir par Suzanne Wormser née Bodin une de ces tartes au citron qui constituaient son unique spécialité. Selon le temps, l'après-midi était consacré à un tour au Bois car Suzanne aimait voir la cascade ou à un bridge au Club républicain, avenue de l'Opéra, où Wormser se faisait déposer, affichant l'hypocrite regret que les femmes ne fussent pas admises.

Ma mère ne fut pas longue à présenter mon père à Wormser. Au bout de quelques parties de bridge, Wormser lui offrit de s'associer avec lui, si cette sale guerre voulait bien finir un jour. Mon père avait compris depuis longtemps que le négoce des biens agricoles ne serait jamais plus comme avant. Il n'avait plus d'argent, plus d'appartement, plus de meubles, plus d'affaire à lui, plus le moral : il accepta la proposition sur l'insistance de ma mère et sur cette théorie que, par les temps qui couraient, on verrait bien.

Quant à mon frère et moi, nous étions des gamins sans soucis qui explorions le sous-sol de l'hôtel où se trouvaient le bar, une merveille de billard et l'ancêtre des machines à sous. Et, derrière le bar, notre futur ami Adolphe, un barman très chatouilleux cependant sur le respect dû au tapis vert. Le premier accroc nous vaudrait, nous prévint-il, une sévère correction. On se rabattit sur la machine à sous. Une pince au bout d'un bras descendait vers un lit de gravier. Il y avait là un briquet, un poudrier, un fume-cigarette, une boîte en or – tous lots à gagner. J'introduisais une pièce dans la fente. Pour la dixième fois, la pince saisissait le briquet, le soulevait, le faisait pivoter, le tenait solidement en se dirigeant vers l'alvéole... patatras! encore manqué, souriait Adolphe comme souriait au mur la photo du vieux Maréchal et comme souriait à nouveau M. Morrisset en me donnant des lignes, car c'était la rentrée. C'était aussi le jour de l'invasion de la zone non occupée par les troupes allemandes.

Quand Louis Wormser mourut, après la guerre, mon père m'emmena déjeuner au restaurant. Ce n'était jamais arrivé sauf une fois, vers la fin des hostilités, dans un bistrot de marché noir, je ne me rappelle plus à quelle occasion. J'avais commandé un lapin chasseur dont les origines n'étaient pas connues et qui reposait dans une sauce brunâtre. Au bout de deux ou trois bouchées, je me sentis mal. Je me levai, fis quelques pas et sombrai dans le noir. Je me réveillai dans un lit d'hôpital. Ce fut notre seule expérience gastronomique commune avant celle-ci mais, aujourd'hui, ma mère, à qui aucune des choses d'argent n'était étrangère, nous avait accompagnés. Chez Lipp, mon père m'annonça gravement qu'il ne pouvait assumer seul l'avenir de l'entreprise. Il comptait sur moi. Il s'ensuivit une attente anxieuse au cours de laquelle ma mère chipota devant un hareng de la Baltique. J'ai demandé à réfléchir. Mon père considéra cette réponse comme une victoire et commanda une traminer. C'est ainsi que les mânes des ancêtres alsaciens furent convoqués pour la survivance de la famille.

Mes parents ont eu de la chance, si l'on peut dire, à moins que ce ne fût moi. Je venais d'être recalé à Normale et je me demandais justement quelles nouvelles études allaient me permettre de repousser mon service militaire. Je regardai ma mère. Elle aurait préféré que je fasse médecine, nous en avions souvent parlé. Étant elle-même malade (une insuffisance hormonale lui faisait garder l'eau dans les tissus), elle aurait *adoré* avoir un docteur à domicile, elle se serait même contentée d'un pharmacien ou d'un dentiste.

Au dessert, je fis une déclaration. D'accord pour rejoindre les établissements Elwor, mais pas comme fils à papa. Je ne connaissais rien aux affaires, je commencerais par un stage d'un an dans une banque pour me familiariser avec le travail de bureau. Après, il serait toujours temps d'apprendre le métier… Dans l'intervalle, Jean-Claude serait là.

La vie c'est ce qui vous arrive pendant que vous rêviez de faire autre chose : ce n'est pas moi qui ai écrit ça, c'est Sam Shepard dans *À mi-chemin.* Fini les études, adieu le professorat : à nous, les choses sérieuses ! Ma mère m'embrassa. Puis regarda mon père ; pour une fois, mes parents avaient l'air complices.

16

Clint sur l'échelle de Richter

Le lustre du Four Seasons

Hiver 94. Dans ses meilleurs jours, Clint Eastwood n'était guère bavard, et celui-ci n'en était pas un. Sans doute avait-il mal *slicé* son *drive* au golf, ce matin-là. Pour inspecter la carte du restaurant, il sortit de sa poche un lorgnon minuscule qui tenait dans le creux de sa main : l'âge de la presbytie approchait, mais les héros ne portent pas de lunettes. Quelle métamorphose entre le cow-boy au cigarillo des westerns-spaghettis et le cinéaste unanimement reconnu ! Mais hier comme aujourd'hui, Clint reste beau comme un dieu. Charme, distinction, large sourire enfantin : l'élégance des grands. Et quelle allure pour monter les marches !

À Hollywood, j'ai été partout : au Beverly Hills Hotel, au Beverly Wilshire, au Château Marmont, au Peninsula ; c'est toujours au Four Seasons que je reviens. Pour Clint, j'ai demandé la meilleure table. À l'heure dite, Joe Hyams, en charge chez Warner de Clint et de Kubrick (du plein temps !), est là, qui contrôle. Le restaurant est animé : un *gringo* gominé fait des avances à une jeune Mexicaine, deux hommes d'affaires ont presque fini leur repas, et une dame rousse à l'accent d'Oxford se montre stricte sur l'éducation de sa fille, encore une enfant.

Je surveille la porte du coin de l'œil et, tout à coup, Clint est là, de sa démarche souple et lente de grand fauve en mouvement. Il accepte un verre de vin et commande un hamburger. Je choisis quelque chose de léger, des œufs Benedict, qui ne sont jamais que des œufs et des frites nappés de sauce hollandaise... La bonne humeur revient et Clint m'annonce avec son laconisme légendaire que oui, il accepte de présider le jury. Le jury, ce n'était pas la première fois qu'on en parlait. J'avais souvent reçu Clint depuis que j'étais à Cannes, j'avais montré *Pale Rider*, un western qu'il avait dirigé (et aussi deux autres films, dont *Bird*). C'était en 83, l'année du premier grand dîner Lang, les petits plats dans les grands, la tente spectaculaire. À ma table, Clint, Greta Scacchi et Charles Aznavour s'amusaient ferme. Cependant qu'à la table du ministre, Milos Forman tenait la jambe à Caroline de Monaco et Harrison Ford s'était barbé... Clint n'avait pas gagné mais venir lui avait plu. Il vanta Cannes à Barbra Streisand qui le dit à George Lucas. Conséquences : l'année suivante, Spielberg vint avec *La Couleur pourpre* et, en 87, Paul Newman et Joanne Woodward, suivis, en 88, par Robert Redford et par Meryl Streep en 89. Pas de doute, un bon placement.

Ensuite, nous parlons de la villa que Warner voudrait louer, pour lui et sa famille, sa nouvelle femme, Frances, et leur petite fille. La Warner s'occupe déjà de l'intendance. Une chance, car il lui faut une grande maison, confortable, isolée, avec une piscine. Quelque chose de calme... pas comme ici.

Au début je ne fais pas attention à une rumeur qui n'a rien d'inquiétant. Mais bientôt je n'entends plus ce que me dit Clint. La salle est si bruyante tout à coup. Un chien que je n'avais pas remarqué aboie plaintivement. La petite fille se promène entre les tables en regardant les convives avec insistance. Je ne comprends pas pourquoi les pas rapides des serveurs font ainsi tressauter le plancher qui gémit comme une simple latte de bois. Il faudra que l'hôtel contrôle ce détail. Au bout d'une minute ou deux, je lève la main pour commander une autre bouteille et pour demander qu'on ferme la fenêtre. Tous ces camions dehors m'empêchent d'entendre. Les flics ont probablement détourné la circulation sur Sunset et ils la font passer devant l'hôtel. À présent, j'ai comme un bourdonnement d'oreilles. Clint me parle et je ne comprends pas. Il fait très chaud, je n'ai pas envie de brailler pour couvrir tous ces bruits et pour que le garçon vienne enfin. Et voilà les camions qui se rapprochent. J'ai l'impression qu'ils roulent dans la salle à manger tant les grondements paraissent venir des entrailles de la terre. Le métro ne passe pourtant pas par ici. Décidément, c'est un hôtel bizarre : j'ai déjà noté, assises sur des bancs devant l'entrée, des statues qui imitent admirablement des personnes en chair et en os ; en s'asseyant on les frôle, on est tenté de s'excuser. Il me semble à présent que, dehors, les Philippins qui d'habitude courent pour conduire les voitures au parking ont *disparu*. Le bruit de forage sous mes pieds est devenu insupportable. Un tumulte hideux, un chahut des premiers âges.

Mourir avec Clint

« Regarde ce que tu as fait », dit Clint. Je regarde à mon tour : le verre de Joe est renversé sur la nappe. À cet instant précis, je m'aperçois que le lustre monumental dont s'enorgueillit l'hôtel, et qui est placé juste au-dessus de notre tête, *oscille...* C'est à ce moment aussi que je prends enfin conscience que la terre est en train de trembler. Pourquoi est-on si long, en de telles circonstances, à réaliser ce qui se passe, surtout dans un pays où la population, qui y est préparée, attend la venue de la catastrophe et se demande si c'est cette fois-ci le « *big one* » ?

Je sens mon cœur bondir dans ma poitrine et une voix inconnue murmure à mon oreille : sauve-toi ! J'ai déjà essuyé deux ou trois tremblements de terre ; une fois, chez des amis, quelques livres étaient tombés de la bibliothèque, une autre fois, sur le freeway près de Berkeley, la voiture avait tangué. Rien, des secousses. Jamais avec une telle intensité.

Les gens se sont levés et se bousculent pour sortir. Bon Dieu ! Qu'est-ce que ça veut dire ? Le reste du monde n'est nulle part. Une serveuse se met à pleurer. Je meurs d'envie d'aller me réfugier sous le chambranle de la porte, comme il est recommandé, et de ne pas rester plus longtemps sous ce lustre dont je m'avise soudain qu'il doit peser des tonnes. Le bruit s'intensifie encore. À présent, on dirait un train sortant d'un tunnel.

Je regarde Clint. Il ne donne aucun signe d'inquiétude. Même si est arrivé le « jour du fléau », son impassibilité me contraint à feindre le sang-froid alors que la panique me gagne. En neuvième, au lycée Carnot, un jour où je n'avais pas étudié, la maîtresse cherchait sur son carnet qui interroger. Pendant cette minute qui dura une éternité, je m'efforçai de ne pas m'affoler, de me dire pas moi, pas moi, pas moi, pour conjurer le sort. J'étais d'accord pour me marier avec elle si elle ne prononçait pas mon nom. « Jacob, au tableau ! » C'est ainsi que la vessie d'un petit garçon de sept ans imita le temps et s'écoula.

Mourir avec Clint me ferait une belle jambe. Je n'osai répéter « pas moi ». J'essayai d'imaginer le journal du lendemain s'il y avait des centaines de morts. C'était malin d'être venu me fourrer dans ce guêpier. Si on s'en sortait, je monterais dans ma chambre téléphoner à ma femme. Non, c'était idiot à cause du décalage horaire ; non, ça va, ne nous affolons pas, mais je ne prendrai pas l'ascenseur. Pas maintenant. Et même si ça s'arrête, on dit que les jours suivants, il y a des répliques, encore faudrait-il que tout ça s'arrête. Clint était grand, fort comme Samson, et je crois bien qu'il souriait : du moment que j'étais avec lui il ne pouvait rien m'arriver.

Un peu de poussière tomba du plafond. Joe s'attardait sous la table : mettons qu'il cherchait sa serviette.

Trente-sept secondes s'écoulèrent : trente-sept siècles, oui. Le tintamarre ferroviaire enfla jusqu'au paroxysme et le lustre oscillait toujours dangereusement.

Puis *ce fut tout.*

Le train s'arrêta, les camions repartirent du côté de Sunset, les serveurs revinrent, les convives aussi, les Philippins se remirent à courir mais on sentait encore une tension, comme si les répliques se préparaient à nous offrir une version abâtardie du séisme.

Alors, dans le silence retrouvé, la voix de Clint s'éleva :

— *Check, please.*

Il demandait l'addition. Tout le monde éclata de rire et applaudit. Par son humour laconique, il avait rétabli ce juste équilibre sans lequel la vie ne serait qu'*une longue glissade sur un ski vers une vallée de larmes.* J'ai oublié l'auteur. Aucun d'entre nous ne se doutait alors que l'épicentre avait accusé 5,9 points sur l'échelle de Richter.

— Joe, il est temps d'y aller, dit encore Clint qui scella cette phrase de son fameux rictus – sourire, pas sourire – qui me parut cette fois un rien figé.

— Oh, fit Joe.

C'est tout ce qu'il trouvait à dire.

Des assiettes et des couverts jonchaient le sol où des victuailles étaient éparpillées. Mais ce n'était pas grave. Plus rien n'était grave.

— Vous avez bien encore une minute, dis-je dans une crise de bâillements nerveux.

À la table voisine, la jeune femme anglaise se remettait de ses émotions. Un garçon s'approcha, ramassa la poupée de la petite fille et lui dit comme pour faire oublier son abandon de poste :

— *Honey*, tu veux que je t'apporte une glace au chocolat ?

— Non, dit la petite fille.

— On dit non merci, corrigea sa mère.

17

La banque Jordaan

Le commerce de l'or

Attendre avant d'entrer à Toledo. C'était le moment de mettre à exécution la promesse que je m'étais faite à moi-même. En 1950, j'arrive à la banque Jordaan, rue Taitbout, où ma mère a son compte. À sa demande, le président me reçoit dans le silence de son bureau aux portes capitonnées et aux boiseries qui sentent la cire. D'abord, un voyant lumineux, rouge : veuillez attendre ; vert : entrez. J'entre.

Lucien Bonn est un homme de petite taille, à la barbiche soignée, dont le sérieux, à la limite de la tristesse, s'affiche comme une réclame. Nous nous mettons rapidement d'accord : je ferai onze mois de stage non rémunéré à travers les services. Je pourrai déjeuner à la cantine. M. Bonn compte sur moi pour faire honneur à ma mère, fille de M. Lambert-Lévy qu'il a bien connu. Puis, économe de ses paroles, M. Bonn sonne et me présente à un fondé de pouvoir. Immense échassier, fumeur de pipe impénitent, M. Roger Kahn accomplit le métier le plus difficile de la banque, le plus lucratif aussi : arbitragiste. Il spécule sur les amplitudes entre les monnaies. Les écarts sont infimes mais si l'on joue gros et dans le bon sens, si l'on est plus rapide que le concurrent, on réalise de beaux profits à la fin de la journée. Le flair, le talent, les nuits sans sommeil à extraire des racines carrées et à inventer des formules logarithmiques font la différence. Roger Kahn se montrait très performant et m'indiqua comment se servir d'un gros cylindre où un curseur figurait les positions des devises. Naturellement je ne plaçais pas les ordres pour de vrai mais à son œil qui s'allumait derrière les spirales de fumée, je constatais qu'il était déçu en bien comme disent les Helvètes. Roger Kahn quittait la Bourse très tard, après quoi il allait déjeuner chez Gallopin et, retour au bureau, passait l'après-midi au téléphone avec New York en essayant de rouler dans la farine des confrères arbitragistes aussi rusés que lui. Les bonnes années, vingt pour cent du bénéfice de la banque provenaient du service. Quand j'eus bien jonglé avec les dollars canadiens, la piastre ou la livre irlandaise, je passai au service « change ». Là, c'était M. Bultez, un employé au bras atrophié mais à la dextérité compensatrice, qui gérait les affaires. On siégeait à la boutique qui s'ouvrait sur la rue et le contact avec la clientèle nécessitait de la tenue. Les changes n'étaient pas libres et il fallait remplir des documents, tamponner les passeports, indiquer les quantités allouées par l'Office des changes, calculer la commission, compter les coupures : Bultez mouillait son doigt pour manipuler les billets à la vitesse de Monsieur Verdoux. Le commerce de l'or entrait dans nos compétences et Bultez n'avait pas son pareil pour faire sonner sur le comptoir une croix, un louis d'or – on disait un nap' – ou un souverain. Et si, d'aventure, une pièce sonnait mal, on la rendait à l'intéressé. Le reste était compté, recompté et enfermé avec bordereau dans un petit sac plastique que, pour finir, on scellait. Le soir, avant de fermer, nous faisions la caisse à tour de rôle et, s'il y avait un écart, tout le service restait jusqu'à ce que l'erreur soit débusquée. Un jour que nous n'arrivions pas à trouver une différence de quelques francs, je sortis des pièces, les tendis à Bultez et lui dis : et si nous allions nous coucher ? Je fus applaudi : le métier rentrait.

Je tournais ainsi dans les services et ma mère me confia, radieuse, que M. Bonn était content de moi. Pour le satisfaire davantage, je regagnai le service « change » où je fis fonction de sous-chef de service. J'avais même imaginé une simplification des opérations qui me valut l'honneur d'être présenté au grand patron hollandais de la banque, M. Aaron Jordaan et son cigarillo de Clint néerlandais.

Les onze mois écoulés, je quittai la rue Taitbout. Bultez m'offrit une bière, Roger Kahn cura sa pipe entre deux appels longue distance et M. Bonn, après un « veuillez attendre », me gratifia d'une montre-bracelet, non pas en or comme l'aurait mérité le service « change », mais aux armes de la banque : le cadeau publicitaire était né. Il y ajouta une lettre de recommandation qui ne me servit pas.

18

Hollywood première

Un mal étrange

Vous n'êtes pas dans la vie réelle, dit Jeanne à Michel, dans *Pickpocket*, de Bresson, et lui : *Ô Jeanne, pour aller jusqu'à toi, quel drôle de chemin il m'a fallu prendre !* Sans les aléas de la guerre, mon itinéraire aurait suivi le parcours initial. Je serais devenu prof de lettres, j'aurais publié des articles et sans doute fini, comme tout le monde, par écrire des critiques de cinéma. Ce trajet-ci a été plus tortueux et plus long, mais il m'a permis de conquérir mon indépendance. Le destin m'a prouvé qu'il y a souvent deux manières de parvenir au même but et que l'on ne se sent bien chez soi que chez soi.

En 59, j'ai connu la paternité et découvert la dépression nerveuse. Quelques années avant, Jeannette et moi venions tout juste de nous rencontrer. Nous vivions ensemble depuis 54 et, malgré l'avis très négatif de mes parents, nous avions décidé de nous marier. Elle avait deux tares irrémédiables à leurs yeux : elle n'était pas juive, elle n'était pas riche. Ma mère avait usé de manœuvres enveloppantes et tortueuses pour mieux me dissuader de l'épouser, et un dîner de présentation au Relais Plaza, au cours duquel mon père n'avait pas desserré les dents, fût-ce pour manger, s'était déroulé de manière catastrophique. J'avais tenu bon et Jeannette m'avait fait deux beaux garçons dont le cadet avait confondu, six mois durant, le jour et la nuit. C'est ma femme qui se levait mais, soumis à la double pression d'une vie professionnelle agressive et des braises encore rougeoyantes du conflit familial, j'étais en proie à un mal étrange. Je n'allais pas bien. Brusquement, comme pendant le tremblement de terre, je me rendais compte que je ne comprenais pas un mot de ce qu'on me disait. Mais c'était en permanence. En fait, j'étais dans l'incapacité de fixer mon attention. J'allais et venais mais n'avais envie de rien. Je mangeais peu, je dormais mal, j'avais les larmes aux yeux pour un oui ou pour un non. Il fallut consulter.

Le mal dura longtemps. Cela a été narré souvent – et mieux ! – par d'autres. Disons que même lorsque, grâce à ma femme, je concédais quelque attrait à la vie, je ne retrouvais mon équilibre psychique qu'en vérifiant, à travers le tissu de mon pantalon, que le tube de librium était bien là, disponible. Je jouais alors avec le flacon au fond de ma poche, l'agitais pour m'assurer qu'il était garni et me satisfaisais pendant des mois de la présence de ce viatique que je cessai progressivement d'avaler. Le jour où j'oubliai de le prendre, je compris que j'étais guéri.

Voyage de noces

En 58, embarquement pour les États-Unis (mi-voyage d'affaires, mi-voyage de noces). Aller sur le *Flandre*, retour sur l'*Île-de-France* (je recommande sa salle des machines, une beauté). Avant de partir pour Le Havre, j'allai trouver Jacques Doniol-Valcroze, rouquin à l'air penaud, corédac' chef des *Cahiers du cinéma* et mon adversaire au tennis. Je n'avais jamais cessé d'aller voir des films. Mais j'avais été trop pris pour en faire un métier. Et voilà que cette passion frappait de nouveau à ma porte avec une violence à laquelle je n'étais pas préparé. Dix ans après *Raccords*, il me fallait reprendre du service.

Mais, à vingt-huit ans, je ne me voyais pas mendier des piges ni faire antichambre dans les revues de cinéma. Je m'entendais bien avec Doniol qui avait publié mon article sur « La tragédie de l'échec chez le héros hustonien ». Nous avions même envisagé de fusionner les équipes de *Raccords* et des *Cahiers*. Et puis non…

— Tiens, me dit-il de sa voix nasale, qu'est-ce que tu fais là ?

— J'ai besoin de revenir à la culture.

Voulant me satisfaire, Doniol me donna une carte de presse des *Cahiers* et sa bénédiction pour interviewer qui je voulais J'optai pour deux metteurs en scène que j'affectionnais particulièrement, Sternberg et Kubrick : un oublié et un presque inconnu, mais le plaisir était là.

D'abord une semaine à Toledo, capitale mondiale du pesage, puis nous avons passé quatre jours et trois nuits dans le Superchief, le train qui reliait Chicago à San Francisco. Salon, vistadome, fauteuils pivotants, ceux qui ont vu *L'Inconnu du Nord-Express* apprécieront. Les mormons de Salt Lake City ne nous disaient rien mais nous avions prévu un stop à Denver. Denver, on en a vite fait le tour. J'achète une caméra Bell et Howell, 8 mm, à tourelle et grand angle, et je me mets à filmer l'Amérique. Je filme éperdument, avec l'innocence d'un étudiant de cinéma qui vient de découvrir Dziga Vertov, le génial documentaliste-poète de *L'Homme à la caméra*. Les ciels changeants et les glissements progressifs de la nature. Je filme les rapides du Colorado, et les ocres du désert, et les récoltes à perte de vue, et le tourbillon d'une tornade au loin, et la banlieue des villes, et les bizarres balanciers à sonnette aux passages à niveau, je filme les gares immenses, et les pompes à pétrole aux pinces géantes, et le port d'Oakland de l'autre côté de la baie de San Francisco… Là, j'ai eu de la chance : il y avait un incendie quand nous sommes arrivés à Union Square. Des flammes énormes, et qui ronflaient. Les autos se rangeaient, la foule s'attroupait, une voiture de pompiers se ruait vers un petit immeuble d'où s'échappait une fumée noire à l'odeur de moisi. Un tintamarre de sifflements et de sirènes d'ambulance. *Filmer, c'est bien, mais il faut aussi vivre*, dit ma femme. Le cinéma ou la vie, c'est en effet le problème.

Aujourd'hui, j'ai perdu tous ces films. J'ai perdu Sausalito, j'ai perdu Carmel (je ne connaissais alors ni Clint ni Kim Novak), j'ai perdu les trams sur lesquels on saute en marche dans les rues aux pentes vertigineuses, j'ai perdu les bougainvillées et le marché aux poissons. J'ai perdu les films mais j'ai toujours la Bell et Howell. Un musée serait-il preneur ?

De retour à Frisco, des années plus tard, je descendrai au Mark Hopkins, comme compagnon de voyage de Catherine Deneuve et de Claude Lelouch. Je me demanderai toujours pourquoi on m'a donné la suite présidentielle, sans doute une farce de Claude Jarman, le directeur du Festival à l'époque : deux cent cinquante mètres carrés de moquette, des tentures, des abat-jour cossus, des portes au bois précieux, une suite avec une cuisine, un piano à queue, une salle de bains grande comme la salle de bal du gouverneur. Nous avons fini la soirée par un tour en voiture, du Bay Bridge à North Beach, et j'ai demandé au chauffeur de me ramener, laissant Catherine et Claude jouer à qui n'aurait pas sommeil le premier. Pendant notre séjour – je revois la scène –, Jarman m'a présenté à George Lucas, « un homme qui ira loin » mais, pour l'heure, guère plus bavard qu'un séquoia du Yosemite Park. Alors la guerre des étoiles…

Kubrick et Sternberg

Le lendemain de mon premier séjour à San Francisco, nous partîmes, Jeannette et moi, pour Hollywood. La partie journalistique de notre voyage de noces s'ouvrait sous les meilleurs auspices. Des auspices doublement sentimentaux.

Stanley Kubrick n'était pas encore devenu Stanley Kubrick, c'était un garçon en battle-dress, au vaste front, au teint pâle, et dont les sombres prunelles étincelaient. Il avait l'air taciturne et pensif, jusqu'à ce que la conversation tombe, je ne sais pourquoi, sur Carol Reed dont il avait vu *Odd Man Out* (*Huit heures de sursis*), et quand nous évoquâmes l'ombre et la lumière jouant sur le visage de James Mason, il devint tout d'un coup chaleureux, accepta de parler des *Sentiers de la gloire*, son film qui venait de sortir (il restera longtemps interdit en France), de ses problèmes avec les acteurs, et me fit cadeau de photos de plateau d'un format gigantesque. Il travaillait alors avec James B. Harris qui lui tenait lieu de producteur. Harris me raconta ensuite comment Kubrick se mêlait des plus infimes détails comme l'écartement des rangées de fauteuils dans les cinémas ou la distance du projecteur à l'écran, perfectionnisme qui l'a conduit à une certaine forme de folie. Par la suite, bien plus tard, quelqu'un – j'ai oublié qui – me raconta l'histoire du scénario de *Eyes Wide Shut*, elle aussi à base de géniale minutie.

Un jour pluvieux de l'hiver 1995, Terry Semel, président de la Warner, en séjour à Londres avec sa femme et son enfant, s'apprête à passer une bonne soirée dans sa suite au Savoy, quand le téléphone se met à sonner.

Stanley Kubrick, l'enfant terrible de la Warner que le studio a sous contrat, lui demande de venir dîner chez lui, à sept heures précises, seul. Dix-sept ans après s'être exilé au Royaume-Uni, en 61, Kubrick a acheté un grand manoir à Childwickbury, à quarante kilomètres de Londres, où il est protégé du monde des humains par un mur d'enceinte. Derrière le mur, de gros chiens, jour et nuit, vont et viennent.

À son arrivée au château, Terry est introduit dans une salle toute en boiseries. Stanley entre, salue le président de la Warner puis le précède dans la grande cuisine où il a fait préparer deux sandwiches à leur intention. Il retire le bouchon d'une bouteille de vin, prend deux verres, verse une rasade à son hôte, avale son en-cas et convie Terry au salon.

Il s'assied alors en face de lui et lui tend le scénario de son nouveau projet. Terry le remercie aussitôt. Il s'empare tranquillement du script et promet de le lire le soir même.

— Vous ne m'avez pas compris, dit Stanley, d'une voix douce. Il faut que vous le lisiez maintenant, ici même. C'est comme ça ou bien vous ne le lirez jamais plus et je ne ferai pas le film avec vous. À prendre ou à laisser.

Terry se dit qu'il n'a pas le choix et acquiesce, bon gré mal gré. Ce qu'il n'a pas prévu, c'est que Stanley reste assis en face de lui, s'assurant qu'il lit bien le script de *Eyes Wide Shut* de A à Z. Et Terry se met à lire.

Pile au même moment – il est midi à Los Angeles –, Bob Daily s'apprête à partir déjeuner d'excellente humeur. S'appuyant l'un sur l'autre et se complétant admirablement, Bob et Terry incarnent le duumvirat qui, pendant plus de vingt ans, a présidé aux destinées de Warner Bros. Avec succès.

— Qu'est-ce que vous faites ce week-end, Ann ? demande Bob à sa secrétaire sans écouter la réponse.

Le délicat grelottement du téléphone dernier modèle imite à cet instant les trois coups du destin. L'attorney de Stanley Kubrick a une communication urgente et de la plus haute importance à faire à Bob Daily. Un pli à lui remettre de la part de Stanley.

— Ça ne peut pas attendre cet après-midi ? demande Ann.

— Non, ça ne peut pas.

Rendez-vous est donc pris au bureau de l'avocat dans la demi-heure qui suit. Bob s'y rend sans méfiance : c'est lui-même qui a recommandé l'homme de loi à Kubrick !

— Voilà, dit l'attorney, Stanley veut que vous lisiez ça tout de suite dans mon bureau.

— Mais ça fait trois cents pages ! se lamente Bob en soupesant le pavé.

— Je sais bien, Bob : vous connaissez Stanley…

— Écoutez, je vais lire le début, j'ai des rendez-vous tout l'après-midi mais, promis, je le finirai ce soir chez moi…

— Rien à faire, Bob. C'est tout de suite ou rien. Un café ?

Et Bob en maugréant entreprend la lecture.

Ainsi, les deux patrons se retrouvent obligés de donner simultanément et *séparément* leur avis. Chacun déclare qu'il sera ravi de le produire, sous réserve de l'accord de son alter ego (pensant sous cape qu'il va prévenir l'autre pour qu'il se montre circonspect).

D'habitude, en effet, pour des films d'un budget important, les patrons d'Hollywood ne donnent pas leur feu vert sans réfléchir ni se concerter. Ils s'abritent derrière l'avis de leurs associés. C'est ce que pensaient faire Semel et Daily ; c'est ce qu'a astucieusement déjoué Kubrick qui, de plus, exigea d'avoir le « montage final ». De fait, à peine rentré à son hôtel londonien et encore tout excité, Terry Semel se rue sur le téléphone.

— Passez-moi Bob, et vite, rugit-il à sa secrétaire hollywoodienne.

— Ce ne sera pas un problème, Mr Semel : justement, Mr Daily vous cherche...

— Allô, Bob ! hurle Terry, tu ne peux pas deviner ce qui vient de m'arriver...

— Tu crois ça, marmonne Bob d'une voix nasillarde. Alors écoute-moi bien, Terry, j'ai des nouvelles pour toi...

Pour Josef von Sternberg (le « von » était usurpé mais c'était la mode depuis Stroheim), ma mémoire me joue des tours. Je sais que je l'ai vu dans une maison médicalisée. J'ai toujours aimé les vieux metteurs en scène. Le métier de cinéaste est tellement dur qu'on est vulnérable à tout âge, mais quand ils sont vieux, malades, oubliés, qu'ils passent le temps à ressasser de vieilles histoires ou qu'ils essaient de monter un projet dont ils devraient être les premiers à savoir qu'il ne verra jamais le jour, alors là, les Huston, les Ford, les Welles, les Sternberg ne sont plus seulement des êtres attendrissants, ce sont de grands chênes foudroyés, comme ces arbres de la forêt française que la grande tempête de décembre 99 a couchés brutalement, les racines en l'air toutes pleines de terre, et qu'il a fallu découper à la tronçonneuse, encore vivants... Je le revois, Sternberg, dans sa vieille robe de chambre cafardeuse, assis sous une couverture dans un fauteuil de jardin. Lui qui avait été arrogant toute sa vie n'était même plus cassant. J'entends quelques réflexions désabusées sur les studios hollywoodiens. Quand je mets la conversation sur Marlene, je lis dans son œil bleu lavande une lueur de mépris, et il me répond sur Gene Tierney. Ensuite, je flotte. À nouveau, je n'arrive plus à séparer la réalité de la scène où, dans *Citizen Kane*, Leland joué par Joseph

Cotten, placé dans la même chaise et dans la même situation, demande au journaliste qui enquête sur Kane de lui procurer *a good cigar* et, dans les deux cas, la visite est interrompue par l'arrivée de l'infirmière qui clôt l'entretien et ramène dans leur chambre les intéressés, Leland en le soutenant par le bras, Sternberg en le poussant sur sa chaise roulante. Avant de rentrer, Josef me lança un regard sarcastique. Tout vieux qu'il était, il pouvait encore faire ça, mais ce regard ne dura qu'un instant. J'ai senti mon courage aspiré dans un tonneau sans fond. Sternberg et Welles en effigies mélancoliques d'un âge d'or aujourd'hui disparu ?

De retour à Paris, impossible de mettre la main sur Doniol. Je passe une ou deux fois aux *Cahiers*, en haut des Champs-Élysées. J'ai souvenir d'une vaste antichambre, d'un bureau clair sur les Champs où il n'y avait pas grand monde, d'une bonne odeur d'encaustique, de parquets qui craquent affreusement et, par une porte entrouverte, de la belle voix grave de M. Keigel, le financier de la maison. J'attendais. Doniol me posait un lapin, la secrétaire venait, de temps à autre, voir ce que je fabriquais. J'appris ainsi qu'André Bazin était très malade. La seconde fois, Rohmer et Rivette discutaient avec animation. Ils n'avaient pas l'air de me situer, ni de s'apercevoir de ma présence. Je m'éclipsai sur la pointe des pieds, humilié, honteux, comme un voleur.

Le cinéma moderne

Comment se faire connaître ? Je décidai d'écrire un livre. Ce livre, achevé en 64, s'appelle *Le Cinéma moderne*. J'ai essayé d'y dépeindre un certain nombre de cinéastes d'alors et de chercher en quoi le récit cinématographique avait changé. Le cinéma devenait interactif : l'auteur réclamait la participation du spectateur, et je m'aidais de Resnais, de Godard, de Robbe-Grillet, d'Antonioni, mais aussi de Tati, Bresson, Varda, Truffaut, Demy, etc., pour tenter de mettre cette modernité en perspective. Nouvelle Vague et nouvelle écriture. Et, pour bien annoncer la couleur, nous avons mis en couverture le beau visage de Monica Vitti aux yeux si merveilleusement fendus. Le livre fut édité chez Serdoc par Bernard Chardère, le Lyonnais fondateur de *Positif.* Il était entreprenant et, avec sa femme Alice, faisait les paquets, portait les offices dans les librairies, sillonnait la France au volant d'une vieille 2CV qui hoquetait, surtout dans les côtes, mais mettait son point d'honneur à se montrer aussi vaillante que son maître. Le livre nous rapporta seulement une certaine estime, quand Pierre Billard, qui dirigeait la revue *Cinéma*, organe de la Fédération française des ciné-clubs, me proposa de rejoindre son équipe. J'aimais l'idée de faire partie d'un groupe. Je sautai sur l'occasion et me retrouvai chaque semaine, avec Billard et ses acolytes, dans des arrière-cafés du Ve ou du XIIIe arrondissement qui tenaient lieu de salle de rédaction. C'était là que chacun rendait compte des films qu'il venait de voir, là que Billard répartissait le travail. Là, surtout, que nous parlions, parlions sans trêve. Et si le cinéma n'existait que si on le parle ?

Il y avait là Pierre Philippe, un garçon joufflu, spirituel en diable, au style mordant, qui signait Jonathan Harker des notes sur le « cinéma bis », c'est-à-dire le cinéma du deuxième rayon (péplums, films fantastiques, etc.), Marcel Martin, spécialiste du cinéma soviétique en fidèle communiste de choc, Michel Flacon, mon condisciple en khâgne, un orfèvre du style, qui, après Normale, était devenu professeur à Toulon, Raymond Lefèbvre, René Gilson, Claire Clouzot, Guy Braucourt qui devait travailler plus tard avec moi, à Cannes… J'avais déjà tenu en main l'objet-livre résultant de mes élucubrations, et l'époque de *Raccords* n'était pas si lointaine, mais la vue de mon nom imprimé dans une revue de cinéma avec laquelle je n'avais aucune attache me fit aussi plaisir qu'un de ces gros livres dorés sur tranche qui font l'orgueil des familles à la distribution des prix.

J'écrivais tout ce qu'on me demandait, des critiques, des portraits, des chroniques, des comptes rendus de festivals vers lesquels je me précipitais, en bon néophyte. Comme je remettais mes papiers à l'heure et à l'exact calibrage, Billard m'en commandait de plus en plus. Et moi j'écrivais, je livrais, je souriais. J'existais. J'ai encore en mémoire la vision amusée de mon sosie, courant d'un bout à l'autre de Paris, d'une salle à l'autre, d'une projection à l'autre. J'essaie de retrouver les sensations de ces années-là. Nous étions tellement jeunes ! Nous prenions les choses si au sérieux ! Je me fis plaisir avec des notules et avec de longues études où je profitais d'un film qui sortait pour m'imprégner de l'univers d'un auteur. Il y eut un Bresson *(Mouchette)*, un Polanski *(Cul-de-sac)*, un Louis Malle *(Le Voleur)* – mon préféré –, un Godard *(Made in USA)*, un Robbe-Grillet *(Trans-Europ-Express)*, un Melville *(Le Deuxième Souffle)* et quelques autres. Ai-je été à la hauteur ? Si ça vous amuse, je pourrais probablement retrouver les textes. Godard parcourut mon essai et poussa, m'a raconté l'historien Freddy Buache, son ami de toujours, un grognement d'approbation. Depuis nous nous écrivons de loin en loin, lui m'envoyant des messages couverts de sa belle écriture d'écolier, moi m'efforçant de l'aider. Entre 1980 et 2004, je sélectionnerai à Cannes neuf de ses films, heureux, par exemple, d'accompagner son *Histoire(s) du cinéma*, un sommet de l'analyse critique et de la beauté artistique. Je lui dédierai même un de mes films de montage, *Épreuves d'artistes*, quand je deviendrai documentariste, dans les années 2000. J'aurais aimé montrer *À bout de souffle*, les Karina en noir et blanc, *Le Mépris*, mais ce n'était plus de saison. Et, pendant ses conférences de presse au Festival, tandis qu'il proférait raisonnements déconcertants et épigrammes meurtrières devant une presse mondiale médusée, j'étais bien trop occupé à communiquer par signes avec son producteur, Alain Sarde, assis sur l'estrade à côté de Jean-Luc, et qui hochait comiquement la tête comme pour se demander ce qu'il faisait là.

Mais celui avec lequel j'ai le plus sympathisé, et dont j'ai même publié la *Correspondance*, c'est François Truffaut, qui est devenu mon ami.

19

Les années Truffaut

L'Officiel des spectacles

François était venu chez moi, rue Raynouard, au temps de *Raccords*. Je me souviens d'un petit jeune homme, robuste et malingre à la fois, au visage mangé par un regard de feu. Il ne tenait pas en place. Il me parla du Club du Faubourg, lieu où se déroulaient des concours d'éloquence et dont je n'avais jamais entendu parler, et m'apporta une chemise cartonnée plus très fraîche qui contenait des photos de Jean Renoir en Amérique et un article qu'il venait d'écrire sur un des Renoir hollywoodiens justement, je crois bien que c'était *The Southerner (L'Homme du Sud)*. C'est ainsi que Truffaut est entré dans ma vie. Je le rencontrai quelque temps après chez André Bazin, à Bry-sur-Marne, un jour où Bazin, dont la ménagerie était célèbre, accueillait deux nouveaux pensionnaires : des écureuils. Et le rieur Truffaut les disait sortis tout droit de *La Règle du jeu*. Tout au long de mes années de critique (1964-1976), François m'a accompagné. Il était devenu un metteur en scène connu, adulé, il avait sa société de production, il enchaînait film sur film, avait écrit le plus beau livre de cinéma de tous les temps, son livre d'entretiens avec Hitchcock [1], car il avait deux amours, en plus des femmes : le cinéma et la littérature. Dans son livre sur Hitchcock, l'importance de l'illus-

1. *Le Cinéma selon Alfred Hitchcock*, Robert Laffont, 1966.

tration est considérable : des scènes entières sont décortiquées, image par image, rendant si palpable le propos des deux cinéastes. Surtout, Truffaut s'était construit une vie calquée sur ce goût de la liberté venu de son enfance ; il ne faisait que ce qui l'amusait au moment où ça l'amusait : c'est cela le vrai luxe, et pas les chemises de chez Sulka, même si l'un n'empêche pas les autres. Il l'a parfois payé cher.

Comme, à l'époque – c'est moins vrai aujourd'hui–, le succès des films ambitieux dépendait beaucoup des critiques, Truffaut, dont c'était le premier métier, frayait avec ses anciens confrères mais il se protégeait beaucoup. C'est ainsi que dans sa *Correspondance*, publiée avec Claude de Givray (ami fidèle et coscénariste de Truffaut) – je dirai tout à l'heure dans quelles circonstances –, on compte de nombreuses lettres où François, infatigable épistolier, détaille pourquoi il ne peut pas recevoir son correspondant : il prépare un film, il tourne un film, il monte un film et ainsi de suite, et il ne manque pas d'ajouter à quel moment il reprendra contact pour fixer un nouveau rendez-vous… Moralité : pour rester libre, gagner du temps… sans couper les ponts !

Tous les mercredis, François achetait l'*Officiel des spectacles* et cochait sur les programmes les films qu'il irait voir, au volant de sa Peugeot décapotable ou de sa Volvo verte. C'étaient souvent des films qu'il voulait revoir, des classiques du cinéma, cent fois regardés mais dont il ne pouvait se passer longtemps : il suffisait d'une scène, d'une phrase de dialogue, du jeu d'une actrice, et surtout, quand il se posait à lui-même un problème de mise en scène, il examinait la place de la caméra. Quelle distance des acteurs, quel angle de prise de vues, quel objectif, quel éclairage, quel mouvement d'appareil, quel découpage, quelle musique : rien de tel qu'un vieil Hitchcock ou un Renoir de derrière les fagots, à moins que ce ne soit *La Splendeur des Amberson* ou *Les Dames du bois de Boulogne*, pour l'aider à trouver une solution, mais le plus souvent c'était pour le plaisir. Tout chez Truffaut, jusqu'à sa vie sentimentale, était fonction des horaires des films.

Un jour du printemps 69, j'ai rendez-vous avec Catherine Deneuve pour ma première grande interview aux *Nouvelles littéraires,* où je travaille à présent. J'arrive rue Vineuse au domicile de Catherine. Là, sa secrétaire (je n'avais pas compris qu'il s'agissait de sa sœur) me dit : « Mais non, vous vous êtes trompé, c'est demain... — Ah bon, très bien, alors : à demain ! » Je redescends l'escalier et dans l'entrée je tombe sur François, sortant de sa voiture et portant un sac de golf. Il a l'air gêné et je lui dis bêtement : « Je ne savais pas que tu jouais au golf... » Je reviens le lendemain ; le début de l'interview se passe à merveille. Si bien que Catherine me fixe un nouveau rendez-vous pour la terminer. Total : une grande page à la une des *Nouvelles.* Elle m'a écrit par la suite qu'elle était contente. À quelque temps de là, le microcosme se met à bruire de leur histoire d'amour. Quand une aventure amoureuse naît sur un tournage, l'équipe le sait immédiatement. Et, même si la chose survint à Madagascar, le chant de *La Sirène du Mississippi* ne fut pas long à débarquer dans les rédactions parisiennes. Je l'avais su par hasard mais n'en ai jamais parlé à personne.

Yvonne Baby

C'est grâce à François que j'ai connu deux jeunes femmes pour qui j'ai toujours eu de l'affection. La première est Yvonne Baby. Yvonne travaillait au *Monde,* une institution dont François ne pouvait se couper. Or, de tous temps, cette institution ne s'est pas fait que des amis...

« Tu ne vas pas nous faire ta petite colère, toi aussi », dit Simon Mizrahi, formidable attaché de presse et sous-titreur aujourd'hui disparu, au critique et historien du cinéma Michel Ciment. Nous sommes en novembre 77 à la salle Ponthieu où Simon, qui a révélé en France la comédie à l'italienne, projette à la presse *Lo scopone scientifico (L'Argent de la vieille),* une piquante fable de Luigi Comencini, sortie en Italie cinq ans plus tôt, avec un carré d'as :

Alberto Sordi, Bette Davis, Silvana Mangano et Joseph Cotten. Les journalistes sont sagement installés dans la salle, mais le film ne démarre pas. Cinq minutes, dix minutes, des critiques menacent de quitter la salle. Jacques Siclier, assis entre Robert Chazal et moi, chuchote qu'on attend Yvonne Baby. La révolte gronde. Ciment se lève, met ostensiblement son manteau et entraîne sa femme. Algarade avec Mizrahi. La porte s'ouvre enfin sur Ruta Sadoul, la mère d'Yvonne, suivie de Claire Devarrieux, sa jeune égérie. Ruta scrute la salle comme Bonaparte au pont d'Arcole et Yvonne se glisse à sa suite escortée d'un gaillard avec qui elle échangera pendant la projection de courts billets.

D'abord stagiaire à la relecture des pages programmes, Yvonne est montée en grade jusqu'à finir chef des spectacles.

— Comme elle a changé ! souffle Baroncelli. Depuis qu'elle assiste à la conférence des chefs de service à huit heures pile dans le bureau de Jacques Fauvet, elle se prend pour Françoise Giroud, dit Jean. Elle vous fait poireauter des heures au téléphone, met trois jours à prendre des décisions urgentes et ne supporte pas qu'on la fasse attendre.

Moi, je défends Yvonne à cause de ses beaux cheveux déjà blancs, de son long visage à la Modigliani, de ses jambes fines et musclées sous la minijupe. À cause de ce charme dont elle joue si bien : lorsqu'on est fâché contre elle, l'irritation fond vite quand elle est devant vous, vivante, féminine, s'emberlificotant dans ses « comment dire ? » et ses raisonnements contradictoires. Les cheveux blancs, ce sont les inquiétudes pendant la guerre, l'écartèlement entre ses deux pères, son beau-père Sadoul qui a épousé Ruta en secondes noces et qui a été communiste stalinien, l'autre, son vrai père, le philosophe sinologue Jean Baby, vieux sage exclu du Parti, à la fureur de sa fille.

Yvonne, je l'ai rencontrée pour la première fois sur un vaporetto à la Mostra de Venise. Elle y allait pour *Le Monde*, moi pour *Cinéma 66*, et je lui remontais le moral, tandis que nous marchions des Quatro Fontane à l'Excelsior. Nous fréquentions la rétrospective, salle Volpi. Cette année-là, c'étaient des films américains des années vingt, les petites comédies sentimentales de Cecil B. DeMille. Le soir, nous allions voir le film en compétition dans la grande salle, *Chappaqua*, *Les Créatures*, sans doute pas le meilleur Varda, mais surtout nous avons découvert ensemble *La Femme du sable* de Hiroshi Teshigahara… Yvonne avait du mal à écrire ses articles, les mégots s'amoncelaient dans le cendrier et le bureau du télex attendait pour fermer qu'elle apporte enfin son papier. Sa mère, qui l'accompagnait partout alors qu'elle était mariée et avait dépassé la trentaine, me faisait la tête. Je ne pouvais pas deviner que le premier mari d'Yvonne s'appelait Jacob lui aussi, Alain Jacob, journaliste au *Monde*, et que cette relation s'était mal terminée. Légitimement, Ruta trouvait qu'il y avait eu assez de Jacob dans la famille. On surnommait Aliocha le mari d'Yvonne, à l'époque, je ne pouvais être qu'un Smerdiakov… Plus tard, Yvonne s'est à nouveau mariée, ce qui ne nous a pas empêchés de partager longtemps d'interminables conversations téléphoniques et une vieille complicité.

En novembre 66, donc, nous nous sommes retrouvés au bord du lac d'Annecy, pour des « journées Truffaut » où nous représentions nos journaux respectifs. C'est François qui a fait la liste de ses amis et des journalistes qui l'entoureront pour cet hommage à un si jeune cinéaste. On montrera des films qu'il aime, il les commentera et notre club de fans prendra la parole à tour de rôle. Il y a là les fidèles : Jean-Pierre Léaud, Marie Dubois, Bernadette Lafont, le scénariste Jean-Louis Richard et sa femme Carla Marlier, Albert Cervoni de *France-Nouvelle*, Jean Narboni des *Cahiers*, Yvonne, Claude de Givray, le jeune Patrick Poivre d'Arvor (alors journaliste à France Inter) et moi. Il fait un froid sec et vif sur le lac, Yvonne a mis son fameux manteau de lapin dans lequel elle se pelotonne voluptueusement et Truffaut se lève devant des salles combles pour soutenir ses choix : *La Nuit fantastique*, *Paradis perdu*, *L'Atalante*, *Les Dames du bois de Boulogne* et un petit Guitry pour finir, *Le Mot de Cambronne*.

J'ai retrouvé mon reportage, il commençait ainsi : « Tandis que sur le lac, la tache blanche des cygnes déroule son cou long, flexible, altier, le cinéma s'empare d'Annecy. » Vraiment pas très original, mais c'était ma façon de saluer le cou altier d'Yvonne. Montant de la foule des cinéphiles annéciens, un élan de ferveur entourait, jour après jour, le cinéma si féminin de François Truffaut. On était bien.

Le lendemain, nous reprenons, Yvonne et moi, le train de nuit pour Paris. Nous avons tous deux des sleepings mais pas dans le même wagon. Je soudoie le contrôleur pour qu'il déplace un voyageur, ce qu'il fait prestement. « Comme ça nous serons ensemble », dis-je. Yvonne me lance un coup d'œil. « C'est bien, non ? fais-je. — Oui, oui », dit-elle, et il me semble lire dans son regard la crainte d'avoir à remettre à sa place un confrère pour qui elle a de la sympathie. Nous restons très tard dans le couloir, respirant à pleins poumons la fumée des locomotives à vapeur, si belle dans les films en noir et blanc. Nous tressautons sur les aiguillages, nous scrutons vaguement le ballast tandis qu'au fond du couloir, assis sur le siège rabattable où il a accroché sa casquette, le contrôleur doit se demander pourquoi cette jeune femme et ce type bavardent si longuement au lieu de se retirer. Et Yvonne parle, parle, comme pour retarder l'heure de se retrouver seule avec moi dans un endroit aussi exigu, la gêne s'installe entre nous, elle me raconte son père, ses débuts difficiles à *Femmes françaises*, une revue communiste où Sadoul l'avait fait engager, déjà elle n'arrivait pas à se sortir de son premier papier, elle était d'un milieu bourgeois, on était méchant avec elle, elle a les larmes aux yeux et moi je pleure aussi parce que le courant d'air glacé m'a collé une escarbille… Ensuite, elle est entrée au *Monde*, grâce à Sophie Desmarets qu'elle était venue interviewer et qui a parlé d'elle à son mari, Jean de Baroncelli, déjà rubriquier de cinéma sous Beuve-Méry. On disait Beuve.

Yvonne parle toujours, minuit, minuit et demi, une heure, espérant sans doute que je vais m'abattre comme une masse et c'est vrai que mes jambes ne me portent plus. Elle me raconte encore ses rencontres avec Paul-Marie de La Gorce, avec un jeune P-DG de l'industrie téléphonique qui a été dans ma classe, comme pour prévenir l'inanité de toute tentative déplacée. Enfin nous décidons d'aller dormir. Elle s'engouffre dans le compartiment où je la laisse se déshabiller. Jugeant suffisant le temps écoulé, j'entre à mon tour et la découvre, les bras levés, la poitrine découverte, vite elle enfile son pyjama, un éclair bleuté sur ses seins nus. J'éteins la lampe centrale pour me dévêtir et lorsque j'allume la veilleuse, elle est blottie au fond de la couchette du bas, les yeux clos comme si elle dormait, et peut-être dort-elle déjà. *Tes yeux sont deux petits lacs marron,* dit Belmondo à Deneuve dans *La Sirène du Mississippi. – Marron-vert,* rectifie Catherine. – *Deux petits lacs marron-vert,* concède Jean-Paul.

Nicole Bernard

Dans mon enfance, les amours platoniques s'appelaient Nicole Bernard. Pourquoi, dans les lycées de la République, les surveillants généraux portent-ils toujours un pardessus noir et une moustache en croc ? À Carnot, M. Constantini n'échappait pas à la règle. Chaque année, quand le photographe attitré venait tirer le portrait de la classe que l'on retrouverait peut-être un jour dans une malle au grenier, il se plaçait au premier rang, l'air avantageux, à côté du professeur principal, une femme généralement. Sur la photo de ma classe, en huitième, pas besoin de loupe pour voir que je n'ai d'yeux que pour Nicole Bernard, jeune personne à fossette et robe plissée, avec un nœud de velours de soie dans les cheveux. De l'autre côté, lui donnant la main, Michel Biffe, mon rival en col Claudine. Quand elle se penchait sur son cahier, la mèche blonde de Nicole lui tombait dans les yeux et elle soufflait d'un coup en se tordant les lèvres pour la remettre en place : je m'ingéniais à l'imiter. Elle était dans ma classe mais j'étais trop timide pour lui parler, mon état d'amoureux donnant peu d'assurance à mes émois. Un jour, en passant devant la vitrine des Délices, la pâtisserie à deux pas de Carnot, je la vis, dans une robe blanche, manger un baba au rhum. J'entrai, sa mère lui dit de se presser. Nos regards se croisèrent, elle fit l'indifférente et passa fièrement devant moi, gardant sa pose de petite fille modèle. M'efforçant d'ignorer ses airs supérieurs, je me mis à fréquenter les Délices mais elle ne revint pas. L'année suivante, elle était encore dans ma classe. Le monde se limitait alors à ma famille et à Nicole Bernard. Je l'invitai à jouer chez mes parents. Elle arriva, nous jouâmes, elle repartit, oubliant derrière elle cette fossette aux joues roses que l'on retrouve l'année suivante sur la photo où elle croise les jambes. On devine sans peine, tandis que le photographe enfouit sa tête presque tout entière sous le drap noir de l'appareil, qu'elle balance insolemment son pied sous le nez de M. Constantini. L'éclair de magnésium qui suit m'enflamme d'autant plus qu'il déclenche en même temps la Deuxième Guerre mondiale. Nous ne devions plus jamais nous revoir mais ma future femme me ferait succomber avec le même fou rire moqueur. En cela, j'ai été plus chanceux que Bernstein dans *Citizen Kane.* Sur le ferry qui traverse l'Hudson, il croise un jour une jeune fille en robe blanche, vous vous souvenez. *Une seule fois,* dit-il, *et depuis, j'y pense tous les jours,* comme le souffle aussi Sylvia Bataille à la fin de *Partie de campagne…*

Marie de Poncheville

L'autre jeune femme que François m'a fait connaître est Marie de Poncheville. Un jour du printemps 79, Truffaut m'appelle pour déjeuner. Il me propose de lancer une collection de livres de cinéma aux éditions Hatier. Cela m'intéresse-t-il ? « Oui, oui, tu devrais », dit François. Ce ne serait pas la première fois que j'animerais une collection de cinéma. Je l'avais fait chez Simoën avec notamment un *Trintignant,* par Michel Boujut, et le *Giono,* de Jacques Meny. Je venais d'être nommé à la tête du Festival, et, par déontologie, je ne voulais plus faire de critique. Aider des écrivains de cinéma ou des auteurs de films, c'était autre chose. Je rappelle François : c'est oui. Il y a eu un malentendu : je croyais que c'était pour travailler avec lui. « Non, me répond-il un peu embarrassé, tu vas travailler avec une amie à moi, tu seras la caution cinéma de la collection, ne t'inquiète pas, elle s'occupera de tout. » Rendez-vous chez Lipp avec la jeune femme. Je la reconnais aussitôt, c'est elle qui suivait François, trois pas derrière nous, au Club 13 de Lelouch à Tourgeville quand on est allés au Festival du cinéma américain de Deauville et que nous nous promenions, le long de la piscine. Elle avait l'air de s'embêter. C'est surtout l'une des plus jolies filles de Paris, une allure, un sourire, des yeux : la damnation faite femme. Très brune, avec ses longs cheveux noirs, ses yeux marron voilés parfois par le spectacle de l'injustice, ses foucades et les fous rires cristallins qui la gagnaient soudain, il n'aurait pas été difficile de tomber amoureux de Marie. Elle habitait place des Vosges avec sa fille Alice, et vivait avec Truffaut depuis plusieurs années une liaison compliquée et libre à la fois (je n'avais pas compris que leur histoire se terminait). Elle avait (elle a toujours) une incroyable générosité pour toutes choses. Enfin, Marie disait tout ce qui lui passait par la tête.

Nous avons publié pas mal de livres ensemble, une vingtaine, dans la collection que nous avons appelée « La bibliothèque du cinéma ». Trois surtout ont marqué, je crois : *Un homme à la caméra*, de Nestor Almendros, le *John Ford,* de Lindsay Anderson et *Un siècle de cinéma*, un classique de Tay Garnett. Mais aussi des livres de Raymond Chirat, Freddy Buache, Claire Devarrieux, Yonnick Flot, Danièle Bion... Enfin, beaucoup plus tard, mais Marie n'était plus là, la *Correspondance...* de François ! Une des joies de ma vie. Correspondance amicale et professionnelle, la correspondance amoureuse ayant été mise à l'abri dans le coffre d'un notaire. Pourquoi Marie n'était plus là ? J'ai dit qu'elle avait son franc-parler, qu'elle ne supportait pas l'injustice. Le patron d'Hatier, M. Foulon père, avait longtemps renâclé devant ses insolences : j'essayais, aidé par Mariella Bertéas qui travaillait avec nous, que le choc de leur rencontre n'ait pas lieu. Et puis un jour, la goutte d'eau, le vase a débordé. On ne changeait pas les ampoules grillées dans l'escalier et Marie alla réclamer dans le bureau du patron : il y avait des femmes enceintes chez Hatier, si l'une d'elles venait à manquer une marche dans l'obscurité, Foulon serait responsable. Son ironie était cinglante, on aurait dit une déléguée syndicale. C'était courageux. Mais cette fièvre que Marie mettait, avec une pointe de provocation, à contrer l'autorité, M. Foulon père, patron de droit divin, ne la supporta pas. Je ne me rappelle pas si on a changé les ampoules mais Marie n'est pas restée. On encaisse mieux les coups quand on a l'habitude d'en recevoir. Sa famille aussi l'a parfois laissée tomber : à force d'en voir de toutes les couleurs, elle y a puisé une force, une audace et un moral d'acier qui ont trempé son âme. Elle est devenue documentariste et filme le Tibet, entre autres injustices. Elle a toujours l'air d'avoir trente ans, est toujours aussi curieuse des gens et gourmande de la vie. Je la revois, rue du Bac, quand elle nous préparait un repas avec le cinéaste mauritanien Abderrahmane Sissako : une douce lumière de générosité éclairait son visage, c'est comme une petite sœur que je retrouve de temps en temps et avec laquelle je reprends la conversation là où le film s'est arrêté.

Longtemps après mes années Hatier, je garde un souvenir déchirant de ma dernière visite chez François. Il était gravement malade et il savait qu'il allait mourir. Mais, pendant le repas, nous n'avons pas fait allusion au mal qui le rongeait. On déjeunait tous les deux chez lui, avenue Pierre-Ier-de-Serbie, servis par son valet de chambre. Il s'intéressait à tout, à moi, au Festival, aux films et aux livres qui sortaient, à ses confrères. À aucun moment, il ne s'est laissé gagner par la nostalgie ou la peur de la mort. Il plaisanta plusieurs fois sur son vieux complice Jean-Luc Godard et je ne savais pas alors que je publierais bientôt leur fameux échange de lettres assassines. À la fin, comme s'il avait présumé de ses forces, François me parut fatigué, sa tête lui faisait mal, je me retirai mais il tint à me raccompagner. Je cherchais, sans les trouver, des paroles compatissantes et il me laissa entre les mains de son employé qui tenait mon manteau. En le regardant s'éloigner, une tristesse infinie me serra le cœur. En fait, il visait le mur d'en face en traversant en diagonale l'entrée qui était vaste. Il s'appuyait au mur, respirait un moment, visait l'autre côté et reprenait son hésitante marche en crabe. Problème d'équilibre : son cerveau avait des ratés. Arrivé près de la porte donnant dans le couloir, il se retourna vers moi et me sourit. J'étais bouleversé. Je me forçai à lui rendre son sourire mais je sentais bien que je ne le reverrais pas.

Dilemme :
laisser les photographes
du Festival opérer
ou commencer à l'heure ?

De haut en bas :

Ma mère, avec ses parents.

Mes grands-parents paternels : à gauche mon oncle Simon et en bas, à droite, tout petit, mon cousin François Jacob, futur Prix Nobel de médecine.

Au parc Monceau.

Avant la guerre, mes parents André et Denise, mon frère Jean-Claude (hilare) et moi (à droite).

De haut en bas et de gauche à droite :

Gilles et Jean-Claude, années 1930.

Avec maman, après la chute de vélo.

Denise Jacob, prix d'élégance (années 1930).

De haut en bas et de gauche à droite :

Déjà le cinéma,
autour de vingt-quatre
images/seconde…

Un sportif accompli dans les années 1950, précurseur de la montée au filet à contretemps.

Ma première vie d'industriel…
Ici au stand Toledo
de la Foire de Paris.

Avec Jeannette, ma femme,
sur l'un des ponts d'*Île-de-France*,
de la Compagnie générale
transatlantique.

De haut en bas :

Annecy, années 1960.
Hommage à François Truffaut (au centre), avec Yvonne Baby et les critiques Albert Cervoni (à gauche) et Jean Narboni (à droite).

Martin Scorsese décoré.

1977, le jury Rossellini.
Mes premiers pas à Cannes.
De gauche à droite : Maurice Bessy, moi, Carlos Fuentes, Roberto Rossellini, Benoîte Groult, Marthe Keller, Jacques Demy, Pauline Kael, Anatole Dauman, Favre Le Bret et N'Sougan Agblemagnon.
(Manque Youri Ozerov.)

© M. Gurrieri

© Defait / *Le Point*

De haut en bas et de gauche à droite :

Stanley Kubrick après *Les Sentiers de la gloire*.

Avec Giulietta Massina et l'immense Federico Fellini.

L'équipe du « Masque et la plume ».
De gauche à droite : Georges Charensol, Robert Benayoun, François-Régis Bastide, Michel Mohrt et moi.

Montée des marches avec Pialat, sa femme Sylvie et Toscan du Plantier.

Autoportrait.

20

Mes deux Mai 68

Le foulard rouge de Jean-Louis Bory

En mai 68, Truffaut, Godard et quelques autres descendirent de Paris pour arrêter le Festival. Je venais d'arriver aux *Nouvelles littéraires* et Georges Charensol, qui avait « couvert » le Festival pendant vingt ans, préférait désormais le charme de son appartement du quai aux Fleurs à l'agitation sous les palmiers. André Bourin, le rédacteur en chef, m'envoya donc « couvrir » Cannes même si, pour moi, cette année-là, la Croisette allait se révéler le boulevard aux désillusions. D'abord, Louisette Fargette, responsable du service de presse auprès de Christiane Rochefort, estimant sans doute que le journal (ou plutôt son envoyé spécial) n'était pas assez important, m'avait dit : « Le soir, je vous demanderai de ne pas venir aux " séances-crise " » (autrement dit, aux films les plus demandés). Sans doute était-elle loin de penser – et moi donc ! – que je deviendrais huit ans plus tard son supérieur hiérarchique ; fort heureusement j'ai toujours trouvé que la courtoisie est un plat plus succulent que la revanche...

Je garde surtout des années 60 à Cannes un souvenir délicieux. Nous étions logés à l'ancien Gray d'Albion, un hôtel en retrait de la Croisette, avec des jardins odorants qui s'écoulaient jusqu'à la mer. Claude Mauriac y habitait lui aussi. J'aimais le livre qu'il venait de publier, *L'Amour du cinéma*, où il inventait la spécificité cinématograhique, mais qui étais-je pour oser l'aborder ? Le hasard a voulu qu'un soir, alors que nous nous amusions, Jeannette et moi, à nous déshabiller dans l'ascenseur pour être plus vite au lit, on arriva à l'étage où Claude attendait la cabine. Il nous regarda, toujours un peu distrait derrière ses grosses lunettes, de l'air de celui qui fait semblant de ne rien remarquer mais qui se dit : *Tiens ! tiens !* Et nous devînmes très amis. Comme nous l'étions devenus avec d'autres critiques, Chazal, Billard, Baroncelli, Aubriant, Monange, Teisseire, Chapier, Chauvet, et surtout Jean-Louis Bory qui venait souvent déjeuner à la maison, le samedi, avant « Le masque et la plume » de François-Régis Bastide, et qui faisait rire les enfants en lapant, à même le pot, des jattes de crème anglaise. Il en raffolait et nous lui en portions, le dimanche, dans sa maison de Méréville où nous jouions à la grenouille avec Alice Sapritch, la tragédienne au visage ingrat.

À Cannes, Bory recevait sur la plage Pontiche. Pour signaler sa présence, il attachait un foulard rouge à un parasol. À peine finie la projection, on descendait, on s'allongeait sur des transats, et Jean-Louis nous éblouissait de sa conversation. Il riait de tout, parlait des films comme personne et traitait sans penser à mal certaines stars de grosses vaches. Dans la grande salle, cris, applaudissements, exclamations, huées... On s'y donnait rendez-vous, on se gardait les places, toujours au même endroit, au cinquième rang, on chahutait, on prenait des notes pour nos papiers avec des stylos lumineux, on critiquait les nanars qu'à entendre les confrères les organisateurs ne manquaient jamais de sélectionner ! Pierre Billard (in *Cinéma*) : « On peut faire confiance à Favre Le Bret quand il y a un navet à promouvoir, pour ne jamais passer à côté. » Favre Le Bret, qui avait à subir ces avanies, riait jaune, stigmatisait l'ingratitude et convoquait dans son bureau des journalistes amis (Chauvet) chargés de rectifier le tir en tressant ses louanges. Et Louis s'exécutait.

Débuts difficiles. Les organisateurs étaient hardiment critiqués. Le Festival se voulait mondain, plutôt que cinéphile. Il n'avait pas d'argent, pas de moyens, pas d'autre ambition que de survivre, mais on s'y amusait fort dans une atmosphère blagueuse qui a aujourd'hui disparu. Directeur de *Cinémonde*, avant d'être nommé délégué général, Maurice Bessy était réputé pour ses coups pendables. C'est ainsi qu'en rentrant un soir dans sa chambre accompagné de son épouse, un journaliste célèbre pour sa bigoterie découvrit dans son lit une fille nue qui faisait semblant de l'attendre. Une autre amazone fit une entrée à cheval remarquée dans le hall du Carlton...

La publicité reprenait des couleurs.

Les Gauloises bleues

En 68, j'avais pu voir, avant le Festival, *Les Gauloises bleues*, le premier film de Michel Cournot qui m'avait beaucoup plu. Cournot tenait la rubrique cinéma de *L'Observateur*, il aimait les poètes, la prose et la Russie, et pouvait revenir trois fois de suite sur un cinéaste qu'il voulait défendre, Godard, Lelouch, même José Varéla... Il était libre et surtout il avait inventé un style de journalisme moderne, fait de mots simples et d'expressions familières, d'allusions à tout ce qui lui traversait la tête, le poisson rouge de sa concierge, une cascade dans la montagne ou une jeune fille en robe claire dans un bois de bouleaux. L'émotion passait. Il était amoureux de sa femme, la Russe Nella Bielski, jolie brune à la voix chantante, et il l'avait distribuée, comme on dit, dans le premier rôle féminin de son film. Les producteurs s'étaient récriés, proposant à la place Annie Girardot, la vedette de l'époque, jurant qu'un film avec Mlle Bielski n'était pas « montable », mais Cournot n'avait pas voulu en démordre : c'était Nella ou rien. Ce fut Nella.

Bravant l'embargo qui règne sur les films de Cannes (dans les hebdos, on prépare les articles à l'avance, délai de fabrication oblige), j'avais pondu un papier très élogieux et titré « L'année Cournot », titre qui barrait la une des *Nouvelles littéraires*. André Bourin s'était laissé séduire par la promesse d'exclusivité : déjà la guerre des médias...

Et nous voilà à Cannes.

Quelques semaines auparavant, l'affaire Langlois et son éviction de la Cinémathèque par Malraux avait jeté la Nouvelle Vague dans la rue, Truffaut en tête. Puis la France se bloqua progressivement et, même sur la Croisette, les esprits s'échauffèrent. Les étrangers présents au Festival n'y comprenaient goutte, la compétition était commencée depuis plusieurs jours sans que le film de Cournot ait encore été programmé. Tout à coup, les cinéastes descendus de Paris bondissent sur la scène et réclament l'arrêt du Festival. Les usines étaient en grève, le gouvernement tergiversait, les événements s'amplifiaient. Désarroi. Espérances. Qu'allait donc faire de Gaulle ? Nous, journalistes, étions partagés entre le souci professionnel de rendre compte du Festival et la curiosité de suivre la montée des exaspérations. J'achetai un transistor et assistai aux projections, le boîtier collé à l'oreille, le film d'un côté, Europe 1 ou RTL de l'autre : étrange stéréo ! À Paris, les reporters se mêlaient aux manifestants. Relayés par mon poste à piles, j'entendais des bruits sourds venus du Quartier latin, barricades, grenades lacrymogènes, charges de CRS, slogans révolutionnaires : ce fond sonore convenait mieux aux films de guerre qu'aux romances sentimentales. On vit ainsi *Taking off*, de Milos Forman, mais toujours pas *Les Gauloises bleues* dont j'attendais le passage avec curiosité.

Déboulent les mutins. Épaulés par des metteurs en scène déjà sur place, des exploitants comme Claude Makovski, des producteurs comme Claude Nedjar, Truffaut, Godard, Lelouch et consorts n'ont de cesse de convaincre leurs confrères du jury de démissionner pour marquer l'arrêt de la compétition. Aussitôt, Louis Malle bascule de bonne grâce : sa barbe toute neuve et son cœur sont du côté des manifestants. Polanski apparaît plus pondéré : son expérience de la contestation en pays communiste le rend réticent. Clameurs. Tollés. Vociférations. Le hall, la salle Jean-Cocteau et la grande salle sont devenus un vaste forum, des ateliers s'instaurent, on parle surtout pour ne rien dire, on s'agite à qui mieux mieux dans des débats enflammés qui fleurent bon l'utopie.

Fin manœuvrier quoique décontenancé, Favre Le Bret ne sait à quel saint se vouer. Il veut par-dessus tout sauver son festival. Mettant en avant le risque que les étrangers ne reviennent pas l'année suivante, il a proposé de continuer les projections en supprimant la compétition. Mais c'était déjà trop tard. Les usines s'arrêtaient les unes après les autres, les services publics aussi, les ouvriers rejoignaient les étudiants, la Sorbonne et l'Odéon étaient occupés et de Gaulle se taisait toujours, avant d'aller consulter Massu à Baden-Baden. L'annonce de ces événements déclenchait huées et cris de joie parmi les sit-in et jusque dans la salle, transformée en agora. Tableau inimaginable. Stupéfaite, peu habituée à ces débordements, la population cannoise, vieilles Anglaises en tête, n'en croyait pas ses yeux et passait au large. Le coup de grâce fut donné quand Carlos Saura, en une scène restée célèbre, s'accrocha au rideau pour qu'on ne passe pas… son propre film. Il s'associait ainsi aux insurgés. Geste de solidarité que sa femme et actrice de l'époque, Geraldine Chaplin, imita aussitôt. *Peppermint frappé* frappa surtout les esprits.

Le lendemain, un communiqué laconique du conseil d'administration, rédigé par Favre Le Bret, annonça, la rage au cœur, l'arrêt du Festival. La guerre de Cannes n'aurait pas lieu, l'année Cournot non plus. *Les Gauloises bleues* ne passèrent pas et, à la rentrée, le film ne fit pas une grande carrière. Cournot reprendra sa plume et ne tournera jamais plus.

Pour l'heure, les étrangers déçus s'enfuyaient par l'Italie. Les trains étaient bloqués, il fallait trouver de l'essence pour filer à Paris. Nous y arrivâmes, ma femme et moi, non sans subir l'humiliation suprême ; chaque fois que nous nous arrêtions, chez un pompiste ou dans une boutique d'autoroute, une affichette vengeresse me rappelait qu'il ne faut jamais vendre la peau de l'ours : *L'année Cournot, l'année Cournot, l'année Cournot…*

Un pneu crevé

Je n'étais pas au bout de mes peines. Une fois rentrés, mon père me dit que le bureau était occupé, comme la quasi-totalité des usines françaises. Il était pressé que je prenne la relève parce qu'il fallait dialoguer tous les jours avec les délégués du personnel et il en avait assez, d'autant que, l'affaire étant devenue nationale, seule une grande négociation avec les pouvoirs publics permettrait de sortir de la crise. Les soixante-huitards voulaient changer le monde, les syndicats obtenir des avancées sociales : tout le monde était dans son rôle. J'avais très envie de faire un tour au Quartier latin mais j'ai vite compris qu'il fallait avant tout mettre le cap sur Courbevoie et relayer mon père et mon frère à court d'arguments.

Le climat s'était encore dégradé et il n'était pas question de raconter mon Festival. En fait, je tombais à pic pour apprendre la nouvelle : les dirigeants étaient priés de se considérer comme séquestrés sur place. La famille Jacob pouvait rentrer chez elle, le soir, à condition de promettre de revenir le lendemain matin. Qu'aurions-nous pu faire d'autre ? J'abandonnai l'idée d'aller traîner à la Sorbonne et me rendis donc, chaque jour, 323, boulevard Saint-Denis, où m'attendaient des heures de discussions, des avancées, des coups de gueule, des demandes d'augmentation sans cesse tirées vers le haut par des syndicats qui surenchérissaient, tout en reconnaissant en privé que tout cela ne servait qu'à calmer les troupes, particulièrement montées contre un établissement dépendant entièrement du bon vouloir des Américains. C'était la grève générale. Une grève dure.

Alors, la Sorbonne…

Le troisième jour, je m'apprêtais à monter en voiture et à passer, seul contre tous, entre les rangs des grévistes, une quarantaine de forts gaillards, campés autour du pavillon de la direction, les mains dans les poches de leur bleu de travail, et qui voyaient bien que je n'en menais pas large – d'ailleurs, leur petit groupe ne laissait pas beaucoup de place à la voiture pour manœuver et sortir sur le boulevard. Il y avait les meneurs, les suiveurs, les indifférents, mais tous me regardaient sans indulgence lorsque, allant me glisser derrière le volant, je m'aperçus qu'un pneu de la voiture était crevé. La tension était forte. Question mécanique, je n'ai jamais su m'y prendre mais je déployai bravement le cric en espérant réussir l'opération. Le groupe s'était rapproché de deux ou trois pas, entourant le véhicule et s'amusant sans doute d'une mésaventure qui, dans ma maladresse même, me déconsidérait encore davantage. Parviendrais-je à changer ce maudit pneu ? Et si oui, encore faudrait-il franchir ce mur humain, passer entre deux rangées goguenardes, ouvrir la porte de l'usine... Bref, ma fuite n'était pas assurée.

— Pousse-toi de là, me dit soudain un compagnon en se penchant et en me tutoyant.

C'était le plus balèze et je lui passai le cric sans barguigner. Pas de doute, il allait me tirer de ce mauvais pas. De fait, il changea la roue en un clin d'œil, mais le démarreur ne lançait pas le moteur : j'aggravais mon cas.

Aussi quand il cria : « Allez, les gars, un petit coup de main », tous – railleurs en tête – se mirent à pousser la voiture qui ne demandait que cela. En passant la grille, je vis dans le rétroviseur que l'équipe souriait. J'avais réussi grâce à mon sauveur une sortie honorable mais tous avaient été témoins de ma fragilité. Il en resterait quelque chose d'amical entre nous, comme un souvenir d'anciens combattants, même si, par la force des choses, nous n'étions pas, ce jour-là, du même côté de la barricade.

C'est ainsi que, comme pour la libération de Paris, j'ai manqué Mai 68.

Un jour, une mouette

Autre humiliation, autrement plus personnelle celle-ci. En 69, Truffaut s'installe rue Saint-Guillaume, Chabrol sort *La Femme infidèle*, Godard écrit un scénario avec Cohn-Bendit et je publie un premier roman, *Un jour, une mouette*. C'est, je crois, un récit malhabile, plus ou moins autobiographique comme le sont les romans d'apprentissage, et qui conte, comme par hasard, les émois d'un jeune joueur de tennis sur fond de marines normandes. Si on est indulgent, un Boudin, si on est objectif, un Hambourg, de toute façon, une aquarelle plus qu'une eau-forte. Quoi qu'il en soit, François Nourissier m'avait pris sous son aile et pariait sur mon avenir romanesque. Nourissier, c'était déjà le pape de l'édition parisienne : il vous donnait sa bénédiction *urbi et orbi* et on était admis dans le saint des saints. Il lut le manuscrit, le trouva à son goût et décida Bernard Privat, le patron de Grasset, de le publier. On me signa un beau contrat et je me pris à rêver : j'étais Radiguet, j'étais Huguenin, j'étais content ! Nous avons échangé, Nourissier et moi, toute une correspondance sur les modifications à apporter à mon manuscrit, alors que nous habitions à trois cents mètres l'un de l'autre. J'ai gardé ces lettres, toutes écrites de la main de François, de sa petite écriture régulière. En clair, disait-il, il faut réécrire toute l'histoire en disant *je* au lieu de *il* et en passant du passé simple au présent. Cela ne me souriait aucunement mais je m'acquittai consciencieusement de cette tâche et lui portai bientôt le roman ainsi révisé, sans voir que ses demandes cachaient mal une insatisfaction. En vérité, Nourissier pensait que j'améliorerais sensiblement le texte et il m'avait donné quelques pistes, alors que je m'accrochais à mon manuscrit un peu bêtement. Ensuite, François me sembla lointain, injoignable. Le livre parut pourtant, sous son titre pesamment tchékhovien, j'obtins quelques bonnes critiques et Nourissier se fendit dans *Les Nouvelles littéraires* d'un article censé être élogieux – en fait un tableau de la société balnéaire d'après-guerre, où le fameux Boudin aurait fait un baisemain à Berthe Morizot, c'était charmant, délicat, primesautier, ce voulait être le reflet du livre et ça l'était sans doute, mais même en le relisant soigneusement, je n'y trouvais pas un seul mot d'appréciation. C'était l'art des critiques de l'époque : pas une ligne qui puisse être utilisée dans une publicité. J'étais chagrin mais me consolais en pensant que c'était l'usage entre chroniqueurs d'un même journal (Nourissier était la vedette des *Nouvelles littéraires*), et surtout entre éditeur et édité. Bref, le livre s'acheminait doucement vers un volume de ventes que l'attachée de presse évaluait à quelques centaines d'exemplaires, sauf retours, quand Nourissier m'appela pour me dire : « Nous aurons le prix Roger-Nimier. » J'étais davantage au fait des palmarès de festivals que des prix littéraires. François m'expliqua qu'il s'agissait d'un prix de découverte pour un premier roman décerné par la bande des Hussards, sous la présidence de Paul Morand, grand ami de Nourissier. « C'est fait, dit-il. Mais n'en parlez pas. »

Les jours passèrent. Vint l'attribution du prix. À quelqu'un d'autre, j'ai oublié à qui. Ce sont des choses qui arrivent, mais la nouvelle tomba sur moi comme une douche froide. Commentaire de François : ça s'est mal passé, la femme de Morand, dont l'influence est grande et l'antisémitisme notoire, s'est avisée que mon protégé était d'origine juive et a tout fait, visiblement avec succès, pour nous torpiller. Bon ! Ma pauvre *Mouette* avait du plomb dans l'aile et je sentais bien que Nourissier l'avait mollement défendue. Bien sûr, il n'allait pas se fâcher avec Morand.

Comme toujours, ma femme me consola. Mes rêves de littérature n'avaient plus lieu d'être, pourtant une chose étrange m'arriva : je ne ressentis ni rancune ni sursaut d'orgueil. Simplement, ma résolution était prise : je n'écrirais plus.

En fait, c'est l'inverse qui s'est passé. J'ai, au contraire, écrit toute ma vie, des notes, des articles, notamment pour décrire des scènes de films, des préfaces, des lettres surtout, afin d'expliquer, convaincre, réconforter, dire mon estime, mon affection ou ma colère, des lettres, des télex, des fax, des mails, des textos, et plus récemment des discours. Remises de palmes, de décorations, hommages, remerciements, conférences de presse, j'écrivais tout, avec soin, avec recherche, avec plaisir. Avec même une jubilation silencieuse. Et j'ai gardé toutes les lettres reçues de tous ces cinéastes, ces artistes, ces écrivains, ces comédiens dont je suis devenu proche. Bien sûr, je n'y pensais pas, mais je me dis à présent que c'est grâce à une telle collection que l'on pourra comprendre aujourd'hui, demain, bien plus tard, ce qu'a été, ces années-là, notre vie.

21

Le roi de la notule

L'Express

À ce moment de mon récit, j'ai conscience que mes deux vies se rejoignent et que raconter ma vie personnelle, c'est parler surtout de cinéma.

Quelques années plus tard, *L'Express* me tend les bras. C'est encore Pierre Billard qui m'y fait entrer. Sans doute gagne-t-il du temps, en recherche de personnel, chaque fois qu'il me débauche et me réembauche. Pour moi, loin de faire des manières, j'y vois un grand pas vers le professionnalisme. L'attitude agressive de Pierre au comité d'entreprise l'a fait remarquer de Servan-Schreiber, le patron du journal : le voilà rédacteur en chef Spectacles et moi je suis l'ami de Billard. Paul Guimard est critique en titre et a succédé à une longue lignée d'écrivains qui ont dû trouver sympathiques les émoluments, et succulent d'écrire sur le cinéma. Il y a eu Françoise Sagan, Jean-Pierre Vivet, Nicole Védrès, Madeleine Chapsal, Michèle Manceaux, François Nourissier, Pierre Billard... C'était mon tour. Bien qu'il soit difficile désormais de concilier mes deux métiers, je me proposai de beaucoup m'investir. Pourtant, à peine suis-je arrivé au journal, et comme s'il regrettait son obligeance, que Billard me fait la tête. Il devient invisible comme Nourissier au temps de mon roman. On dirait presque qu'ils se sont passé la consigne.

J'ignorais qu'il y a un style *Express*, inventé et imposé par Françoise Giroud : être d'une clarté absolue, savoir se faire lire jusqu'au bout d'un « papier », ne pas se mettre en avant, défense de dire je, défense d'être trop littéraire. Tout doit tenir dans (ou en tout cas être compris dès) le premier paragraphe. Par ailleurs, c'est Françoise qui a inventé cet adjectif final entre deux points, agaçant à force d'être systématique, qui résume et conclut l'article comme une signature. Agaçant.

J'imagine que Billard a reçu des réprimandes de Françoise sur mon incapacité à entrer illico dans le moule. Toujours est-il que, lorsque je le coince enfin, dans un couloir, en espérant explications et conseils, il s'éloigne en marmonnant : « J'suis pas heureux… » Cette infortune, toutefois, ne lui pesa pas très lontemps : quelques semaines plus tard, avec les principaux comploteurs dissidents du journal, il planta là Françoise et Jean-Jacques et, sur ces entrefaites, s'en fut créer *Le Point*, l'hebdo qui allait nous concurrencer. Cette fois, il s'abstint de me demander de le rejoindre, omission qui me parut la moindre des choses. Philippe Grumbach prit en main la rédaction en chef de *L'Express* et, sans doute parce qu'il n'y avait plus grand monde à la rubrique Cinéma, ne jura plus que par moi.

À *L'Express*, j'ai eu bien d'autres émotions et bien d'autres combats. À peine arrivé, mon premier article rendait compte du *Cinéma de papa*, de Claude Berri. Un hommage à son père. À part Yves Robert que je trouvais touchant en fourreur confiant à son fils : *Il faut donner les cartes*, j'étais plus réservé sur la mise en scène et surtout sur le jeu de Claude Berri acteur. Réservé mais nullement dévastateur. Pour un premier papier, je n'avais pas l'intention de jouer les Truffaut quand il était critique à *Arts*, et j'y allai mollo. C'était encore trop pour Claude qui entra dans une colère bleue et décida que je ne convenais pas pour un journal de grande audience. Or il se trouve que les journaux n'aiment ni les interventions ni les remontrances. Françoise le fit savoir. Et les émissaires de Claude remballèrent leurs réprimandes. Mais au film suivant, je fus interdit de projection. Je m'en ouvris à Hélène Demoriane, devenue mon chef de service après le départ de Billard. Nous décidâmes de réagir. Vigoureusement.

Aujourd'hui, la concurrence est telle entre les journaux que je ne sais pas ce qui se passerait en cas d'une semblable punition, ni si les journalistes réagiraient de la sorte. J'appelai donc quelques confrères. Trois ou quatre, pas davantage, mais les plus actifs. Chazal, Baroncelli, Bory, Teisseire firent savoir qu'ils n'assisteraient pas non plus aux projections de presse par solidarité et qu'ils ne parleraient pas du film. Pas encore au courant, Claude avait téléphoné chez moi et avait dit à Jeannette, un peu décontenancée : « Je ne sais pas qui vous êtes, vous, sa femme, sa maîtresse, son amie ou quoi, mais dites-lui bien que s'il essaie de venir à ma projection, je le fous dehors à grands coups de pompe dans le cul... » Je rapportai à mes confrères ces augustes propos. Le lendemain, coup de sonnette : ma femme reçoit le plus beau bouquet qu'elle ait reçu de sa vie, avec les hommages de... Claude Berri. Depuis, l'eau a passé sous les ponts, nous sommes devenus amis et nous avons plaisamment rappelé cet épisode, lui dans son beau livre de souvenirs, moi quand je lui ai rendu hommage à Cannes, il y a quelques années. Je suppose que, tous les deux, *in petto*, avons pensé alors que l'autre y avait été un peu fort ce jour-là...

Impossible de citer les dizaines d'anecdotes, inattendues, cocasses, coléreuses, tristes, passionnées, hilarantes, survenues pendant mes quatre ans à *L'Express*. Tout de même, je n'ai pas oublié comment j'ai blessé une cinéaste. En 73, Nina Companeez tourne *L'Histoire très bonne et très joyeuse de Colinot Trousse-Chemise*, avec Brigitte Bardot. À l'époque, je m'étais fait une spécialité de la notule, ce confetti qui permet d'évoquer un film en quelques mots. Sans parvenir à la cheville de Pierre Ajame, à *L'Observateur*, qui aurait gagné haut la main le concours de la plus cruelle : *On s'attendait au pire, c'est pire...*

À mon tour, je rédigeai pour *Colinot* une critique timbre-poste où je disais en gros : vous qui aimez le Moyen Âge, les chevauchées, les films de cape et d'épée, les ribaudes et les manants, allez voir... *Tom Jones* ! Nina en conçut une grande tristesse. Elle devint excellente réalisatrice de séries et de fictions à la télé avec

Les Dames de la Côte. Nous nous sommes retrouvés dans une commission d'aide à la création et elle m'a pardonné. Mais je ne manque jamais de rappeler cet épisode peu glorieux.

Les meilleures choses ont une fin. J'aurais dû m'apercevoir qu'au bout de trois ou quatre ans, les critiques de *L'Express* n'y faisaient pas de vieux os. Pour plusieurs raisons. D'abord, sur les cinquante millions de Français, on compte cinquante millions de critiques de cinéma. Ensuite, les dîners en ville. Où les directeurs de journaux sont pris à partie... Françoise n'échappait pas à cette pratique. Mais dès 74, Giscard l'avait nommée secrétaire d'État à la condition féminine. C'était donc Grumbach qui officiait, sous la tutelle de JJSS. Ma rédactrice en chef était Danièle Heymann, professionnelle hors pair. Et comme elle écrivait bien ! Le mois de sa nomination, je suis à Cannes. Un peu sottement, je cherche à l'éblouir. Je m'étais débrouillé pour voir à l'avance un maximum de films. À peine arrivé sur la Croisette, je passe deux nuits à rédiger un article définissant les principaux thèmes, croisant les styles, les sujets, les auteurs, les pays... Ainsi, avant même la clôture, le journal sortirait avec un panorama mondial unique. Je suis fier du tour de force et je faxe le tout à Danièle. Au téléphone, ma patronne : « Il fait beau à Cannes ? Parfait ! Alors écoute-moi, ton article il est très bien, vraiment très bien, voilà ce qu'on va faire, tu le remets dans l'ordre, en parlant d'un film après l'autre, hein, oui, film par film, comme on fait d'habitude : pour le lecteur, ce sera..., tu vois, plus clair, allez, je t'embrasse... »

C'est ainsi, je suppose, qu'on apprend le métier.

Histoire d'O

Comment aurais-je pu me douter qu'une petite pochade érotique assez médiocre – le genre : follement amoureuse de René, O est prête à tout pour lui appartenir – était à l'origine d'un coup publicitaire ? C'était l'époque où, en conférence de rédaction, Grumbach me chouchoutait. J'étais gêné vis-à-vis des autres et j'évitais son regard. Mais Philippe me relançait : « Et vous, Gilles, que pensez-vous de l'idée de X ? » Du bien, j'en pensais du bien. Affaire de bonne harmonie.

Danièle Heymann m'avait prévenu : on ne publiera pas de critique sur *Histoire d'O*. Elle ne m'avait pas dit pourquoi. Une couverture du journal, deux couvertures, peut-être trois. Un échange publicitaire, j'imagine. C'était bizarre. En tout cas, du jamais vu. J'arrive au Festival de Deauville. Toujours à l'affût d'un scoop, Alain Bévérini, de TF1, m'interviewe. D'abord sur les films américains. Puis il passe à *Histoire d'O*. Je ne fais pas attention, je me lâche. Le soir, au JT, c'est la seule partie de mon topo qui passe à l'antenne, avec, en incrustation : « Gilles Jacob, de *L'Express* ». Le hasard a voulu que JJSS termine ses vacances en Corse, entouré de sa famille. Le destin a voulu qu'il soit interrogé par TF1 le jour même (les nationalistes faisaient parler d'eux). Jean-Jacques regarde les infos, ses enfants en cercle autour de lui. Son interview s'achève, il est content, on va passer à table. « Regarde, papa, on parle d'*Histoire d'O*. » Le lendemain, Jean-Jacques appelle Philippe.

Dans certains journaux, quand on veut se débarrasser d'un collaborateur, on le licencie. À *L'Express*, on ne passe plus ses articles.

Danièle était navrée.

Épisode douloureux. Dans *Ça n'arrive qu'à moi*, comédie écrite en 83 avec mon fils Didier, je joue le rédacteur en chef. Je regarde mon journaliste (c'est Francis Perrin) et me contente de déchirer son papier sans un mot puis de le laisser choir dans la corbeille. J'aime bien cette scène.

Désormais, le regard de Grumbach me traversait comme un fantôme. Journalistiquement comme humainement, j'étais pestiféré. Le délégué syndical me reçut. Je n'étais pas un cas social mais il compatissait. On me conseilla de voir un avocat. Ce fut Georges Kiejman que je connaissais par Marie-France Pisier. Dès que Georges s'exprime, les idées s'enchaînent, bien huilées, les rouages du cerveau fonctionnent comme les cylindres d'une formule 1 lancée à pleine vitesse. Sidéré, je lui racontai ma petite affaire. « Écoute, me dit Georges, Jean-Jacques ne reviendra pas sur sa décision. Je vais écrire une lettre à Françoise (il tira à lui une enveloppe ordinaire) et tu vois, elle ne l'ouvrira même pas. (Il retourna l'enveloppe.) Regarde, quand elle verra au dos les initiales GK, ce sera comme un signal. Elle appellera le comptable et te fera remettre des indemnités de licenciement bien supérieures aux accords d'entreprise. Tu verras. » Et, tandis qu'il parlait, je vis distinctement une caisse enregistreuse avec des dollars tournant dans une course folle autour de son visage…

Le lendemain, j'étais chômeur. Paul Guimard se solidarisa et quitta le journal le même jour.

Salut, Paul !

22

Matin de Paris ou Festival de Cannes

Claude Perdriel

J'étais chômeur mais le jour suivant, je reçus deux coups de téléphone. L'un était, je l'ai dit, de Maurice Bessy, l'autre de Claude Perdriel, le patron du *Nouvel Observateur*. Claude me reçut aimablement. Il lançait un quotidien de gauche, *Le Matin de Paris*, avait appris que j'étais libre et me proposa tout à trac la direction des pages « Culture » de son nouveau journal. Pas seulement le cinéma, les spectacles. Revanche, nouvelle aventure, j'étais plus que tenté. Tellement, même, que nous étions entrés dans les détails : Perdriel m'avait fait visiter lui-même les locaux, place des Victoires, dans les anciens ateliers du couturier Kenzo, et j'avais obtenu l'un des trois parkings réservés pour la rédaction. Sans compter que, Claude ayant toujours joué beaucoup de son charme, il était difficile de lui dire non.

Le même jour, ce fameux déjeuner avec Bessy, personnage mystérieux et se voulant comme tel. Il m'explique comiquement que Michel Guy, le ministre, veut sa peau et qu'il cherche quelqu'un pour le remplacer. Maurice le sait. Maurice sait tout. Il est niçois et les Niçois ont des réseaux. Alors lui aussi s'est mis en quête de l'homme idéal. Est-ce que cela me plairait ? « Pourquoi moi ? lui dis-je. – Eh bien, nous avons déjà essayé plusieurs personnes, mais ça n'a pas collé. (En disant ces mots, il a une sorte de triomphe dans la voix.) J'ai pensé qu'avec vous qui n'appartenez à aucune chapelle, les choses pourraient aller plus avant. Mais rien ne presse, ajouta-t-il, en souriant, rien ne presse. Simplement, nous devons donner des gages au ministre. Ça, c'est urgent. Si le poste vous intéresse, j'en parlerai à Favre Le Bret. »

Bessy aimait montrer qu'il avait fait ses humanités. Il avait toujours sur lui un petit calepin où il inscrivait des citations d'auteurs classiques qu'il utilisait pompeusement. Je savais l'homme agréable et de bonne compagnie. Il m'expliqua qu'on lui en voulait dans le métier, parce que sa femme avait une société de cinéma qui vendait les droits de ses films à la télévision, ce qui attisait la jalousie de ses concurrents. Cicéron devait bien avoir quelque chose en carnet pour contrer ces calomnies.

Depuis 68, le Festival avait beaucoup changé. Les événements, la naissance de la Quinzaine des Réalisateurs qui lui taillait des croupières en révélant de nouveaux talents, les traces qu'avait laissées l'arrêt de la compétition en mai 68... Auparavant, les pays invités, se fichant pas mal de la qualité artistique des œuvres, envoyaient en compétition des films académiques, tournés avant tout par des réalisateurs bien en cour. En 72, Bessy obtint – ce fut un tournant considérable et son principal apport – de choisir lui-même les films, jusque-là désignés par les pays ou les grands producteurs internationaux. Les autres festivals s'engouffrèrent dans la brèche : conséquence de Mai 68, cette décision fut, pour nos manifestations, une révolution plus fondamentale encore.

Seul au monde

Cannes ou *Le Matin*? J'étais déchiré entre les deux propositions, me demandant avec inquiétude comment j'allais rendre l'une ou l'autre compatible avec mon travail chez Toledo qui occupait tout mon temps. Ce n'était pas, comme on dirait aujourd'hui, « travailler plus pour gagner plus », c'était juste pour le plaisir, et aussi pour mon équilibre psychique. J'avais pratiquement dit oui à Perdriel quand un ami sema le doute dans mon esprit. Des pages Spectacles à Paris, me dit-il, il y en a quinze, alors que le Festival de Cannes, il n'y en a qu'un seul dans le monde entier. Quelqu'un d'autre ajouta : « Méfie-toi ! » Au bout de quelques mois, la première équipe d'un journal en formation explose. Même au figuré, cette déflagration ne me disait rien de bon : je voyais clairement du côté de la place des Victoires un magma de bouillie humaine où la tête de Kenzo, le sourire de Perdriel, la place de parking, des débris de morasse et des claviers de machine à écrire surnageaient dans une grande bassine fumante où l'on apercevait aussi des lunettes, des crayons, des pipes, des ciseaux – tout ce qu'il fallait, selon moi, pour fabriquer un journal. Ce qui prouve bien que je n'étais pas l'homme de la situation. Quant au poste de directeur de festival, je me le représentais comme une annexe baroque du métier de critique.

Favre Le Bret me reçut seul, cérémonieusement, dans son bureau Charles X du faubourg Saint-Honoré. Avec Bessy, j'avais eu la répétition générale : pression du ministre, amour du cinéma, pas de chapelle. Avec Favre Le Bret, c'était la première de la pièce. Il ajouta même : « bonne connaissance de la gestion d'entreprise », ce qui me mit en confiance. Mais il me parut principalement guidé par deux considérations : il était plus pressé que Bessy, c'est lui qui avait pensé à moi.

Je retournai un peu confus chez Perdriel qui eut l'élégance de me rendre ma liberté et de me garder son amitié. Et je dis oui au Festival. Bessy me fit un peu la tête comme si cette acceptation accélérait davantage encore sa montée à l'échafaud, mais cela ne dura pas. Favre Le Bret m'envoya une lettre d'engagement qui ne l'engageait pas. Je m'informerais sur le travail du Festival, je devais aider le délégué général à choisir les films.

C'est à ce moment que je bénéficiai d'une chance incroyable. Depuis quelque temps, les Américains avaient proposé de racheter notre affaire familiale. Le raisonnement était simple et applicable au niveau mondial : il n'y avait plus rien à gagner dans la fabrication des produits. L'argent s'obtiendrait désormais dans la distribution et dans la vente. Longtemps, mon père avait temporisé. Mais ce jour-là, nous n'avions plus le choix : il aurait suffi à la maison mère de stopper nos approvisionnements. La décision fut prise : mon père se retirerait, mon frère se recentrerait sur un département annexe, mais je devrais rester à l'usine au moins quatre ans pour assurer la continuité : ainsi la passation des pouvoirs s'effectuerait dans l'harmonie. Mais, pour moi, c'était beaucoup trop long ! Par bonheur, le grand patron de la société passait par Londres. J'y courus. Et lui fit valoir qu'on me faisait une offre exceptionnelle, de celles qui ne se refusent pas, un poste que je qualifiai un peu présomptueusement de gouvernemental. Une sorte d'ambassadeur du cinéma mondial. En tout cas, cette chance ne passerait pas deux fois. *Le patron était bon enfant mais il n'était pas sans grandeur d'âme*, aurait conclu Bessy. J'emportai le morceau. Au lieu de quatre ans, j'obtins un an à mi-temps (oserai-je dire non renouvelable ?), cela collait avec le Festival.

Michel Guy

On m'avait attribué le bureau voisin de Bessy. Mais, à part voir les films, Maurice ne me donnait rien à faire, situation qui ne m'arrangeait pas du tout. Il s'asseyait derrière son bureau, prenait une feuille, un stylo, une règle, et traçait des lignes qui figuraient la grille du programme. Quand il avait tracé ses colonnes, il remplissait les cases. Puis il poussait un soupir de satisfaction. Chaque matin, même cérémonial. Un jour, je lui demandai pourquoi il ne photocopiait pas une grille type. « Vous ne voudriez tout de même pas me gâcher mon plaisir », répondit-il, et il me regarda fixement comme s'il faisait aussi allusion à ma présence et à sa situation précaire.

À quelque temps de là, je reçus un coup de fil mystérieux de Patrick Thévenon. Patrick était journaliste Spectacles à *L'Express* et nous nous entendions bien. Un confrère élégant et talentueux, à l'ironie pétillante. Et il était d'une grande beauté, à la Jean

Marais. C'était un ami très proche de Michel Guy, chose que j'ignorais. « Le ministre veut vous voir. Rendez-vous chez Maxim's pour déjeuner, allez directement au premier étage, c'est complètement confidentiel. »

Au jour dit, Hubert Astier, directeur de cabinet, m'accueille dans un salon particulier comme pour un rendez-vous galant. Michel Guy se glisse à son tour dans la pièce. C'est un homme fin, délicieux, rieur, qui ne mâche pas ses mots, et fourmille d'anecdotes plus brillantes les unes que les autres. L'étendue de sa culture me fait honte. Ami d'Andrée Putman, la styliste, il a réuni autour de lui des peintres, des œuvres d'artistes contemporains comme Bram Van Velde ou Alechinsky, et des conseillers de talent. Entre bien d'autres choses, il a créé le Festival d'automne.

Le ministre est d'humeur charmante. « On me dit que M. Bessy ne veut pas s'en aller », me lance-t-il dans un grand éclat de rire. Je me tais. Je suis intimidé et surtout embarrassé par la présence d'Astier, ne sachant s'il tiendra sa langue. Michel Guy reprend : « Patrick m'a beaucoup parlé de vous, il faudra tenir bon, vous savez, ça va secouer… »

On aurait dit qu'il lisait dans mes pensées : « Hubert, surtout, pas un mot (il se tourne vers son subordonné et met un doigt sur ses lèvres). Voyez-vous, cher ami, l'ennui pour un ministre c'est qu'il ne s'aperçoit pas tout de suite que la pyramide de l'administration freine toutes les décisions. Surtout celles qui ne lui plaisent pas. (Au milieu du petit salon cosy de chez Maxim's, ses mains tracent dans l'air comme des trilles en imaginant la pyramide qui se désintègre à mesure que les doigts s'abaissent.) Et, ajoute-t-il, quand le ministre s'en rend compte, c'est trop tard, il est déjà parti. » En effet, sans appui politique, sans parti, Michel Guy fut remercié peu après. Bessy était sauvé. Mais pour combien de temps ?

Favre Le Bret ne le montrait pas mais il n'était pas fâché de ce qui arrivait à Bessy. Cela le protégeait. Comme toujours quand plusieurs personnes se partagent le pouvoir, les susceptibilités, les jalousies même, naissent principalement à partir des médias.

Selon qu'ils s'intéressent à l'un plus qu'à l'autre. Au Festival, par exemple, c'est toujours celui à qui incombe le choix des films qui a la vedette, mais il subit aussi les critiques. Les temps à venir n'échapperont pas à la règle, et Favre Le Bret qui, s'il n'a pas *inventé* le Festival, l'a porté au point où je l'ai trouvé, c'est-à-dire très haut, supportera mal d'être poussé dans l'ombre. La première fois qu'un journaliste fit un portrait de moi, il me convoqua dans son bureau : « Vous avez une minute, cher ami ? » Puis il croisa les jambes (à l'époque il portait des guêtres), déposa pensivement son menton dans sa main, et commença son homélie. Il trouva dans l'article une phrase, un infime argument que je n'avais sans doute même pas prononcé, mais qui risquait, à l'entendre, de mécontenter les pouvoirs publics, la ville de Cannes, les Affaires étrangères, les Américains, les Russes, les Chinois, la profession, le conseil d'administration, je ne sais pas, moi, la terre entière, comme si le monde avait en permanence les yeux fixés sur une publication au demeurant confidentielle. Alors, voyage, voyage, il me faisait voir du pays. C'était un bizutage comme un autre.

Mais j'avais peu à peu été titularisé et mon contrat s'était étoffé. D'adjoint au délégué général j'étais devenu délégué général adjoint. La nuance n'était pas mince même si j'étais le seul à la percevoir. Bessy voyait de moins en moins les films et je m'étais constitué une petite équipe de spécialistes que je connaissais bien. Il y avait là les critiques Jean de Baroncelli, Guy Braucourt et Max Tessier. Bessy les consultait déjà, mais occasionnellement. J'ajoutais parfois Pierre Rissient, grand découvreur de talents et globe-trotter. Je partais du principe que si on ne voit pas tous les films, on ne peut pas les comparer, ni se faire une idée du niveau général du cinéma mondial. Je titularisai donc mes nouveaux équipiers et, à part les divergences de vues, les engueulades inévitables dans une petite salle où l'on passe tant d'heures ensemble, je me suis toujours bien trouvé de leur connaissance du cinéma, de leur entente cordiale et du climat de complicité joyeuse que nous faisions régner tout en travaillant dur.

La Quinzaine le prendra

Un jour de 76, comme nous regardions *Au fil du temps*, de Wim Wenders, Maurice entra dans la « salle de vision », le studio 407, 33, Champs-Élysées, que nous réquisitionnions, de janvier à avril, pour toute la période de sélection. Son directeur en était André Tranché, un autodidacte qui témoignait de sa largeur de vues en produisant aussi bien des œuvres religieuses (il financera *La Bible*, de Marcel Carné) que des cartes postales de jeunes personnes en tenue légère.

Bessy entre à l'instant précis où, sur une petite colline, le héros baisse son pantalon et défèque. J'ai la scène très présente à l'esprit. Je revois surtout Bessy écarquillant les yeux : « Et vous aimez ça ?... Ça ne m'étonne pas de vous », articula-t-il sans délacer son trench-coat. Il restait debout dans l'allée. Ç'aurait été lui, il y a longtemps qu'il aurait arrêté le film. J'employai alors une ruse que m'avait suggérée Guy Braucourt, mon collègue au comité de sélection : « Comme vous voudrez, Maurice, la Quinzaine le prendra, ce sera un succès et nous aurons bonne mine ! » C'était le maître mot, l'argument imparable : depuis 69, en effet, la Société des réalisateurs de films, la SRF, avait créé à Cannes une section parallèle qui marchait très bien et nous faisait concurrence. Son directeur, Pierre-Henri Deleau, avait un caractère de cochon, mais aussi l'art de découvrir les nouveaux venus. J'y reviendrai.

« Faites comme vous l'entendez », dit Maurice et il sortit. Mentalement, je l'entendis claquer la porte. En fait, il n'aimait plus ce cinéma qui lui était étranger, lui qui avait été formé à l'école *Cinémonde*, il sentait que les choses étaient en train de lui échapper, alors qu'il passait le plus clair de son temps à intriguer pour rester.

Lord Puttnam

La même année, il se battit avec David Puttnam, qui allait devenir, par son flair, mais aussi grâce à Cannes, un des plus fameux producteurs anglais. Jeune inconnu à l'époque, David avait apporté lui-même la copie de *Bugsy Malone* d'Alan Parker, qui n'était pas plus connu que lui. La star en était une gamine trépidante, Jodie Foster, qui devait avoir treize ou quatorze ans et « explosait » aussi dans *Taxi Driver*, le Scorsese qui a eu la Palme cette année-là... Après avoir remis la copie au projectionniste, David s'assied au dernier rang de la salle, sans rien demander à personne, avec la ferme intention d'assister à la projection. Bessy arrive, comprend la manœuvre et m'attire dans l'entrée sans dire bonjour. « Qu'est-ce que c'est que ce clampin ? » (il avait lu Labiche et Courteline). Je le lui dis. « Tant pis, répond Maurice, on ne peut tout simplement pas accepter ça, je ne commencerai pas le film tant que l'Angliche n'aura pas déguerpi... » Je le savais têtu. Je transmets. Et j'obtiens pour réponse : « Tu peux toujours courir ! », en plus bref.

Puttnam avait été informé comme les autres que ce n'est pas l'usage d'accueillir un étranger dans la salle, à l'exception d'un traducteur. Souvent même, pour être tranquilles, on demande la liste des dialogues et on la lit à haute voix, à tour de rôle. Ce qui provoque des pataquès car s'il y a eu des coupes de dernière minute, la liste ne coïncide plus avec les images. Par ailleurs, les conditions de ces premières visions ne sont pas idéales : films pas finis, sans musique, parfois sans bruits d'ambiance, pas de vrai public si nécessaire pour les comédies, stress dû à la nécessité d'être concentré pendant des heures, atmosphère confinée, pannes d'attention, projectionniste éreinté et de mauvaise humeur... On imagine mal la difficulté inhérente à ces estimations sur d'aussi délicates balances... Mais la raison en est aussi que nous échangeons des avis pendant le film et que nous voulons pouvoir l'interrompre, s'il est mauvais ou pas digne de Cannes selon nous. Quatre ou cinq cents films en trois mois (et aujourd'hui, le double, voire le triple!), cela correspond, vers la fin de la période de sélection, à six ou sept films par jour; il faut essayer de garder l'œil frais, et on n'a pas de temps à perdre... Et pourtant, en discutant avec les producteurs ou les réalisateurs pour expliquer les raisons de nos refus, il m'est arrivé de donner des conseils, de suggérer un resserrement, l'ajout d'une musique ou d'un carton explicatif. C'est plus fort que moi : le premier spectateur que je suis aime améliorer un film pas fini, car tout directeur de festival est un metteur en scène rentré. Naturellement, l'opération se retourne contre nous : supposons que certains de ces avis soient suivis et que le film s'en trouve bien. On le montre alors à la Quinzaine des Réalisateurs (ou à la Mostra de Venise) qui s'empresse de le sélectionner. Et les critiques de crier haro sur le délégué : le festival officiel n'est même pas fichu de dénicher les bons films...

David, lui, n'était pas là pour quémander le moindre avis. Il avait le sang chaud et refusait résolument de quitter la salle. Maurice et lui s'affrontèrent comme deux coqs de village et ils furent bien près d'en venir aux mains. On parlementa. Pour en finir, je suggérai un compromis : David resterait dans l'entrée et, par la porte entrebâillée, s'assurerait du bon déroulement de la projection. Ainsi fut fait. À la fin, Maurice passa devant Puttnam en le fusillant du regard, nous avons tout de même sélectionné le film et David et moi sommes devenus les meilleurs amis du monde. Par la suite, il me donna tous les films que je voulus. Ceux d'Alan Parker, de Hugh Hudson, de Pat O'Connor, et enfin *Mission* , de Roland Joffé, qui récolta la Palme d'or. Il fut même nommé président de Columbia Pictures, alors propriété de Coca-Cola. Pour la première fois, un étranger était devenu le président d'un studio. Ce fut son apothéose et son chant du cygne. Un jour qu'il rendait compte de ses productions – les résultats n'étaient pas bien brillants! – au siège d'Atlanta, le *chairman* du Board de Coca-Cola lui demanda pourquoi il s'obstinait à produire des metteurs en scène aux noms imprononçables comme Istvan Szabo ou

Agnieszka Holland… Fin d'une année turbulente ! Plus tard, Puttnam a basculé dans la politique. Produire ne l'amusait plus. Il est devenu lord, Lord Puttnam. Un modèle d'ascension sociale. Ce fut pour lui, qui a commencé comme garçon de courses dans une boîte de pub, un motif d'intense satisfaction. Je crois bien que ce l'est toujours.

Atlanta, c'est aussi la ville d'*Autant en emporte le vent*.

23

François-Régis Bastide

Condottiere

Un *condottiere* est un homme plein de charme qui aime le pouvoir, les femmes et les arts. J'en ai connu au moins un qui devint mon ami (en fait, deux avec Toscan). Du condottiere, François-Régis Bastide avait l'allure, l'aisance, le panache. Chez lui, le port altier, le casque de cheveux, le profil bourbonien, la curiosité chaleureuse, le rapprochaient du condottiere espagnol, oui, un grand d'Espagne vers où le situaient ses origines, sa famille étant de Biarritz. Il m'est arrivé d'être le spectateur admiratif de ses conquêtes et de son balcon sur le Luxembourg. Mais sa deuxième femme était si jalouse (et si malheureuse) qu'il ne se vantait pas, sauf pour la provoquer, comme si les scènes de ménage n'avaient d'autre but que d'alimenter l'imagination du romancier.

Dans la deuxième partie de son parcours, le grand d'Espagne sera fait ambassadeur et, comme Dante, il rencontrera Béatrice, la femme de sa vie. Brillant autant qu'éloquent, François devra cette nomination à son charisme, et aussi à la protection de François Mitterrand qu'il avait soutenu à un moment crucial pour le futur président (militant socialiste en charge de la culture, orateur syndicaliste, François avait longtemps mouillé sa chemise dans les réunions, les congrès, et même, confiait-il, en colleur d'affiches), mais surtout parce qu'il était écrivain – et bon écrivain, tant Mitterrand recherchait l'assentiment des artistes et, plus encore, des auteurs.

Ambassadeur de France ! J'ai vu Régis, heureux comme une abeille devant un pot de confiture, m'exhiber la carte tricolore qu'on venait de lui remettre « au Quai », comme il aimait à dire, et qu'il allait coller subito sur le pare-brise de sa Volvo. Il avait fini par s'enraciner en province, une résidence secondaire à La Garde-Freinet qu'il adorait et où il venait se ressourcer chaque fois que son métier d'éditeur (au Seuil) lui en laissait le loisir. Se ressourcer, c'est le mot, tant nous avons pu y chercher l'eau, comme la fille du puisatier.

C'est, hélas, un cancer du poumon qui, trop tôt, l'a emporté, le 17 avril 96, le cancer du fumeur, sans que personne ait pu le dissuader de fumer trois paquets par jour, en avalant la fumée, comme s'il s'agissait là aussi de braver la mort en guerrier. Guerrier, il l'était, en amour, en édition, en littérature, en radio, activiste de son talent. Car Bastide était un écrivain dans l'âme : son style, ondoyant, élégiaque, lui ressemblait, et un de ses livres, au moins, *La Vie rêvée*, est un grand livre, sans compter *La Fantaisie du voyageur*. Ses talents d'homme de radio, de conférencier, de musicien, de directeur littéraire, lui étaient d'un grand secours à l'heure de l'inspiration.

Si Régis demandait d'emblée à une jeune femme ce qu'elle prenait au petit déjeuner, c'était moins par provocation que par curiosité romanesque, par intérêt pour l'autre, toutes les autres. Histoire de tenter le diable, il lui faisait son horoscope avec le plus grand sérieux et s'amusait à deviner le parfum qu'elle portait. C'était un séducteur. Ainsi, par petites gorgées, conduisait-il ses amours.

En amour comme dans l'exercice du pouvoir, il n'avait pas scrupule à demander, et l'ingratitude des nantis ne calmait pas ses ardeurs. Faute d'avoir été ministre de la Culture, mais Lang occupait ce poste auquel François se sentait destiné, il est entré, comme on dit, dans la Carrière, déçu sans se l'avouer par des activités dont il avait fait le tour – sauf la musique : François aimait déchiffrer Schubert et, dans la maison de famille, à Biarritz, il y avait même un orgue, celui de son père, un véritable orgue d'église.

Bastide fut donc en poste à Copenhague – lui rendant visite dans le beau palais Thott, on me donna (c'est d'un chic) la chambre Gyldenlove où dormit de Gaulle –, puis à Vienne, enfin à Paris, auprès de l'Unesco.

Depuis les années 70, nous ne nous sommes jamais quittés, le hasard ayant voulu que je travaille avec lui. Assez rapidement, l'émission télévisée du « Masque et la plume » (il m'avait demandé de lui donner un coup de main) fut arrêtée sur ordre. Sur ordre de qui ? J'ai surtout l'impression que nous avons fait l'objet d'un sombre marchandage : pour FR3, un film de plus à diffuser, pour l'industrie du cinéma pas d'émission de critiques à la télévision. Tout le monde y trouvait son compte. Bastide n'aimait pas avoir été joué, je m'en consolai plus facilement. Quoi qu'il en soit, nous avons connu ensemble bien des aventures (surtout les siennes), moments précieux qui nous entraînaient, le cœur léger, sur les routes escarpées de nos vies.

24

Le colloque Rossellini

Une tueuse

En 68, le Festival s'était terminé en farce. Qui eût dit qu'en 77 il s'achèverait en drame ?

Roberto Rossellini n'avait accepté la présidence du jury qu'à condition de tenir un colloque. Et aussi pour faire plaisir à Toscan du Plantier qui le considérait comme son père. Daniel disait toujours Roberto, pour que nul n'ignore une proximité dont jouait également Rossellini, toujours à court d'argent pour monter ses films ou simplement pour vivre. Il avait renoncé au cinéma pour se consacrer à la télévision, mais même là, les bailleurs de fonds ne se bousculaient pas. Favre Le Bret avait donné le feu vert pour sa présidence mais il avait imposé une partie du jury, l'agrémentant comme à l'ordinaire d'un poète qui ne connaissait rien au cinéma mais qui, comme Favre le disait dans sa prose fleurie, « adoucirait la face sombre des hommes ». Il ne croyait pas si bien dire…

Ce poète, en l'occurrence un philosophe, était N' Sougan Agblemagnon dont Google m'apprend qu'il a été ambassadeur du Togo. Autres membres : Carlos Fuentes, Jacques Demy, Anatole Dauman – l'un des producteurs les plus cultivés que j'aie connus – et, comme femmes, Marthe Keller, Benoîte Groult et Pauline Kaël, célèbre critique du *New Yorker*, une tueuse. J'allais oublier la présence épanouie de Youri Ozerov, réalisateur soviétique.

Deux soirées enchanteresses à écouter Roberto, au bar du Raphaël. Ses mains dessinaient des volutes au-dessus de son verre : la pensée prenait forme. Même Daniel se taisait tant il était brillant. Roberto tenait à son colloque, et pendant *tout* le Festival. Sur ordre de FLB, j'objectai qu'il y avait les films, les réunions du jury, quelques événements mondains, je veux dire une vie sociale, rectifiai-je, devant sa grimace… Peine perdue. C'était ça ou pas de Roberto. Toscan m'attira dans un coin : « Laissez-le rêver à son projet, il se lassera avant vous… »

Mais Roberto ne se lassa pas.

Il tint ses assises tous les après-midi et – croyez-le ou non – la salle était pleine. J'avais prié Paul Guimard de l'assister. Les débats dégénéraient souvent en revendications corporatistes qui n'avaient rien à voir avec la pensée rossellinienne. Quand j'y passais un moment, Paul, du haut de l'estrade, m'adressait des hochements de tête navrés, mais Roberto était doublement aux anges. En effet, juste avant le festival, Odile Jacob, la fille de mon cousin François, avait demandé à me voir. Elle revenait d'un long séjour dans une université américaine et n'était pas en forme. Pour lui remonter le moral, je la fis bombarder secrétaire de Rossellini. Elle passa quinze jours de rêve en compagnie d'un vieux sage devenu aussitôt fou d'elle. C'est peu après qu'elle décida de se lancer dans l'édition, avec la réussite que l'on sait.

Le Festival était bien parti, le colloque battait son plein, Roberto souriait. C'était compter sans Favre Le Bret.

Une journée particulière

L'un des films phares de la sélection était *Une journée particulière*, un des grands Scola, avec Sophia Loren et Marcello Mastroianni. Or Favre Le Bret était amoureux transi de Sophia qui avait, à ses yeux, le charme d'une diva et la santé d'une colorature. Il avait suivi pas à pas sa carrière, avant même qu'elle n'émerge de sa chrysalide. On se rappelle que, dans ce film-ci, Sophia joue une mère de famille aux bas troués, silhouette lasse de matrone mussolinienne. Une composition comme en raffolent les festivals et les oscars.

Quand elle apparut au balcon, en grand décolleté et tiare de princesse, Favre Le Bret, qui lui donnait le bras, se retourna et découvrit, consterné, les femmes du jury qui chuchotaient. Il avait vu de l'envie dans leurs regards, c'est du moins ce qu'il prétendit, surtout, ajouta-t-il, chez ce crapaud de Pauline Kaël. À leur décharge, Favre avait gaffé dès la première réunion. Épingle de cravate et pochette assortie, il avait fait le joli cœur : « Je vous présente Mmes Groult et Kaël, dont on ne louera jamais assez l'intelligence, et voici la beauté, l'élégance et la grâce, j'ai nommé Mlle Marthe Keller ». Ce à quoi Marthe avait répliqué : « Dites tout de suite que je suis une conne… »

Dans la salle, tandis que les lumières s'éteignent, Favre Le Bret s'enferme dans ses pensées. A-t-il bien fait d'accepter toutes ces femmes ? Comprendront-elles seulement l'intérêt supérieur du Festival ? Et sur qui s'appuyer pour faire triompher Sophia ? Rossellini, il y compte bien. Carlos Fuentes, un écrivain, donc un homme raisonnable, mais on ne sait jamais… Pendant que des chants fascistes fusent des haut-parleurs, Favre se souvient du temps où des académiciens présidaient le jury, les Giono, les Maurois, les Salacrou… Favre les invitait à déjeuner, il expliquait, ils comprenaient… Il préfigurait avec eux un palmarès qui respectait les grands équilibres et peut-être même les promesses susurrées pour obtenir des films hollywoodiens… Avec Cocteau, c'était une autre paire de manches : il aimait plaire. Sitôt le film fini, il sautait au cou du cinéaste en piste ce soir-là et le félicitait si chaleureusement que l'autre était persuadé d'avoir gagné. La seule chose, c'est que Cocteau répétait ce geste tous les soirs…

Simenon était plus difficile, une tête de cochon, celui-là. Un téteur de pipes qui vous empestait avec son Belga… Pas comme Cocteau, décidément, sauf quand il avait fait récompenser ce petit crâneur de Truffaut… Favre s'interrompit pour contempler une scène, sa préférée, celle où Mastroianni apprend le mambo à

Sophia. Elle fait semblant d'hésiter pour qu'il l'empoigne : quelle composition, quelles chevilles fines – quel talent ! On jurerait qu'elle ne sait pas danser alors qu'hier encore…

Favre se demande soudain si Rossellini sera franc du collier. Si Scola n'a rien, passe encore, Chalais lui fera une bonne interview, mais si Sophia n'a pas le prix, non, ce serait trop injuste… Récapitulons : Ozerov, pas de problème. Avec Agblemagnon plus Rossellini, voilà trois voix. Mettons quatre, avec Marthe. Elle est suisse, la solidarité entre compatriotes, ça existe. Mais ça ne suffit pas. Plusieurs jurés ont applaudi, paraît-il, à *Padre Padrone*, le film des frères Taviani. Ils ne vont tout de même pas donner des prix à deux films italiens. Il faudra vraiment parler à Roberto.

Du coin de l'œil, Favre épie Sophia. Quel progrès depuis sa première apparition à Cannes, tout empêtrée dans sa robustesse villageoise, le nez pas encore refait ! Et comme elle est belle aujourd'hui, en somptueuse robe de taffetas, les yeux mi-clos, à la fois séduisante et plantureuse. À quoi pense-t-elle donc, la danseuse de mambo ? Demain matin, lui envoyer des roses. C'est émouvant cette petite veine bleue qui palpite sur son cou. Ah, le film est déjà fini… « Vous venez, chère amie, vous étiez merveilleuse, j'ai trouvé… Vous le connaissez bien, Rossellini ? »

Sophia glousse doucement, se lève, s'incline sous les applaudissements. Elle a la migraine, mais ça ne fait rien, elle est contente de sa soirée. Elle joue de son emprise sur lui, l'appelle Robert d'un air amusé, très chatte. Elle glisse sa main sous son bras et ce contact charnel, faisant monter chez lui une sève d'émotion, le comble de bonheur.

— Allons dîner, dit-elle, de sa voix chantante et haut perchée : ce soir, j'ai une faim de loup…

Les conjurés

Et Favre Le Bret de commencer ses travaux d'approche. Mais les jurés, guère emballés par le film, ne vont pas s'en laisser conter.

Les trois femmes ont formé un noyau dur de résistance, et elles sont bientôt rejointes par Demy, Dauman et Fuentes. Voilà une majorité hostile, qui se réunit en cachette et se monte le bourrichon. Favre Le Bret est trop rusé pour ne pas sentir les réticences, aussi se concentre-t-il sur Rossellini, plaçant tous ses espoirs dans l'influence présumée du président sur un jury aussi crispé. Trois jours avant la fin, entre deux séances du colloque, il lui parle de Scola mais surtout de Sophia : quel art, quelle sensibilité... ne dirait-on pas une reine ? Une reine et une compatriote : quelle chance pour l'Italie – à n'en pas douter, nous tenons là un classique. Favre insiste sur le contexte historique avec une allusion un peu lourde à *Rome, ville ouverte*, votre chef-d'œuvre, mon cher ami... C'est mal connaître les facultés manœuvrières d'un Roberto pas dupe un seul instant et qui a, lui aussi, passé sa vie à jouer les charmeurs. Il donne aux conjurés des gages de complicité tout en laissant croire à Favre Le Bret qu'il est avec lui. L'enfance de l'art. En fait, à force de louvoyer, trop pris par son colloque, il ne sait plus lui-même dans quel camp il se situe. Tout de même, quand Dauman, en fin renard, lui fait valoir que les frères Taviani sont ses élèves et qu'il peut en être fier, Roberto n'hésite plus. Mais il continue de mener Favre Le Bret en bateau, si bien que le dernier jour, quand les jurés refusent de délibérer en présence des autorités pour éviter toute pression, voire tout incident, Favre comprend qu'il a été joué.

Le problème avec les jurys, c'est qu'ils sont souvent si jaloux de leurs prérogatives qu'elles s'exercent en dépit de la valeur intrinsèque d'un film : si la presse déclare que le jury « se couvrirait de ridicule en n'attribuant pas la Palme d'or à X », le jury se cabre et les chances de X s'évaporent...

Favre Le Bret courut chez Roberto qui d'abord fit le mort. Puis il le laissa entrer et le persuada de rester à l'écart. Favre ne s'était pas avisé à quel point *Padre padrone* (qu'il n'avait pas vu) avait tout pour plaire à Roberto : le sujet même, les rapports père-fils, le néoréalisme poussé à son point d'incandescence. Pas avisé non plus qu'il s'agissait d'un film de télévision à petit budget. Alors, tout à sa plaidoirie, il secouait sa belle chevelure de vieillard, bien loin de penser que Roberto vendrait la mèche et raconterait la scène en riant à ses collègues... De toute façon, c'était trop tard. Le résultat ne se fit guère attendre : Palme d'or pour les Taviani. Rien pour Scola, rien pour Sophia.

La catastrophe ? Non, le drame.

Pour la première fois d'une longue carrière, Favre Le Bret sortit de ses gonds et piqua une colère grandeur nature. Pour la première fois dans l'histoire, le président du Festival décida de bouder la cérémonie du palmarès. Favre nous interdit même, à Bessy et à moi, de paraître sur scène. Seul le secrétaire général, Jean Touzet, dans sa discutable chemise à jabot, fut autorisé à passer les diplômes à Rossellini. Pour le reste, que le jury se débrouille ! Il se débrouilla si bien que Favre Le Bret ne décoléra pas. Il se fendit même d'un communiqué et d'une interview furibarde à la télévision, menaçant à l'avenir de supprimer toute compétition ou, à tout le moins, de s'abstenir d'élire au jury des « amateurs éclairés »...

Pourtant, dans sa rogne, il ménagea Rossellini. Sitôt les résultats connus, les deux hommes avaient eu une longue conversation en tête à tête, au Carlton, dans la suite de Favre Le Bret, et Roberto, voix blanche et souffle court, était parvenu à convaincre son interlocuteur de son absolue bonne foi. Rossellini épargné, les autres furent cloués au pilori sans exception, ni ménagement. Ils seraient désormais interdits de Festival, simplement personne ne prit jamais sur lui de les en avertir.

Eux ne traînèrent pas à dénoncer l'intrusion de Favre Le Bret dans leurs travaux et la presse à son tour s'en donna à cœur joie : au nom de quelle prétendue injustice le président du Festival se permettait-il de traiter des professionnels, estimés et reconnus, comme des chenapans ? Avait-il encore tous ses esprits, toute sa lucidité, pour chercher ainsi à influencer d'abord, tancer ensuite ? De toute évidence, Favre l'inconsolable avait pété les plombs. Mais, agissant de la sorte, il se dédouanait aux yeux de Sophia, avec laquelle il avait dû s'avancer, et c'était l'essentiel.

Huit jours plus tard, au moment de conclure un article que lui avait commandé un quotidien romain sur « la bataille de Cannes », Roberto Rossellini s'affaissa sur son bureau. Il ne put être ranimé.

Favre Le Bret venait de rentrer en Suisse. Quelque part en lui, une voix lui suggérait d'arrêter. De retourner dans ses montagnes, au bord du lac, et d'y rester pour de bon. Sa colère s'éteindrait d'elle-même dans ses longues promenades solitaires en forêt. Elle s'éteignit comme un cierge quand il apprit la nouvelle et qu'il relut la dernière lettre de Roberto, encore ouverte sur son bureau. La lettre s'achevait ainsi : *Cher Robert, nous n'allons tout de même pas mourir pour un festival...*

Je déjeunais à la même heure au George-V avec Toscan du Plantier. Nous commentions, bien sûr, le palmarès et Daniel riait encore de la manière dont Roberto avait roulé Favre Le Bret. Soudain, un groom se présente : on demande M. du Plantier au téléphone. C'est Nicolas Seydoux, qui lui annonce la mort de Rossellini. Daniel revient sans rien dire, ce qui est signe chez lui d'une vive agitation, puis il se lève de nouveau pour appeler Isabella, la fille de Roberto. Je me sens moi aussi comme orphelin. Quand Daniel revient, nous marchons le long de ces salons déserts. Quelle secousse en nous ! Bien sûr, Roberto avait tenu jusqu'au bout son fameux colloque, mais le prix à payer n'en était-il pas démesuré ? Il en avait tant fait, il s'était tellement démené... C'était malin !

Ainsi se termina tragiquement une semaine qui avait commencé dans le complot.

25

Le matin d'une vie nouvelle

Un ministre nu comme un ver

Cette disparition brutale laissait traîner sur l'édition 77 un parfum de Jugement dernier. Le ministre ne dit rien mais il regretta le manque de sang-froid des organisateurs. Bessy, qui avait ses espions, se faisait tout petit dans son coin. Finalement, les pouvoirs publics décidèrent de hâter les changements.

Cet été-là était radieux. J'ignorais tout de ce qui se préparait. Je passais le mois d'août sur les courts de tennis de Villers-sur-Mer, où nous habitions directement sur la mer. Claude Lelouch a lui aussi une maison sur la côte normande, en à-pic, juste au-dessus de la nôtre. Et comme la falaise s'écroule peu à peu, dans quelques dizaines d'années c'est sur nous que Lelouch dégringolera. Une consolation ?

Nous sommes donc au tennis-club de Deauville, nous terminons un simple, je m'apprête à rentrer quand Lelouch me dit : « Reste encore un peu, il y a une équipe locale qui veut faire un double contre nous. Des amateurs. » Il me présente à Michel d'Ornano, député-maire de Deauville, et surtout nouveau ministre de la Culture, venant de l'Industrie. D'Ornano a remplacé Françoise Giroud qui a remplacé Michel Guy.

Claude me prend à part : pas question de se dégonfler, ministre ou pas, on va leur flanquer la pâtée. En sport comme dans la vie, Lelouch est très volontaire, acharné même. Nous voilà sur le central, face à d'Ornano et à son premier adjoint. Je ne force pas outre mesure mais Claude se rue au filet et prend d'emblée le service du ministre. Et chaque fois que, diplomate ou pas, je mets la balle à quelques centimètres dehors, il me souffle : « Dis donc, tu le fais exprès ou quoi ? »

Nous finissons par gagner le premier set de justesse. Une averse survient, si violente que nous courons nous abriter, et je me retrouve sous la douche, nu comme un ver, à côté d'un ministre de la République tout aussi nu que moi. Encore ruisselant, d'Ornano se tourne vers moi et me dit :

— Vous êtes prêt ?

— Prêt à quoi, monsieur le ministre ?

— Prêt à remplacer, comment s'appelle-t-il déjà, le nommé Bessy... (Je ne sais pas quoi répondre.) Parce que là, je compte sur vous. Le directeur général du CNC me dit que vous êtes quelqu'un d'indépendant, alors il va falloir y aller, vous vous sentez de taille ?

Je bredouille que... mon Dieu... de taille... oui !

Cette scène, quand j'y repense, me fait plutôt l'effet d'une blague : je n'imaginais pas que ma vie allait virer de bord de si radicale façon. Trois semaines plus tard, je reçus un appel de Pierre Viot pour m'apprendre la nouvelle et me féliciter. Il fallut ensuite convoquer le conseil d'administration du Festival. Naturellement, Bessy ruait dans les brancards et demandait à faire un an de plus pour ne pas porter le chapeau de l'affaire du palmarès Rossellini. Mais il fut lâché par Favre le Bret qui lui fit observer qu'il avait déjà dépassé la limite d'âge et que lui, Favre, ne pouvait plus rien pour lui. Tant il est vrai qu'on protège ses collaborateurs pour autant qu'on ne soit pas menacé soi-même. Le conseil me nomma délégué général à l'unanimité du vote à bulletin secret, les deux ministres de tutelle, Culture et Affaires étrangères, ratifièrent ensuite cette élection, comme il est prévu par les statuts du Festival. Je reçus les encouragements de d'Ornano et de l'Élysée. Bessy posa sa couronne et fila à l'anglaise. Je décidai de garder mon bureau plutôt que de m'installer aussitôt dans le bureau directorial. Tout avait été à la fois si lent (pour moi) et si violent (pour lui), que, pour l'équipe très attachée à Bessy comme pour l'extérieur, il me semblait qu'un temps de latence était approprié. Ce qu'on sait moins, c'est qu'à quelque temps de là, un dimanche à la tombée de la nuit, une camionnette manœuvra dans la cour, a raconté la concierge, et emporta les affaires personnelles de Bessy – mais aussi tous les dossiers, les papiers, les lettres…

Maurice ne remit jamais les pieds faubourg Saint-Honoré.

Je me retrouvais donc sans un papier, sans un document, et j'entrepris de reconstituer les archives ou, en tout cas, les dossiers indispensables. Heureusement, je disposais de la mémoire du Festival : la petite équipe de permanents. Nous commençâmes joyeusement la préparation du festival 78, sous l'œil vigilant, voire pointilleux, de Favre le Bret.

Surtout, je décidai d'apprendre.

26

Apprendre

Nouveaux talents

Il y a des années d'abondance et des années de disette. Une sélection à Cannes est si glorifiante, et si importante aussi financièrement, que le monde entier souhaite en faire partie. Mais le monde entier préfère la compétition, autrement dit vingt places au programme pour deux mille films tournés et plus de mille proposés. Comment faire ? Évaluer le niveau de chacun d'eux, l'un par rapport à l'autre, alors qu'on les voit à deux ou trois mois d'intervalle, n'est pas chose facile. Il y a des années qui débutent très fort, et, vers la fin de la sélection, les films qui arrivent sont faiblards. À d'autres occasions, en janvier-février, rien de bien fameux. Les meilleurs attendent la dernière ligne droite. Il faut donc garder son sang-froid, tant l'on passe de moments d'exaltation à des périodes de découragement. C'est le principe du balancier, et celui de l'alternance. Il y a des années, en effet, où le nombre de grands films dépasse la moyenne (l'année 79, par exemple), ce que les Anglo-Saxons appellent *a vintage year*, d'autres où la presse fait part de sa déception. Car la presse fait la pluie et le beau temps. Et donc l'humeur du délégué. Si la presse est favorable, il trouve cela normal. Si elle est mauvaise, il crie au complot. Et d'ailleurs, déception par rapport à quoi ? Les attentes, la sélection, le palmarès. Il arrive que la liste des noms soit prestigieuse (l'ambition de tous les directeurs de festival), mais qu'à la fin certains n'aient pas fait leur meilleur film : alors le couperet tombe. De même qu'il tombe si le palmarès s'écarte trop du consensus médiatique. Car le critique est un directeur de festival rentré, un juré qui s'ignore, un metteur en scène frustré ou en devenir.

Découvrir de nouveaux talents est le régal des journalistes. Leur friandise. C'est le plus difficile : un premier film, on a vite fait de le trouver trop vert. Le même, en section parallèle : *il fallait le mettre en compétition.* Et ainsi de suite. Quoi qu'il en soit, les nouveaux venus sont les grands gagnants de leur présence à Cannes. Ils ne risquent rien et même, bien au contraire, ils gagnent en notoriété, leur film se vendra mieux dans le monde entier et le suivant sera financé plus facilement. À moins d'un accueil catastrophique.

De tout ce qui précède, que j'ignorais plus ou moins, j'allais prendre conscience.

Mais, primo, une manifestation de cette importance ne se pilote pas comme une voiture de course. Deuzio, les journalistes avaient eux aussi leur diagnostic fondamental, et il était sans appel : trop de films à voir. Sans compter que beaucoup d'entre eux sont sinistres (je parle des films)... Diminuer leur nombre serait un geste politique.

Je concentrai donc en une section les trois inventées par Maurice Bessy (compétition exclue), commettant là ma première erreur : le titre. Un Certain Regard lorgnait poétiquement du côté d'Eluard mais il est moins valorisant qu'une section où le mot « réalisateur » claque comme un étendard : La Quinzaine des Réalisateurs... Trop tard pour changer ! En revanche, je crois avoir bien fait, sitôt arrivé, de créer la Caméra d'or, un prix destiné à un premier film, dans n'importe quelle section. J'avais pris conscience du vieillissement des élites et de la nécessité de mettre sur orbite une nouvelle génération de cinéastes, idée qui allait devenir mon dada avec, plus tard, la naissance de la Cinéfondation, puis de la Résidence du Festival, sorte de villa Médicis du cinéma. Et, enfin, pour couronner la chose, de L'Atelier et de Tous les cinémas du monde.

Cela ne m'empêcha pas, quand j'admirais un cinéaste, de l'accompagner film après film, comme je l'ai fait pour beaucoup, de Jane Campion à Lars von Trier, des frères Coen aux frères Dardenne, de Kieslowski à Wong Kar Wai, de Moretti à Woody Allen, sans oublier Saura, Altman ou Fellini... et Godard.

Les effets ne se firent pas attendre : d'autres festivals se mirent à imiter ce que nous faisions, les sections parallèles, fixées sur la découverte, criaient au voleur, le cinéma vivait. Il y eut des débats enflammés, mais je bénéficiai du fameux état de grâce. Les journalistes étaient satisfaits de voir un cinéphile succéder à Bessy qu'ils n'avaient jamais beaucoup aimé (lui les tenait en piètre estime). Surtout, ils firent la fête à un nouvel état d'esprit. Vivent les nouveaux venus, que ce soit aux commandes ou sur l'écran !

Les quinze règles

J'étais seul. Je devais me construire une expérience. Découvrir. Apprendre de mes erreurs. Progresser. Comprendre. Comprendre c'est inclure, et être inclus. Je décidai de donner une réponse immédiate à ceux qui présentaient leurs films à la sélection. De dire oui ou non, le jour même : je sentais qu'on m'en saurait gré.

Par ailleurs, j'adoptai peu à peu, et pour toujours, un certain nombre d'attitudes :

Règle n° 1 : Ne jamais mentir. Ne promettre que ce que l'on peut tenir.

Règle n° 2 : Parler directement au réalisateur.

Règle n° 3 : Montrer sa connaissance du cinéma.

Règle n° 4 : S'entourer d'avis, de regards neufs.

Règle n° 5 : Faire une compétition internationale, minimum une douzaine de pays.

Règle n° 6 : Ne pas tenir compte d'un quota par pays : pourquoi pas quatre films lituaniens, si la Lituanie présente quatre chefs-d'œuvre ?

Règle n° 7 : Prendre des films de genre uniquement s'ils apportent un plus par rapport à la production courante.

Règle n° 8 : Choisir des films *qui montent*, à la fois dans leur déroulement propre et dans la carrière de leur réalisateur.

Règle n° 9 : Ne pas craindre le star-system, surtout s'il vous permet, en échange, de montrer des films pointus : par exemple, Sharon Stone en locomotive d'Oliveira.

Règle n° 10 : Rechercher des films singuliers. Ne pas se laisser embarquer dans des modes éphémères ou des styles à l'esbroufe.

Règle n° 11 : Constituer des jurys composés uniquement d'artistes.

Règle n° 12 : Ne jamais répondre à une attaque dans la presse.

Règle n° 13 : Honorer les grands auteurs, confirmer les déjà connus, dévoiler les nouvelles générations.

Règle n° 14 : Ne pas perdre de vue qu'un beau visage de femme est la raison d'être du cinéma (metteur en scène amoureux).

Règle n° 15 : Ne pas avoir de règles.

27

Vision d'apocalypse

Quarante kilomètres de pellicule

Pour un directeur de festival, le choix se pose entre les films qu'on ne veut pas lui donner, les films dont il ne veut pas, et enfin tous les autres. Mais il existe toujours, quelque part, un film qu'il désire absolument. Pour lequel il serait prêt à vendre son âme. Cette perle inaccessible, cet orient si pur, c'est le joyau de la couronne.

L'affaire *Apocalypse Now* commence en 76 pour Coppola, pour moi en 79. Pris d'une folie mégalomaniaque, Coppola s'englue trois ans durant dans cette aventure insensée, manque de s'y noyer, approche enfin du but. Les rumeurs les plus folles circulent (typhon, tournage dans la jungle, infarctus de Martin Sheen, etc.), elles sont en dessous de la réalité. Emberlificoté dans ses ennuis financiers et ses quarante kilomètres de pellicule, Francis ne sait plus à quel saint se vouer. Pourtant, il a dix ans d'avance. Il est le premier à monter son film à l'ordinateur : les simulations d'assemblage sont proposées instantanément et gardées en mémoire. Mais même aidé d'un tel dispositif, le cerveau humain n'arrive pas à dégager une ligne cohérente. Il manque encore des prises, or, partir retourner aux Philippines est hors de question.

Le jour où je visitai sa salle de montage – on essayait Wagner sur l'attaque du village par les hélicos –, les images me parurent si prodigieuses que mon enthousiasme lui redonna, je crois, une belle énergie. Cependant, la présentation au festival 79 n'était pas garantie, loin de là, et je ne repartis qu'avec une bouteille de son vin de Napa Valley dont il est si fier. Maigre viatique.

Les Artistes Associés s'étaient assuré à prix d'or la distribution mondiale même si, entre Francis et le studio, les engueulades n'étaient pas rares. Par la suite, je bénéficiai du concours d'une amie journaliste, en charge à *L'Express* du cinéma américain. Catherine Laporte avait appris qu'une projection-test était organisée dans une petite ville de Californie ; la presse n'était pas admise. Catherine sauta dans un avion. Elle s'était mis une perruque et des lunettes noires, et se faufila dans la salle à la barbe de tous. Elle tenait son exclusivité et moi, douze heures après, je savais que le film serait « inoubliable ».

Je feignis la surprise quand trois jours plus tard je reçus un appel d'Ernst Goldschmidt, des Artistes Associés. Ernst me proposait, hors compétition, le film qui serait terminé de justesse. Je tenais déjà une très belle sélection, ma meilleure en trente ans : *Hair, Le Tambour, Manhattan* (hors compétition), *Répétition d'orchestre, Le Grand Embouteillage, Série noire, Le Malin, Cher papa, Les Moissons du ciel, La Drôlesse, Les sœurs Brontë, Norma Rae, Ma brillante carrière, Rhapsodie hongroise, Sibériade, Les Européens, Woyzeck, Femme entre chien et loup, L'Héritage, Les Survivants*…, oui, vraiment la moisson du ciel. Film événement avant même d'être vu, *Apocalypse Now* l'achèverait en point d'orgue de rêve !

Le télex maudit

Coppola avait remporté la Palme d'or avec *Conversation secrète*, cinq ans auparavant, et le règlement lui donnait le droit de revenir hors concours sauf dérogation que j'étais prêt à accorder vu l'importance du film. Le jeu était moins excitant mais j'acceptai sans barguigner. Je m'enquis des réticences d'un Francis qui avait tout de même englouti sa fortune dans le film. Ne risquait-il pas sa carrière en s'exposant à Cannes, lui le mal-aimé de la presse américaine qui dénonçait sa mégalomanie et ses mauvaises manières ?

— Ne vous inquiétez pas, me dit Ernst.

J'insistai cependant pour avoir l'accord de Francis.

— Vous l'aurez.

— Quand ?

— Très bientôt.

Dans le milieu du cinéma, les choses qui doivent rester confidentielles ne le restent pas. Le téléphone arabe y vaut largement Internet. Le petit cercle parisien bruissait de rumeurs, déjà le conseil d'administration me félicitait. « Vous êtes certain ? » me dit Favre Le Bret. Je lui assurai que oui. J'étais trop jeune dans le métier pour savoir que lorsqu'un studio donne à un festival un film aussi ruineux en première mondiale, c'est qu'il y a un os.

Les jours passaient. Toujours aucune nouvelle de Francis. Un mauvais pressentiment s'emparait de moi. C'est que les sélections de festivals sont comme les arbres en automne : les feuilles tombent et meurent. Les films ne veulent plus venir, ou ne peuvent pas attendre, ou ne sont pas bons : d'où le danger des annonces prématurées.

Malgré un travail d'enfer, je me retrouvai en pleine crise de paranoïa. Par moments, je croisais les doigts. À d'autres, je me persuadais qu'*Apocalypse Now* n'était qu'un magma que l'auteur n'arrivait pas à modeler. De ramener l'oiseau de feu à des proportions de moineau de mauvais augure m'apaisait. Mais qu'un revirement s'opérât et j'étais prêt pour de nouvelles angoisses.

Il s'opéra.

Je cherchai à joindre Ernst. Il me fit répondre par un assistant et, à sa voix embarrassée, je devinai que le projet était en train de capoter. « Tu devrais appeler directement Francis », me dit Catherine, et elle me donna sa ligne privée.

Le 24 avril, un télex tombe sur mon bureau, signé Tom Sternberg, le fondé de pouvoir de Coppola : « *I am glad you have made no announcement regarding our plans at Cannes, since today Francis decided we will not show the picture there.* »

Le tout pour le tout

Perdu pour perdu, je décidai de contre-attaquer. J'appelai sans me nommer, prétextant une urgence. Je tombai sur la secrétaire de Coppola. Il serait là vers cinq heures. Je remerciai. Cinq heures, c'était pour moi deux heures du matin. Ma femme me fit un café qui ne me calma pas. J'allai voir un film dont je ressortis aussitôt. Puis, à la Rhumerie martiniquaise, je regardai les badauds en ressassant mes idées noires. Je rentrai chez moi comme deux heures sonnaient.

— Francis ?

— *Speaking.*

L'enjeu était d'une telle importance que j'avais écrit mon texte et que je l'avais traduit. D'entrée, je dramatisai. Je reprochai vertement à Francis de m'avoir trahi. Le film était annoncé : j'étais entre ses mains. Je fis surgir devant lui le spectre de ma propre disparition. S'il annulait sa venue, je serais renvoyé – rien de moins ! Même si je sentais qu'il me le ferait payer plus tard, ce mensonge éhonté eut plus d'effet sur lui que je ne l'imaginais. Mais surtout l'écrin de Cannes était au niveau de sa mégalomanie.

Naturellement, il ne pouvait capituler sans conditions.

— Mais c'est à cause de vous que je ne veux plus venir..., contra-t-il d'une voix puissante.

Je frissonnai : c'était comme s'il venait de m'enfoncer son poignard.

— Comment, à cause de moi ?

— Vous m'avez refusé la compétition !

Je compris à cet instant que les Artistes m'avaient dupé.

— Mais jamais de la vie ! C'est Ernst qui...

— Je serai en copie de travail et le film en double bande...

— On l'installera...

— Et il n'y aura pas de générique...

— Ça tombe bien, ils sont interminables...

— J'ai tourné deux fins…
— Mettez les deux…
— Et je veux une conférence de presse dans la grande salle…
— C'est promis.
— … conduite par Lucius Barre… (Lucius était un attaché de presse qui travaillait pour le Festival.)
— Il est à vous…
— Alors, d'accord : je viendrai !

La suite fait penser à Jean Desailly dans *La Peau douce* quand, au milieu de la nuit, Françoise Dorléac l'autorise à venir la retrouver : il est comme fou et allume l'une après l'autre toutes les lampes de sa chambre. En proie à la plus grande exaltation, je réveillai ma femme. Nous ne dormîmes pas beaucoup cette nuit-là.

Télex d'Ernst Goldschmidt du 25 avril 1979 à FESTIFI 650765F : « *Francis Coppola will present his new motion picture "Apocalypse Now" in competition at the next Cannes Film Festival. The film will be presented for the first time to the public as "work in progress" on may 19th. This day will be entirely devoted to this cinematographic event of worldwide importance.* » (Cette dernière phrase avait été rajoutée à mon insu mais j'étais prêt à tout accepter.)

Le Tambour *est en tête*

Les soucis d'intendance commencèrent, ils étaient à la hauteur de ceux rencontrés sur le tournage : ordres et contre-ordres, importuns qui s'en mêlaient, temps trop serré pour graver les sous-titres, pistes d'ambiances à rajouter derrière l'écran, avion privé à dénicher, yacht de 45 mètres à louer pour loger Coppola, sans compter plusieurs suites au Carlton pour sa famille, ses enfants, ses collaborateurs, son agent, ses avocats… Il fallait trouver les suites, les retenir, verser des arrhes, ce à quoi Favre Le Bret se refusait absolument. Il fallait organiser l'arrivée des copies, l'horaire des salles – quatre projections réclamées dont une, à minuit, pour les jeunes. Il fallait assumer les appels jour et nuit, le chantage, les menaces d'annulation à la moindre contrariété. Ils voulaient même distribuer à la presse des questionnaires de satisfaction, comme on le pratique aux États-Unis dans les *sneak-previews*. Le studio hollywoodien organise la projection de la copie de travail dans une petite ville sur une population test, afin de faire modifier dans le sens qu'il souhaite (par exemple une fin heureuse) les choix des metteurs en scène forcément réticents. Je disais oui à tout, je m'occupais du moindre détail, j'acceptais des privilèges jamais consentis : je sentais bien que je tenais là l'un des événements les plus importants de ma vie professionnelle et je n'étais pas disposé à le laisser s'envoler.

Apocalypse fut l'objet d'intenses polémiques dans la presse américaine. Francis, qui n'aimait pas les critiques, les attaqua bille en tête. Il arriva sur la scène, comme promis, accompagné de ses quatre très jeunes enfants, nullement intimidés. Il tenait Sofia par la main : elle devait avoir six ans, il l'appelait Sophie et se servit d'elle pour une démonstration passionnée. Car, dans ses conférences de presse, Francis était incroyable. C'était comme s'il avait sauté sur la table, dénudé sa poitrine et crié *Tuez-moi!* Mais les Européens l'adoraient. Il leur refaisait le coup d'Orson Welles au temps de *Citizen Kane*. Pour les uns c'était une date dans l'histoire du cinéma, pour les autres – moins nombreux – une baudruche qui ne tarderait pas à se dégonfler. Film sur la guerre, à partir du conflit du Viêt-nam, l'œuvre était sombre, hallucinée, ébouriffante.

Pas pour Françoise Sagan.

La présidente du jury défendit bec et ongles *Le Tambour*, de Volker Schlöndorff, plus dans la tradition littéraire qu'elle préférait, même s'il y avait du Conrad dans *Apocalypse Now*. Les mots mêmes de Volker, fin stratège, ne pouvaient que la toucher au cœur : « Nous ne pouvons avoir la naïveté du cinéma pionnier américain, je suis européen, la littérature fait partie de mes expériences, je ne peux l'éliminer. *J'ai besoin de l'écrivain comme interlocuteur* » (c'est moi qui souligne).

Du coup, la veille du palmarès, au vote préliminaire, *Le Tambour* était en tête. Mais, dans la nuit, Favre Le Bret et Maurice Bessy s'activèrent (à titre de compensation pour son départ forcé, Bessy était au jury cette année-là). L'intérêt supérieur du Festival penchait, firent-ils valoir aux autres jurés, en faveur du film de Coppola.

L'ex aequo finit par s'imposer. Schlöndorff se déclara ravi. Il tint des propos non équivoques sur David et Goliath. Coppola ne dit rien.

Au bout de six mois, Sagan se réveilla et dénonça des complots. Favre Le Bret répliqua qu'elle n'avait pas réglé ses extras. (Je me rappelais seulement qu'à la première réunion du jury, elle avait demandé ce qu'on pourrait bien créer comme prix rigolo…) Bref, ça volait bas.

Vingt-cinq ans plus tard, le jugement de l'histoire conclurait, avec le recul, qu'*Apocalypse Now* est une œuvre magistrale. Une date. Et que *Le Tambour*, au contraire, accuse quelques rides. Pour ma part, j'en tirai deux leçons, essentielles pour l'avenir : la première, que Coppola venait d'inaugurer le club très fermé des doubles Palmes ; son exemple me servirait à convaincre des vainqueurs réticents à revenir en compétition. Deuxième leçon : que le Festival ne devait en aucun cas intervenir sur les décisions du jury. Désormais, je me contenterais d'assister muet aux délibérations.

Le lendemain de la clôture, je rentrai au Carlton. J'avais le blues post-Festival. Une grosse limousine noire s'apprêtait à démarrer. La porte arrière s'ouvrit et Francis descendit. Il s'approcha de moi, me tendit la main et retira un gros cigare qu'il tenait entre ses dents : « Je n'ai eu qu'une demi-Palme », dit-il.

28

Le train des équipages

Trois de Saint-Cyr

— Faites gaffe, les bleubites, si vous relevez la tête quand vous rampez, vous allez prendre un pruneau en pleine poire…

En février 53, le sergent instructeur n'avait rien trouvé de mieux que de nous lancer sur le parcours du combattant, nous les appelés de la 53/2 [1], en nous faisant tirer dessus à balles réelles, sous prétexte qu'on allait partir pour l'Indo. Hypothèse non suivie d'effet, Dieu merci.

J'avais vingt-trois ans. Je travaillais dans un bureau depuis trois ans. Je ne pouvais plus me réclamer d'études universitaires pour prolonger mon sursis. J'aurais volontiers tiré au flanc en simulant la folie mais je n'étais ni assez cinglé ni assez simulateur. Un ami de Wormser m'ayant recommandé au cabinet du ministre, je me retrouvais à Montlhéry, au 501ᵉ régiment du train. La guerre d'Indochine s'achevait sans gloire, la guerre d'Algérie n'avait pas commencé, l'armée profitait de ce répit pour former les appelés. Tout le monde savait qu'après les classes, beaucoup allaient se planquer dans les bureaux à Paris et les instructeurs se chargeaient, pendant cinq mois, de « leur faire passer le goût du pain ». Mon chef, première classe de carrière, voulait m'envoyer aux EOR, les élèves officiers de réserve. On y *dégustait*, physique-

1. La classe 1953, 2ᵉ contingent, communément appelée 53/2.

ment et moralement, mais ensuite on devenait officier comme dans *Trois de Saint-Cyr* : « *À genoux, les hommes ! — Debout les officiers !* » J'envisageais cette menace avec terreur car, alors, adieu Paris... J'étais, bien sûr, accablé par toutes les brimades, mais je tenais bon, soutenu par mes échecs délibérés au parcours du combattant. Heureusement, je m'étais fait deux amis, Elie Pressman et Samuel Kramarz, jeunes Juifs pleins d'humour, qui venaient me border, le soir, et me souhaiter bonne nuit.

Montlhéry n'est pas loin de Paris. Si on calculait bien, après l'appel, on s'échappait pour la nuit et on revenait en douce, au petit matin. C'est ainsi que j'ai connu Sacha Distel. Sa voiture était cachée non loin de là : il ouvrait la portière, on plongeait à l'arrière, avec la complicité du planton de service, et on s'enfuyait à deux ou trois, dans la brume du soir. Manquer l'appel, le lendemain, c'était risquer de se faire porter déserteur comme, plus tard, François Truffaut. Mon première classe de carrière – pas le sergent recruteur de Kubrick mais pas non plus Fernandel dans *Les Gaietés de l'escadron* – aurait été trop content de m'épingler, rêvant pour moi, j'en étais sûr, de tribunal militaire.

L'hiver le plus froid

Hiver 53-54. Un des plus rigoureux depuis l'invention de la météo, une température de moins dix-huit... L'eau gelait dans les brocs et, quand le poêle venait à s'éteindre, la surface en était recouverte d'une pellicule de givre. Il n'y avait rien à protéger, mais on montait la garde tout de même, avec relève toutes les demi-heures. Le gel était si vif que les gants de laine collaient à l'acier des fusils. Bref, on en bavait.

Une nuit sans lune, j'étais en sentinelle. Voulant vérifier si je dormais, mon zigoto de chef s'approcha à pas de loup de ma guérite pour me voler mon pistolet-mitrailleur. Des rumeurs insensées couraient les popotes, sur « un appelé qui s'était fait piquer son fusil » et qui était passé en conseil de guerre : tel était le règlement des armées, clair et coupant comme un conte de Perrault. En entendant un craquement de branches cassées, je sursautai et lançai le réglementaire : « Halte-là ! Première sommation ! » d'une voix étranglée. Le bruit se rapprochant, j'armai mon fusil : « Halte-là ou je fais feu ! » Claquement sec dans les bois enneigés. « C'est moi, arrête tes conneries », me hurla l'abruti. Après s'être ainsi fait reconnaître, il me tapa dans le dos, et ne m'ennuya plus.

Les classes s'achevaient. Je fus muté à la caserne Dupleix, à Paris.

Alphonse Juin, maréchal de France

Quelques jours plus tard, je suis convoqué à la caserne Tourville aux fins d'affectation. Je tapais bien à la machine, j'avais des notions de sténo, le poste tant convoité de secrétaire à l'état-major de la Défense nationale ne pouvait m'échapper. Un colonel me reçoit, plein d'affabilité, trop affable peut-être, mais j'étais naïf et spontané. En tout cas, je ne pouvais pas deviner dans quel piège j'allais me fourrer. Il se trouve, en effet, que la caserne Tourville abritait aussi la DGSE, le contre-espionnage, et ne pouvait se permettre d'accueillir n'importe qui, fût-ce à un poste subalterne. L'entretien se passa si bien que j'étais sûr d'être pris. Au moment de le clore, le colonel jovial me demande (il a des articles à me faire rédiger) si je peux me recommander de quelqu'un dans le journalisme. Je cite étourdiment le nom de Jacques Doniol-Valcroze, et j'insiste : critique de cinéma à *France-Observateur*. « Un ami », dis-je, sottement, sans penser à la coloration du journal. « Très intéressant, me dit le colonel. Oui, je crois que je le connais aussi. Attendez un moment dans la pièce à côté. » Il se lève, me sourit et me serre la main. Je sus aussitôt que tout était fichu. J'avais fait le malin. Le « Jacob, vous connaissez le tarif » du professeur Morrisset n'étais pas si loin…

Après quelques jours à Dupleix, j'ai été envoyé à l'hôtel de Sens, rue de Varenne, pour être planton-secrétaire à l'état-major particulier du maréchal Juin. Alphonse Juin, maréchal de France, était, lui aussi, en pénitence et je ne risquais pas d'apprendre à son cabinet des secrets d'État : René Pleven, ministre de la Défense, avait naguère déploré une prise de position politique de Juin dans *Le Figaro* et l'avait convoqué sèchement. « Désolé, avait riposté Juin, un maréchal de France ne se convoque pas comme un trompette ! » Cependant le maréchal avait droit à un cabinet et il n'était pas question de le lui supprimer. C'est dans cette atmosphère de guerre ouverte que je me présentai à mon supérieur hiérarchique, le lieutenant Dewasnes, que je saluai réglementairement.

Le lieutenant Dewasnes avait la taille petite mais le bras long. Il vérifia que mes souliers étaient bien cirés et m'installa à un bureau équipé d'une vieille Underwood. Puis il me fit taper des rapports classés *Secret-défense*, dont je m'aperçus par la suite qu'ils n'étaient que le résumé des « bleus » des ambassades. Je m'acquittais consciencieusement de cette tâche mais seulement après avoir installé chaque matin sur ma machine un bristol que j'intitulais *Permission de nuit.* Je le lui faisais signer et, une fois empoché ce sauf-conduit, je me livrais, rassuré, à mes petits travaux.

Un jour, une tête souriante et ébouriffée qui était l'exact sosie de l'actrice Delia Scala passa la tête par l'entrebâillement de la porte, sans doute pour découvrir à quoi je ressemblais. Elle me planta son regard amusé au fond des yeux et éclata de rire. Je sentis mon cœur battre à tout rompre et mourais d'envie de faire la connaissance de la jeune personne qui se payait ainsi ma bobine... Comme elle était adorable, je ne tardai pas à l'adorer : il se trouve qu'elle est devenue ma femme, quatre ans plus tard, et que nous ne sommes plus quittés depuis cinquante ans, mais comme notre histoire lui appartient autant qu'à moi, je respecterai son désir de ne pas dévoiler notre sphère privée.

Adieux déchirants

En treize mois, j'ai dû apercevoir Juin trois fois. Je lui fus enfin présenté et eus le privilège de presser sa main gauche, la droite, gantée, éprouvant une difficulté motrice. Je terminai mon temps en sortant avec Jeannette, en prenant des nouvelles du bureau et en me faisant classer au tennis.

Puis je rentrai chez moi. Quartiers d'été à Villers-sur-Mer. Tennis à outrance. J'étais assez fort en double et je participais aux tournois de la côte normande, la vie continuait.

Mais les événements d'Algérie en étaient arrivés à des opérations militaires. Une guerre qui n'osait pas dire son nom et sur laquelle les gouvernements successifs de la Quatrième République se cassaient le nez. Comme toujours dans les guerres coloniales ou postcoloniales, les généraux réclamaient des renforts. On leur envoyait les soldats du contingent et, malgré quelques remous dans la presse de gauche, personne ne mouftait. Je passai un été d'inquiétude à évaluer les rumeurs alimentées par des indiscrétions. Edgar Faure était à présent Premier ministre, un Premier ministre au zozotement prononcé, et qui s'était fait connaître par une formule radicale-socialiste, *l'indépendance dans l'interdépendance...*

Allait-il rappeler des réservistes sous les drapeaux ? Le résultat ne se fit pas attendre : en juillet, on apprit qu'on ne rappelait pour l'instant qu'une seule classe d'âge, cette classe était la dernière libérée, devinez laquelle : la 53/2, vous avez gagné !

J'étais perdu.

Le papier sous enveloppe cachetée bleue que je connaissais bien fut glissé, fin août, sous notre porte. Je devais gagner sans délai la caserne de Vincennes d'où le contingent partait pour l'Algérie.

Je vivais alors moitié chez mes parents, moitié chez ma future fiancée qui habitait boulevard Murat. Chaque soir, comme on était supposés embarquer dès le lendemain, on nous envoyait embrasser nos familles. Chaque soir donc, je dînais d'abord rue Raynouard où ma mère me préparait des petits plats, puis à nouveau à Murat, où Jeannette n'était pas en reste. Double sollicitude envers le soldat en partance pour la guerre et désir de n'être pas surpassé par l'autre camp. Cette alternance de repas succulents et d'adieux déchirants me fit prendre six ou sept kilos – et je ne partais toujours pas : le cher lieutenant Dewasnes avait fait jouer ses réseaux. Le capitaine de Vincennes me prit comme conseiller cinéma – je ne parlai pas de Doniol-Valcroze ! Il fallait penser au moral des troupes et, dans la journée, j'allais chercher des films pour les présenter à mes camarades. Pas de *Quai des brumes* ni de *Jour se lève*, surtout, pas de ces films aux accents défaitistes ou antimilitaristes, non, des comédies comme pouvait en produire la Gaumont ou des films d'aventures américains. Quatre mois plus tard, j'étais bouffi, mais libre. Et je considérais que, côté service militaire, j'étais quitte.

29

Coup de torchon sur *Heaven's Gate*

Amoureux d'Isabelle Huppert

« *Bloody Frenchman* », a grommelé la voix. Et elle a ajouté un mot bizarre, quelque chose comme « *froggy* »...

Onze heures d'avion pour voir un seul film, on trouvera peut-être que c'est cher payer. Pas si c'est *Heaven's Gate* (*La Porte du paradis*, 1981), le provocant chef-d'œuvre de Michael Cimino. Pour avoir adoré *The Deer Hunter* (*Voyage au bout de l'enfer*), je le tiens pour un géant de la mise en scène. Cimino, de son côté, n'en fait pas mystère : il est l'homme qui veut surpasser Coppola.

Novembre 80, aéroport de Los Angeles. Sylvette Desmeuze, mon assistante à Hollywood, me conduit directement à la grande salle de projection de la MGM, à Culver City, photos de stars en évidence. On m'a réclamé le secret, ça me va. Ce n'est plus Ernst Goldschmidt qui est en charge aux Artistes Associés, mais Michael William Jones, lequel m'accueille à bras ouverts, à la manière américaine qui n'engage à rien, et on lance la projection. De ce film-fleuve (3 h 39), je ne sais pas grand-chose : qu'il est très ambitieux, que l'auteur a voulu raconter l'épopée des pionniers du Wyoming au tournant du XIXe siècle, qu'il a fait ouvrir le champagne quand le budget (je ne parle jamais d'argent, sauf quand un coût passe de sept à quarante millions de dollars) a battu celui d'*Apocalypse Now*, qu'enfin il est tombé amoureux fou d'Isabelle Huppert... (Dans ce genre de mégafilm, on passe des mois à tricoter sur le plateau, mais pour une jeune actrice française, tourner avec Cimino...). Je sais aussi, par les journaux, que le film vient de se casser la figure à New York : accueil catastrophique tant critique que public, ce qui ne veut rien dire.

De fait, l'ampleur, la force des images sont au rendez-vous, on le voit dès la scène du bal, au début, le talent de Cimino explose sur l'écran en une série de séquences époustouflantes. J'imagine déjà le film dans la grande salle de Cannes et je m'abandonne passionnément à une exaltante euphorie.

Au bout d'une heure de projection, un brouhaha. Des éclats de voix. La porte qui s'ouvre violemment, la lumière qui se rallume, le film interrompu. À côté de l'écran, dans la pénombre, un personnage qui gesticule et je comprends, à l'air embarrassé des pontes des Artistes Associés, que l'auteur, Michael Cimino en personne, vient de faire son entrée. En revanche, j'ai du mal à comprendre ce qu'il vocifère. Sylvette me dit qu'il se plaint de n'avoir pas été prévenu. J'entends « *Bloody Frenchman* ». Je me garde d'intervenir. Mais la moutarde me monte au nez : tout ce voyage pour rien ! Je fais les cent pas au fond de la salle quand un des *executives* s'approche, penaud – ce n'est rien, juste un peu d'énervement... Je lui réponds froidement que j'ai pour habitude d'être du côté des artistes et que je préfère me retirer. Je répète ma rengaine, onze mille kilomètres, ce seul film au programme. Comme pour me démentir, l'*executive* m'entraîne vers une autre salle, *le temps que les choses s'éclaircissent*, m'assurant qu'il s'agit d'un malentendu. En attendant, il souhaite me montrer un autre film... Il s'agit de *Cutter's Way* d'Ivan Passer, un film drôle, érotique, savoureux, personnel, que j'apprécierai bien plus tard, mais, pour l'heure – l'auteur voudra bien m'excuser –, je ne *vois* pas le film, je passe en revue ce qui a bien pu se tramer, je tire des plans sur la comète, mais rien ne vient qu'une poussée d'adrénaline.

Nouvelle interruption. Le type des Artistes réapparaît, triomphant : Cimino accepte de me montrer le film mais il veut me montrer *sa* version, dans *sa* salle. « Et elle est où, *sa* salle ? — Par là (un geste), Sylvette va vous conduire. » Elle m'apprend que c'est à l'autre bout de la ville, j'imagine à trente kilomètres. Il est pour moi six heures du matin, je suis debout depuis vingt-quatre heures, mais je décide d'aller au bout du cauchemar. On plante là ce pauvre Cutter qui a déjà perdu un œil, une jambe et un bras à la guerre et on achète un sandwich.

Réconciliation ?

Nous voici dans une petite salle de North Hollywood où attend, dans le hall, toute l'équipe (bigarrée) de Michael Cimino. Je passe dignement devant tout le monde et m'affaisse dans un des sièges au milieu de la salle. Je suis seul à mon rang, avec Sylvette, mais je sens, dans mon dos, quand la lumière s'éteint, l'énergumène de tout à l'heure, accompagné de ses acolytes. Surprise : on recommence le film à la première image... Je souffle à Sylvette : « Oh, non, pas *depuis le début* ! » Mais Sylvette ne bronche pas. Abrégeons : je m'aperçois vite que cette copie est *rigoureusement* la même que celle dont nous venons de voir une heure, il reste donc deux heures trente-neuf... J'ai une théorie : si l'on s'endort à un film, le film vous investit quand même. Mais, avec Cimino juste derrière nous, et après l'histoire que j'ai dite, impossible de s'accorder le moindre congé, cependant que le film redéploie sa foule de personnages, son architecture romanesque, la splendeur de sa mise en scène..

Le hic dans les projections auxquelles le metteur en scène assiste, c'est que le spectacle est gâché par l'inquiétude. La recherche de ce qu'on va bien pouvoir dire à la fin. Du temps où j'étais critique, je connaissais par cœur toutes les issues de secours : de la salle Lincoln, où on accède seulement par un ascenseur, au Studiorama (où Rissient et Tavernier se mettaient l'un derrière l'autre pour qu'aucun critique ne leur échappât), en passant par le Club de l'Étoile, l'Élysée Biarritz, le Club 13 ou la salle Ponthieu. Si je le voulais, je me retrouvais sur le trottoir avant même les derniers crédits du générique de fin, mais ici c'est une autre histoire..

Ici, je suis bel et bien prisonnier de Cimino *and co.*

À la fin, la lumière se rallume et l'équipe s'égaille dans le hall. Je suis exténué mais ébloui. Je décide tout de même de me venger. J'ai une idée. Je reste assis, la tête dans les mains, à l'ébahissement de Sylvette. Et j'attends. J'attends cinq bonnes minutes. Il faut que Cimino paie, et ce n'est pas cher payer. Au bout des cinq minutes, je sors lentement, les yeux baissés, je sens que tout ce petit monde me fixe, attentif, inquiet peut-être, je me dirige droit sur Cimino, la tension est énorme, je lui dis que je viens de voir un chef-d'œuvre, et soudain nous tombons dans les bras l'un de l'autre, pendant que l'équipe, aussitôt contaminée par notre émotion, se tape joyeusement dans les mains. Je déclare à voix haute que le film *est* à Cannes et je demande la permission de me retirer, vu l'heure, ajoutai-je, croyant être spirituel. « Il n'en est pas question », dit Michael, incroyablement disert à partir de cette minute et débordant d'amour d'autrui : « On m'avait bien dit que je pouvais vous faire confiance, on ne va pas se quitter comme ça. Il faut *cé-lé-brer.* » Michael veut nous emmener dîner. Un restaurant yougoslave, son quartier général et celui de Joann Carelli, sa productrice. Spécialités serbo-croates : un honneur ! Et où est-ce ? À l'autre bout de la ville. Non, je plaisante, à dix minutes, un quart d'heure. On part. On y est. Salle enfumée, bruit dix fois plus éreintant que celui du film (il y a eu quand même une différence avec la projection des Artistes : on a poussé la stéréo à fond), champagne, cris, rires, embrassades, toasts. Spécialités à la crème et alcools forts : je vous fais grâce des ingrédients ; dommage qu'on ne parle jamais de gastronomie dans les autobiographies, sauf chez Proust, mais je n'étais pas en état de noter ce que j'ai avalé cette nuit-là, ou était-ce déjà le jour suivant ?

Au bout d'une heure de ce régime étouffant, je pense tout à coup à mon nombre d'heures sans sommeil et je manque me trouver mal. Sylvette s'en aperçoit, prend congé, me dépose à mon hôtel.

Le lendemain, qui est le jour du départ, Michael William-Jones m'annonce que Cimino… ne veut plus venir. Il y a de nouveau du tirage. Encore ! Je commence à voir rouge. Comment imaginer qu'il pousserait à ce point le mimétisme avec le cirque que m'a fait Coppola, dont la réitération m'épouvante. Heureusement, mon vol n'est qu'à vingt-deux heures. Au bureau de Michael, la réceptionniste nous sourit : non, Michael n'est pas là, il sera sans doute absent toute la journée. J'attrape une chaise, je la place en travers de la porte, je m'assieds calmement et j'annonce, d'un air que je veux le plus terrifiant possible, que je ne partirai pas « avant d'avoir vu M. Cimino ». L'heure du déjeuner approche, la fille essaie de parlementer, mais je n'en démords pas. Après bien des palabres et des coups de fil, Cimino finit par se pointer. On passe dans son bureau. De nouveau, Michael est distant. Je le suis aussi. Que s'est-il passé ? Encore des micmacs avec les Artistes contre lesquels il remâche ses griefs. Une conférence téléphonique entre les belligérants ne fait pas progresser les choses et je comprends que Cimino n'est pas près de céder aux demandes du studio. Le temps s'écoule. Michael finit par se radoucir et j'obtiens qu'il m'envoie une lettre acceptant mon invitation. Mais cet ultime (?) feu vert est assorti d'une condition : le patron des Artistes, Norbert Auerbach, devra venir en personne présenter le film à Cannes dans la version intégrale, la *director's cut*, comme on disait déjà. Signe de réconciliation ? Non, signe que Cimino a gagné la bataille de l'international (le film s'est de nouveau écrasé à New York dans une version raccourcie par Cimino lui-même, presse hostile, public inexistant). Cette issue, tenant du miracle, me convient tout à fait.

Quand Isa fait la tête

La présentation au Festival me procurera d'autres frayeurs : Isabelle Huppert est en plein tournage au fin fond de l'Afrique (sur *Coup de torchon)*, et Bertrand Tavernier, peu disposé à faire une fleur à une Major, n'est pas prêt à laisser partir son actrice, fût-ce pour deux jours. Heureusement, Adolphe Viezzi, son producteur et mon ami, accepte de coopérer. Il faut que le studio frète un avion privé, qu'Isabelle prenne une voiture en pleine brousse qui la conduise au petit coucou qui l'emmène à l'avion de ligne et ainsi de suite jusqu'à Cannes, idem pour le retour. Les Artistes paieront les frais, et jusqu'aux heures perdues des autres acteurs (ils n'en sont plus à cela près : au cinquième jour de tournage, Cimino avait déjà quatre jours de retard sur le plan de travail). Mais là encore Tavernier n'est pas emballé. Alors, j'ai une idée : j'appelle Isabelle, je sais qu'elle meurt d'envie de venir : un film pareil, un rôle pareil, comment résister ? Je lui suggère de… bouder. « Quoi ? — Oui, de bouder. Vous faites la tête. Un jour, deux jours, c'est bien le diable si, à ce moment-là, Bertrand ne craque pas. »

Il craque.

À peine arrivée à Cannes, Isabelle se fait coiffer, maquiller, passe une robe, retrouve Michael. En route pour les marches. En route pour la gloire. Projection grandiose. Salle sous le choc. Conférence de presse où Auerbach affiche un contentement de façade. En fait, il sait déjà qu'il est condamné. Qu'il doit rendre son tablier. Les Artistes Associés, la compagnie créée en 1919 par Mary Pickford, Douglas Fairbanks, Chaplin et Griffith, manque de sauter sur ce fiasco abyssal, et sera reprise partie par Transamerica, une compagnie d'assurances, partie par MGM (qui récupère le catalogue), mais ce ne sera jamais plus la même chose…

Coup de torchon, en revanche, ne sera pas l'ultime avatar du désastre Cimino. Isabelle s'empresse de reprendre son avion. Isabelle ne boude plus.

30

La présidence Adjani

Oui, cent fois oui

Que d'honneur ! Que d'honneur ! a répondu Isabelle Adjani, quand nous lui avons proposé la présidence du jury, en 90. Suivait une jolie formule : *Comment ne pas avoir envie de croire à sa propre gloire ? Comment ne pas avoir besoin de ne pas y croire ?...* Elle ne se sentait *pas digne de cet événement, pas encore,* et nous demandait d'être patients. En septembre 97, nouvelle tentative : cette fois, le cinquantième anniversaire ne se refusera pas ! Après avoir encore hésité, Isabelle avait fini par dire oui, mi-octobre. Tout d'un coup, c'était oui, cent fois oui. Elle brûlait même d'annoncer la nouvelle, là, tout de suite, car *sinon, je me connais, je vais promettre autre chose ou je finirai par ne plus en avoir envie...* Mais on devait respecter les préséances, convoquer le conseil d'administration pour qu'il donnât, ou pas, son assentiment ; il le donna, à l'unanimité.

Isabelle manifesta deux souhaits : être entourée d'un jury jeune ; un jury composé uniquement d'artistes. Cela nous convenait à merveille. Elle voulait aussi être consultée sur sa composition. On a dit oui pour la lier encore davantage. Erreur. Comment imaginer que, dans sa quête d'absolu, bien peu trouveraient grâce à ses yeux ? Ou alors seulement des personnalités que nous aurions volontiers enrôlées nous-mêmes mais qui se révélèrent indisponibles : Emma Thompson, ma chère complice, avec qui j'entretenais toute une correspondance, Jodie Foster, maintes fois sollicitée, mais cela ne donna rien (Jodie voulait être présidente).

Nous échangions des listes avec sérieux et professionnalisme même si certains noms n'avaient pas l'heur de lui plaire. Isabelle écarta des réalisateurs, sauf Arnaud Desplechin qui finit par se désister. Elle aurait aimé avoir Ralph Fiennes, mais lui n'était pas libre. Ralph appartenait à cette race de comédiens (anglais) qui l'attiraient et par lesquels elle souhaitait, plus ou moins consciemment, assouvir une revanche.

Femme trahie, ce n'était pas la situation de Kristin Scott-Thomas qu'Adjani désirait si fort, et je compris que Kristin, associée, au même titre que Ralph, au succès du *Patient anglais*, correspondait à une stratégie : braver Daniel Day-Lewis. Seulement, Kristin attendait d'un instant à l'autre d'être engagée par Redford; fine mouche, elle lui fit part de notre proposition, qui eut pour effet de faire signer son contrat au galop.

Chance pour nous, j'avais déjà l'accord de Gong Li, de Mike Leigh, de Nanni Moretti, et enfin de Mira Sorvino. Mira terminait un film le jour même de l'ouverture, mais, heureusement, elle mourait d'envie d'être au jury...

Adjani ? Vous voulez rire !

La suite, les semaines ou plutôt les mois où nous nous sommes vus, mirent mon flegme à rude épreuve mais nous étions résolus à dire oui à tout – ou presque. Un jour de contrariété, j'écrivis à Isabelle que le conseil avait défini une charte du jury idéal et qu'à l'intérieur de cette charte, nous étions contents qu'elle donne son avis. Cette mise au point la rendit adorable comme elle sait si bien l'être pourvu qu'on en passe par ses quatre volontés.

L'agréable avec les écrivains, c'est qu'ils se décident en un instant. Ce fut le cas pour Paul Auster, et Isabelle accepta d'aussi bonne grâce Michael Ondaatje, suggéré par Auster. Nous nous mîmes d'accord sur Luc Bondy, Chéreau étant supposé comme trop proche d'elle depuis *La Reine Margot.* Et sur Tim Burton qui se révéla exquis, lunaire, et d'une insubmersible hilarité.

On désespérait pourtant de trouver un Français. À la suite d'un dîner en ville, le nom de Patrick Dupond sortit du chapeau. Je n'aimais pas son agent, aux exigences insupportables, ni qu'il considérât le marché comme conclu. Le pompon fut quand je lui demandai une bio de quinze lignes. « Ça va être dur, répliqua Patrick : elle fait trois cent cinquante pages... » Trop tard pour reculer.

C'est ainsi, parfois dans la douleur, en tout cas laborieusement, que se constituent les jurys.

Retombées d'Hollywood : *Adjani? Vous voulez rire! Trop fantasque... Gilles est fou, elle annulera au dernier moment.* Toutes choses à faire frémir un directeur de festival. Je frémissais, mais depuis le début de cette relation amour-haine, j'avais le sentiment qu'Isabelle ne nous trahirait pas. Bien sûr, on n'en parlait pas, mais l'un comme l'autre avions conscience que cette présidence allait redorer sa renommée. À condition de bien jouer la chose. Et pour bien jouer, on pouvait lui faire confiance...

Isabelle, d'ailleurs, ne se contentait pas de jouer, elle savourait la situation. Elle s'était renseignée sur les caprices des stars qui avaient présidé le jury, et elle réclamait la même chose, plus une. Par exemple, si on autorisait les jurés à s'installer, le matin, dans la loge réservée au maire de Cannes et aux officiels, elle voulait qu'ils l'occupent à toutes les séances, eux et personne d'autre. Mais elle n'avait pas prévu que des cinéphiles viendraient la mitrailler avec leur petit appareil jetable. Elle demanda qu'on les chasse, et réclamait Kim à cor et à cri. Kim n'est pas une friandise de l'entracte, mais le garde du corps préféré de Catherine Deneuve. La confrérie des cascadeurs dont Kim était issu est un milieu fermé comme un œil au beurre noir. Mais c'était du passé. À présent, Kim était devenu un héron. Il restait des heures sur un pied, à six pas d'Adjani, à inspecter la foule, comme il le faisait pour Deneuve. Kim avait compris qu'un sourire ouvre plus sûrement la voie qu'un coup de boule en pleine figure. Mais il pouvait encore vous l'expédier en cas d'absolue nécessité.

Isabelle est arrivée par le Train bleu, quatre jours avant l'ouverture. Elle a failli manquer l'arrêt à Cannes parce que ni elle ni sa secrétaire ne se sont réveillées. Alors elle a enfilé quelque chose en hâte, s'est coiffée d'un bibi improbable et a sauté sur le quai, un peu vexée, décidément, de ne pas avoir à affronter la meute des photographes.

Pour loger tout son petit monde, son fils, la nanny, son assistant et des groupies, il lui fallut plus que la suite présidentielle. Il lui fallut aussi deux fax, un four à micro-ondes, des lignes téléphoniques directes, toute une batterie d'équipements. Comme pour tenir un siège ?

Elle s'était installée, puis avait terminé la jonchée d'interviews qu'elle était convenue d'accorder à une presse peu habituée à une telle aubaine : une présidente à leur entière discrétion pourvu qu'elle pût relire ses phrases, choisir les photos, adoucir les éclairages. Mais, au total, un nombre incalculable de photos à la une, de reportages, d'émissions, une opération main basse sur les médias pour le plus grand bien de l'intéressée comme du Festival. Jamais on n'avait tant parlé de Cannes, jamais on n'avait tant annoncé, écrit, publié. Isabelle avait l'élégance et l'intelligence de ne pas se répéter. Pour le cinquantième anniversaire, elle avait payé de sa personne et on pouvait déjà tout lui pardonner. Enfin, tout…

Le régime d'Erik Satie

Le jour de la première réunion, Isabelle descendit deux étages et entra dans la suite 329. Après nos souhaits de bienvenue, elle prit la parole d'une voix douce, cherchant à s'imposer. Elle avait consenti à un jury d'artistes, mais elle était trop fine pour ne pas sentir qu'ils allaient lui donner du fil à retordre. Elle commença par demander qu'ils restent groupés le plus souvent possible. Par exemple, elle proposa que le jury voie les films à la même séance et pourquoi pas celle de huit heures et demie, à laquelle elle-même comptait assister. Ensuite, on pourrait enchaîner par la séance de onze heures, après un petit en-cas. Personne n'osa piper. Mais la présidente avait d'autres soucis, elle n'avait ni l'intention ni d'ailleurs le temps de se faire belle deux fois par jour et elle arriverait au Palais par-derrière, un bonnet jusqu'aux yeux. Elle voulait surtout recueillir les avis dès la fin des films pour éviter les revirements, les pressions – et aussi que des clans ne s'organisent. C'est l'abc du parfait président. Mais, poussée à l'extrême, l'affaire virait à la caricature : elle convoquait le jury toutes les quarante-huit heures, alors qu'ils n'avaient pas vu beaucoup de films dans l'intervalle. Au fil des jours, les choses empirèrent : *Pourquoi ne prendrait-on pas le petit déjeuner ensemble? Voulez-vous qu'on se retrouve, le matin, à huit heures moins le quart?* Ensuite, la diététique : Erik Satie ne se nourrissait, paraît-il, que d'aliments immaculés – noix de coco, navet, riz, fromage blanc; à l'époque, Isabelle suivait un régime à base de radis, poivrons grillés et protéines de synthèse qu'elle se faisait réchauffer dans le fameux four à micro-ondes. Soucieuse de la santé de son jury, elle suggéra donc que tout le monde se mette aux radis-poivrons. Pensant au contraire à la résistance physique et nerveuse, la secrétaire fit rajouter d'autorité de petits plats de pâtes.

31

Viennoiserie

C'est un plan fixe de 1 minute 38 secondes et 41 centièmes. Dans un cimetière de Vienne, une allée bordée d'arbres, vers la fin de l'automne. Le ciel est bas, les ombres sont longues. Des feuilles mortes tournoient vers le sol. Pendant toute la scène, on entend une ritournelle aigrelette qui fera le tour du monde. À gauche de l'écran, un homme avec un sac de voyage s'est posté, appuyé sur une petite carriole qui traîne là. Le suspense est total. Que veut-il donc ? Il attend qu'arrive à lui une silhouette qui vient de l'horizon et qui, peu à peu, grandit. C'est celle d'une femme – la femme qu'il aime secrètement. Elle approche, elle a une classe folle, un sac en bandoulière, un chapeau clair à large bord orné d'un ruban sombre, des boucles brunes dans le cou, un manteau trop long comme en portaient les réfugiées à la fin des années 40, et elle s'avance. Minute d'éternité pour le personnage masculin. Va-t-elle lui adresser la parole, lui pardonner d'avoir laissé tuer son amant ? Non, elle presse le pas, passe devant sans lui jeter un regard, puis disparaît à jamais par la droite de l'écran. L'homme a reçu ce mépris en pleine figure. Il n'a pas bougé, pas soufflé mot. Il sort un paquet de sa poche et allume lentement la cigarette de la solitude.

C'est le dernier plan du *Troisième Homme* de Carol Reed (grand prix du Festival de Cannes en 1949) : il est beau, il est fatal, il ne finira jamais. Lui, c'est Joseph Cotten, elle, Alida Valli, et c'est sublime.

32

Le palmarès

Villa Domergue

« Je vote pour le metteur en scène… iranien ! »

Nanni Moretti tirait de son passé gauchiste une rhétorique quasi infaillible pour faire triompher ses champions. L'un d'entre eux, en tout cas, car il était plus réservé sur la plupart des réalisateurs en compétition cette année-là. Son protégé, c'était Abbas Kiarostami dont tout le monde connaît la filiation rossellinienne : un humaniste sous le magistère des mollahs.

Le nouveau film d'Abbas, *Le Goût de la cerise*, interdit d'exportation pour des raisons fallacieuses, était arrivé à Cannes in extremis et même après, puisque la compétition était déjà commencée. Un personnage unique roule une heure en voiture à la recherche d'un endroit pour se suicider… Ce n'est certes pas un film facile, mais je ne m'étais pas démené comme un malade pour l'obtenir, allant jusqu'à écrire une lettre personnelle au ministre iranien de la Culture – et Dieu sait s'il m'en avait coûté ! –, pour ne pas tenter le pari de la compétition. De là à imaginer qu'au Festival, personne ne quitterait la salle et que le film remporterait la Palme d'or…

Donc Moretti, Adjani et les autres se retrouvent autour de la table des délibérations, villa Domergue, sur les Hauts de Cannes. C'est là que, depuis une dizaine d'années, le Festival réunit son jury le dernier jour. Jardin à l'escalier majestueux, jeux d'eau en cascade, parterres de fleurs, vue sur la baie, la villa a été reprise par la municipalité après la mort de Jean-Gabriel Domergue. Personne n'y a ses quartiers même si, à l'étage, s'ouvrent deux belles suites avec salles de bains. Les maires successifs ont utilisé l'endroit pour leurs réceptions, leurs hôtes de marque, voire, concernant l'un d'eux, ses fredaines. Le personnel assure le service impeccablement, époussette les grandes toiles du peintre, et observe une discrétion méritoire. Ce matin-là, comme c'est l'usage, les représentants du Festival – délégué, secrétaires, traducteurs – arrivent les premiers : ultimes préparatifs, recherche d'hypothétiques micros, patrouilles dans les jardins.

Arrivée des voitures officielles ; on dirait un conseil des ministres à la prison des Baumettes. L'un après l'autre, les jurés ensommeillés s'extirpent des limousines ; ils passeront la journée coupés du monde, portables confisqués : le secret doit être gardé jusqu'au soir. On sort les affaires, on range tenues de soirée et petits pots de maquillage, on visite les lieux. Mais l'heure n'est pas au *farniente* : tout le monde a conscience de l'enjeu.

Dans la pratique, il existe deux manières de décider. L'une est de voter prix par prix, en commençant par la Palme d'or ; l'autre est de lister, parmi les vingt ou vingt-deux films de la compétition, lesquels pourraient obtenir l'un des cinq prix principaux (Palme, grand prix, mise en scène, les deux prix d'interprétation) sans ordre établi pour l'instant. Dans ce cas de figure, on présuppose qu'aucun des films qui comptent le plus ne sera oublié. En fait, Isabelle n'avait opté ni pour l'une ni pour l'autre des solutions : elle naviguait à l'estime. Sans voir que le danger était grand que s'envole la Palme que, de notoriété publique, elle convoitait pour *The Sweet Hereafter (De beaux lendemains)*, d'Atom Egoyan, film par ailleurs beau et puissant. Mais, surprise, au tour préliminaire (vote indicatif), ce fut le film de Shōhei Imamura, *L'Anguille*, qui récolta le plus de voix : on crut alors qu'il allait rafler facilement la Palme.

C'était compter sans l'habileté manœuvrière de Moretti. Nanni cherchait à tout prix l'égalité. Son insistance persuasive allait catapulter peu à peu Kiarostami de une à cinq voix. Isabelle et Nanni se lancèrent alors dans une campagne destinée à faire agréer le principe d'un ex aequo qui avait d'autant moins lieu d'être qu'en votant film par film, *L'Anguille* passait haut la main, dès le premier tour.

D'où vient qu'Isabelle se soit laissé à ce point abuser ? Elle avait peut-être cru que l'amour résoudrait tout. L'amour pour elle. La fameuse logique du qui m'aime me suive ! Est-ce que Moretti l'aimait ? La question ne se posait même pas. Mike Leigh alors, ou Paul Auster ? Foutaises. Pouvait-on déduire de cette stratégie que sa force de séduction viendrait à bout des incrédules ? Mais la détermination égocentrique ne suffit pas pour infléchir autrui, comme par un coup de baguette magique.

Trahison italienne

Comme souvent, la discussion fut longue, confuse, parfois véhémente, avec ses éclats, ses scrutins interrompus, ses explications de vote, ses rappels au règlement : il stipule en effet que, sauf dérogation, la Palme d'or ne peut être attribuée ex aequo. Je pensais pour ma part que le prix au seul Imamura, pour un film qui n'est pas son meilleur, serait mal vécu par la presse. Mais, fidèle à mes principes, je me gardai bien d'intervenir et j'accordai une dérogation qui me fut ensuite reprochée par certains (couper la Palme en deux affaiblit sa portée). De son point de vue, l'erreur tactique d'Isabelle aura été d'accepter le principe de l'ex aequo sans s'assurer que cette demi-Palme irait bien à son poulain. Car, une fois le vote obtenu, Moretti bascula sans crier gare sur Imamura qui l'emporta. Ce fut donc : Palme d'or, Kiarostami/Imamura ; grand prix du jury, Egoyan. Isabelle avait perdu, il ne lui restait plus que ses beaux yeux pour pleurer et Moretti à haïr (dans les interviews post-Festival, elle le traitera de Machiavel). Il ne fallait donc pas s'étonner qu'elle fût comme une pile électrique quand on en arriva au prix de la meilleure actrice, un prix qui lui tenait à cœur. Ni que le prix soit finalement attribué à une comédienne dont le rôle – en fait, un second rôle ! – la destinait davantage à une médaille SOS femmes battues qu'au prix d'interprétation du plus grand festival du monde… C'est ainsi qu'à peine débarbouillée des ecchymoses du tournage, l'Anglaise Cathie Burke monta sur la scène du Palais pour sa composition dans le film de Gary Oldman, *Nil by Mouth* (*Ne pas avaler*).

Cette récompense faisait aussi l'affaire d'un juré dont je n'ai guère parlé : Mike Leigh, vainqueur de l'année précédente, ravi de voir primée une « payse » qu'on aurait juré sortie d'un de ses films. La vérité oblige à ajouter que, gonflé à bloc par sa Palme, il avait changé : la conscience de sa valeur était devenue égale au soin qu'il apporte à sa barbe. Donc le cinglant Mike ne cessa de jouer les railleurs, et, pendant ces douze jours, de morigéner Isabelle pour un oui ou pour un non. S'entendre n'est pas toujours facile. Comme elle non plus ne pouvait pas l'encaisser, elle répondait du tac au tac. Alors il la bombardait d'explications d'une ironie glacée, se comportant comme si c'était lui le président. Elle finira par se venger, d'un trait acerbe, en le traitant, dans *Le Journal du dimanche*, de « nain de jardin »… C'était bien envoyé.

Comment une artiste aussi intelligente ne maîtrisa-t-elle pas davantage la conduite du palmarès reste un mystère. À vouloir tout régenter, tout administrer, Isabelle avait abordé le dernier jour avec deux handicaps : elle avait trop tiré sur sa batterie ; elle s'était mis le jury à dos.

Ce fut donc dans une sorte de torpeur essoufflée que la présidente essaya de trouver ses mots. Elle voulut, en anglais, donner la parole à l'un puis à l'autre, puis intervenir à son tour, mais devant les Moretti et Mike Leigh qui la guettaient, elle était devenue la petite chèvre de M. Seguin. J'étais assis près d'elle. J'aurais voulu l'encourager, la rassurer, la prendre dans mes bras, lui dire que je l'aimais, mais le plus loin que je m'aventurais, ce fut de lui toucher la main comme par mégarde pour lui redonner un peu de cette vitalité dont j'avais pourtant, moi aussi, bien besoin.

La vie des stars n'est pas un mystère. On ne comprend rien à Isabelle Adjani si on ne tient pas compte des circonstances personnelles, familiales et psychologiques qui l'accompagnent tout au long de son parcours, ni, bien sûr, du tumulte de ses émotions. Tout le monde évolue, Isabelle change sans doute plus souvent que d'autres et, de toute évidence, l'Adjani du jury n'avait plus rien à voir avec l'Isabelle qui naguère illumina le plateau de TF1 pour démentir la rumeur : non, elle n'avait pas le sida ; ni *a fortiori* avec la petite Isabelle qui un jour monta sur les planches du Français, robe blanche et moue innocente, pour devenir célèbre en une réplique : *Le petit chat est mort*… Non, le petit chat n'était pas mort : il venait juste de donner sa langue au public. Plus tard, bien plus tard, est survenue sa hantise de l'âge. Depuis, sa main masque souvent sa pommette comme une voilette d'autrefois. Bonnets et lunettes noires sont devenus des compagnons fidèles. Mais Isabelle demeure une comédienne d'une incroyable acuité et d'une sensibilité à fleur de peau. Cette peau sublime, ce teint si pâle, ce regard myosotis, ce charme, comment leur résister ? Son instinct lui dicte sa conduite, sa lucidité entrave ses élans : c'est ainsi qu'on passe sa vie à tergiverser. Il y a quelque chose d'incompréhensible avec les stars. Brillante, talentueuse, adulée, solitaire, Isabelle me parut, cette année-là, la personne la plus inapte au bonheur que l'on pût rencontrer.

33

Rattrapé par l'Histoire

Le pape est mort! Le pape est mort, et son meurtrier arrêté ! La nouvelle se propage à une vitesse folle. Ah, il est beau, l'an de grâce 81! C'est l'année où Ronald Reagan essuie six coups de feu : l'un d'eux lui perfore un poumon. L'année des vagues terroristes en Iran : le président et le Premier ministre sont tués dans un attentat. L'année de l'assassinat d'Anouar el-Sadate au Caire. Au milieu de toute cette violence, la victoire, le 10 mai, de François Mitterrand.

Notre équipe est déjà à Cannes. Ouverture dans trois jours. Coup de fil du préfet : Jack Lang arrive avec sa smala : Christine Gouze-Renal, productrice, belle-sœur du président, son mari Roger Hanin, Georges Kiejman… « Mais la passation des pouvoirs n'a pas eu lieu ! – Je vous dis que Lang arrive. C'est le futur ministre de la Culture. » Favre le Bret m'appelle : « Je viens d'avoir le CNC, Jack Lang arrive ! » Il y aura deux ministres : d'Ornano et Lang. L'ancien et le nouveau. Nous voilà bien.

Trois frères, que j'avais pris pour l'ouverture, faute d'un film de divertissement, se révèle en l'occurrence un choix opportun. Le film de Rosi est beau, mais surtout il est dominé par la mort. Mort d'une mère dont les trois fils se retrouvent dans leur maison d'enfance, assassinat d'un magistrat par des terroristes. Et le film s'ouvre par la marche funèbre de Charles Vanel dans une crypte que dominent des gisants. On dira, plus tard, que cette scène préfigure étrangement l'entrée de Mitterrand au Panthéon, une rose à la main…

Fin de matinée, quelques heures avant l'ouverture. Lang est dans l'avion. Jean-Paul II ne serait « que » blessé, on a arrêté son agresseur, le Turc Mahmat Ali Agça. « Une balle dans l'abdomen c'est très grave », me dit le commissaire venu discuter sécurité renforcée (référence, *Du rififi chez les hommes* : *une balle dans le ventre, c'est deux heures*). Déjà la rumeur a fait le tour de Cannes. Et j'ai un hoquet qui ne passe pas. Avec Favre Le Bret, nous étudions quoi faire. Une annonce, une minute de silence, un report de l'inauguration, la suppression du dîner ? C'est entendu, si le pape meurt d'ici ce soir, on fera respecter une minute de silence, puis on lancera le film. Rosi est arrivé avec ses acteurs. Il s'inquiète. Toute la journée, le téléphone. Rumeurs contradictoires. D'Ornano ne vient plus. Les nouvelles du pape sont meilleures, puis non. On décide de ne rien changer au programme. Favre Le Bret est allé chercher Lang à l'aéroport. Lang (col Mao) insiste pour monter sur scène avec Giorgio Strehler, son ami, président du jury cette année-là. Et pour faire un discours. *(Moi vivant,* avait dit Favre Le Bret, *la politique ne mettra pas les pieds au Festival.)* Ah ! que la vie est simple…

En 98, Kofi Annan, secrétaire général de l'ONU, est invité à déclarer ouvert le 51e Festival. Dans sa suite au Carlton, Pierre Viot, ancien directeur du CNC devenu (en 84) président du Festival de Cannes, donne un déjeuner en son honneur. Y assistent le préfet, des fonctionnaires des Nations unies, des comédiennes, des membres du conseil, et moi. Au menu : du rouget. J'avale une bouchée et sens quelque chose qui me pique l'arrière-gorge. Je bois, je prends de la mie de pain, je bois une autre gorgée. Mie de pain. Toujours là. Panique intérieure.

C'est le moment que choisit Pierre pour me dire aimablement : « Racontez donc à M. le Secrétaire général comment vous sélectionnez les films. » Situation cauchemardesque. J'émets des borborygmes. Pierre insiste. Impossible d'articuler distinctement. (Qu'a pensé Kofi Annan ? Viot me confia plus tard que lui s'était dit : *Tiens, Jacob est de mauvaise humeur.*) En attendant, mon arête ne passait toujours pas. Imperturbable, Viot changea de conversation.

Au bout d'un temps qui me parut interminable et ayant ingurgité (vieille recette familiale) la mie de plusieurs petits pains, je m'éclipsai. Le concierge de l'hôtel téléphona à un ami oto-rhino. Lequel me reçut aussitôt dans un réduit, son cabinet étant bourré de monde. Lampe de mineur, abaisse-langue : *Ne bougez surtout pas ! Ah aaah ! Tenez, la voilà votre arête. L'arête de rouget est la pire qui soit, courbe et translucide, je la voyais à peine, un millimètre plus bas et il fallait vous endormir. Vous avez de la chance : hôpital, anesthésie. Adieu, l'ouverture du Festival.*

Le soir, comme je l'accueillais sur les marches, il me sembla que le secrétaire général me regardait d'un drôle d'air. Un air intrigué.

Je n'ai plus jamais mangé de rouget de ma vie.

34

Pour l'amour d'Hitchcock

La petite clef de Notorious

1979. American Film Institute, à Los Angeles. Le *Life Achievement Award*[1] est remis à Alfred Hitchcock, lors d'une soirée mémorable. Les Américains sont peut-être un peuple jeune, sans monuments ni mémoire, mais quand ils rendent hommage à un maître du cinéma, tout le monde est là ! Bouffi, malade, le visage empourpré comme une betterave, d'une immobilité confinant à la paralysie faciale, Hitchcock est présent, bien sûr, mais c'est bien tard dans sa vie, trop tard. Quand il pénètre dans la grande salle de l'Académie, toute l'assistance se lève pour l'acclamer interminablement. À la table d'honneur, Ingrid Bergman, Cary Grant, Gregory Peck, Claude Rains, François Truffaut. Derrière, Tippi Hedren que, paraît-il, il déteste. À petits pas minuscules, comme tracté par un dispositif invisible, Hitch rejoint la table où l'attendent aussi sa femme, sa fille Patricia et Lew Wasserman, patron d'Universal, son ex-agent et son ami. On applaudit toujours et comme le Tout-Hollywood j'ai les larmes aux yeux. La liturgie commence. Chaque vedette de ses films monte sur scène à tour de rôle pour dire un compliment. Souvenirs, mots d'esprit, traits d'humour, petits couplets sentimentaux, les dialoguistes ont bien travaillé. Hitchcock regarde chacun de son gros œil de hibou

1. Le prix remis en hommage à toute une carrière.

empaillé, témoin d'un suspense que, pour une fois, il n'aurait pas mis en scène. C'est là que Truffaut, bondissant sur l'estrade, son écharpe de soie blanche roulée autour du cou, dit sa phrase célèbre : « Vous tournez les scènes de meurtre comme des scènes d'amour, et les scènes d'amour comme des scènes de meurtre… » Pour couronner le tout, Cary Grant prononce un mot amical et sort de son gousset un minuscule objet qu'il brandit : la petite clef de *Notorious* que, descendant à la table du maître, il vient rendre à Ingrid Bergman, trente-deux ans après ! Sublime moment. Encore un passage de l'écran à la vie. Hitchcock regarde, œil arrondi : apprécie-t-il ? Il se lève péniblement, dit quelques mots, parle de sa femme Alma, guère plus vaillante que lui.

Mais la présence des stars, la charge affective, l'évidence presque palpable qu'on assistait à une cérémonie funèbre, de celles qu'on ne reverrait jamais plus puiqu'elle célébrait aussi la fin d'un âge d'or, c'était poignant.

Hommages

À Cannes aussi, parfois, le miracle s'est produit.

Je pense à la séance à la mémoire de François Truffaut, justement, quelques semaines après sa disparition. Quand la grande, l'immortelle Jeanne Moreau se mit en tête de réunir sur scène les comédiens et surtout les comédiennes de Truffaut : Fanny Ardant, Catherine Deneuve, Marie Dubois, Nathalie Baye, Dani, Bernadette Lafont, Jacqueline Bisset, Jean-Pierre Léaud, Aznavour, Depardieu, Brialy, Jean-Pierre Aumont, Henri Garcin, Charles Denner, et les autres, sans compter Charles Trenet qui, lui aussi, sanglotait. Une poursuite tombant des cintres matérialisait au sol la présence de François par un rond de lumière, et j'ai commis, cet après-midi-là, l'une des plus grandes erreurs de ma vie de directeur : pour ne pas gêner les spectateurs, j'ai fait repousser les caméras sur les côtés. Par ma faute, la seule image qui subsiste est déformée par la prise de vues oblique…

Oui, nous nous sommes inventé de beaux souvenirs. Lorsque pour le centième anniversaire de la naissance de Charlot, nous avons invité les enfants, les petits-enfants, les cousins, les petits-cousins de Charlie Chaplin – une vraie famille nombreuse. Trois mois pour s'assurer que tout le monde serait là. J'étais en coulisse quand ils sont arrivés. Ils étaient nerveux. Les petits-enfants se cachaient dans les bras de leurs mères, certains commençaient à trouver le temps long. Au signal, chacun s'est avancé sur la scène, calmement. Au nom de la famille, Geraldine a remercié. Simple et digne à la fois. Les Chaplin portent en eux le capital d'humanité et de noblesse que Charlot leur a légué. J'avais demandé, pour casser la solennité, un jouet d'enfant. Un train électrique qui tournerait dans un coin de la scène. Un arrière-petit-fils du « Kid » s'est détaché du groupe et est venu, dos tourné, jouer au train, sans se soucier du public. Depuis, chaque année, Geraldine m'écrit pour mon anniversaire.

Quand les enfants de l'école de jazz de Marciac sont venus jouer de la clarinette en souvenir de Louis Malle…

Quand Charles Vanel a monté les marches au bras de Charlotte Gainsbourg, le doyen et la benjamine des comédiens français, lui le patriarche, elle la timide gamine aux parents célèbres, en un passage symbolique des générations…

Quand Vanessa Paradis, pieds nus, fit la surprise de chanter pour Jeanne Moreau et que les deux actrices, dans un élan fusionnel, la main de l'une dans celle de l'autre, reprirent en chœur *Le Tourbillon de la vie*…

Quand, à la mort de Fellini, nous avons fait installer un rideau de scène où son illustrateur avait peint tous ses personnages. Sur une musique de Nino Rota, nous avions imaginé un spectacle de son et de lumière qui durait trois minutes et qu'on passait tous les soirs dans la grande salle…

Quand mon fils Laurent, à deux reprises, inventa les *Préludes*, petits apéritifs filmés puisant dans le répertoire des grands auteurs, et où les thèmes s'enchaînaient sans qu'on voie la couture : en quelques minutes, le public s'amusait à deviner les films cités et la séance se poursuivait, après cette mise en appétit…

Quand on fêta Michel Piccoli, Alain Resnais, Youssef Chahine, Gérard Oury, Jeanne Moreau – toujours elle ! –, Max von Sydow, Liza Minnelli, Anouk Aimée, Catherine Deneuve, Manoel de Oliveira (pour ses cent ans) en instituant pour ces derniers une Palme d'or à la carrière que les présidents avaient toujours été réticents à offrir, parce que cela se faisait ailleurs…

Quand, enfin, pour le cinquantième anniversaire, on honora les Palmes d'or et on décerna la Palme des palmes à Ingmar Bergman, qui n'avait jamais obtenu la Palme d'or.

Je me dis alors qu'aucun directeur de festival n'a eu autant de chance que moi.

Tac tac tac tac

Le 20 avril 1980, Hitchcock meurt. Nous sommes à dix jours de l'ouverture du Festival. Émotion. Hommages. Son œuvre est de celles qui se prêtent le mieux aux morceaux choisis tant les scènes de bravoure sont nombreuses. Je décide de bricoler en hâte un montage et de le montrer le jour de l'ouverture, en présence de Patricia Hitchcock, sa fille, et de Grace Kelly. Dans un délai aussi court, il faut oublier les ayants droit : nous n'avions même plus le temps de repérer les extraits ni de faire tirer des copies. Je forme une petite équipe, d'abord à Paris, puis à Cannes. Il y a là le musicien Philippe Sarde, par ailleurs un as du montage. Guy Teisseire, critique à *L'Aurore*, qui connaît les films d'Hitchcock par cœur. Enfin, Michèle David, la monteuse de Lautner, qui porte le projet avec moi. On a vu grand. Les bobines arrivent par dizaines. État moyen, le plus souvent. « État moyen », en langage de labo, veut dire mauvais état. Michèle me prévient : on n'y arrivera pas, à moins de couper directement dans les copies. Mais à chaque coupe, on perd une image et ensuite, il y aura une saute, très visible. C'est une hérésie et ça ne se fait pas. Mais Philippe Sarde est fou et je commence à le devenir. Le jour venu, nous sommes prêts. Répétition, le matin même, dans la salle de l'ancien Palais et là, malheur !, les cartons prévus entre chaque extrait pour mentionner le titre du film ont été livrés sans bande sonore vierge. Et alors ? À chaque changement de film, tac tac tac tac, un bruit de mitraillette qui fera sursauter la salle. Le contraire du professionnalisme. Le fou rire avant la panique. Tac tac tac tac : comme si chaque carton nous valait douze balles dans la peau... Philippe Sarde aussitôt se creuse la tête. Il confectionne un petit carton qu'il insérera dans la gouttière du projecteur à chaque fois que le tac tac menace. C'est risqué mais il connaît le film par cœur et le défi l'amuse. De mon côté, digne de mon surnom « ceinture + bretelles », qui dit bien ce qu'il veut dire, je dispose aux quatre coins de la salle mes deux fils et Florence, la fille de Favre Le Bret. Dès la fin de chaque extrait, ils ont pour mission de lancer les applaudissements, histoire de couvrir la rafale intempestive. Et c'est ainsi, grâce à ce double bricolage, qu'Alfred Hitchcock a finalement été honoré et que, sur l'écran du vieux Palais, Cary Grant a pris Grace Kelly dans ses bras, sans bruitage additionnel. (Les titres des films en compétition, cette année-là, résumaient ironiquement notre folle aventure : *Le Saut dans le vide*, *Traitement spécial*, *La Constance*, sans oublier *Le Risque de vivre* !) Aussi, quand Grace Kelly, sourire à damner, m'a tendu la main, au moment de monter dans sa grosse voiture noire, je me suis incliné respectueusement devant la belle princesse, mais je n'ai pu m'empêcher de penser : tac tac tac tac...

35

Jack Nicholson, à l'improviste

Love Story

« C'est une gentille maison que vous avez là », dis-je poliment à Sue Mengers, l'un des agents les plus influents des années 70 ; elle représentait entre autres Barbra Streisand et Peter Bogdanovich, et chez elle se pressait tout Hollywood. J'étais venu à sa réception amené par Catherine Laporte, qui connaissait tout le monde et avait été invitée par Jean-Claude Tramont, réalisateur belge. D'épouser Sue lui avait fait faire des pas de géant, et personne n'avait intérêt à dire devant elle que les films de JC faisaient des fours, car elle était très amoureuse et avait le bras long. « Sue veut te faire rencontrer Ali Mac Graw, m'a dit Catherine. À part deux Peckinpah mineurs, elle n'a rien fait depuis *Love Story*... on va la relancer. »

Sur Dawn Ridge Drive, à Bel Air, meublée bon chic années 50, la maison de Sue est une sorte d'humidité gothique cachée derrière une grille monumentale. On suit une allée bordée d'arbres qui s'enroule autour d'un palais néomédiéval. Ont sans doute habité là Gloria Swanson ou quelque vieille gloire de l'âge d'or, mais à présent le confort douillet de l'Amérique d'aujourd'hui forme contraste, avec ses portes en bois précieux, ses abat-jours enjuponnés, les fauteuils massifs où l'on s'affale. Sue, la très imposante Sue, lunettes roses et grand sourire, y pelotonne sa corpulence en faisant sonner ses immenses bracelets, ses colliers qui tintinnabulent, les bagues aux mille éclats qu'elle agite voluptueusement sous nos yeux…

Mais Catherine, pas plus que Sue, n'avait prévu que Jack Nicholson se pointerait à l'improviste, ce soir-là, ni qu'il se mettrait en tête de finir la soirée avec Ali. J'étais debout, mon verre à la main, à l'autre bout du salon et je le regardais opérer. Vraiment du beau travail. Histoire de me donner contenance, je rugis : *Hi, Jack!* et m'avançais vers lui, main tendue. Il me considéra froidement. On se connaissait pourtant de longue date, mais voici qu'une apparition surgit de nulle part : Ali s'avançait au milieu de la véranda, habillée en squaw (c'était sa période indienne). Un frisson passa sur l'assistance. Jack la laissa approcher et usa de sa voix, cette séductrice voix de tête dont il enveloppe sa proie pour mieux la paralyser et dont il a si souvent expérimenté les effets sur les femmes. Sa voix et aussi ses sourcils. Il les leva en arc de cercle et les laissa un moment à l'étage, le discours devint plus lent, plus nasal : l'œil, sous l'arcade, évaluait ses chances sans concession. À l'époque, Jack avait encore ses cheveux, il était aussi rondouillard qu'un notable normand mais ça n'avait aucune importance : c'était Jack Nicholson et, dans le monde entier, peu de femmes auraient refusé de passer un moment avec le marin de *The Last Detail* ou le policier au pansement sur le nez de *Chinatown*… Comme dans un conte de Kipling, le rapace finirait par embarquer le petit lapin consentant sous couvert de le raccompagner. Arrivé sur le seuil Jack marqua un temps d'arrêt, il me sourit ironiquement et me lança un large clin d'œil, de son œil de hibou. Ce fut comme un gong intérieur qui sonna le KO dans ma poitrine.

Et tandis qu'ils s'éloignaient en catimini par la véranda, Jean-Claude crut me consoler en me versant un cordial, une rasade de son genièvre natal dont je déteste l'arôme. Il me souffla que la dame avait besoin de publicité et je gardai pour moi le souvenir éternel des yeux noisette et des chevilles d'Ali Mac Graw à qui les ballerines allaient si bien.

36

La démission du président Coppola

New York Stories

Juin 88. « *Dear Gilles, yes, I accept to be president of the jury.* » Ce n'était pas l'usage de l'annoncer si tôt mais, pour rendre cette décision irrévocable, nous publiâmes un communiqué qui tomba inopinément en pleine torpeur estivale. J'étais ravi. Je sentais monter, comme une chaude buée d'après pluie, l'enivrante rumeur de l'approbation médiatique. Mûri, serein, barbe poivre et sel et cinquantaine débonnaire, Francis Coppola, car c'était lui, prenait sa mission très au sérieux. En plus de la suite au Carlton, il allait louer une villa pour lui, sa femme Eleanor, Roman et Sofia, ses enfants, et même ses parents. Francis avait suggéré quelques noms et réclamé aussi quelqu'un de très jeune, un étudiant de cinéma par exemple. Il indiqua même des titres de films et, comme j'évoquais *New York Stories*, dont il venait de réaliser l'un des sketches, il me renvoya vers le producteur. *New York Stories* comprenait trois épisodes, réalisés par Woody Allen, Scorsese et Coppola, et j'avais l'idée d'en faire le film d'ouverture. Je relisais le télex et je tirais des plans sur la comète. La présence de Coppola et de Scorsese assurée, ce serait bien le diable si on n'arrivait pas à convaincre Woody de venir. J'y croyais toujours. Et alors, Mesdames, Messieurs, quelle ouverture…

Quelques jours plus tard, Disney accepta d'ouvrir le Festival avec *New York Stories*. Je réclamai la présence de Woody et de Mia.

Le film convenait : le sketch de Scorsese sur la création artistique était roboratif, celui de Woody particulièrement savoureux, et Mae Questel, sa mamma juive, irrésistible. Restait l'épisode Coppola, écrit avec sa fille Sofia. Entre nous, les Coppola ne s'étaient pas foulés. Qui eût dit que la gamine qui avait écrit cette mièvrerie deviendrait la réalisatrice de *Lost in Translation* et de *Marie-Antoinette*? Mais bon! J'avais mon président, j'avais mon ouverture : je m'y accrochais comme l'huître au rocher. Les jours passaient. Les défections commencèrent. Scorsese tournait à Chicago : déjà qu'il avait la frousse en avion, alors venir pour un simple sketch... Le président Coppola serait là, bien sûr. Woody? Non, inutile d'insister. Et si Woody ne venait pas, Mia, la douce Mia, ne viendrait pas non plus. La vieille mère, alors? Elle tournait aussi. Il faudrait se contenter de Rosanna Arquette, Giancarlo Gianini et Nick Nolte. Bref, j'étais d'une humeur de chien.

Philippe Sarde

Un peu plus tard, nous sommes à Londres où nous visionnons, Baroncelli et moi. Jean est le seul homme que je connaisse qui se soit réellement battu en duel. Le critique du *Monde*, par ailleurs mari de la populaire Sophie Desmarets, aime rouspéter, pester contre les gens, les tracas, la vie moderne, l'obligation d'aller au cinéma voir de mauvais films. Mais c'est de la blague. Jean adore la vie, les choses de la vie, un verre de bon bordeaux, les robes des Parisiennes. Je le revois avec ses cheveux teints, son loden moutarde, son petit chapeau pied-de-poule et il ronchonne. Cette fois, c'est parce qu'au Méridien, on lui a donné une chambre à *deux* salles de bains : il trouve que c'est du gâchis! À Londres comme à Paris, Jean a raison : les films ne sont pas bons.

Le même soir, Philippe Sarde nous montre *Lost Angels* (*Le Carrefour des innocents*), un Hugh Hudson en petite forme, dont il a écrit la musique. Puis nous emmène dîner. La salle à manger du Claridge luit doucement, vaisselle luxueuse et carte alambiquée. Le maître d'hôtel ressemble à Robert Duvall, le colonel amateur de surf dans *Apocalypse*. En fait, ils sont douze : chefs de rang, chefs de brigade, serveurs, sommeliers, commis, à lorgner Philippe d'un air outré. Regard enflammé, bajoues mal rasées, masse sombre des cheveux qui s'étale sur le col, Philippe cultive un charme voyou, pour ne pas dire satanique. Il a jeté sur ses épaules la cape noire de Méphisto et, dessous, porte une chemise blanche, col ouvert, *sans cravate*. Nous sommes attablés, il fait chaud. Sans cérémonie, Philippe a fait glisser son manteau sur le dossier de sa chaise. En l'apercevant, pour ainsi dire nu, Robert Duvall a un début d'attaque. Dernière volonté d'un mourant, il envoie son second signifier à Philippe de se rhabiller sur-le-champ. Sinon ?

On me demande au téléphone.

« Ici John Peters » (vice-président de Zoetrope, la société de Coppola). John me demande s'il est vrai que *New York Stories* fait l'ouverture. Disney n'a pas pris la peine d'en informer Francis, déjà vexé par l'accueil de son sketch par la critique américaine. « … parce que si c'est vrai, Francis va démissionner. » John parle calmement mais je sens qu'il ne bluffe pas. Comment ce type m'a-t-il trouvé à Londres, à dix heures du soir, dans un hôtel qui n'était pas le mien ?

Dans la salle à manger, Philippe est toujours aux prises avec le chef de rang. Il tend vers lui sa main ouverte, les cinq doigts écartés, tandis qu'il s'évente du revers de son manteau. La pantomime voulait dire : *Donnez-moi cinq minutes*. L'explication remonta la hiérarchie. Le plénipotentiaire revint, porteur d'une cravate et d'une mauvaise nouvelle. La cravate, il la tendit à Philippe qui la déposa sur une chaise. La mauvaise nouvelle, c'est qu'on n'acceptait plus de nous servir. Philippe ne voulut pas céder. On vit alors la brigade du Claridge, soudée dans son opprobre, ignorer notre table et passer au large. La comédie dura longtemps. Pour finir, Philippe laissa la cravate dans son assiette, comme pourboire, j'imagine. Mais Duvall le coursa jusque dans le hall pour lui faire signer l'addition.

Francis et Emir

Le lendemain, nous étions à Paris.

J'essayais de comprendre pourquoi Francis se déballonnait. Ne se voyait-il plus en situation de juger les meilleurs films du moment ? Mais tout était déjà annoncé ! Personne ne m'avait jamais fait un coup pareil, j'avais le choix entre accepter sa démission ou demander à Disney de retirer le film. Mais comment détériorer mes relations toute neuves avec Disney ? Et y avait-il seulement une autre ouverture possible ? *Trop belle pour toi* était « calé » au deuxième jour, *Lawrence d'Arabie* (une restauration) était beaucoup trop long. Non, il ne nous restait plus qu'à garder *New York Stories.*

Je consultai Pierre Viot : « Une démission, vous en avez de bonnes… mais c'est un fait que toutes ces hésitations augurent mal de sa présidence. Alors, oui, laissez-le filer… Allez, hop ! » (Son exclamation favorite.)

Je repensais au bon vieux temps d'*Apocalypse* et à notre coup de fil en pleine nuit, mais ce n'était pas le moment de faire du sentiment. John Peters me confirma la démission. Nous convînmes d'une version officielle : un surcroît de travail inattendu. Exit Coppola.

Je devais trouver illico un nouveau président, de préférence aussi renommé, et si possible annoncer en même temps la perte de l'un et l'arrivée de l'autre. Sollicité, Bertolucci me grommela une réponse acidulée : « Une autre fois, cher Gilles, demandez-moi en premier. »

Bientôt un nom s'imposa : Wim Wenders. Remplacer celui qui lui en avait fait voir de toutes les couleurs quand il réalisait *Hammett* à San Francisco l'amuserait sans doute. Au bar du Bristol devant un double Bloody Mary, Wim but une petite gorgée, puis se livra à la gesticulation cervicale qu'il pratique de temps à autre pour se décontracter la nuque, et me dit tout de suite oui, en toute simplicité.

En finira-t-on jamais avec Coppola ? Un jour – c'était en 96 –, il accepte enfin la présidence. Une assistante nous fit transpirer des mois sur les problèmes d'intendance mais, une fois là, Francis fut un président exemplaire qui respecta en tous points son contrat et ses collègues. Il avait inventé une méthode originale (à base de multicritères : l'équilibre de l'ensemble, l'originalité, le plaisir, la sincérité, la signification globale, la persistance de l'impression ressentie) pour juger les films et cette méthode plut à tous. En bon démocrate, il respecta l'opinion des autres et accepta de bonne grâce de primer des films pour lesquels il n'avait pas voté, à commencer par *Crash*, un film-défi de David Cronenberg dont la sélection me valut un opprobre généralisé car il prônait l'accident de voitures provoqué pour parvenir à la jouissance sexuelle…

Je revis Coppola l'année suivante, à l'aéroport de Nice. Répandu sur un canapé trop mou, il attendait dans le salon d'honneur d'être acheminé vers son hôtel. Bientôt, Emir Kusturica se présenta. Sans se lever, Francis se retourna sur son sofa. Emir lui parla d'*Underground*, le film qu'il avait fait sur la guerre dans l'ex-Yougoslavie, et qui lui avait valu sa deuxième Palme d'or. Visiblement, Coppola n'avait jamais entendu parler du film, pas plus que de son auteur. À cet instant, il incarnait une Amérique ignare et contente d'elle, en train de toiser les pays émergents. Et Emir se raccrochait gauchement à ce qu'il croyait pouvoir intéresser le patriarche : la Yougoslavie, la guerre, Sarajevo. Mais Coppola se rappelait simplement être allé à Belgrade. Il fit à Emir l'aumône de l'écouter. Emir piétinait, presque au garde-à-vous, comme une groupie venue demander un autographe au plus mauvais moment. Emir proposa d'envoyer une cassette de son film. Ce qu'il cherchait au fond, c'était juste une reconnaissance : faire partie du club. Qu'avait-il donc de plus que lui, ce gros homme imposant ?… J'étais gêné pour Francis. Kusturica se montra extrêmement timide, son seul objectif pour l'heure était de réussir sa sortie. « J'espère qu'on sera tous au même hôtel », dit-il enfin. Et il retourna tout penaud dans son coin.

37

Allô, c'est Alain

Un pin's marqué star

Mai 1992. Peut-on même imaginer la silhouette insolite d'Alain Delon, seul au bord du trottoir de l'aéroport de Nice, un petit sac de voyage à la main ? Il attend. Personne ne s'occupe de lui. L'air est frais, le soleil éclatant, les jasmins sont en fleur, un temps idéal pour une promenade à pied. Mais ce n'est pas de promenade dont Alain a besoin mais d'égards. *Plein soleil*, *Rocco et ses frères*, *L'Éclipse*, *Le Guépard*, *Le Samouraï*, *Monsieur Klein* et ainsi de suite, j'appelle cela une des plus belles carrières du monde. L'homme est beau, à tous les âges de la vie. L'acteur est immense de sobriété et de présence. Alors, les égards, c'est bien le moins.

Delon vient de descendre de l'avion de Genève pour présenter *Le Retour de Casanova*, et se rappellera longtemps cette arrivée peu glorieuse. La dernière fois, pour *Nouvelle Vague* de Godard, c'était tout le contraire. Il s'était posé en hélicoptère directement sur la pelouse de l'Eden Roc. Et rendu à la séance par mer, en cabin-cruiser. Il avait entraîné Jean-Luc et Domiziana Giordano, l'autre comédienne du film, dans une montée des marches d'anthologie, avec mouvements de foule, traversée des photographes, mèche rebelle et grands gestes des bras, dont il était sorti en eau mais heureux. Ça, c'était une arrivée de star. Car Delon est une star, chacun en conviendra et, star, on l'est toute sa vie.

Quand Delon vous téléphone, il dit : « Allô, c'est Alain. » À vous de deviner de quel Alain il s'agit et vous avez intérêt à penser vite. Pour *Nouvelle Vague*, Delon avait chargé Michèle Halberstadt, ancienne journaliste devenue productrice, de tout superviser, et l'affaire s'était bien déroulée, même si au palmarès… Cette fois-ci, pas de fusible : Delon a réglé lui-même le fil des événements, fait retenir une suite à l'hôtel du Cap et m'a passé plusieurs coups de fil pour s'assurer que le Festival s'occuperait de lui dignement. Je confirme, dignement, bien sûr, et même au-delà. Arrivée à l'aéroport, limousine, transport, chambre : tout doit être parfait. Maniaque moi-même, je donne des ordres pour qu'on soigne Delon jusque dans le moindre détail, je vérifie tout, je ne veux pas d'anicroches. Le jour précédant son arrivée, Alain m'appelle encore : « Allô, c'est Alain », mais là, je ne suis pas surpris. Nous plaisantons. Tout va bien.

Le grain de sable est toujours pour le jour J. Pas de limousine, personne au terminal, le chauffeur a dû être bloqué quelque part. Et l'hôtesse, où sont passées les hôtesses ? On ne sait pas.

C'est un autre chauffeur, apercevant Delon devant l'aéroport avec son ridicule bagage à main, qui prend sur lui de le faire monter dans sa voiture. La honte ! Inutile d'ajouter que Delon tremble de fureur mal contenue : « Vous allez m'emmener chez Gilles Jacob et, croyez-moi, il va passer un sale quart d'heure. » Cette évocation lui rend sa bonne humeur « mais pas un mot », dit-il au chauffeur. Heureusement, celui-ci, à peine déposée la star à l'entrée des artistes, a l'intelligence de me prévenir sur mon portable. Je vais au-devant de Delon, je rentre dans son jeu, l'emmène dans mon bureau, me confonds en excuses, veut-il un café ? des coupables ? Avoir incarné tant de personnages célèbres et sortir de sa tanière pour se retrouver marchant de long en large sous le regard narquois des employés d'aéroport a de quoi vous rendre excessivement nerveux. Œil bleu, œil cruel. Delon se met en surchauffe mais finira par se calmer, content de me voir ainsi terrorisé. Il a l'art de vous regarder comme si vous n'étiez qu'un grain de poussière sur le rebord du bureau. Et c'est ce que je suis, assurément.

Il y a une grande différence entre une star française et une star américaine : la star française compte sur la voiture du Festival et se trouve désemparée si elle n'est pas là. La star américaine a dix personnes et deux cortèges pour l'accueillir et elle monte dans un troisième venu en renfort pour plus de sécurité. Peut-être n'est-elle pas demandeuse d'un tel déploiement, mais son entourage, si. Sinon, c'est la porte. Delon n'envisage le reproche que comme un moyen d'avoir barre sur autrui. Heureusement, la culpabilité n'appartient pas à ma palette émotionnelle. Mais l'histoire n'est pas finie.

Pour le 50e anniversaire, nouvelle affaire, plus grave encore. Juste avant, j'avais chargé Patrice Leconte de transmettre mon invitation à Delon et à Belmondo qu'il dirigeait dans *Une chance sur deux.* Je lui avais proposé une montée des marches avec ses vedettes. J'ignore si Patrice a transmis, mais, dans une interview à *Paris Match,* Delon s'est plaint avec violence que les deux plus grands acteurs français n'aient pas été invités (Belmondo s'en fichait). Et quand j'ai demandé à Patrice de rectifier, ce dernier s'est défilé piteusement : *Je n'aime pas les conflits.*

Deux fois, c'est trop. Longtemps, Delon n'a pas manqué de m'accabler de son dédain.

Dix ans plus tard, pour le 60e anniversaire, l'occasion était trop belle. Invité d'honneur 2007 ? Je vous le donne en mille : Alain Delon. *Ne vous occupez pas de moi,* a dit Alain ; *au jour dit, je serai là.* Il est apparu, une fille ravissante à son bras (en vérité, sa propre fille), et avec, à la boutonnière, son fameux *pin's* « star », que je lui avais demandé de porter. En signe de réconciliation.

38

Le nouveau Palais

Essuyer les plâtres

« Vous voyez que c'était pas la peine de vous faire du mauvais sang ! », me dit Pierre Billard à l'ouverture du nouveau Palais, en mai 83, tout se passe comme sur des roulettes... J'acquiesce, tout heureux. C'est vrai que les festivaliers sont contents et la presse aussi. Mais qu'une salle entière siffle en vous regardant méchamment, et l'on conserve en mémoire toute sa vie cette scène d'épouvante. Car, naturellement, dès le lendemain, les ennuis commencent. Les projecteurs – du matériel tout neuf – tombent en panne brusquement. Les lampes claquent, des lampes qui coûtent des fortunes, et pas de stock de rechange suffisant. Les films sont interrompus, les spectateurs protestent, les metteurs en scène se ruent vers la cabine où les projectionnistes ne savent plus où donner de la tête. Affolement. Honte. Fragilité d'un festival. On doit faire des annonces. Mais que dire ? Pannes intermittentes égalent pannes difficiles à identifier. Toujours prompts à faire des gorges chaudes, les journaux s'emparent de l'affaire. Le lendemain, les projectionnistes les lisent et, rendus furieux par cette atteinte à leur honneur professionnel, menacent de faire grève. Je fais la navette entre mon bureau et celui de M. Antoine, chef de cabine au caractère de cochon, en poste depuis 46. Antoine, alias *je-vous-l'avais-bien-dit*, n'était pas fâché de voir ses prophéties se vérifier, mais il trouva tout à coup que la plaisanterie avait assez duré. On réunit le conseil d'administration en pleine nuit. Ne valait-il pas mieux arrêter le Festival plutôt que d'être la risée du monde entier ? Voilà ce que c'était que d'essuyer les plâtres. Bref, on ne savait que faire.

De son côté, le fournisseur, en rupture de stock, faisait des miracles avec des lampes récupérées. Mais les lampes claquaient toujours et les techniciens ne trouvaient pas pourquoi. C'est alors qu'un membre du conseil demanda si la Quinzaine des Réalisateurs, qui venait d'hériter de l'ancien Palais, ne pourrait pas rendre à la « maison mère » quelques créneaux horaires ? Serge Leroy, réalisateur membre du conseil, accourt, flanqué de Pierre-Henri Deleau, délégué général de la Quinzaine, et de son adjoint.

« On ne demanderait pas mieux mais c'est impossible, nous avons nous-mêmes des problèmes. (À les entendre, leurs appareils, soumis à rude épreuve, chauffaient dangereusement. Et, pour attester leurs dires, ils produisirent des pièces qui, à l'évidence, étaient carbonisées...) Avec la meilleure volonté du monde, des séances supplémentaires, non, désolés... »

On continue à patauger, on fait des annonces, et peu à peu, mystérieusement, les choses rentrent dans l'ordre : le Festival trouve sa vitesse de croisière, mais c'est une affaire dont on parlera longtemps. J'oublie l'envoi d'un télégramme à Lang, rentré à Paris, où nous lui demandons une décoration pour Antoine, histoire de calmer la cabine. Le ministre n'a pas hésité. Voici donc Antoine, sur le front des troupes, sacré officier des Arts et des Lettres.

Quelques semaines plus tard – le Festival s'est terminé tant bien que mal –, on frappe à la porte de mon bureau. C'est Antoine, tout sourire. « Vous vous rappelez la pièce cramée de la Quinzaine, me dit-il. La voilà, je l'avais gardée. Le problème, c'est qu'on a vérifié, elle ne vient pas de leur projecteur : c'était bidon, leur truc... Il faudra que Deleau nous dise où il l'a trouvée : dans un an et un jour, elle sera à lui... »

39

À la Quinzaine…

L'Empire des sens

1978. Ce que Pierre Wiehn (directeur de France Inter) m'a fait ce jour-là rue d'Antibes ? Autant dire rien. Une petite phrase. Il passe devant le cinéma de la Quinzaine des Réalisateurs et, montrant la façade, dit à l'ami qui l'accompagne (je marche juste derrière eux) : *C'est là que ça se passe.*

La Quinzaine n'est pas la plus ancienne des sections parallèles du Festival de Cannes (c'est la Semaine de la critique), mais elle a été très longtemps la plus en pointe. Tout au moins tant que Pierre-Henri Deleau en a été le patron. Après mai 68, Favre le Bret avait facilité la naissance de cette émanation de la Société des réalisateurs de films, la SRF, d'autant plus volontiers que les cinéastes-fondateurs, Doniol-Valcroze (toujours lui !), Kast, Enrico, Albicocco, Costa-Gavras et Jean-Daniel Simon, n'étaient pas des casseurs. Seulement des réalisateurs responsables qui aimaient par-dessus tout le cinéma, le cinéma en liberté, comme ils disaient. Tour à tour, au Rex, au Français, puis au Star, avant d'hériter de l'ancien Palais, Deleau a découvert bien des cinéastes des années 70 : Scorsese, les Taviani, Angelopoulos, Fassbinder, Herzog, Tanner, Ivory, Jarmusch ; c'était bien vu. Le point culminant a sans doute été atteint le jour où il a dévoilé *L'Empire des sens*, le sulfureux délire érotique d'Oshima. Il fallut organiser dix-sept projections au lieu des trois prévues… Le scandale se portait bien.

Je décidai de renverser la vapeur. L'occasion m'en fut donnée par le comportement de Deleau, doté par ailleurs d'un fichu caractère. Cheveux châtains courts, lèvres minces, il alternait opinions péremptoires et colères brusques. Une joie paradisiaque se manifestait chez lui par un fantôme de sourire. Pierre-Henri me semblait du genre coincé et c'est ainsi que je devais lui paraître moi-même. Nous choisîmes donc de nous regarder en chiens de faïence. Je venais de créer Un Certain Regard. Lui qui déjà accusait la compétition de faire la part trop belle aux dosages diplomatiques allait se déchaîner contre une section qui marchait sur ses brisées. Bref, je lui tapais sur les nerfs.

Très vite, les étrangers me mirent au parfum des représailles. Deleau était passé par là, tel un tsunami sur la mer de Chine – ses formules à la khmer rouge hachaient menu les gens du Festival : Favre le Bret ne connaissait rien au cinéma, Bessy, c'étaient les compromissions, et moi, mon Dieu, à force de vouloir me mettre bien avec tout le monde, je n'avais aucune, mais aucune personnalité. Bon. Puisqu'il prétendait que je ne me fâchais avec personne, j'étais bien décidé à me fâcher avec lui.

Mais ce ne fut pas nécessaire.

Dès ma nomination, j'avais créé la Caméra d'or. Ce prix avait ravivé entre les sections une concurrence un temps assoupie. Après trois ans de tâtonnements, un jury fut constitué. Cette année-là, un juré, le journaliste Alexis Grivas, se permit de vérifier la durée d'un film de la Quinzaine. Pour concourir, en effet, les films devaient dépasser une heure : ce film-ci durait juste un peu moins. Deleau entra dans une colère homérique et s'en fut coller, sur les marches du palais, une paire de claques au petit curieux. Attroupement. Démission de Grivas. Arbitrage du président du Festival. Conciliabules. Excuses de la SRF. Le film fut disqualifié. Grivas, cinéphile de choc, reprit sa démission du bout des lèvres et Deleau passa pour un sanguin incontrôlable.

Chacun vantait les mérites de sa section, c'était normal, mais j'avais demandé à mes troupes de ne jamais dire du mal de la Quinzaine. Deleau entendait pouvoir choisir ses films avant Un

Certain Regard, « ramassis de fonds de tiroir destiné à affaiblir sa section ». Il se comparait à nous en permanence : meilleur public, meilleurs films, bref, la Quinzaine lavait plus blanc.

Il y eut d'autres incidents. Cette fois-ci, Alan Parker m'avait rapporté de Moscou la cassette de *Bouge pas, meurs et ressuscite*, première œuvre de Vitali Kanievski relatant son enfance malheureuse. Malgré l'absence de sous-titres, il ne fallait pas être grand clerc pour repérer un talent aussi ébouriffant. Le film – *Les Quatre Cents Coups* version Sibérie – méritait cent fois la Caméra d'or qu'il a du reste obtenue dans un fauteuil. Mais, entre-temps, Deleau chercha par tous les moyens à le faire disqualifier, prétextant que Vitali avait participé à un autre film. La SRF dut à nouveau calmer son délégué : une société de réalisateurs censurant l'un des siens, on imagine le scandale !

Le coup de force de Berlin

Par ailleurs, vers la même époque, le monde des festivals entra en ébullition. Chaque ville touristique voulait son événement, histoire d'attirer des vedettes. Mais, par cet effet pervers, le nombre de bons films disponibles était devenu inférieur au nombre de festivals.

La conséquence de cette pléthore imprévue incombait à un organisme, la FIAPF (Fédération internationale des associations de producteurs de films) à qui revenait de classifier les festivals – plusieurs centaines ! – et d'en harmoniser le calendrier. À l'époque, la FIAPF offrait à son secrétaire général des vacances perpétuelles. De Locarno à Mar del Plata, de Shanghai à San Sebastian, de Venise à Cannes, ce veinard goûtait la douceur des plages, coulant des regards à la Tex Avery sur d'appétissantes baigneuses. Enhardi, il planta, sur le festival de Berlin, un pavillon de complaisance quand ce dernier s'avisa de se positionner avant Cannes. Bien sûr, nous fîmes valoir à la FIAPF que notre soutien financier disparaîtrait si on laissait un concurrent marcher sur nos plates-bandes. Mais les temps étaient à l'amitié franco-allemande et nous clamions dans le désert.

Berlin changea donc sa date sans crier gare. Grâce à nous, cependant, l'affaire fit grand bruit. Nous décidâmes l'union sacrée de toutes les sections de Cannes : le boycott de tout film qui irait à Berlin fut voté dans l'enthousiasme et, pendant cette période, Deleau et moi avons été en parfaite harmonie. Puis, sans cesser de refuser les films passés par Berlin, nous sommes retournés à notre incompréhension réciproque.

Lorsqu'il y a incompatibilité d'humeur, la riposte a son charme. « Piquer » des films à Deleau le faisait sortir de ses gonds. Aussi, je ne voudrais pas me faire passer pour un petit saint. Au début, il m'avait proposé de voir les films ensemble, durant nos voyages. Mais je ne voulais pas d'un mariage de raison qui n'avait d'autre but que de m'empêcher de vivre ma vie. Je le voyais d'ici me conseiller les films académiques, gardant pour lui ceux qui fleuraient l'air du temps. La Quinzaine avait chassé sur les terres de la compétition, je chassais sur les terres de la Quinzaine ; et tant pis si son influence diminuait. De son côté, Pierre-Henri allait pleurnicher un peu partout, au CNC, au ministère, et jusque chez Favre le Bret. Les officiels m'encourageaient quand nous étions seuls et donnaient raison à Deleau quand il venait les voir. Dans la presse, on pouvait lire : il y a des tensions au sein du Festival. Cela faisait désordre !

Sexe, mensonges et vidéo, le premier film de Soderbergh, reste un exemple de film promis à la Quinzaine et rattrapé par nous in extremis. Quand on mesure le chemin parcouru depuis par son auteur, on se dit qu'il valait mieux en effet ne pas le manquer. J'avais proposé Un Certain Regard. Le producteur, les frères Weinstein, réclamait la compétition. Alors, malice d'Harvey Weinstein ou erreur de son secrétariat, je reçus une copie du télex qui acceptait la Quinzaine. L'envie me vint de prendre un des frères Weinstein pour taper sur l'autre. À la place, j'invitai le film en compétition. C'était en 89, Wim Wenders, qui présidait, comme on l'a vu, lui fit donner la Palme d'or et le prix d'interprétation. Il lui aurait volontiers accordé toutes les récompenses. Une belle journée que ce jour-là !

En d'autres occasions, c'était Deleau qui faisait main basse sur un film. La vérité est que nous n'étions en concurrence que sur deux ou trois : le goût des sélectionneurs n'était pas le même et, surtout, à partir des années 80, avec son arrivée dans le Palais Croisette et mû par la hantise de le remplir, Deleau qui avait été un découvreur inlassable n'avait plus qu'un goût aplati, sans ligne éditoriale. Il singeait la compétition, il invitait des stars, la Quinzaine devenait un Festival *bis*. Cette dérive lui porta tort. De notre côté, nous avions trouvé la parade : nous autorisions pour Un Certain Regard la mention « sélection officielle du Festival de Cannes » . C'était tentant? C'était imparable, oui...

Je ne sais pas si Pierre Wiehn est retourné à Cannes mais il ne dirait plus, je pense, parlant de la Quinzaine, « c'est là que ça se passe ». Ces querelles de chiens et chats n'intéressent plus personne. Elles ressemblent à ces pugilats qui opposèrent à une certaine époque Truffaut et Godard mais, outre qu'eux ont été longtemps amis intimes, il faut bien reconnaître que nous ne sommes, Pierre-Henri et moi, ni Truffaut ni Godard, et c'est bien dommage.

40

La commande de Mme Jacob

La vaisselle à mesure

Il devait souffler, ces années-là, un vent de discorde assez décoiffant car mes parents ne s'entendaient plus. Leur accord de façade vacillait sur ses fondations. Mon père s'absentait de plus en plus souvent, il était de plus en plus désagréable avec ma mère et je compris un jour, surprenant une conversation qui ne m'était pas destinée, qu'il avait désormais une double vie. Il vivait avec une autre femme, revenant de temps en temps rue Raynouard pour trouver ma mère au lit, un médecin à son chevet. Hélas, les hommes de l'art (elle en changeait souvent) se servaient d'elle comme d'un centre d'expérimentation. Je sais combien la mémoire transforme les choses, mais je l'ai vue ingurgiter une telle quantité de nouveaux médicaments que je suis convaincu que la plupart d'entre eux, des placebos j'espère, traversaient son corps sans s'y arrêter – sans quoi elle serait morte depuis longtemps.

Cette ambiance valétudinaire confortait mon père dans ses rêves de fuite. Il s'asseyait un moment auprès d'elle, sans parler – *Même là, il me fait la tête*, disait-elle –, puis il réglait les problèmes domestiques, l'argent du ménage – mais de ce côté, ma mère avait son indépendance – et il partait retrouver *l'autre*.

Ma mère souffrait. Elle était malheureuse mais elle avait la fierté de n'en rien laisser paraître. Quand il partait, elle affichait une satisfaction de façade et, en même temps, la jalousie la dévastait. Nous avions fait nos vies, comme on dit, mon frère et moi, mais de voir nos parents se déchirer ainsi nous perturbait plus que nous ne pouvions le dire. Mon frère surtout, marié à Diane, une jeune avocate qui lui avait fait deux enfants, avait le cœur serré. Il était plus sensible que moi et ne supportait pas de voir de la tristesse dans le regard de Denise. Jean-Claude travaillait encore avec notre père et le conduisait en voiture. André était furieux de se sentir coupable. Mais ils parlaient d'autre chose.

Ma mère, au contraire, s'épanchait volontiers. Elle jouait les victimes et voulait que l'on prenne son parti. Plutôt que de divorcer, elle prit sur elle d'inverser les mécanismes ordinaires de la jalousie. Elle se fit présenter sa remplaçante, reçut Irène à dîner, et pour un peu, s'en serait fait une amie. L'autre était plus réticente, freinée, si elle avait été tentée, par mon père qui aspirait à la compagnie d'une femme mais sûrement pas de deux. Et voilà qu'il s'était entiché de quelqu'un qui ressemblait à ma mère, en ceci que toutes deux jouaient un rôle, comme au théâtre. L'*emploi* d'Irène c'était d'être une décoratrice qui aménageait des fermettes qu'elle revendait (comme mon grand-père, tout se retrouve). Une femme à la simplicité factice, et surtout hyperactive. Si on déjeunait chez elle, elle desservait pendant le repas et faisait la vaisselle à mesure, haussant la voix pour continuer la conversation depuis l'évier de la cuisine… *Elle est inouïe*, disait mon père.

Irène disait que toute la famille s'était trompée au sujet d'André. On l'avait fait passer pour un homme froid, sévère, alors qu'en fait, confiait-elle, ils partageaient des fous rires, des moments de franche hilarité. J'en concluais qu'il était amoureux, et voilà tout.

Elle l'emmenait en croisière, dans des lieux où l'on est difficile à joindre. Pendant ce temps-là, ma mère avait Jeanne, sa femme de chambre et dame de compagnie. Jeanne était douce, dévouée, compatissante. Pour la récompenser, maman avait engagé une femme de ménage, Mme Lucienne, chargée des gros travaux, qu'est-ce que je raconte : de tous les travaux. Ma mère passait ses commandes d'alimentation par téléphone et les commerçants de la rue de l'Annonciation lui apportaient les paquets tout préparés à la voiture en criant *la commande de Mme Jacob*, tandis qu'elle restait en double file. Et, par-dessus le marché, bien que le paquet fût prêt, elle aimait klaxonner plusieurs coups pour les prévenir de sa présence. J'avais horreur de ça.

À Méréville

Ce faux ménage à trois dura quelques années. Je m'abritais derrière ma double activité pour ne passer chez ma mère qu'en coup de vent. Nous lui amenions les enfants mais elle ne s'y intéressait guère. Nous allions aussi chez mon père, à Chalô-Saint-Mars, près d'Étampes, où il demeurait le plus souvent et où il nous prêtait une petite maison, retapée par Irène. Ce n'était pas loin de chez Bory, à Méréville, Bory toujours souriant même quand il était anéanti – lui aussi – par des amours compliquées. Plus tard, beaucoup plus tard, Jean-Louis perdit sa mère. C'est très douloureux pour chacun de nous, pour lui ce fut un chagrin sans fond. Il commença à s'enliser dans la dépression. Hôpital, antidépresseurs, maison de repos. Il en sortait. Il y retournait. Même dans les périodes de rémission, il disait qu'il allait mieux mais je voyais bien qu'il n'avait plus le même regard. Il donnait le change, rentrait chez lui, évitait « Le masque et la plume ». Il ne lisait même plus. J'ai conservé pieusement une lettre qu'il m'a envoyée, à l'écriture tremblée, déchirante de tristesse ; la fin des lignes obliquait vers le bas. Jean-Louis coulait… Un jour, je l'eus longuement au téléphone, je le sentis très mal, je demandai à le voir, j'eus le tort de ne pas y courir. C'était un samedi. Il me promit de me rappeler. Le lendemain, Jean-Louis se tirait un coup de carabine dans la bouche.

41

L'enveloppe kraft

Contrairement à beaucoup d'enfants, je n'ai pas grandi où je suis né, je n'ai pas grandi en un seul endroit, vraiment pas. Pendant la guerre, nul n'aurait pu reconstituer notre itinéraire, même pas les registres de police. C'était comme si nous n'avions plus d'existence légale. Si quelqu'un avait voulu m'écrire, il aurait eu fort à faire avec son répertoire : une adresse à Saint-Briac, une à Vichy, une au Bugue, deux à Nice, une à Miribel, une à La Tronche, trois ou quatre à Paris ; mais personne ne m'avait écrit, sauf ma grand-mère, et une fois les Scouts de France, par erreur. Tous ces pénibles voyages, ces déménagements non désirés avaient de quoi désorienter, comme une boîte de médicaments dont on aurait perdu la notice.

Quand on vieillit, on voyage à l'arrière, puis on n'est plus dans la voiture. Il n'y a pas longtemps – je parle des années 90 –, en ouvrant la commode qui vient de mon père, je suis tombé sur une grande enveloppe en kraft marron qui avait été ouverte puis refermée avec du papier adhésif. Je la vidai sur le bureau, elle contenait ce qui restait de mon père, sa montre, une Oméga avec un bracelet de cuir noir dont le trou usuel était encore marqué, un petit rouleau de fin ruban rouge pour sa Légion d'honneur, une carte SNCF 2e classe « gratuité dans Paris » avec sa photo (une agrafe rouillée barre sa cravate), son livret de famille, quelques photographies de ses parents, au dos il y a, noté au crayon d'une écriture tellement passée qu'on la lit à peine : Nancy 1907, Lunéville 1913, ou simplement : papa.

42

Jeanne, l'éternelle

Je suis tombé en vénération, il y a cinquante-six ans, le samedi 29 janvier 1953, à 21 h 10, au Théâtre Antoine. Dans *L'Heure éblouissante*, la toute jeune Jeanne Moreau se payait le luxe de jouer deux rôles à la fois, dont un au pied levé, Suzanne Flon étant malade. Par bonheur, les deux personnages ne se rencontraient jamais… Jeanne, c'est comme Gérard Philipe dans *Le Prince de Hombourg* ou comme Pierre Brasseur dans *Les Enfants du Paradis :* si on ne les a pas vus, on n'a rien vu.

Splendeur et précision. À ceux, s'il en existe, qui douteraient encore de sa présence, de l'étendue de son talent, et qui n'auraient pas eu la chance, comme moi, de la voir, ce soir-là, dans la pièce d'Ana Bonacci, je recommande une scène de Jeanne dans *Eva*, de Joseph Losey. Elle y incarne si merveilleusement la féminité qu'après avoir été foudroyé, on demeure amoureux d'elle à vie. De la minute 16 à la minute 19, sur l'air et les paroles de *Willow Weep For Me* par Billie Holiday, Jeanne parvient, comme en se jouant, à créer l'un des moments les plus érotiques de l'histoire du cinéma. Comment elle entre à petits pas dans une maison inconnue, se l'approprie, évacue les traces d'une autre femme, sèche ses cheveux, se déshabille, s'enveloppe dans une serviette de bain, rampe sur le lit telle une panthère, se retourne, roule ses bas, souffle, yeux noirs et moue sensuelle, pour accompagner la chanson, continue son strip-tease, seule dans la pièce avec la caméra qui la suit et tourne autour d'elle, sautille sur place pour faire descendre la robe qu'elle abandonne, et, finalement, se glisse dans une immense baignoire fumante, comment elle réussit tout cela *en un seul plan-séquence* avec une présence charnelle, une insolence juvénile, sa mobilité de félin, ce charme inouï, reste un des grands mystères du cinéma d'après guerre. Et avoir capté ce mystère une des prouesses de Losey. Battus, Malle, Truffaut, Antonioni, Buñuel et même Orson Welles ! Jeanne, il fallait le faire une fois, tu l'as fait.

Time Magazine : « Il n'y a pas d'actrice qui puisse égaler la profondeur et l'étendue de son art… » ; Truffaut : « Elle a toutes les qualités qu'on attend d'une femme, plus toutes celles qu'on attend d'un homme, sans les inconvénients des deux… »

Un jour, nouvel éblouissement. L'apparition, au Festival de Cannes, de cette comédienne épatante. Elle est venue, elle est revenue… Comme starlette, avec des films, en comédienne récompensée (dans *Moderato Cantabile*), comme « remettante » de prix, comme présidente du jury (deux fois), en maîtresse de cérémonie, un rôle qu'on dirait inventé pour elle, et même en recevant la Palme d'or à titre de… Jeanne Moreau.

Jeanne, sa voix *si fatale*, ses yeux brillants, son enthousiasme, son intégrité, son indépendance, sa force de conviction, son exigence morale, son énergie, ses arrivées majestueuses, ses éclairs de douceur… Jeanne. L'ambassadrice. La capitale du cinéma.

Ses *arrivées majestueuses*. Jeanne, en 95, s'installe à Cannes pour présider le jury. Elle entre à l'hôtel Martinez précédée d'un sourire à incendier le chef réceptionniste le plus misogyne. Bagages, secrétaire, voiturier, groom, empressement. Le directeur est là qui l'accompagne aussitôt à son appartement. J'emboîte le pas. On l'emmène dans l'une des plus belles suites de l'hôtel. Vue sur mer, mobilier Art déco, salle de bains tout en marbre, gerbes de fleurs, corbeilles de fruits. Jeanne entre, fait le tour, inspecte, sourit, en même temps elle subodore qu'il existe, dans l'établissement, une suite encore plus belle. Une seule. Il la lui faut donc, de toute évidence. « Cette suite vous convient-elle, madame ? – Elle est très jolie, cher monsieur, mais (regard circulaire et nouveau sourire incandescent) où voulez-vous que je mette mes affaires ? »

43

Qui a lâché *Soleil trompeur* ?

Practice de golf

Pour le jury de Clint, nous avions proposé la vice-présidence à Catherine Deneuve. Catherine avait plusieurs fois refusé d'être présidente. Mais son agent Bertrand de Labbey y était favorable et du moment que Clint présidait... Les journaux avaient titré « Cannes : une double présidence ». Ce fut caché à Clint ou bien il ne s'en formalisa pas.

Pour son hébergement, Warner avait fait fort. Trois envoyés descendirent sur la Côte visiter des villas. La plus belle, c'était le manoir de Bernard Chevry (à l'époque, patron du MIDEM), à Mougins. Paradisiaque. Parc, piscine, tableaux de maîtres, salle de projection, practice de golf, huit chambres avec salles de bains. Clint ou pas, Chevry demandait une fortune. Mais, pour les gens de la Warner, la peur de déplaire était si forte qu'elle faisait passer le montant pour une pacotille.

Chevry avait déjà tenté le super-banco l'année précédente avec Liz Taylor, venue pour le gala contre le sida. J'étais intervenu en m'étonnant que pour un tel enjeu il se fasse payer. Le lendemain, Bernard avait fait machine arrière : *Cher ami, je l'avais complètement oublié mais ma secrétaire vient de me rappeler que la maison est louée pour tout le mois...*

On étudia très précisément les temps de transport, la sécurité, et le risque que Clint, une fois installé, ne veuille plus descendre en ville. Quelqu'un demanda même étourdiment qu'on lui montre les films en vidéo dans le château ! Croyant m'amadouer, il ajouta : « On pourrait même faire venir tout le jury si vous voulez... »

Clint se plut tellement chez Chevry que lorsque j'insistai pour tenir la réunion finale du jury à la villa Domergue où nous avions nos habitudes, il me regarda de son air paléolithique et me répondit : « C'est chez moi que nous délibérerons. » C'était sans réplique. Suite à sa volonté, le service du déminage de l'armée passa le domaine au détecteur. J'obtins seulement que les habitants, famille de Clint et personnel compris, évacuent les lieux du matin au soir.

Le grand jour arriva.

Histoire de détendre l'atmosphère, Clint reçut ses hôtes en survêtement. On fit un tour à la roseraie, une visite rapide à travers les longues pièces (tout de même mille huit cents mètres carrés) et le débat final s'instaura dans la salle à manger transformée en cour de justice.

Comme pour nous prouver que nous les avions bien choisis, certains jurés se sentirent obligés de déployer un minimum d'éloquence. Il s'agissait d'abord de plaider pour les trois films qu'on préférait. L'écrivain anglo-japonais Ishiguro expliqua pourquoi il adorait *Pulp Fiction*, Schifrin pourquoi il ne l'aimait pas. Parmi les metteurs en scène, le Coréen Shin Sang-Ok fut concis, le Russe Kaïdanovski prolixe, et l'Italien Pupi Avati plus combatif que je ne l'aurais cru. Catherine fut, comme toujours, parfaite d'honnêteté intellectuelle et de vraie conviction. Mais, concernant les choix de tout un chacun, elle redoutait les fuites d'après Festival. Elle y eut droit et conserva un souvenir amer de ces commérages. Clint fit court. Selon lui, personne ne convainc personne. Puisque c'était le D-Day, *let's go, guys !* Et l'on passa au vote.

Clint avait fait préparer sur des chevalets d'énormes pancartes. En colonnes et en gros caractères tous les films, les réalisateurs, les acteurs, les actrices, les scénaristes, etc. Il était fier de cette idée qui avait coûté pas mal d'énergie à la secrétaire pour l'expliquer à un graphiste du coin.

Il se leva et se tint à côté des tableaux avec une grande règle et un crayon gras. Mais le graphiste n'était pas cinéphile et il avait placé Nikita (Mikhalkov) dans la colonne des femmes. Clint ne s'en était pas autrement formalisé. Autre inconvénient du système : Clint barrait les noms qui n'avaient aucune chance mais comme il se trouvait toujours quelqu'un pour vouloir conserver un film, cela ne servait pas à grand-chose. Cela dit, personne, vraiment personne, n'aurait osé le lui faire remarquer.

Au bout d'un temps assez long, il fut tout de même admis qu'on voterait par écrit comme le prescrit le règlement.

Chéreau mauvais perdant

D'abord, la Palme d'or. Trois films tenaient la corde. Le vote indicatif donna *Vivre*, cité 8 fois, *Pulp Fiction*, 5 fois et *Soleil trompeur*, 5 fois. Au deuxième tour, *Pulp* avait 4 voix, les deux autres 3. Au troisième tour (majorité simple) : *Pulp* avait 5 voix, *Soleil trompeur* 3 voix et *Vivre* 2.

Plusieurs jurés regrettèrent la confusion de la méthode, la précipitation des débats et se montraient frustrés de n'avoir pas fait triompher leur candidat. Mais Clint était ravi : son poulain avait gagné.

Et Pupi d'applaudir !

On crut détendre l'atmosphère en s'attaquant aux acteurs. Les hommes, d'abord : (indicatif) Trintignant (*Rouge*) : 7 voix, de même que Ge You (*Vivre*) ; Albert Finney : 4 voix ; Jean-Hugues Anglade (*La Reine Margot*) : 3 ; Mikhalkov comme acteur dans *Soleil trompeur* : 1 ; idem pour Samuel Jackson (*Pulp Fiction*). Au deuxième tour, Trintignant menait toujours mais perdait 3 voix. Au troisième tour, les voix de Finney se reportèrent sur Ge You. Ge You avait gagné : il serait le seul à venir puisque les officiels chinois interdisaient à Zhang Yimou de quitter son pays.

Les actrices, à présent : premier tour : Inna Tchourikova : 5 voix ; Gong Li : 5 ; Virna Lisi : 5 ; Jennifer Jason Leigh : 3 ;

Kristin Scott-Thomas : 1. Deuxième tour : Tchourikova : 4 ; Gong Li : 1 ; Virna Lisi : 5. Le président annonça que Virna avait gagné et Pupi d'applaudir.

Meilleur metteur en scène : premier tour : Zhang Yimou : 8 ; Nikita Mikhalkhov : 7 ; Nanni Moretti : 4 ; Michel Blanc et Patrice Chéreau : 2. Deuxième tour : Zhang : 3 ; Mikhalkov : 3 ; Moretti : 4. Troisième tour : Mikhalkov : 2 ; Moretti : 7. Pupi se dépêcha d'applaudir à tout rompre.

Le grand prix du jury fut alors attribué ex aequo à *Soleil trompeur* et à *Vivre* !

À ce moment, quelqu'un proposa qu'on revînt sur le prix de Virna Lisi, s'agissant d'un second rôle. Selon lui, cette récompense constituait une gifle pour Adjani qui avait le rôle-titre. Mais d'autres jurés considéraient que *La Reine Margot* était un film choral et qu'Adjani ne les avait pas convaincus. Revenir à Tchourikova qui avait obtenu de nombreux suffrages ? Clint refusa au motif que ce qui était voté était voté. Cette fois, Pupi s'abstint d'applaudir.

Prix du meilleur scénario. Michel Blanc : 7 voix ; Zhang Yimou : 4 ; Mikhalkov et Moretti : 1. Au deuxième tour, Michel Blanc : 9 voix. Moi qui jouais mon propre rôle dans *Grosse fatigue* – tout de même une minute de film pour un après-midi de tournage – me sentis solidaire, mais pas au point de remercier le jury !

Restait à attribuer le prix du jury, que Chéreau remporta. Or lui voulait la Palme. Il s'empressa de déclarer à la presse qu'on l'avait forcé à venir à Cannes alors qu'il n'avait pas fini son montage, prouvant seulement par là qu'il était mauvais perdant.

Quand il y a plus de bons films que de prix à donner, se croire victime de la malchance met sans doute du baume au cœur. Beaux joueurs, les oubliés du palmarès – Lucian Pintilié, Rithy Panh, Arturo Ripstein, Atom Egoyan – vinrent au dîner qui suivit. Ils pouvaient se dire, après Volker Schlöndorff en son temps, que le jugement de neuf personnes ainsi rassemblées ne représente l'opinion d'aucune de ces neuf personnes. Mikhalkov n'était pas aux anges. Toute la soirée, il fit une tête d'enterrement comme si la police secrète soviétique allait venir le quérir, au petit matin, pour le conduire au goulag, ainsi que dans *Soleil trompeur.*

L'avenir dure plus longtemps que le passé : entre la Russie impériale aux parfums nostalgiques et l'art du feuilleton populaire à la violence speedée, Clint avait parié sur l'avenir et pesé de tout son poids en faveur du feuilleton. *Maintenant le boulot est fini*, me dit-il en conclusion de cette journée, lui qui aimait le travail bien fait.

Dès qu'ils connurent la nouvelle, vers la fin de la cérémonie du palmarès, Tarantino et sa bande gesticulèrent comme des derviches tourneurs. Dans la salle, déjà, ils s'étaient tapé dans la main. Il fallait voir le distributeur du film, le corpulent Harvey Weinstein, se lever d'un bond pour hurler sa joie, puis, sur scène, où tout le groupe avait bondi, ce furent d'interminables embrassades qu'orchestrait gentiment Jeanne Moreau, parfaite maîtresse de cérémonie. Enfin au dîner au Majestic, tous se livrèrent à une opération de charme, allant dire bonsoir à chaque table comme Bruce Willis qui fendit tout le restaurant pour me remercier. De même John Travolta chercha à me joindre à trois reprises depuis son avion privé aux commandes duquel il regagnait Los Angeles. En désespoir de cause, il m'envoya un mot. John ne savait pas qu'il reviendrait bientôt à Cannes (avec *She's So Lovely* et *Primary Colors*). Mais comme son grand retour dans *Pulp Fiction* allait faire passer son salaire de huit cent mille à vingt millions de dollars, ce mot me fit penser qu'il me trouvait sympathique. Très sympathique, même.

44

Gérard

Les clichés ont la vie dure. Parce que la télé pérennise cette image, on se représente le directeur du Festival se dandinant sur les marches où il accueille les invités des séances de gala, embrassant une comédienne célèbre, saluant une autre, souriant à une troisième… Mais ce n'est pas que cela. Le directeur en voit aussi de toutes les couleurs. Et plus souvent qu'à son tour ! Un soir de 96, Gérard Depardieu m'a engueulé comme jamais je ne l'ai été, même par mon propre père. Il était le *deus ex machina* d'un film de Nick Cassavetes et comme il adorait la mère de Nick, Gena Rowlands, il s'était mis en tête de les amener tous les deux à Cannes, en compétition. Le film s'appelait *Décroche les étoiles* (*Unhook the Stars*) et René Cleitman en était le producteur. René et moi avions, de longue date, une entente parfaite. Je lui avais proposé Un Certain Regard qu'il avait accepté ; le film ne valait pas plus. Nick était heureux de venir à Cannes : sa mère serait là, elle aussi. Tout était pour le mieux. Et puis ce coup de fil de Gérard.

Gérard se considérait comme un membre à part entière de la famille Cassavetes. Il est vrai que sans lui le projet ne se serait pas monté. Il avait mis tout le monde en présence et je suppose qu'il avait promis la lune, c'est-à-dire la compétition, à Gena et à Nick, et qu'il tenait à leur faire plaisir.

Je décrochai et j'entendis la voix de Gérard, passablement embrumée. C'était l'époque où il négociait le virage de l'âge mûr en dérapages plus ou moins contrôlés. Ce soir-là, il parlait fort et ressassait son texte, interminablement. *C'est vrai ce que j'apprends? Que tu n'as pas sélectionné mon film!* Je tentai une sortie : le film était dans Un Certain Regard, c'était meilleur pour lui, un excellent film à n'en pas douter mais un film fragile... D'ailleurs, on ne pensait pas assez aux films. Mais Gérard était bien décidé à me culpabiliser, il commença à s'emporter : on n'avait pas confiance dans ses qualités de producteur, c'était la-men-table. Et d'abord qu'est-ce que nous y connaissions ?...

Je m'abritai derrière mon comité, le travail dur, le droit à l'erreur. La mise en scène n'était pas du niveau de la compétition, et ainsi de suite... Mais Gérard ne me lâchait pas et je n'en menais pas large. Il décochait les mots avec cette rage froide de celui qui sent qu'il ne gagnera pas : *Si je comprends bien, vous n'êtes pas fichus d'apprécier les qualités humaines... Et la tendresse, est-ce que vous savez seulement ce que c'est, la tendresse... Ce film, vous ne voyez pas que c'est comme la vie...*, et il répétait doucement pour lui-même : ... *comme la vie...* Entre deux silences interminables, il me dit encore : *Ah! il est joli avec vous le cinéma, y faudra pas s'étonner qu'il n'y en ait plus pour longtemps!* Et nous restâmes là, près d'une heure, lui furieux, tendu, buté, moi ne sachant comment clore l'entretien, mais exaspéré. Je fus si bouleversé par son agressivité que, tout de suite après, je dus m'allonger. Je m'en voulais de ne pas lui avoir raccroché au nez comme je l'avais fait avec cette horrible attachée de presse hollywoodienne qui m'avait insulté pour une histoire de montée des marches, le jour d'Al Pacino... Mais Gérard, c'était Gérard, un génial acteur, le meilleur de sa génération, et un homme pour qui j'avais – j'ai toujours – une profonde admiration. Heureusement, je me rappelais la phrase de Rossellini : *Robert, on ne va tout de même pas mourir pour un festival...*

Gérard avait changé. Jamais il ne s'était adressé à moi avec cette dureté. C'en était fini des longs hululements en cascade, de ces petits rires de gorge quand nous nous amusions comme des fous. C'en était fini du président du jury, hilare et caracolant sur sa moto, descendant à l'aube à la cuisine du Majestic pour réclamer un breakfast « tricolore » : un verre de rosé, un verre de blanc, un verre de rouge… J'imagine que des gens qui nous auraient aperçus auraient pensé : ces types sont à enfermer. Aujourd'hui, je l'avais vérifié en d'autres occasions, un pli barrait son front. Était-il agacé du temps qu'il perdait avec vous ? Le comptabilisait-il comme le prisonnier compte les jours en traits verticaux sur le mur de sa cellule ? Son œil, naguère si attendrissant, avait à présent un curieux éclat. Il y avait quelque chose de métallique, dans ce regard-là. Il était loin le temps des cadets de Gascogne, où le bretteur sans vergogne enfonçait, pour rire, dans le ventre de son producteur une épée imaginaire…

Ce n'est pas seulement l'abus d'alcool, que du reste Gérard contrôle à sa guise, passant de l'énorme au mince, ni d'autres soucis que relate avec délices la presse de caniveau. Non, à présent, il faisait des affaires. Celui qui peut jouer n'importe quel rôle, est-ce que jouer l'amuse encore ? Gérard est devenu une entreprise à lui tout seul : vignobles, pétrole, restaurant, Cuba, Roumanie, Russie. Par temps calme, on doit apercevoir sur son front, en petites lettres au néon scintillantes : « Gérard Depardieu Entreprise », en anglais, cela sonne bien. D'où vient que l'homme, parvenu à un tel degré de puissance, n'accepte aucune contrariété et malmène ainsi ses propres thuriféraires ? Peu importe. Car depuis, Gérard a perdu son fils Guillaume, âgé de trente-sept ans. Destin tragique. Guillaume était l'un des meilleurs acteurs de sa génération. Les souffrances affreuses du fils, le tourment du père qui, forcément, culpabilise, rendent notre appui plus naturel encore.

45

Isabella

Retour au Raphaël

Tout le monde, un jour ou l'autre, a été amoureux d'Isabella Rossellini. Comme Scorsese, comme David Lynch, comme Toscan du Plantier. Pour moi, c'est la fille de Roberto. Aussi quand nous créons – dans les années 80 – le prix Rossellini, nous lui demandons, tout bonnement, de nous rejoindre. Pendant plusieurs années elle est ainsi devenue l'ambassadrice du prix. Et puis nous nous sommes brouillés. Mais ce soir-là, une fois encore, on s'est retrouvés comme avant.

Je suis donc venu chercher Isabella dans son appartement du Raphaël. Elle m'a ouvert la porte, elle avait roulé ses cheveux dans une serviette lavande, nouée au-dessus de la tête comme Lana Turner dans *Le facteur sonne toujours deux fois*, on s'est regardés, elle m'a plaqué un petit baiser sur la joue et m'a dit qu'elle en avait pour une minute. Je me suis rappelé ces tractations, ici même, pour que Rossellini préside le jury, son insistance à tenir ce fameux colloque. Roberto debout au téléphone avec le room-service. Commandant deux camparis et un cognac. Je n'étais jamais retourné dans sa chambre, et ça m'a fait tout drôle, enfin drôle…

Isabella avait passé une veste noire toute simple sur une jupe plissée, elle a saisi la clef qui traînait sur la table et laissé couler sur moi son rire en cascade, le rire de son père. J'étais donc seul au monde avec Isabella et nous sommes partis, bras dessus, bras dessous, au restaurant Conti, souriant à l'évocation de nos brouilles passées.

Je m'étais fâché une première fois parce qu'elle avait dit oui pour le jury et qu'au dernier moment, mais vraiment à la dernière seconde, elle avait signé le remake de *Cousin, cousine*, et ce metteur en scène au nom de garde-chasse [1] ne la voulait même pas pour tourner : pour répéter. Trahison. Encore si ça avait été pour toucher vingt millions de dollars, comme Jodie Foster quand elle nous a lâchés pour un David Fincher, mais là... Je me suis mis en colère pour de bon, rien n'y a fait. Elle était fâchée que je sois fâché. Depuis, chacun campait sur ses positions. D'habitude, je compatissais à ses infortunes : aventures sentimentales, rôles choisis sur un coup de tête, films où personne n'était payé... Les Européens croyaient qu'elle faisait carrière en Amérique, les Américains n'aimaient pas qu'on mélangeât publicité et cinéma, moi, par méchanceté, je me disais que seuls les Taviani et David Lynch lui avaient réussi.

Le reste du temps, à part son fameux contrat Lancôme, elle faisait des « ménages » : premières, trophées sportifs, séances de photos, tours du monde. Un mariage raté, des amours improbables, la naissance de sa fille, un petit garçon adopté... Le bonheur lui sautait des mains, comme ces tartines de confiture qui tombent toujours du mauvais côté.

Pourtant, qu'elle était belle, Isabella ! Elle faisait le mannequin, comme elle disait, mais elle était la Femme. Adorable dans n'importe quoi : un tailleur, une petite robe noire, une tenue grand soir. Adorable aussi par son allure, son accent italien qui vous chamboulait, sa vivacité d'esprit, cette façon de renverser la tête en arrière : un seul de ces facteurs aurait suffi pour plaire. On dit souvent que le visage d'un modèle doit accrocher la lumière. Chez Isabella la lumière était intérieure : elle s'illuminait du dedans, comme une lampe. Surtout quand elle était amoureuse...

1. Joel Schumacher.

Isabella

Elle avait beau passer sa vie à fuir, elle revenait toujours au Raphaël. Piété filiale. Mais chaque fois qu'elle s'arrêtait, elle sentait qu'il fallait fuir encore, elle qu'incompréhensiblement les hommes de sa vie fuyaient aussi. C'est ainsi qu'elle quitta l'Italie pour l'Amérique, New York pour Los Angeles, Los Angeles pour New York, le bas de la ville pour le haut, les États-Unis pour ses tours du monde. De quoi avait-elle peur avec ses grands yeux verts, un corps à la fois svelte et charpenté, un sourire à vous faire sauter par la fenêtre ? De l'après ? Quand elle ne serait plus jeune, quand elle serait « encore » belle ? Au cinéma, on peut étaler sa carrière jusqu'à pas d'âge : Lilian Gish, Bette Davis, Katharine Hepburn, combien d'autres. Un top model, à trente-cinq ans ...

Le tragique avec les personnages de femme fatale, c'est qu'elles sont avant tout fatales à elles-mêmes.

Le prix Rossellini

En 1985, je fondai le prix Roberto-Rossellini, et n'aurais avoué pour rien au monde que c'était pour elle. La convaincre n'avait pas pris cinq minutes. Je constituai un jury franco-italien, un jury de grands metteurs en scène qui se situaient, ici comme à Rome, dans la grande tradition rossellinienne – humanisme, transmission du savoir.

Le Festival offrirait au prix Rossellini une structure d'accueil, j'assurerais le secrétariat et Isabella en serait le joyau. Mais pour cela, il fallait se voir. On se rendait visite, on s'écrivait. Les Français, c'étaient Jean Rouch, Agnès Varda, Godard, Rivette (Rohmer avait dit oui, mais qu'il ne viendrait jamais), Chabrol, Louis Malle, Toscan et moi ; les Italiens, c'étaient Olmi (il ne vint pas non plus), Bertolucci, Scola, les frères Taviani, Francesco Rosi, Carlo Lizzani et Gillo Pontecorvo. C'est ainsi que nous avons donné le prix successivement à Channel Four, Cesare Zavattini et Jack Lang, Emir Kusturica, Martin Scorsese, à la Cinémathèque française, et à Abbas Kiarostami.

Manifestement, le fantôme de Rossellini tirait les débats vers le haut en une spirale de création et de vie. Les Italiens étaient les plus assidus. Renonçant pour une fois à la musique légère, au côté *Volare cantare*, ils brillaient par des exercices de rhétorique éblouissants. Les Français étaient plus remuants : Varda et Rouch fignolaient les communiqués. Comme au Conseil de sécurité de l'ONU, on bataillait pour une virgule.

Je m'étais donné du mal pour faire un beau jury. J'y invitais les cinéastes mais aussi une partie de la famille Rossellini, famille nombreuse car Roberto adorait les femmes et leur faisait des petits Roberto.

Les rassembler à Cannes était un jeu d'enfant. Ils s'asseyaient, ils parlaient, ils mangeaient, ils votaient, ils parlaient encore, et ils passaient trois jours au Festival… C'était gai. Le soir du vote, les jurés s'entassaient sur une petite estrade, au Carlton, on annonçait le lauréat, on lui remettait le trophée qu'avait dessiné David Lynch. Il y avait du brouhaha, des caméras, des rires, des invités qui se fichaient de ce qui se passait, pressés qu'ils étaient de passer à table. Le bonhomme chauve qui officiait à Venise venait en douce, pendant les discours, échanger les cartons sur les tables d'honneur… Monique Lang aussi, mais c'était Monique Lang. Bref, c'est tout juste, avec tout ça, si l'irremplaçable Martine Offroy, la chef du protocole du Festival, était encore maître du cérémonial. Mais cela ne faisait rien, tout le monde était heureux. Isabella était la reine, évidemment. Entourée de caméras et de photographes, chose qui ne l'importunait pas, elle souriait, souriait… Pendant tout le repas, on venait la déranger, photos, dédicaces, questions, sourires – à l'italienne. Elle se penchait vers Bertolucci, et ils avaient de longs apartés, si bien que, de l'autre côté, je faisais tapisserie, mais ça m'était égal : je contemplais Scola en face de moi ou les Taviani, et, de loin, sans pouvoir s'entendre, on se faisait de petits signes… En me tournant vers elle, je voyais que son visage brillait de joie, et quand Isabella était contente, il faisait soleil même la nuit. Si, un jour, le prix devait s'arrêter, je sentais que cela valait la peine de l'avoir créé, rien que pour des soirées comme celle-là.

À minuit, ce devait être un soir de 87, Isabella demanda une voiture, et dix hommes qui étaient fous d'elle se précipitèrent pour la raccompagner, mais moi je la poussai dans un carrosse du Festival et elle s'enfuit vers l'hôtel Majestic. Je revins vers l'ascenseur du Carlton où montait René Cleitman : « Une belle femme ! » J'ai acquiescé. C'était la complicité des laissés-pour-compte.

Une autre fois, arrivée fatiguée, en plein décalage horaire, Isabella avait prévenu les dames du protocole qu'elle rentrerait tôt ce soir-là. C'est l'année où le prix alla à Emir Kusturica dont le charme sauvage un peu voyou ne laisse jamais insensibles les belles amoureuses. Dès la fin du dîner, Isabella l'appela auprès d'elle et ils bavardèrent. Si longtemps, après que tout le monde fut parti, qu'il ne lui restait plus comme garde du corps que Marie-Thérèse Rose, délicieuse dame du protocole, ensommeillée mais stoïque. Assis dans la grande salle à manger désespérément vide, Isabella et Emir restaient là, à se chuchoter des secrets qu'on ne saurait jamais. Une vraie scène de film.

À un moment, elle eut un petit geste de la main, signe que la soirée se terminait là. Il n'y avait plus de chauffeur. En désespoir de cause, on la mit dans la voiture du commissaire de police, un personnage un peu ridicule avec son nœud papillon doré à qui il ne manquait que des ampoules lumineuses clignotantes.

Petites brouilles et gros chagrins

La présence d'Isabella était primordiale pour nous car elle assurait à elle seule la médiatisation du prix. Elle venait au bureau, passait la journée le nez dans les dossiers. Elle s'investissait si fort que lorsqu'elle me trahira, j'en serai encore plus déçu. Elle nous lâchait à la dernière minute avec la même désinvolture que ses chevaliers servants qui, parfois, en épousaient une autre. Pour elle, c'était d'autant plus dur à avaler qu'elle était habituée aux cadeaux, à la galanterie. Pour moi, c'est comme si elle avait bradé l'esprit de générosité de son père. Je me disais : *J'ai fondé le prix en souvenir de Roberto, elle ne peut pas me faire ça.* Pourtant, si. Elle l'avait fait deux fois entre 1985 et 1990. Et j'entrais dans des colères noires. Alors, elle disparaissait. C'était sa manière de me punir. De me dire qu'elle avait sa vie. Sa vie professionnelle, sa vie de famille, sa fille. Et qu'il fallait se montrer compréhensif. Les stars sont comme ça, je le sais bien. Petites brouilles et gros chagrins.

On se réconciliait. Je lui écrivais, elle m'envoyait des émissaires. Elle passait par Paris, elle venait dîner à la maison, elle était charmante avec ma femme, avec les enfants, avec la chienne, avec tout le monde. Tout était oublié et on repartait comme avant.

En 91, je tenais beaucoup à ce qu'elle soit là. Je lui avais fait comprendre que sans elle, sans sa présence, le prix n'avait plus de raison d'être. Elle se contenta d'appeler, et les prétextes qu'elle donna me furent insupportables. J'aurais avalé n'importe quel boniment, mais ça ! Elle ne pouvait pas venir *parce qu'elle avait un rôle bénévole dans le court-métrage d'une inconnue et qu'elle devait ce jour-là faire des essais de costumes !* Trop c'était trop. Nous étions déjà à Cannes. Je rassemblai mon jury et l'informai de ma démission. Tous se récrièrent, crurent que je plaisantais, mais j'étais décidé. Pendant qu'on délibérait, Isabella demanda à me parler : je refusai de lui répondre. On vota. Le prix alla à une école de cinéma cubaine et à un professeur polonais, Jerzy Toeplitz. C'était fini.

L'année suivante, Agnès Varda écrivit à Isabella et aux autres qu'il fallait tout faire pour sauver le prix. Une lettre émouvante. Mais sans l'infrastructure de Cannes, elle se rendit vite compte que ce n'était pas facile. La plupart ne lui répondirent même pas. Un an plus tard, Jean Rouch, sans m'en avertir, tenta de relancer le prix à l'Unesco. Ce fut un fiasco sans appel et on ne l'y reprit plus. Ainsi mourut le prix Rossellini, victime d'un crime passionnel que Roberto, dans sa grande sagesse, eut sans doute ramené à de plus justes proportions.

De temps en temps, quand je suis dans le quartier, je pousse la porte tournante du Raphaël et je vais m'asseoir dans le hall.

Personne ne me demande ce que je fais là et je regarde passer les visiteurs sur fond de bar anglais et de demoiselles du téléphone. Il me semble alors entendre la voix du vieux Roberto : *Les films, c'est bien, Gillo, mais n'oublie pas que ce qui ouvre les portes du monde entier, c'est le savoir. Un type qui apprend encore à cinq minutes de sa mort, est-ce que tu connais quelque chose de plus émouvant ?*

Lui, une minute avant sa mort, écrivait, je l'ai déjà dit, son article sur le palmarès. Je suis là, à vingt mètres à vol d'oiseau de la suite Rossellini et des images sonores surgissent avec une telle netteté que le présent s'estompe autour de moi. J'entends les petits coups du sommelier qui venait porter les deux camparis et le cognac. Il repartait avec un énorme pourboire alors que Roberto ne savait même pas comment il allait payer sa note… Soudain le rire d'Isabella résonne dans le hall : elle n'est pas là, bien sûr, mais se reconstitue fidèlement dans ma tête l'ébahissement d'Oliver Stone me voyant attablé au bar avec elle, tandis que l'acteur Jeff Goldblum, lui aussi de passage à Paris, vient nous dire bonjour. Je me dis, par la même occasion, que je pourrais jeter un coup d'œil à la suite 132, celle où une serviette-éponge lavande qui nouait les cheveux mouillés d'une belle Italienne m'était apparue dans l'entrebâillement de la porte. Quand la vie est un tant soit peu réussie et que les yeux de certaines femmes se voilent de plaisir, qu'il est doux d'être assis dans un hall d'hôtel à attendre que le concierge vous dise *Vous pouvez monter*, en regardant passer d'aussi tendres fantômes…

46

Tirage sépia

Décorant Sharon Stone

J'exhume par hasard, l'an dernier, une grande enveloppe marron qui contient à son tour des cartons gaufrés gris : ma grand-mère et mon grand-père maternels pris par un photographe qui signe ses tirages Ch. Kerschel, Paris, 1892. Photo posée, tirage sépia sur fond sombre, c'est la seule photo où mon grand-père, le polytechnicien, est jeune : ses lorgnons sans monture laissent filtrer des yeux très clairs, et, visiblement, il sort de chez le coiffeur. Le coiffeur a peigné ses cheveux épais, taillé soigneusement sa moustache fine à la ténor d'opéra et une barbiche qui a blanchi sur cette autre photo de lui et moi, sur un banc du jardin, à Garches. Un col blanc très haut, un premier bouton de la veste en toile à hauteur de la clavicule, la mode de l'époque, il ne sourit pas, il regarde à côté de l'objectif, j'ai l'impression de faire enfin la connaissance de mon aïeul, mort quand j'avais quatre ans. Je retrouve aussi ces cartons à bords dentelés, cette ribambelle de personnages délavés qui sont tous moi à des âges différents de mon enfance, scènes amusantes ou paisibles : sur un tricycle au parc Monceau, j'ai une veste et des gants en plein été (cette élégance vestimentaire à bécane, *maman chérie, qu'est-ce qui t'a pris ?*) ; sur le balcon du boulevard Haussmann, dans les bras de ma nurse, avant l'épisode du calot; en vacances à l'Hermitage de Nice (déjà !), je suis en costume marin, bonnet blanc, chaussures blanches, longues chaussettes blanches, je monte sur le marchepied de la navette de l'hôtel (Cimiez-place Masséna et retour toutes les demi-heures), mon frère me suit, casquette blanche, veste claire ; les mêmes, à Combloux (vacances d'hiver), casque de cuir et lunettes d'aviateur, assis dans un avion fleuri tiré par deux chevaux : la cavalcade de chars singe le carnaval de Nice, la parole à la fanfare ; cette autre – le haut à gauche est déchiré – où je retire, avec une concentration inouïe, une petite fourmi qui court sur une fleur ; celle-ci – j'ai honte d'avoir une culotte si longue qu'elle recouvre presque le genou, photo où je dissimule mal mon plâtre (poignet cassé à bicyclette, Boissey-le-Châtel, huit ans) ; une autre, toute en hauteur, nous sommes Jean-Claude et moi sur une balançoire, il est debout derrière moi et donne de l'élan, on sent que je cherche à descendre – le photographe inconnu a cadré le bord droit de la photo en incluant une corde à nœuds ; là, j'ai toujours mon plâtre et je souris à ma mère qui me rend mon sourire, Jean-Claude n'est pas exclu, il a passé son bras sous le sien ; à Villard-de-Lans près d'une petite fille, j'ai des skis et un passe-montagne tricoté main mais je suis accroupi : le trouillard ne tombera pas de bien haut ; la dernière est floue, j'ai toujours mon passe-montagne mais je chevauche le phare avant droit d'une Citroën, j'ai des culottes de golf et des gros souliers, la neige de Saint-Briac en 39 n'est pas loin, l'armée allemande non plus... Encore une : c'est moi en militaire, tenue kaki et chemise de sortie, je suis plus gros qu'aujourd'hui ; à l'absence de sourire on sent bien que je suis malheureux... Et celle-ci, beaucoup plus récente, je décore Sharon Stone à Cannes, au Café des Palmes, Sharon a mis sa main sur mon épaule : si la photo s'est faufilée là, c'est que quelqu'un a feuilleté ces tirages avant moi...

À l'abri de la lumière, de la poussière, des insectes, de l'humidité, malgré les guerres, l'exode et les déménagements, ces photos, qui incarnent l'avant-guerre, sont toujours en vie, cinquante, cent ans après ! Intactes, tirage parfait, elles sont presque toujours de face, regard dans l'objectif, les vêtements sont neufs ou fraîchement repassés, à la hauteur de l'événement ; mais il manque souvent le négligé de la vie quotidienne, l'oubli de l'appareil, on n'y voit jamais un repas, un moment de détente, une cigarette, des éclats de rire, on nous a demandé d'être là, voilà tout. Qui a pris ces photos, qui les a rangées, conservées ? Que de temps met-on à découvrir celui qu'on était avant… Et quelle douceur de léguer à ses petits-enfants tout un passé évaporé et qui a nom Garches, Cimiez, Combloux, Saint-Briac, Villard-de-Lans, autrement dit la plage, de petits crabes sous les rochers, les crevettes grises, la neige, les bâtons de ski, le train, les vacances, la voiture, la famille qui chante à tue-tête de vieilles rengaines, toutes ces traces embellies de l'enfance.

47

Séduire Scorsese

À la Groucho

1998. « Si vous voulez Marty, m'a confié Rafaele Donato [1] dans le couloir, vous avez intérêt à aligner d'urgence de sacrées bonnes raisons ! » Quand nous lui avons envoyé l'invitation pour la présidence du jury, Scorsese était en pleine finition de *Kundun*. On lui a laissé un mois pour dire oui ou non. Comment le séduire ? Je ne me rappelle plus de qui est venue l'idée de la Légion d'honneur. Marty avait été surpris qu'on ait remis le ruban à De Niro avant lui. Franchement, il n'avait pas tort : que serait De Niro sans lui ? J'ai donc glissé à Donato que j'avais demandé la même chose pour Marty et que la remise était prévue à Cannes. Et, à la surprise générale, Scorsese a fait étudier le report de son prochain film. C'était bon signe.

Pourtant, quand je suis entré dans sa suite au Plaza, les dés n'étaient pas jetés. Je savais seulement par un mot de Thelma, sa monteuse, que la présidence l'intéressait. Il s'est levé, tout de noir vêtu, en bon *Goodfella* de légende, et m'a planté dans les yeux son regard intense. Scorsese était déjà venu sept fois à Cannes où il avait obtenu la Palme d'or (*Taxi Driver*, 76), le prix de la mise en scène (*After Hours*, 85) et je l'avais mis à l'ouverture en 83 avec *The King of Comedy* (*La Valse des pantins*). On s'est tapoté le dos

1. Proche collaborateur, chargé de la Collection Scorsese.

comme des mafiosi. Comme d'habitude, il parlait à une vitesse vertigineuse. Il avait toujours ses gros sourcils à la Groucho et me parut plus tassé qu'auparavant. Mais dès qu'il s'animait, c'est-à-dire tout le temps, on ne remarquait plus sa petite taille. Et le mot de président me sembla lui servir d'échasses.

Helen, sa nouvelle femme, est entrée au salon, elle a fait mine de se retirer, mais Marty a insisté pour qu'elle s'asseye près de lui. Il m'a demandé ce que je voulais boire. J'ai commandé le fameux cocktail de Thomas Hardy : *du brandy pour calmer les nerfs, du soda pour détruire l'effet du brandy, et du lait pour adoucir le soda.* Ce que j'apprenais, en effet, n'était guère réconfortant : Marty n'aimait ni les voyages, ni le décalage horaire, ni les hôtels de la Croisette. Il n'aimait pas davantage les interviews, les photos, les cocktails, les films en matinée *(Qui m'a jamais vu sourire avant midi ?)*, les jurés trop bavards *(Supporter Tavernier pour une si longue période, non, je plaisante !)*, ni devoir regarder deux films par jour *(C'est beaucoup trop pour moi...)* – tel était Scorsese, toujours en ballottage entre l'humour et l'engagement. Je voyais bien qu'il n'était pas décidé.

Quoi de plus amusant au monde que de constituer un jury ? Y réfléchir, c'est s'engager un peu. Aussi me suis-je lancé dans l'aventure avec lui. Pour l'émoustiller. Dieu merci, Marty adorait Michelle Pfeiffer et Winona Ryder, proposant même de leur téléphoner. Il n'avait rien contre Emma Thompson ni Kristin Scott-Thomas. Sigourney Weaver, Lena Olin et Barbara Hershey, yeah, cela aurait fière allure. Jodie Foster ? Plutôt l'étoffe d'une présidente. Maggie Cheung ? *A darling* : il adorait le cinéma asiatique et il connaissait personnellement plusieurs metteurs en scène chinois et taïwanais. Gena Rowlands ? Épatante ! Et aussi, qui sait s'il viendrait, Denzel Washington. Robin Wright était trop proche de Sean Penn comme Annette Bening de Warren Beatty. Il suggéra Richard Lester. J'étais content : je lui avais donné du grain à moudre et, visiblement, ce petit exercice l'excitait. Nous nous sommes retapoté le dos et Rafaele m'a raccompagné jusqu'au palier en levant comiquement le pouce de la victoire : *Je le connais, c'est fait !*

Un agent récalcitrant

Je n'étais pas plus tôt rentré chez moi que le téléphone sonnait. C'était l'agent de Scorsese, Emmanuel Nunez, dont le rôle était d'obtenir davantage que ce qui est d'usage. Principe de base : si l'on vous propose cinq, demander dix pour obtenir huit. L'agent voulait impressionner son patron, le patron montrer au client qu'il défendait ses intérêts, Scorsese taxer le studio, le studio faire payer le Festival, et moi je voulais Scorsese. Une négociation pas des plus faciles.

Ce n'est pas à l'hôtel du Cap que le Festival loge d'ordinaire ses jurés. Trop cher, trop loin. Avec le trafic, on a toutes les chances d'être en retard aux séances. Or, comme par hasard, c'est ce seul et unique palace que Scorsese a choisi. Et, dans ce palace, le lieu dit « la villa » (à l'écart) et, dans cette villa, la suite princière. Ce n'était pas encore fait, mais si c'était oui, ce serait l'hôtel du Cap. L'hôtel du Cap ou rien, a dit Nunez.

Bien sûr, l'annonce aurait beaucoup d'allure. Après le maelström du 50e anniversaire, la présence d'un des derniers grands sonnerait comme un nouveau départ. D'autant plus qu'il avait toujours refusé les jurys. Tout cela valait bien d'affronter un agent. Très vite, des rapports tendus s'instaurèrent. Chaque fois que la négociation semblait terminée – et pour moi, elle l'était –, Nunez énonçait de nouvelles exigences. Premier coup de fil : pouvais-je participer au billet d'avion de De Niro *de l'année précédente* ? Ce type voulait mettre mon calme à rude épreuve. Je dis non, sèchement. Il rebroussa chemin mais je savais bien qu'il me le ferait payer au centuple. Il m'avait fait promettre deux Concorde, une participation pour l'hôtel du Cap, une suite au Carlton. Nunez voulait maintenant un avion privé entre Paris et Nice. Je n'étais pas sans savoir que Marty déteste l'avion : cette attention, dont Nunez me remerciait, le mettrait sûrement de bonne humeur. J'indiquai que l'avion privé était tout à fait impossible. Il trouva cela « vraiment dommage » et en profita pour réclamer une voiture supplémentaire et deux chambres au Carlton « pour les collaborateurs de Marty ». « Ah, et puis Marty arrivera six jours à l'avance à cause du *jet-lag*, serait-il possible qu'il passe par Dublin où il a à faire, justement ? » C'était la meilleure ! Nunez réclamait davantage chaque fois, il voulait à présent un engagement définitif, lui-même ne pouvant jamais donner de réponse immédiate. Était-il chargé de faire capoter l'opération ? Scorsese était-il au courant de ces surenchères successives ? Et pourquoi Rafaele m'avait-il dit que c'était à CAA (la boîte de Nunez) de payer les frais ? Un méli-mélodrame, dis-je à ma femme en rentrant.

Une négociation qui peut sembler mesquine mais, pour le Festival, il s'agit de fonds publics. Qui dit fonds publics, dit règles, contrôles, nécessité de joindre les deux bouts... Ces exigences à répétition m'agaçaient terriblement. L'accord de Scorsese s'éloignant de jour en jour, j'en étais réduit à chercher quelqu'un d'autre. Pour me réconforter, je pensai à ma botte secrète. La fameuse Légion d'honneur ! En tout cas, ma religion était faite : pas de présidence, pas de décoration. Pendant vingt ans, j'avais agi avec la plus grande délicatesse envers les Américains. Le temps était venu d'adopter leurs méthodes.

L'affaire Kundun

Après m'avoir fait attendre une dizaine de jours, Nunez m'envoie un fax : il reste juste un ou deux points que le Festival ne devrait pas avoir trop de mal à entériner. *Appelez-moi.* Parallèlement, je reçois, du bureau de Scorsese, sa déclaration pour l'annonce officielle, très belle. De plus en plus exaspéré, je fais porter une lettre à Marty pour lui dire que je suis découragé, que nous perdons notre temps. Et j'explique qu'il était de notre intérêt commun de publier le communiqué avant la sortie de *Kundun.* Malheureusement, faute d'accord, c'est devenu tout à fait inenvisageable...

Le jour suivant, Nunez m'appelle, hors de lui : « J'apprécierais que vous vous adressiez à moi quand vous avez quelque chose à dire. » Il reformule les mêmes demandes en les minimisant. Je refuse en bloc et lui annonce que demain je récapitulerai ma position. Le fax ne lui parvient pas – du moins l'a-t-il prétendu. Mais Marty a dû le sermonner, car Nunez, radouci, me prie de renvoyer une copie : « Êtes-vous heureux ? dit-il. Si vous êtes heureux, je le suis… » Début janvier, je propose le scoop à Frodon, du *Monde*, qui le publie en une. Satisfaction générale. Entre-temps, *Kundun* est sorti. Critiques mitigées. Public inexistant. Paradoxalement, ce bide comble d'aise Michael Eisner, le patron de Disney qui l'a produit. C'est que les Chinois, agacés, veulent boycotter le parc d'attractions que Disney doit construire à Pékin. En Amérique, on a donc laissé mourir *Kundun*. Beau film mystique, pourtant (toujours d'actualité), où Marty évoque les millions de Tibétains tués par les Chinois… En février, Paul Rassam qui l'a acheté pour la France me dit qu'il voudrait le montrer à Cannes. J'ai des objections : est-ce que Scorsese ne sera pas embarrassé par cette pub, au moment de juger ses confrères ? Est-ce que les Chinois ne vont pas se fâcher et empêcher Chen Kaige (déjà invité) de venir au jury ?

Paul me demande d'appeler Scorsese. J'avertis Paul que, si je tombe sur Nunez, je raccroche. Naturellement, c'est un piège. Tout en m'annonçant Mr Scorsese, la secrétaire me passe son agent. « Désolé, dis-je, je ne parle qu'à Marty. » Il me le passe alors, tout en restant en ligne. À deux reprises je dois lui dire *« Stay out, sir !… »* mais ils parlent entre eux par-dessus ma tête et je pourrais presque aller faire un tour… « Délicat de montrer mon film à Cannes ? Non. On ne pourra bientôt plus faire ce genre de films et personne ne me pensera capable d'autopromotion. » Marty se donne vingt-quatre heures, mais ce sera oui, je peux d'ores et déjà considérer que c'est oui, *n'est-ce pas Many ?* (Many, c'est l'horrible Nunez). Oui, oui, Many est d'accord. Paul exulte. Je précise : pas de conférence de presse pour *Kundun*, et présence de Melissa Matheson (la scénariste). Pourquoi elle? Parce que nous avons besoin d'une star pour remettre la Palme. Et qui est marié à Melissa? Harrison Ford, tiens donc...

Le lendemain, onze heures du soir : le téléphone. Nunez, je parie. Sur le répondeur, la voix de la secrétaire. Je ne décroche pas. Au matin, un fax. Nunez veut montrer le film à Londres avant Cannes : une soirée en l'honneur des Tibétains. Je n'aurai pas l'occasion de lui dire ce que j'en pense : trois pays ne peuvent repousser la sortie. La joie de perdre un film, je ne l'avais jamais éprouvée! J'annulai instantanément *Kundun* par fax à Paul et à Nunez que je priai de n'appeler chez moi sous aucun prétexte. *Kundun* ira à Venise et Marty... eh bien, à Cannes, en applaudissant sa belle décoration, je me dis que, touche de rouge à sa boutonnière ou pas, j'en ai vraiment vu de toutes les couleurs.

Aux marches du Palais, Cannes dans tout son décorum.

Le jury du cinquantième anniversaire en 1997.
De gauche à droite : Mike Leigh, Paul Auster, Luc Bondy, Kim, Patrick Dupont, Gong Li, moi, Isabelle Adjani, Nanni Moretti, Mira Sorvino.
(Manquent : Tim Burton et Michael Ondaatje.) Devinez lequel est le garde du corps ?

De haut en bas :

Coppola : « Je n'ai eu qu'un demi-palme ».

Woody Allen, petite promenade de deux timides.

Louis Malle et l'histoire d'*Au revoir les enfants*.

© A. Schoenauer

De haut en bas :

Pourquoi Jean-Luc Godard sourit-il si fort ?

Avec Clint Eastwood. On riait moins pour le tremblement de terre.

De haut en bas :

Isabella Rossellini. Les « amoureux » sont seuls au monde.

Entre Emma Thompson et Isabelle Huppert.
Laquelle de vous deux m'a offert une boîte de biscuits ?

© D. Angeli, F. Garcia, B. Rindoff Petroff/Angeli

De haut en bas :

Jeanne Moreau et Juliette Binoche, deux si troublantes gardes du corps…

Non, Catherine Deneuve ne joue pas des castagnettes !

De haut en bas :

De quoi Jodie Foster veut-elle se faire pardonner ?

L'histoire du punching-ball de Roman Polanski…

Avec Romy Schneider : une plaisanterie qui fait mouche.

De haut en bas :

Le dîner du 50e anniversaire : l'affaire de la canette de bière.

Avec Barbara Hendricks : c'est gentil de m'épousseter !

Avec Luc Besson : la tendresse d'un président de jury qui joue les nounours.

De haut en bas :

Quand Sharon Stone vous enlace…

Nicole Kidman : quel jeu de jambes !

© A. Serra/In Visu/Corbis

48

La vie est belle ?

Politiquement correct

Nous sommes toujours en 1998, préparant la sélection pour le jury Scorsese. L'abus d'interventions est contreproductif. Roberto Benigni allait-il en faire les frais à son insu ? Malgré un déficit de gags, la première moitié de *La vie est belle* me parut mieux mise en scène que les précédents films de Benigni. Mais la deuxième partie posait problème : plusieurs membres du comité s'émurent du mélange humour-Shoah. Peut-on s'attaquer aux camps de concentration ? Peut-on rire de tout ? D'autres estimaient, au contraire, qu'il s'agissait d'un film sur la bonté. Refusant de trancher à chaud, je décidai d'attendre les autres films italiens tout en sachant fort bien que, Moretti mis à part, il n'y en aurait pas de ce calibre ni qui feraient autant jaser. Et le fait est.

Venues d'Italie, des États-Unis et même de France, les pressions m'horripilèrent : mais je devais faire attention à ne pas refuser *La vie est belle* pour de mauvaises raisons. Jean Labadie, le coproducteur, m'avertit : les Italiens en feraient un drame national. Que dis-je « en feraient », en *faisaient*, oui ! Sentant bien, pour une fois, que ce n'était pas le moment de me taper sur les nerfs, Harvey Weinstein, qui avait acheté le film pour l'Amérique, s'abstint de me contacter. Mais une Française de son bureau, Agnès Mentré, me confia tous ses numéros à New York, je pouvais la joindre jour et nuit.

Les jours et les nuits passaient. Je ne me pressais pas. Un soir, Depardieu m'appela pour me détailler les qualités du film. Gérard tournait *Astérix*, avec Benigni justement, produit par Berri. Claude Berri au contraire, restait silencieux. Il avait vu *La vie est belle* et en trouvait la mise en scène très moyenne. Bien sûr, Benigni n'a demandé à personne d'intervenir. J'en eus confirmation en le priant de calmer ses troupes et en lui disant combien j'appréciais que ni lui ni son producteur ne se soient manifestés. Je l'indiquerais à la presse si l'affaire devenait une Affaire.

Elle le devint. Une chroniqueuse du *Messaggero*, Gloria Satta, prit, entre autres, fait et cause pour le film. J'aurais exclu « La vita è bella *au nom du politiquement correct* » et je privais « *le cinéma européen d'une arme capitale contre les milliards hollywoodiens* ». Je répondis à Gloria une longue lettre qui se concluait ainsi : « *Les pressions de tous ordres, souvent faussement amicales, les interventions intempestives, les indignations conjoncturelles ne servent à rien. Les films n'auront jamais meilleurs défenseurs qu'eux-mêmes.* »

(Entre-temps, Roberto, sensible à nos hésitations, avait retravaillé son film. Il avait ajouté une voix au début et à la fin pour préciser qu'il s'agissait d'une fable et avait opéré certaines ellipses.) Je concluais *: Le comité doit bientôt revoir le film et aura vu dans l'intervalle les autres films italiens candidats à la sélection. Alors seulement, et dans la plus grande clarté, la présence italienne à Cannes sera déterminée.*

Peu après, Depardieu me rappela. Cette fois, je pris les devants : « Gérard, tu tombes bien, je vais te lire le fax que je viens d'envoyer à Miramax » (la société des frères Weinstein).

Le 20 avril 1998

Chère Agnès,

Il reste en piste deux films d'égale valeur (dont La vie est belle*) pour… une seule place. La décision sera prise et annoncée jeudi matin heure de Paris, lors de notre point de presse.*

Comme il est temps d'en finir avec des mœurs qui empoisonnent l'atmosphère, j'ai décidé que toute demande, pression, appel téléphonique exercé d'ici là par toute personne, société, groupe d'intérêt, faux amis, liés à l'un des deux films, entraînerait la qualification immédiate... de l'autre.

Gérard en perdit son aplomb. Il balbutia :

— J'espère, mon Gilles, que tu ne m'identifies pas à ces malfaisants.

— Du tout, car je sais que tu es un ami, mais j'ai tenu à calmer ces excités...

— Tu as bien raison. Mais Roberto, il faut que tu le connaisses, c'est un homme merveilleux...

— Mais je le connais, Gérard...

— Alors c'est bien... En tout cas, si tu prends le film, je serai là pour l'épauler.

Nous revîmes le film. En effet, Roberto avait ajouté une voix off très explicite et coupé une dizaine de minutes dans la première partie, lui donnant le rythme qui lui manquait. La grâce de son actrice, Nicoletta Braschi, ressortait d'autant mieux. Lui-même était savoureux. Enfin, le camp de concentration (décors, costumes) était traité dans un style non réaliste, presque abstrait. Mais dans le comité, il y avait toujours des pour et des contre.

Je tranchai en faveur de la compétition.

Les projections à Cannes se passèrent bien. Il y eut des ovations, une très longue à la séance du soir, et les critiques furent plutôt favorables. La gentillesse et la disponibilité de Benigni faisaient merveille et on sentait bien que le jury n'était pas resté insensible à l'émotion qui se dégage du film. C'étaient, comme souvent, des personnalités très différentes et, pour une fois, la parité hommes-femmes était respectée : quatre hommes en plus du président : Alain Corneau, Michael Winterbottom, Chen Kaige, trois cinéastes et un rappeur, MC Solaar. Plus Chiara Mastroianni, Lena Olin, Winona Ryder, Sigourney Weaver, actrices auxquelles se joignit l'écrivain Zoe Valdès. Pour Scorsese, cependant, ce n'était pas une Palme d'or. Un prix, très bien, mais si la Palme allait à un metteur en scène aussi limité, cela lui poserait un problème *incommensurable.* « Espérons, dit-il, que l'Angelopoulos soit bien… »

Qui sait ?

Furia italiana

Vint la délibération finale. Nous avions choisi un lieu différent de la villa Domergue. Compte tenu du nombre d'actrices, il nous fallait plusieurs salles de bains. La préfecture de Nice où logeait un préfet cinéphile mit à notre disposition ses appartements privés. C'était un jury compétent et charmant mais dont plusieurs membres, pas seulement les jeunes actrices mais surtout elles, passaient leurs nuits à danser. Même la veille des choix ! Le matin du palmarès, Winona Rider, la tête appuyée sur la table des délibérations, avait du mal à garder les yeux ouverts. MC Solaar expliqua qu'il aimait surtout les films d'action, le genre kung-fu ! Pas tellement le style de Cannes…

Heureusement, Alain Corneau, Chen Kaige, Sigourney Weaver et Lena Olin veillaient, qui ont aidé Scorsese à « sortir » un très beau palmarès [1]. Et Zoe Valdès, même si elle ne trouvait pas toujours ses mots en français, est une merveille d'être humain. En dix minutes, Angelopoulos se retrouva Palme d'or à l'unanimité et, au bout d'un temps plus long, Benigni, grand prix du jury. Son film ne ressemblait en rien à la définition du grand prix telle qu'elle figure sur le règlement du festival : « un film qui manifeste un esprit de recherche et d'originalité », mais on n'en était plus là.

Se produisit alors le spectacle inimaginable que personne n'a oublié. Scorsese vient d'appeler son nom : Benigni se dresse, embrasse sa femme, cabriole jusqu'à la scène comme un chamois sous acide, puis il entame une impro comme on n'en a jamais vu dans toute l'histoire du Festival, même lorsque Chaplin a jonglé avec la canne du ministre ou que Groucho fut fait commandeur.

1. Malgré l'oubli de *Kroustaliov, ma voiture !* d'Alexei Guerman.

Roberto enlace Isabelle Huppert, maîtresse de cérémonie, la soulève du sol et la fait pirouetter dans une danse-étreinte, elle qui sans doute a peur pour sa robe, sa coiffure, son maquillage, mais qui ne peut rien contre la *furia italiana,* et quand enfin, au sommet de l'extase, il la repose, c'est pour se ruer sur le jury dont il embrasse les membres à tour de rôle, à la surprise des uns, à la jubilation des autres, pour enfin se prosterner devant Scorsese embarrassé par l'hurluberlu qui lui baise les pieds à présent... *Merci de la Palme d'or,* brailla Roberto, volant le show à Angelopoulos. Et Théo s'en fut, plus lugubre que jamais, comme si on lui avait volé sa Palme déjà bien tardivement accordée. Par bonheur, on tenait le coupable : c'était le génial zigoto dans son hymne à la joie.

49

Le blouson noir

1984. La première fois que j'ai vu Lars von Trier, j'ai eu un choc. J'étais loin de me douter que nous deviendrions amis. C'était dans un escalier du Carlton, à Cannes, devant l'ascenseur de service, dans un décor de câbles et de tuyaux, et il répondait posément aux questions débiles d'une journaliste de la télé, cependant qu'un photographe lui demandait de prendre un air relax. À Lars ! Je ne sais qui avait choisi ce lieu de tournage mais il convenait bien à l'étrangeté du personnage. Lars avait alors vingt-huit ans. Abord provocateur, blouson de cuir noir, regard clair : son apparence farouche avait de quoi faire fuir les fans les mieux intentionnés. Lars s'était entièrement rasé la tête, bien qu'il répondît à la reporter que non, qu'il les avait seulement coupés aux ciseaux le matin même. Mais qu'il les préférait à deux millimètres, longueur qu'il trouvait plus commode pour tourner. Cette conversation surréaliste (il se moquait visiblement de son interlocutrice et revendiquait le droit d'être obscur dans ses films), sa dégaine (j'avais été brutalement agressé par des punks sur un plateau télé en direct et j'en avais gardé une méfiance pour qui leur ressemblait) ne me disaient rien qui vaille. Mais il y avait le film, *The Element of Crime*, que je n'avais pas hésité à mettre en compétition, décision rarissime en faveur de premiers films réputés trop verts pour prendre la place d'une « pointure ». Impossible de nier qu'on assistait à la naissance d'un talent singulier, d'un vrai metteur en scène dans la lignée d'Orson Welles, de Dreyer et de Stroheim. Beauté des images, musique stridente, surimpressions, lampes torches, tatouages, univers humides de souterrains, de poutrelles, de fonds marins, Lars en mettait plein la vue avec ce cauchemar éveillé. Il eut un prix.

Petit à petit, je m'habituais à lui, je sélectionnais ses films (neuf fois), à commencer par le suivant qui avait cette particularité qu'à chaque image un tampon encreur s'abattait violemment sur l'écran imprimant le mot *Epidemic* : pas exactement un modèle de film grand public. Je pris à nouveau le suivant, *Europa*, puis tous les autres, sauf *L'Hôpital et ses fantômes* dont les dates ne collaient pas avec le Festival.

Parallèlement, nous avons appris à nous connaître, à nous entendre, à nous respecter. Je compris plus tard combien Lars était fragile : il avait des angoisses qui n'étaient pas feintes, au point de devoir s'allonger, des claustrophobies qui transformaient en supplice tout déplacement quel que soit le moyen de transport. Même étendu en voiture, il avait peur de ne pouvoir quitter l'autoroute en cas de nécessité. Pour *Breaking the Waves*, sans doute son meilleur film, primé et acclamé au Festival, il avait dû renoncer à venir alors qu'il était en chemin. C'est Emily Watson qui avait eu l'idée de l'appeler sur son portable depuis la salle à la fin de la projection et de lui faire écouter la longue houle d'applaudissements. La délégation danoise pleurait.

Lars a désormais une courte barbe, une chevelure bien coupée; en 2000, tee-shirt et pantalon clair; en 2005, il me dit : « Vous voyez, j'ai mis un complet. » C'est ainsi que les rebelles se banalisent. Notre estime s'est changée en amitié et cette amitié en sentiment filial puisque c'est ce rapport père-fils en quête d'identité que nous avons adopté depuis longtemps. Quand Lars est revenu à Cannes avec *Les Idiots*, *Manderlay* ou *Dancer in the Dark* (enfin la Palme d'or!), nous avons conclu un accord : Lars s'assiérait au bord du rang réservé à l'équipe du film et à côté de lui, sur le strapontin, mon fils Laurent veillerait au grain et faciliterait sa sortie discrète dans le noir, en cas de malaise. Notre travail, tel que je le conçois, c'est aussi de rassurer les artistes en plein désarroi. Pour Lars qui ne mésestime nullement son propre talent, il ne s'agit pas de craindre les critiques : son trouble est existentiel et lié à des circonstances de sa vie qui l'éprouvent douloureusement. Cannes n'est pas un paradis pour les âmes sensibles. Alors, à chaque visite, je vais attendre Lars à l'escalier du photo-call, je l'accueille, je l'entraîne un peu à l'écart, je le protège des importuns, et nous bavardons de tout et de rien, comme de vieux amis échangeant des choses insignifiantes, hochant doucement la tête en souriant, comme des effigies de petit chien sur le pare-brise des voitures, pendant que l'autre parle, que les choses se mettent en place et que l'angoisse s'apaise. Puis nous nous écrivons de temps à autre, en nous répétant que tout va bien, comme si le temps ne passait pas.

50

Monsieur Sergio

30 avril 89. La radio annonce la disparition de Sergio Leone. Dans sa maison romaine, Sergio a eu une crise cardiaque. C'est dimanche, sa femme a tout essayé pour avoir un médecin, des secours. Quand ils sont arrivés, c'était déjà trop tard. Quelques semaines plus tôt, au Harry's Bar, Sergio – dont je n'oublierai jamais qu'il m'avait donné pour Cannes *Il était une fois en Amérique*, son chef-d'œuvre – me racontait les premiers plans de sa *Bataille de Stalingrad*. C'était tellement précis, spectaculaire, évocateur que j'aurais adoré en être le Tacite. Au bout d'un quart d'heure, il en était encore à la première scène, hallucinante. Sergio était un conteur des mille et un films. Il lui aura fallu dix ans pour convaincre les financiers et, surtout, les Russes. Et puis quand tout a été conclu, financé, signé, paraphé, préparé, organisé, que le casting a été trouvé, les dates fixées, il est mort.

C'était, dans les deux sens du mot, un homme d'envergure. Il jouissait d'une finesse et d'une vivacité d'esprit dont son physique imposant aurait pu faire douter. Cinéaste, il imagina de passer sans transition d'un très gros plan de visage en cinémascope au plan général d'un paysage immense. Et aussi de faire attendre interminablement l'arrivée d'un train en gare, sur des notes lancinantes (à l'harmonica) d'Ennio Morricone. Ce faisant, Sergio a remis la temporalité au goût du jour. Il a reconstitué en studio un genre tenant de la reconstitution en extérieur.

Un midi, nous déjeunions, à l'habituel restaurant des cinéastes, à côté de Cinecittà, Marco Ferreri, Mario Natale, Ciccio Alessi et moi. Nous venions de voir un film de Marco, j'ai oublié lequel, mais c'était un film qui irait à Cannes. Marco était de bonne humeur. Il nous sortait gros cigares et aphorismes vengeurs. Nous expliquait, en riant dans sa barbe, que Godard, c'était *rien du tout.* Soudain le garçon nous apporta cérémonieusement une bouteille de champagne que nous n'avions pas commandée. Surpris, je regardai alentour. À quelques tables de là, insensible aux bougonnements de Marco dont il pénétrait, en lèse-majesté, les eaux territoriales, Sergio, à demi dressé, levait son verre à notre santé. Un seigneur, vous dis-je.

51

Van Gogh

Le cigare de Dutronc

« Ça serait bien si on ouvrait avec *Van Gogh*, me dit Toscan un beau jour de novembre 89, on sera prêts en février mais au train où va Maurice… » J'exultai intérieurement. Je proposai à Daniel de lui réserver soit l'ouverture, soit le dernier jour de la compétition : au miracle de Cannes, on ne résiste pas. Pialat aussi, j'en étais sûr, en mourait d'envie. Après la bronca autour de sa Palme d'or pour *Sous le soleil de Satan*, il avait une revanche à prendre et les revanches, Maurice était pour… Même les catastrophes. Quitte à les susciter pour mieux s'en offusquer.

Mais, bientôt, les ennuis. Pialat mit Daniel Auteuil à la porte (Daniel avait signé pour une pièce de théâtre, à une date différente de celle du tournage, mais pour Pialat, il devait rester disponible). Après, ce fut Jean-Hugues Anglade. Pas longtemps. Puis les coproducteurs télé – dans l'intervalle, on était allé chercher Jacques Dutronc – trouvèrent que Dutronc n'était pas aussi « vendeur » qu'Auteuil (ils n'avaient pas connu l'épisode Anglade !) et ils réclamèrent une baisse de leur contribution…

Au conseil d'administration de Films A2, nous en débattîmes passionnément. Nina Companeez, Claude Pinoteau et Pierre Tchernia représentaient le cinéma. Selon eux, Dutronc accentuerait le côté sinistre des dernières semaines de Van Gogh. Ève Ruggieri penchait de leur côté. J'étais d'avis que Pialat avait suffisamment démontré qu'il était un grand directeur d'acteurs. Jean-Michel Gaillard, le patron d'alors, voulut bien me suivre.

Le tournage prit du retard. On avait besoin de l'été pour les meules d'Auvers-sur-Oise, le chapeau de paille du docteur Gachet, les rais de lumière dans les sous-bois. Comme souvent, Maurice hésitait, pas content de son travail. Il s'en prenait à tout le monde. C'était sa manière à lui de se mettre en danger, et ses acteurs aussi. Tour à tour, il vira son chef opérateur, son assistant, sa monteuse… Il restait des jours sans tourner. On fit venir un train sur une ligne désaffectée. Puis on le renvoya sans qu'il eût servi. Plus tard, le train dut revenir.

Maurice ne parlait plus à son producteur qui se gardait bien de venir sur le plateau. Maurice était Maurice : l'homme qui ne peut créer que dans la tension, l'insécurité pour lui et pour les autres, l'inaptitude aux rapports humains, le mépris peut-être. Il n'avait aucun mal à se mettre dans la peau de Van Gogh.

Pas une seconde, l'idée que le film ne serait pas prêt ne me traversa l'esprit. Jusqu'au jour où Daniel me dit, l'air anéanti : «J'arrête le tournage, il n'y a plus d'argent. Je crois qu'il serait raisonnable de chercher un autre film d'ouverture… Maurice se conduit comme un irresponsable ou plutôt comme un marginal, du reste je ne lui parle plus… On ira à Venise. »

Quinze mois plus tard, avril 91, le film n'est toujours pas prêt. À six jours de la sélection française, Toscan décide de me le montrer quand même, « à vous tout seul », dans le plus grand secret. Nous sommes un samedi. En descendant vers le sous-sol de la Gaumont, avenue de Neuilly, j'entends une rumeur, et je découvre, devant la petite salle de projection, une douzaine de personnes. Nicolas Seydoux passe une assiette de petits fours. Le maître de maison a pensé à tout avant d'attaquer les trois heures du film… Plus grande surprise encore, Francis Bouygues est là, avec son chef d'état-major, Jean-Claude Fleury, qui me regarde fixement : je viens de lui refuser *La Reine blanche*, avec Catherine Deneuve… Pour le secret, je suis servi.

D'un fauteuil devant nous s'élèvent des volutes bleutées : le cigare de Jacques Dutronc, invité lui aussi. Il ne manque plus que mon comité de sélection ! Et la presse.

Mais je suis tout de suite sous le charme. On oublie que le film est en costumes pour ne plus s'intéresser qu'à la grande affaire de Pialat : la captation de la vie... Une demi-heure après, je pressens qu'il s'agit d'un grand Pialat, du plus grand peut-être... Un peu plus tard, j'en suis tout à fait sûr.

À la fin, quand Vincent va mourir, que sa main s'accroche à celle de Théo, quand on le trouve recroquevillé, la face contre le mur et qu'après le rite funèbre, la vie reprend son cours, la vie avec sa violence, la porte de la cave qui se referme sur le pied de la patronne, elle qui pousse un cri de douleur « Oh ! là là, j'en ai pour des mois maintenant... » : c'est aussi beau que la mort de Don Quichotte *(Don Quichotte se mourait, et pourtant cela n'empêchait pas la nièce de manger, la gouvernante de boire et Sancho d'être de bonne humeur...).* Soudain – présence du génie, impression de « tenir » là une Palme d'or ? – je m'aperçois que j'ai pleuré. En tout cas, je sais que je n'oublierai plus Dutronc-Van Gogh, ni la « petite » London (Marguerite Gachet).

Je courus féliciter un Dutronc tout heureux qui tétait de plus belle son havane. Bouygues était ravi : lui qui s'était assoupi un moment vers la deuxième bobine s'est levé à la fin pour dire « J'achète ! » Le bonhomme m'étonnait : il avait plus de flair que son directeur artistique. Dehors, de petits groupes s'étaient formés, Toscan allait de l'un à l'autre.

En fait, il n'y avait plus un sou pour finir le film, Gaumont ne paierait son avance distributeur qu'à la remise de la copie zéro, Erato (la compagnie de Toscan) était exsangue et, chez Canal +, René Bonnell se faisait tirer l'oreille pour remettre de l'argent au pot. Alors Toscan avait pensé à Bouygues : puisqu'il voulait tellement aller à Cannes et que c'était raté avec *La Reine blanche*, pourquoi ne pas lui caser *Van Gogh* ? Il rachèterait les parts de Canal et en route pour les marches rouges ! D'où la projection avec l'homme de Cannes qui accréditerait cette hypothèse. Mais ce que je découvrais me mettait mal à l'aise. Une alliance objective Nicolas Seydoux/Jean-Claude Fleury était en train de s'instaurer pour empêcher le film d'être montré au Festival : tous deux trouvaient le film très beau mais « il y avait quarante-cinq minutes à couper », ils pouvaient même dire où.

Pour moi, le film était un chef-d'œuvre. Je complimentai Maurice qui arrivait et, le prenant à part, l'exhortai à ne rien couper. Il sourit et me dit : « Vous savez, si on veut être prêt pour Cannes, on ne pourra pas faire grand-chose. Avez-vous bien la double bande là-bas ? » J'assurai Maurice que nous l'avions.

52

Nos milliardaires

Pour me consoler, en attendant que la projection secrète ne commence, Toscan m'avait expliqué : « Vous voyez, il y a deux types de gros industriels dans notre métier. »

L'un c'est Marcel Dassault. Pourquoi le génie de l'aéronautique s'est-il mis à produire ? Il aimait aller au cinéma le dimanche après-midi, un jour il y avait la queue et c'était complet, alors, il a acheté le Paris, le cinéma le plus proche de son hebdo, *Jours de France*, au rond-point des Champs-Élysées. Naturellement, il s'est intéressé au programme et, horrifié par les films de violence américains, il a décidé d'investir pour se passer, dans *son* cinéma, les films qu'il aimerait voir. D'où Productions 2000, une société qui travaille avec Gaumont. Les films sont tartignoles : *Dracula, père et fils* ou *Gloria*, encore moins folichon, d'après un feuilleton de Mme Dassault, avec Maurice Biraud, acteur mal payé mais qu'il dédommageait en douce. Une manie de Dassault, c'était de distribuer à la ronde des billets de cinq cents francs dont il avait toujours une liasse sur lui. Par exemple, en venant visionner des rushes, histoire de marquer sa satisfaction, il glissait aux monteuses un billet de cinq cents. Blessées, les filles voulaient faire grève. On les calme. Et puis, au bout de trois semaines à recevoir, à chaque visite du patron, un complément de salaire non négligeable, elles s'inquiétèrent : pourquoi il vient plus ?

L'autre milliardaire tout aussi surprenant, c'est Francis Bouygues. Mais lui, c'est pour la bonne cause. Comme de fumer trois paquets par jour lui a coûté un poumon, c'est à Saint-Jean-Cap-Ferrat que ses médecins lui ont fait acheter un domaine, et comme il s'y ennuyait ferme, il est venu faire un tour au Festival. Il s'est piqué au jeu, est devenu fou de cinéma, a engagé des metteurs en scène abonnés à Cannes, total, vous le savez comme moi : trois Palmes d'or en cinq ans (dont *La Leçon de piano*, de Jane Campion, conseillée par Pierre Rissient, le célèbre dénicheur de films à travers le monde) pour Ciby 2000, la maison que Bouygues a créée. Pas étonnant qu'il s'intéresse à *Van Gogh*.

53

Van Gogh (suite)

Vous avez vu le JDD?

Van Gogh n'était pas encore à Cannes : il fallait l'accord du comité, c'est du moins ce que me rappela Maurice Pialat qui connaissait la musique. La projection se passa bien, sans plus. Ils pensaient qu'il fallait couper. Pialat en aurait-il le temps? J'affirmai hardiment que oui. Le jeudi, le film était sélectionné. Pialat, Rivette et deux jeunes : Bouchitey et Bagdadi, la sélection avait fière allure... Tout le monde était ravi.

Tout le monde? Trois jours plus tard, Toscan : « Ça n'a pas marché avec Bouygues, j'ai dîné hier soir chez lui. Lui était d'accord, et puis il m'a envoyé ses "tueurs". Avec eux, les conditions sont vite devenues inacceptables : on va rester chez Canal. Ah! Pialat est furieux. Je lui ai donné votre numéro personnel. — Comment, furieux? — Rien, il a lu dans le journal le reste de la sélection française. D'être avec des nullards, il trouve ça injurieux. C'est surtout valable pour Rivette qu'il considère comme le plus mauvais metteur en scène français. Et, qui plus est, avec un film sur la création artistique : *La Belle Noiseuse,* face à *Van Gogh,* je vous demande un peu! — Mais Daniel... — Vous en faites pas, il fait toujours ça. Moi, de nouveau, je ne lui parle plus... Je vous donne le mode d'emploi. Vous posez l'appareil à côté de vous sur la table et toutes les dix minutes vous vous manifestez. Installez-vous commodément, vous en avez pour une plombe... Vous me rappelez après? »

À l'évidence, Pialat pensait que c'était un coup bas, qu'on l'avait roulé avec un autre film qui, comme par hasard, mettait en scène, enfin, *mettait en scène*… un peintre, une idée débile, n'importe quoi… Il laissa un message sur mon répondeur, je l'entendis mais ne décrochai pas.

Parallèlement commençait à circuler dans le milieu le genre de devinette dont Toscan raffolait : à quel moment casserait la copie de *Van Gogh*, la copie de travail étant la seule montrable, avec ses cinq cents collures ? Surtout que les projecteurs de Cannes qui balancent la lumière à trente mètres tirent comme des damnés sur la pellicule ! Pour pallier ce danger, on décida qu'il n'y aurait qu'une seule projection : pas de répétition, pas de projection de presse. J'avais dit oui, bien sûr, mais ne désespérais pas d'en faire une seconde, sinon on allait se faire massacrer. Selon Michel Fano, le président de la commission supérieure technique, en charge de la direction technique de la manifestation, il y avait risque. Risque de casse et, si ça cassait – on était en double bande –, il fallait reprendre le film au début de la bobine, et si la rupture avait lieu au bout de, mettons, quinze minutes, le public devrait revoir aussitôt les mêmes images, et il faudrait faire une annonce. Vraiment pas le rêve…

Autre pépin (toujours Fano) : les projectionnistes n'accepteront pas d'être tenus pour responsables. Comment s'en sortir ? Eh bien l'on double-scotchera toutes les collures, même si la surépaisseur doit créer un flou à chaque passage. Pire que le mal ! Jamais Pialat n'acceptera. Le labo avait sorti une bobine d'essai où le tirage était collé sur support polyester, « et croyez-moi, cher monsieur Jacob, les collures sont si solides que ce sont vos projecteurs qui casseront les premiers ! ». Cette vision d'apocalypse m'enchanta. Dans Paris, cependant, la rumeur enflait, les petites phrases… Les concurrents évincés ne faisaient pas dans la dentelle. Sans compter ceux, nombreux, qui jalousaient Toscan. Thème principal de la campagne : c'est un scandale de présenter un film pas fini…

Nous nous fendîmes d'un communiqué : « La notion de finition d'un film ne dépend pas de son aspect technique, ni de la présence ou non du générique; seule la volonté du réalisateur détermine si son œuvre est achevée ou non. » (Loi de 58 sur la propriété artistique.) Le communiqué parut dans *Le Journal du dimanche.* Dans le même numéro s'étalait une grande interview de Toscan sur *Van Gogh.*

Je venais d'arriver à Cannes. Message de Sylvie Pialat : rappeler d'urgence. Comme chaque fois, j'eus l'impression que Maurice tenait l'écouteur. Sylvie me dit : « Vous avez vu *le JDD*? — Non. — Eh bien je peux vous dire que si Maurice le lit, il ne vient pas à Cannes! C'est toujours la même chose : Daniel a encore dit des âneries sur Maurice... — Il a dû se faire piéger : il m'a pourtant assuré qu'il ne prenait plus les journalistes au téléphone... — Écoutez, lisez, et puis vous me rappelez... Espérons que Maurice ne tombera pas dessus, remarquez, j'ai planqué le canard, mais l'autre jour il était chez le dentiste, il est revenu furieux, toujours Daniel, un journal qui traînait dans la salle d'attente... »

Je raccrochai, je lus l'article sur *Van Gogh*, le crayon à la main. Une heure après : « Allô! Sylvie? Je viens de lire le papier, en effet il y a... des choses..., mais ce qu'il dit au fond est plutôt gentil, d'abord il compare Maurice à Fellini, à Bergman et à Tarkovski, ensuite, il dit : *Maurice me tue mais c'est un grand artiste...* — Mais vous ne comprenez pas : Maurice s'en fout éperdument qu'on dise qu'il est un grand artiste... C'est pas ça le problème, ce qu'il ne supporte pas c'est que Toscan répète partout, depuis six mois, dans les médias, que Maurice le rend fou, qu'il l'a ruiné et qu'il a ruiné sa santé... — Bon, j'appelle Daniel et je vous garantis qu'il ne fera plus aucune déclaration... »

« De quoi se plaint-il? ricana Daniel, c'est vrai qu'il m'a ruiné! — Mais *le JDD*, vous avez donné une interview? — Non, juste au téléphone, trois phrases... — Trois phrases qui font trois colonnes... Maintenant, s'il vous plaît, vous arrêtez... »

Maurice ne vient plus

Le Festival est commencé. J'ai un million de choses à régler.

« Gilles, c'est Maurice… — Ah Maurice… je peux vous rappeler ? — Oui, vous pouvez, mais écoutez, ce que j'ai à vous dire ne va pas prendre plus de dix secondes, voilà : je ne vais pas venir à Cannes… D'abord Daniel m'a menti : il a programmé derrière mon dos une seconde projection, c'est pas ce qui était convenu : on va encore se retrouver avec une salle à moitié vide… — Ce n'est pas Daniel, Maurice, c'est moi. Les essais sont concluants, j'en prends l'entière responsabilité. Et qu'est-ce que vous me racontez ? Une salle vide, le dimanche de Pentecôte… pour un Pialat ? — De toute façon, je n'ai pas envie de monter les marches avec un monsieur qui depuis six mois n'arrête pas de propager les pires calomnies sur moi, encore hier matin à la radio, d'ailleurs je ne suis pas le seul, vous allez avoir Dutronc… — Maurice, comme vous voulez, vous savez très bien que je respecte… (lui ne venait plus. Mais le film ?), mais là, il va me falloir une déclaration, un mot, quelque chose… — Qu'est-ce que vous voulez que je vous dise ? — Écoutez, donnez-moi votre numéro de fax, je vous envoie un projet, vous l'arrangez comme vous voulez et vous me le renvoyez, comme ça ça n'a pas l'air d'être une humeur de Pialat contre les journalistes, *Van Gogh* ne doit pas faire les frais des bêtises de Daniel… — Il est cassé celui-là… Sylvie ! Donne-lui le numéro de fax de SIS, Sylvie, tu m'écoutes ?…. — Maurice, réfléchissez, vous pouvez très bien arriver quelques minutes après Toscan… — C'est même pas ça, j'ai *plus* envie… Quand un type vous tire dessus pendant six mois, qu'est-ce que vous voulez faire ? On peut pas lutter. Il a tout son temps, lui, et puis il parle bien. Et aussi il y a un problème d'argent : je ne suis plus payé, moi, depuis le 1er mai, et comme après Cannes, il me restera une bonne quinzaine de semaines de travail pour terminer le film, il faudra bien trouver une solution… »

Dutronc m'appela à son tour : « Voilà, je crois que je ne vais pas venir. Toscan du Plantier avec Maurice, il ne se conduit pas... vous voyez ?... »

Je voyais.

Je ne dis rien à Toscan. Je faxai à Pialat un projet de lettre à m'adresser. Trois jours se passent, pas de fax, plus de nouvelles de Maurice, ni de Sylvie. La veille de la projection, Sandrine Roudman, l'assistante de Toscan, m'appelle : « Maurice arrive demain, par Hyères, il faudrait le faire prendre... — Et Dutronc ? — Jacques ? Il est déjà à Cannes... »

On croit avoir tout vu, tout entendu, mais les rebonds de la tragi-comédie sont innombrables.

La petite voilette noire

Il arriva enfin ce fameux *Van Gogh* : l'équipe se retrouva au bas du grand escalier. Par chance, la chorégraphie des marches permet bien des variantes. Pour Pialat, je descendis jusqu'au parvis (considération suprême). Je saluai Dutronc, je serrai les mains de Maurice et lui me dit : *Est-ce que vous me permettez de vous embrasser ?* C'était tout lui. Nous nous donnâmes l'accolade et je ne saurai jamais qui de nous deux était le plus ému. Ensuite, je plongeai au deuxième rang où Sylvie se faisait toute petite, comme oubliée, je l'embrassai, la poussai au premier rang, entre Maurice et Jacques. Auprès d'eux, Gérard Séty, Alexandra London, et les autres, tous les autres, qui, d'être là, ne l'avaient pas volé. Daniel, tout près lui aussi, montait les marches en danseuse comme Lazaridès les Pyrénées, c'était la trêve, et nous montions, tous ensemble, heureux. La foule applaudissait. Arrivé en haut, Dutronc se retourna, les lunettes fumées, un envol du cigare, les photographes, merci messieurs, et l'on s'engouffra dans la salle. Chacun sentait bien que c'était le grand jour, les bravos éclataient. N'était plus que de l'histoire ancienne le fameux bras levé pour *Satan* (« Si vous ne m'aimez pas, sachez que je ne vous aime pas non plus ! »). J'assistai à la projection dans un coin de la loge. Par plaisir, et parce que je voulais voir ce qu'il avait changé.

Soudain, Sylvie accourut : Maurice voudrait qu'on monte le son… Nous galopâmes jusqu'à la cabine, Yann Dedet, le monteur, était là : il ne quittera pas la cabine d'une semelle, pas plus qu'à la projection de presse du matin *où rien n'avait cassé.* Selon Yann, on pouvait monter le son, ça ne changerait rien. Pour ces stupides problèmes d'argent, Pialat avait arrêté de travailler le 1er mai. Il avait dit au mixeur de continuer, en « nettoyant » juste les bruits parasites. Mais un mixeur, quand on lui dit de nettoyer, il nettoie… Une fois dans la salle, Maurice *n'entendait plus* son film. C'était trop bête ! Trois ans de travail ! S'être donné un mal pareil ! Voilà où conduisaient l'entêtement, le masochisme ou, comme le prétendait à tort Toscan, la paresse. Dans la salle, en vérité, le son apparaissait particulièrement plat. Un plus, tout de même : Maurice avait ajouté une séquence. C'est la fin du film, les années ont passé, Marguerite Gachet sort de chez elle, elle est tout en noir avec une voilette noire, elle n'est pas vieillie par du maquillage. Elle suit le chemin d'Auvers, s'arrête devant un jeune peintre. Ils parlent un moment et il lui dit : *Vous avez connu Van Gogh ?* Elle relève sa voilette, *nous* regarde, et répond : *C'était mon ami.* Puis elle rabaisse sa voilette… Noir.

Même moyennement jouée par l'acteur qui fait le peintre, cette fin est sublime, et elle boucle le film. La salle qui était venue (cassera ? cassera pas ?) avec le goût du sang dans la bouche réagit magnifiquement, applaudissant à tout rompre. L'émotion durait, se prolongeait. Debout, Maurice et Dutronc s'embrassaient…

54

Till l'espiègle (un cas d'école)

Roman, président

Dans un coin du salon de Roman Polanski il y a un punching-ball. La vérité du punching-ball, c'est qu'il procure bien-être et défoulement. Monté sur un axe souple faisant ressort – être frappé, revenir –, c'est un partenaire franc, toujours disponible. Comment aurais-je pu imaginer qu'il allait devenir pour moi, dans cette année terrible, le symbole de la souffrance silencieuse ?

Début 91, l'année de *Van Gogh*, nous déjeunons, Roman et moi, au 15 Montaigne, sur le toit du Théâtre des Champs-Élysées. Intelligent, grand metteur en scène, mondialement connu, l'idée c'est qu'il préside le jury. Choix indiscutable. On se connaît depuis que j'ai publié un article dithyrambique sur *Cul-de-sac,* en 66. Aujourd'hui, Roman sautille d'une idée à l'autre comme exaspéré par sa propre lenteur. À vous de suivre. Lui-même s'interrompt par un *OK?* qui, dans sa bouche, devient *Okéille.* Deux indices, cependant, auraient dû m'envoyer un signal d'alarme : a) son impatience avec les serveurs ; b) son film préféré du moment, *Total Recall,* un divertissement bien éloigné du grand cinéma d'auteur que Cannes revendique.

Pour la présidence, Roman demande à réfléchir, mais je sens bien qu'il est intéressé.

À vrai dire, bien peu de grands cinéastes résistent à cet honneur. Carlos Saura et Andrej Wajda m'ont dit non : affaire de morale – ils ne veulent pas juger leurs pairs.

Polanski n'est pas comme cela mais il souhaite être associé à la constitution du jury. Côtoyer quinze jours quelqu'un qu'il n'apprécierait pas serait au-dessus de ses forces. Finalement, il accepte.

Le 18 avril, le Festival tiendra sa conférence de presse. Que le président du jury y participe serait une grande première. Voilà qui plaît à Roman : faire quelque chose d'inédit, rompre avec la tradition. À cette occasion, il voudrait passer au JT de TF1. Mais j'ai beau garantir le scoop à la chaîne, la guerre en direct ne laisse aucune place à l'annonce d'un festival dont on ne sait même pas s'il pourra avoir lieu (guerre du Golfe, psychose de l'arme chimique, etc.).

Le jury se forme. Roman et moi découvrons le dialogue par télécopies. Les siennes sont ornées de caricatures très ressemblantes. Je m'en aperçois quand on engage Alan Parker. En fait, c'est lui qui se fait engager. L'an dernier, son film, *Bienvenue au paradis (Come See the Paradise)*, a eu un accueil plus que mitigé. Donc Alan me dit : « Ça fait cinq fois que je viens et je n'ai jamais eu la Palme, l'année prochaine, je veux être au jury. » Par politesse, je dis pourquoi pas. Il comprend oui et, en février, il me faxe : « *Je croyais que j'étais au jury ?* » Pas d'objection du président. C'est alors que, fou de joie, Alan m'envoie un cartoon (il est lui aussi un excellent dessinateur) : ceint d'une palme, un individu écrit sur une table le mot *revanche*, tandis que, dans une bulle, on lit : « *At last, I get to be in the firing squad instead of standing against the wall wearing a blind-fold*[1]... » Je le transmets à Polanski. Le lendemain, il l'a complété : c'est le même dessin, seulement un petit personnage satanique, portrait craché de Roman avec son long nez et sa tignasse juvénile, braque un revolver sur la tempe d'Alan et il a ajouté . « *That's what* he *thinks*[2]... », marquant ainsi sa prépondérance de président ! Mais d'abord la guerre des nerfs. Parker veut savoir où il sera logé. Au Martinez, dans une grande

1. Je parviens enfin à être dans le peloton d'exécution plutôt que d'être collé au mur, un bandeau sur les yeux.

2. C'est ce qu'*il* croit !

suite sur mer. « M. Parker s'est senti outragé, commente son entourage ; c'est le Majestic, évidemment, ou il annule. » On le voit, la vie de Paulette Blondin (chargée de l'hébergement) n'est pas semée de roses. Heureusement Jean-Paul Rappeneau, un de nos grands cinéastes, et la remarquable productrice Margaret Mennegoz ne font pas tant d'histoires. J'ai du mal à imposer Férid Boughedir dont le premier film de fiction *Halfaouine* a fait le tour du monde. Roman le considérera toujours comme une quantité négligeable. Nullement impressionné, le vif Férid ripostera par un excès de politesse : *Avec tout le respect que je vous dois, monsieur le Président*... Marché conclu aussi avec Natalia Negoda, la jeune actrice de *La Petite Véra*. Roman a souhaité des gens connus. En voici d'autres. D'abord Vangélis, le musicien des *Chariots de feu*, « à cause de ses qualités humaines ». Vangélis veut une suite double plus une chambre à deux lits pour loger assistants et matériel : plusieurs centaines de kilos sans lesquels il ne se déplace jamais. Le Carlton finira par libérer l'appartement voisin de ma chambre (aïe ! l'homme au synthé compose-t-il la nuit ?). Ensuite, Vittorio Storaro, chef opérateur, Monsieur trois oscars. Il manque une star. Faye Dunaway tourne mais demande qu'on la garde sur la liste, Nicholson regarde le basket chez lui, Meryl Streep attend un enfant. Les jours passent, et pas de punching-ball pour me défouler. On décroche la rigolote Whoopy Goldberg (comme moi, elle a été caissier de banque, ça crée des liens). Qui aurait dit qu'elle a plus d'exigences hôtelières que tous les autres réunis ? Voici le jury au complet et il a, ma foi, belle allure. S'entendront-ils ?

Hôtel Lutétia, conférence de presse. Roman est en retard. Erlenbach, le secrétaire général du Festival, me fait passer des petits billets : « Prenez tout votre temps !... » Puis : « Parlez plus lentement ! » Enfin : « Polanski n'est pas là » qui tombe d'autant plus mal que Roman fait son entrée. À lui d'annoncer le jury. Mais chausser des lunettes, c'est pour les vieux. Roman ne fait pas son âge (cela n'arrivera jamais) mais s'embrouille dans ses notes. Aucune importance : les journalistes ont eu leur vedette.

Le lendemain, des commentateurs reprendront une phrase passée inaperçue. Roman : *Je voudrais entraîner mes collègues du jury à voter pour un film qui nous aura donné deux heures de plaisir.* Qui ne souscrirait à pareille définition ? Dans son texte pour le catalogue, Roman enfonce le clou : il exhorte le jury à ne pas se laisser influencer par des œuvres *prétentieuses, faites pour épater les critiques et, selon lui, d'un ennui incommensurable.* Pauvre de moi ! J'étais allé chercher l'homme qui allait démolir notre projet récurrent : aider des auteurs ambitieux à se faire connaître et à s'élever !

Roman est enchanté. En couverture des magazines, sa photo, au bras d'Emmanuelle Seigner, sa femme, vante l'image du bonheur. À Cannes, victorieux généralissime acceptant les clefs de la ville, il s'engouffre dans sa Tower suite, le directeur du Carlton à ses basques.

À la première réunion du jury, il a fait installer un magnétoscope – du jamais vu ! C'est pour montrer la cérémonie d'ouverture de l'année précédente : tout ce que, selon lui, il faut ne pas faire. Le lendemain, il organisera lui-même les entrées du jury. Chaque juré viendra lui serrer la main en montant sur la scène. « Comme des vassaux », souffle l'un d'eux. À la fin, Roman s'adresse à la salle : « Vous avez devant vous le plus beau jury du monde. *J'espère que les films seront à la hauteur.* » (On dirait qu'il a déjà sa petite idée.)

En route, à présent, pour le photo-call. Des contrôleurs nous escortent. Dans le couloir, Roman abaisse un interrupteur : tout l'étage s'éteint. Il rit. On lui explique que la sécurité va s'en mêler, qu'on craint une alerte à la bombe... Il ne dit rien, fait trois pas, crac ! il recommence. On rétablit. Deux autres pas, paf!... L'enfant gâté se défausse du *respectable* à coups de gamineries... Mais quand il s'apercevra que sa suite est située sous la boîte de nuit, et qu'à trois heures du matin le DJ pousse à fond la sono, l'espiègle Roman, redevenu président dans toute sa majesté, viendra, le lendemain, râler dans mon bureau...

Vraiment rien d'autre ?

Pierre Viot ni moi n'assistons jamais aux réunions préliminaires, mais on finit par en connaître plus ou moins le climat. Le bruit courait que chaque fois qu'un des jurés défendait un film qu'il n'aimait pas, Polanski le coupait : *Vous n'y pensez pas, n'en parlons plus... Okeille ?* Ce qu'il voulait, je présume, c'était amener les jurés à le suivre, le moment venu, comme le joueur de flûte de Hamelin. Au jury, un vent de fronde commençait de souffler. Au bout de trois jours, Roman me téléphone : « Vous ne nous avez pas gâtés... » Je bous intérieurement. À la projection de *La Belle Noiseuse*, un film dont le talent vous récompense d'en accepter la longueur, le directeur du CNC est assis entre Roman et Vangélis. Ils se penchent par-dessus lui pour échanger des sarcasmes. Dominique Wallon me confie en être tout remué. Derrière, Boughedir grommelle. Le lendemain, Rappeneau s'inquiète : « Vous savez qu'il n'aime rien ? » Je réconforte Jean-Paul de mon mieux. Et voici une première dans l'histoire du Festival, l'insulte suprême : Vangélis a demandé à la secrétaire du jury si on était *forcés* de donner la Palme d'or. Charmant ! Comme si aucun film, vraiment aucun, n'en était digne. *Oui ? Même si on ne trouve rien ?* Je le confirme catégoriquement.

Les films succèdent aux films : aucun ne trouve grâce à leurs yeux et je dois dire qu'Alan Parker (encore une riche idée !) n'est pas le dernier à tirer. Mais, pour l'heure, c'est Spike Lee qui entre en lice : son *Jungle Fever* emballe plusieurs jurés. Cette fois-ci, ce n'est pas Roman qui monte au filet pour les contrer, mais Parker. Et aussi Whoopi, qui déteste Spike presque autant que Spike la déteste : il aurait dit, un jour, qu'elle portait des lentilles qui lui bleuissaient les prunelles parce qu'elle avait honte d'être noire... Les ragots ont bon dos. Jean-Paul est désespéré.

Tous les jours, parvenu en haut des marches, comme sur l'escalier du *Bal des vampires*, Polanski me glissait d'un air sardonique : « C'est tout ce que vous avez trouvé ? Il n'y avait vraiment rien d'autre ? » J'aurais pu répliquer, mais je préférais fixer son regard avec une douceur qui me surprenait moi-même.

Nous sommes le deuxième samedi, à vingt-quatre heures du palmarès. J'ai gardé de grosses cartouches pour la fin. Il reste à voir *Le Pas suspendu de la cigogne* (mais, avec ce jury, Angelopoulos n'a aucune chance), *Barton Fink*, des frères Coen, et *Van Gogh*. Miracle : à la sortie de *Barton Fink*, Polanski a le sourire. Il vient à moi, me prend par le bras et me dit : « C'est bien, non ? »

À l'heure présente, la situation ne me permet pas de faire le malin, même si, au fond de moi, je préfère *Van Gogh*. « Ah, vous avez remarqué ? Ce film est un hommage à Polanski... — Vous trouvez ? — Oui, il y a plein de références, *Répulsion*, *Cul-de-sac*, *Rosemary's Baby*, tous les grands... » Son visage s'illumine aussitôt et j'entends distinctement les cloches de l'allégresse. Elles tintent, elles tintent à toute volée, m'inondent, m'envahissent, m'anesthésient – c'est maintenant un diablotin qui tire la corde en riant comme un fou, et au bout, accroché au tympan, il y a un pendu, et ce pendu, c'est moi. « Ça ne va pas ? » J'ouvre les yeux. Roman est encore devant moi. « Si, si, un simple étourdissement... » Roman sourit. Il a trouvé sa Palme, ses vainqueurs. Jeunes, peu connus, un cinéma proche de ses propres débuts et, ne l'oublions pas, beaucoup de talent. Plus tard, Rappeneau me croise, soulagé : « Enfin, il en aime un ! » Et voilà que presque tout le monde au jury aime aussi *Barton Fink*. J'étais soulagé. Sans perdre de vue que personne, à aucun moment, ne s'est dit : Et Pialat ?

55

Denise

Dans ma famille, personne ne criait jamais, dans les joies ni les peines, dans les bons ni dans les mauvais jours. On souffrait *recto tono*, pas un mot plus haut que l'autre. Mais on souffrait. Ma mère souffrait davantage ; si, maman, tu disais souffrir plus que les autres, tu répétais que tu lui avais tout donné, et c'était parfois énervant ! Car le mezzo voce n'empêche pas les blessures. Mon père avait ses griefs, sûrement tout un tas, mais lui n'en parlait pas à ses enfants. C'était privé. Depuis qu'il avait rencontré Irène, il en voulait à ma mère d'exister. Elle gênait ses plans. Elle gênait. Il était parti, mais il revenait de temps à autre. C'était une séparation sans situation nette. Une situation à laquelle rien ne nous avait préparés, mon frère ni moi. La constitution robuste de sa maîtresse contrastait insolemment avec les médecines de notre mère, ses praticiens souvent renouvelés, ses soins aléatoires. Comme elle manifesta, vers la soixantaine, des signes de détresse et une pensée vacillante, mon père s'était mis en tête de la faire placer dans une institution mentale. Pour son bien, disait-il. Était-ce pour s'en débarrasser ? Il avait discrètement abordé un des docteurs sur le sujet. Réprobation. Surtout, les enfants Jacob se murèrent dans leur refus. Il y eut plusieurs scènes pénibles. Il en parla encore, sous la pression de l'autre, puis cessa ses assauts. Bien sûr, maman l'a su et elle en était crucifiée. *Moi, folle, tu te rends compte !* Mais elle n'en disait rien, sauf à nous. Elle se plaignait de voir son mari abandonner sa famille. C'est Jean-Claude, plus sensible que moi comme je l'ai dit, qui, bien des années plus tard, fit les frais de cette dislocation ; la dépression que j'ai eue jeune l'a dévasté vers la fin de sa vie, beaucoup plus forte que la mienne, comme si, après coup, il n'avait pu supporter la pénible tension qui minait la famille. En vérité, ma mère était comme une femme battue, sans violence physique. Seulement les tortures de la vie quotidienne. Elle avait peur de son mari, tout en reconnaissant sa droiture. Comme elle ne voulait pas entendre parler de divorce, ni de séparation, la menace psychiatrique avait servi de levier. Mais elle refusait la rupture, de manière incompréhensible. *Ça* ne se faisait pas, voilà tout.

Après sa mort, le 23 décembre 85, on a trouvé une lettre, d'une écriture ferme, « à remettre à mon mari après mon décès ». Cette lettre, que j'ai gardée pieusement, j'en détache un extrait, même si, d'ordinaire, ce genre d'écrit ne sort pas du cercle intime. Mais, aujourd'hui, où l'on se quitte si facilement, j'ai voulu témoigner comment c'était avant :

> *... Je sais que tu es un homme de parole, mais j'ai compris que tu pouvais subir d'autres influences. Ma vie près de toi n'a jamais été facile et j'ai perdu une à une toutes mes illusions. J'ai toujours fait pour toi tout ce que j'ai pu à tous les points de vue. Pendant ta maladie* [1]*, tu as eu une attitude inqualifiable. Cependant pour qu'aucun énervement ne risque de compromettre ta convalescence, j'ai préféré être lâche. Après, j'ai su accepter ce qu'aucune autre femme n'aurait accepté, ceci pour te simplifier la vie, ne pensant qu'à ta santé au détriment de la mienne, déjà ébranlée par d'autres coups durs dont tu te souviens certainement... Tu as toujours voulu vivre à ta guise, oubliant dans quelle situation tu mettais nos enfants et bientôt nos petits-enfants.*
> *Pour toi, j'ai joué un jeu pénible, pour eux j'assure l'avenir.*

Par cette lettre datée du 18 avril 68 (dix-sept ans avant sa mort), elle déshéritait son mari.

1. Un infarctus.

Et, comme pour indiquer que ce legs d'outre-tombe lui donnait le dernier mot, elle l'avait signée en ajoutant la mention *saine de corps et d'esprit.*

Cette lettre, qui disait tout, a attendu dix-sept ans pour être lue par son destinataire. Mais c'était trop tard : son état de santé ne l'aurait pas permis.

56

La razzia de *Barton Fink*

Entre Carole et Geraldine

Ah ! Roman. Que devenait Roman ?

Van Gogh ne plut pas au jury. Pour l'éliminer, ils avancèrent des arguments plus que contestables, par exemple : les costumes ne collent pas, ou : a-t-on jamais vu un Hollandais avec des accents de titi parisien ? Ou l'attaque suprême : c'est insensé de présenter à des professionnels un film dans un état pareil ! L'affaire était pliée et Dutronc, qui attendait tellement du Festival, ne sera pas retenu dans le débat final.

La veille au soir, ils s'étaient réunis en douce, soi-disant pour déblayer les prix d'interprétation. En fait, Polanski voulait bousculer la décision et les avait convoqués sans témoin pour décider de la Palme d'or. À tort, il se méfiait de nous. Vers minuit, la secrétaire vint me chercher : « Le jury vous demande. » C'est l'un des privilèges du métier, je terminais un dîner entre Carole Laure et Geraldine Chaplin. Je m'y arrachai de mauvaise grâce et montai dans la suite 329. L'atmosphère y tenait du corps de garde et du bal des Beaux-Arts. Des jurés surexcités, braillant et riant aux éclats, entouraient un Polanski lui aussi bien éméché. Il me tendit un verre rempli d'un liquide bleuâtre qu'il s'agissait de boire d'un trait, tandis que lui tanguait dans la pièce, le torse raide, avec des pivotements brusques à la Michel Simon. Puis il hurla, avec son accent anglais : « Allez ! Cul sec ! Comment ? Vous refusez de trinquer avec moi ? » Je fis semblant de tremper mes lèvres dans ce breuvage incertain mais le cinéaste à l'oreille ornée d'un petit diamant se faisait menaçant… Heureusement, un coup d'œil en biais vers mon ami Joël Chapron, le traducteur, me révéla la supercherie. Roman me jouait la comédie du soûlaud, à la fois parce qu'il était ravi du résultat, et sans doute pour me punir de « tous ces mauvais films ». Enfin et surtout, pour m'empêcher de m'étonner de cette réunion inopinée. Comme si je pouvais me payer le luxe de protester…

Ping-pong verbal

Le lendemain, les voitures arrivèrent à dix heures à la villa Domergue. « On parle d'abord un peu ? » proposa Rappeneau, pourtant aphone. « Je ne vois pas pourquoi, rétorqua Roman. Hier soir, on était tous d'accord, non ? » Et, passant à l'anglais : « *Look, guys, what's happening to you ? Last night, everyone agreed, remember, now, let's go…* [1] » C'est ainsi qu'en trois minutes, à mains levées, *Barton Fink* obtint la Palme d'or. Tranquillisé, Roman consentit qu'on discute. Mais pour lui, c'était clair : aucun film autre que *Barton Fink* ne méritait le second prix : grand prix du jury (et ainsi de suite pour tous les prix). À peine un juré avait-il exposé son avis qu'il reprenait la parole : pas de compromission, c'était son cri de ralliement. Pendant ce temps, Alan Parker crayonnait de petits croquis (que je subtilisai pour nos archives). Storaro levait la main. Une heure après, on n'avait pas avancé d'un pouce. J'avais une inquiétude supplémentaire : prévenus si tard, les lauréats ayant déjà quitté Cannes seraient-ils revenus à temps ? Des jurés auraient voulu un prix pour *La Belle Noiseuse.* Quelqu'un (Alan ?) se lance alors dans une violente diatribe contre le film de Rivette, un film *qui allait vider les salles pour les six prochains mois.* Déjà les rivettophiles courbent la tête, quand le même reprend la

1. « Écoutez, les gars, qu'est-ce qui vous arrive ? Hier soir, tout le monde était d'accord, souvenez-vous, alors maintenant, allons-y ! »

parole : il votera pour Rivette, oui, vous avez bien entendu, par respect, estime et amitié pour le groupe de ceux qui le défendaient jusqu'au bout. Mais quatre voix ne suffisent pas. L'occasion pour Roman de troquer la voix qui manque contre l'unanimité pour *Barton Fink.* Marché conclu ! Malgré son sujet (les frontières, les personnes déplacées) qui nous concerne tous, *Le Pas suspendu de la cigogne* ne passionne pas. Pas plus que *Lune froide*, *L'Assassin du Tsar* ou *Life on a String*, où Chen Kaige enrichit le thème du musicien aveugle. Prix d'interpétation féminine : Irène Jacob (*La Double Vie de Véronique*) ; masculine, je vous le donne en mille : Turturro dans... *Barton Fink* – et attention ! Précisez bien que ce n'est pas pour son interprétation dans *Jungle Fever.* Pas de compromission ! Peine perdue pour les autres. Abrégeons : déjà deux prix pour les frères Coen, il s'agit maintenant de battre le record de Wim Wenders quand il était président du jury et qu'il fit donner deux prix à *Sexe, mensonges et vidéo.* Rappeneau, toujours handicapé vocal par un début d'angine : *Vous ne trouvez pas que deux prix, ça fait... un peu...* Non, Roman ne trouve pas. Donc prix de la mise en scène : les frères Coen pour *Barton Fink.* Fin du palmarès avec, pour Spike Lee, le prix du meilleur second rôle au frère qui joue le drogué dans *Jungle Fever...* Autant dire une gifle. C'est Spike qui va être content ! Et rien pour *Van Gogh*, comme de bien entendu. Voilà bien le palmarès le plus radical qu'on ait jamais vu, avec, plus tard, en 99, celui de Cronenberg en faveur de Bruno Dumont. Mais Whoopi soudain se sent mal, elle aussi. Quelle année ! On appelle le SAMU. Angine. Médicaments. Le Festival est fini mais elle ne pourra pas prendre l'avion. Du moins, pas tout de suite. Son mari doit repartir et nous la confie.

Quand Nastassja dit non

Oui, quelle année ! Sur scène, le jury était assis au deuxième plan et Roman, debout, annonçait les prix d'une voix forte. Mais nous n'étions pas au bout de nos peines. Je ratai le spectacle : on me demandait d'urgence en coulisse. Habillée, coiffée, maquillée, superbe, Nastassja Kinski refusait catégoriquement de remettre la Palme d'or. C'est à Spike Lee qu'elle entendait donner un prix et n'en démordait pas. Je tentai de lui expliquer que c'était convenu ainsi, que le prix pour *Jungle Fever* était embarrassant. (Spike montera tout de même sur scène et il en profitera pour fixer Roman, d'un regard appuyé et méprisant.) Mais non, Nastassja ne voulait rien savoir. C'était Spike ou rien. In extremis, on finit par convaincre la belle boudeuse et Dennis Hopper remit à Spike son diplôme.

Autre incident : Lars von Trier avait gagné deux prix pour *Europa.* Naturellement, c'est la Palme qu'il aurait voulue. Pas le prix de la Commission supérieure technique… On prit donc bien soin de lui préciser, backstage, qu'il avait une autre récompense. Il se présenta, accompagné d'un inconnu. « Comme on me donne toujours un prix technique à Cannes, j'ai amené un technicien ! », puis s'en alla, ravi de sa plaisanterie. Mais quand il revint, pour le prix du jury, on comprit qu'il était fou de rage, lui aussi. Il se pencha sur le micro : « *Thanks to the midget and to the other members of the jury !* » Le *midget,* c'est-à-dire le nain. Un nain, peut-être, mais au corps robuste et souple comme un tigre. Et une vivacité charmeuse à laquelle peu de femmes résisteraient. Roman ne broncha pas plus que tout à l'heure, plus tôt dans la soirée sous le regard meurtrier de Spike. Les jurés riaient sous cape.

Dans son compte rendu du palmarès titré : « Trois fois un : trop », Danièle Heymann *(Le Monde)* accusa le président d'impérialisme. Et réclama l'interdiction du cumul. Fureur de Roman. Il répliqua par une interview titrée : « Polanski se fâche ». « Si un seul film a eu trois prix, expliqua-t-il, c'est qu'on a refusé les répartitions diplomatiques habituelles, et ce n'est pas de ma faute si le cinéma international… » Il eut même un mot, faussement gentil, me concernant. À mon tour d'être fâché. J'y vis comme un désaveu de la sélection. Quelle était donc cette croisade qui le portait ? La guerre d'un professionnel sorti d'une école de cinéma contre les petits messieurs de la Nouvelle Vague, et leurs héritiers. Les metteurs en scène contre les auteurs. La perfection technique contre le tremblé de la vie. J'adore les frères Coen dont j'ai montré dix films, mais sans doute Roman aurait-il pu s'apercevoir qu'en donnant trois prix à *Barton Fink*, en pratiquant ce dopage qui aurait dû être interdit comme chez les sportifs, il écrasait sous un excès d'honneur un film qui n'est tout de même pas *La Ruée vers l'or*. Nos actes, parfois, dépassent nos intentions. Et les rendent dérisoires. Le tenace Roman restera dans l'histoire du Festival pour avoir frappé un grand coup. Que dis-je, une grêle de coups !

Au Festival, des convictions aussi opposées conduisent parfois à d'ironiques réconciliations. En 2002, onze ans après cette présidence disons rugueuse, Roman a gagné la Palme d'or avec *Le Pianiste*, un film inspiré et émouvant. Il ne l'a jamais su mais c'est précisément ce jour-là que j'ai cessé de lui faire la tête. Intérieurement.

57

Apprendre (suite)

Un drôle de métier

J'ai relaté par le menu l'épisode Polanski parce qu'il est très rare qu'un président de jury, par ailleurs parfaitement libre de ses choix, en arrive à malmener l'institution proprement dite. Certes, un jour, à Locarno, Toscan avait fait plus fort encore : il n'avait décerné aucun prix et n'avait dû son salut qu'à la protection de la police. Roman, je l'en remercie, n'est pas allé jusque-là. Et, au fond, tout a été de ma faute. J'aurais dû me rendre compte qu'il prenait une revanche sur une part de lui-même aujourd'hui disparue. Me souvenir qu'il y a deux Polanski. Le réalisateur audacieux des premiers films et des courts-métrages. Et l'autre, celui des grands films à vocation populaire, réussis ou non. L'un, inventeur de surprises, de formes cinématographiques, de trouvailles bizarres (les pommes de terre qui germent dans le frigo de *Répulsion*, les œufs dans *Cul-de-sac*), l'autre, plus accompli peut-être, mais plus attendu aussi. Jusqu'à *Rosemary's Baby*, qui cumule les deux (par cent idées visuelles, il rend palpable le fantastique au quotidien), on pouvait considérer que Roman s'intéressait encore aux progrès de l'écriture cinématographique. Ensuite…

L'idéal serait, bien sûr, de constituer un jury *après* avoir terminé la sélection selon qu'il s'agit de films d'auteurs pointus, ou de films plus grand public, mais ce serait discourtois. D'autre part, comment détecter les goûts en matière de cinéma ? Comment être sûr que, pour être président, on n'irait pas jusqu'à dissimuler ses vrais penchants ? Et composer un jury en fonction des genres de films, n'est-ce pas déjà influencer la décision finale ? Préétablir un palmarès par procuration ? Ajoutons que la confiance des grands metteurs en scène qui se mettent en péril en acceptant la compétition repose avant tout sur l'impartialité du directeur du Festival qui les incite à venir.

Pour le directeur du Festival, c'est la même chanson. Sans verser dans la paranoïa, il se méfie de tout, voit tout le monde contre lui. Le président de jury est rarement satisfait, les critiques contestent ses choix, les chroniqueurs s'acharnent sur le moindre faux pas, les producteurs lui reprochent de ne pas accéder à leurs demandes (alors qu'ils sont juge et partie), les metteurs en scène non retenus disent pis que pendre, les retenus ont une idée très précise de ce qu'ils souhaitent obtenir : Cannes/pas Cannes, compétition/pas compétition, une séance, deux séances, trois séances, pas le premier jour, pas le deuxième, pas le dernier, pas l'avant-dernier, pas le 13, pas à 22 h 30, pas à minuit, pas à Un Certain Regard, pas à la clôture, pas à l'ouverture, pas en face d'un gros film, pas si la presse ne l'a pas vu, pas si la presse ne l'a pas aimé, pas si les acteurs ne peuvent pas venir, pas s'il n'y pas de place à l'hôtel du Cap, pas si le film n'est pas sorti en Amérique, pas s'il y a en compétition un autre film avec la même vedette, pas si Untel est président du jury, pas si le directeur ne peut donner une réponse im-médiate…

Alors, à tout ça qui est parfois contradictoire, excessif et même intolérable, et à quoi on brûle répondre non, non et non, on s'entend soudain murmurer d'une voix douce oui, oui, oui. Oui à tout ; oui votre film est un chef-d'œuvre, oui l'actrice aura sa suite, oui on lui paiera les leçons de tennis de son fils. — Et sa crème à bronzer ? — Et sa crème à bronzer. — Et son voyage de retour en passant par Genève, ou Londres ou Tokyo ? — En passant par le pôle Nord si ça vous fait plaisir.

Bref, comme le soufflait cette chère Molly Bloom au bord de l'extase, c'est oui, oui, oui…

Ainsi va l'exercice du pouvoir.

Ping-pong intime

Car une sélection n'est pas une promenade de santé. Les films arrivent, toujours plus nombreux, toujours plus divers. Il faut accepter de les visionner dans un temps de plus en plus court. De transformer en activité professionnelle ce qui doit rester un plaisir et une passion. De ne pouvoir s'accorder le temps de déguster une œuvre au rythme qu'elle mérite. Il faut donner une réponse. Se justifier tout en rassurant les auteurs déçus, résister à des producteurs qui ne renoncent jamais. Une année sur deux, les grands cinéastes n'ont pas tourné. Angoisse. On cherche désespérément une relève. On entend déjà les commentaires : *Tiens! Cannes n'est plus Cannes.* L'année suivante, inquiétude, l'abondance de noms célèbres va limiter la place pour les inconnus. On imagine le discours : *C'était trop facile!* Sans doute, Votre Honneur, mais un Fellini en petite forme vaudra toujours mieux qu'un tâcheron qui s'est surpassé. D'ailleurs, si on prend toujours les mêmes, c'est bien que ce sont eux qui font les meilleurs films.

Ce ping-pong intime ne s'arrête jamais.

Et comment réunir la meilleure sélection possible sans être obsédé par la diversité géographique des pays participants, la multiplicité des genres, des formats, des tonalités, des talents? Dans un monde où la révélation de cinématographies encore inconnues relève de l'impossible, la rencontre avec des œuvres singulières, la découverte de cinéastes naissants ou l'apparition de revenants qu'on n'attendait plus tiennent aussi du miracle. Il faut vraiment être fou pour continuer à relever ce défi : révéler, surprendre, faire rêver.

58

Le « 15 »

On a tort de se faire un monde des contrariétés de toutes sortes, des déceptions toutes relatives mais continuelles. C'est le lot des directeurs de festival. Avec, tout de même, cette joie éperdue quand on a rapporté une belle pêche... En attendant, asseyons-nous un peu et soufflons.

Les coups durs, on connaît. En 96, juste après le Festival, je suis dans mon bureau avec un importun. J'ai une sorte de point de côté. Le raseur s'en va. Soudain, comme lors du tremblement de terre, je ressens quelque chose qui vient de l'intérieur, mais pas de la terre, cette fois-ci, de moi. La douleur en étau, au milieu du dos, devient si intense que je glisse sur le sol et ne peux me retenir de crier. Contre mon gré, je pédale dans le vide en répétant à mes assistantes accourues : « C'est rien, ça va passer. » Nicole et Marie-Pierre ne perdent pas une seconde, elles appellent mon ami, le professeur Sicard. Puis SOS Médecins. Elles parlaient bas, elles faisaient vite, je me rappelle qu'elles étaient blanches. La piqûre, le SAMU, les pompiers, le brancard qui manque de verser dans le coude de l'escalier, la concierge (je crois l'entendre encore) : *J'ai idée qu'on le reverra pas, le pauv' monsieur*, le trajet couché de Malesherbes à Cochin, l'ambulance qui bringuebalait, le pin-pon enrhumé, les feuilles des arbres au-dessus de ma tête, les arbres, la vie...

Didier Sicard m'attend devant le pavillon Achard où sont les urgences cardiologie. Soins intensifs, tuyaux, électros, tension, prises de sang, examens, goutte-à-goutte, pilules, calmants, fluidifiants, héparine, appareils de contrôle se répliquant dans le bureau des infirmières, interne de garde, première nuit, claquements de pas dans le couloir, loupiotes de contrôle qui clignotent et qui sonnent sans arrêt, angoisse, famille, angoisse.

Au matin, chef de service. Conciliabules. Sténose d'une artère coronaire. Rebrancard. Ascenseur. Intervention. Invasion de l'artère fémorale. Longue tige avec une microcaméra qui serpente à l'intérieur de l'artère, elle remonte jusqu'au cœur, ballonnet, pose de ressorts. La caméra progresse, on la suit sur le moniteur de contrôle, on n'est pas endormi, juste concerné. Moment délicat. Chute de tension. Noir. « Monsieur, monsieur, me crie le médecin qui est en train de me rattraper, restez avec nous, vous m'entendez, restez avec nous. Serrez les poings, ouvrez, serrez, ouvrez, serrez. Lààà… »

Ma mère (scène de la gifle) : *Mais, mon petit, la vie, c'est moi qui te l'ai donnée.*

59

La vie, mode d'emploi

En sortant de l'hôpital, comme tout paraît magnifique ! On prend le temps de vivre. Et puis, quelques mois après, on recommence à s'énerver.

60

Wajda et Kieslowski

Tu ne tueras point

Septembre 89. Au Festival de Gdansk, un film fait l'événement. C'est *L'Interrogatoire* (la torture d'une femme en prison), de Ryszard Bugajski, interdit depuis sept ans. L'inculpée, c'est Krystyna Janda, une des actrices les plus douées de son pays, réputée pour ses rôles chez Wajda dans *L'Homme de marbre* ou *L'Homme de fer* : montrer ces films, c'était notre manière de lutter pour les libertés. *L'Interrogatoire* dispense une charge émotionnelle très forte, et pas seulement pour les Polonais. Aussitôt, je propose la compétition à Irena Strzalkowska, le chef des relations internationales au ministère de la Culture. Réponse : « Désolée, le film est promis au Festival de Berlin. » Or, nous avions pris une option sur ce film depuis 82, j'avais alors signifié que j'attendrais le temps qu'il faudrait…

Cette fois-ci, j'affichai l'avis de tempête. Je n'allais tout de même pas abandonner le film à des opportunistes de la onzième heure. Par télex à Irena, je dénonçai l'incorrection : ce geste inamical allait à coup sûr perturber « nos bonnes relations ». Un second télex demandait son soutien à Jerzy Plazewski, de l'Association des cinéastes : qui donc avait redonné espoir aux artistes aux heures sombres d'avant Solidarnosc ?… Enfin, je rendis visite à Kieslowski, qui se trouvait justement à Paris pour son *Décalogue*. Avec Krzysztof, j'avais une relation privilégiée : dès 87, nous avions montré *Le Hasard* : intérêt très vif, mais la « bombe » n'explose pas. Un an plus tard, *Tu ne tueras point* crée *le* choc du Festival. En une soirée, l'auteur est lancé mondialement. Et, pour marquer le coup plus fortement encore, j'ai invité Kieslowski au jury, l'année suivante, et présenté trois épisodes inédits du *Décalogue*. (Réaliser en un an, presque sans budget, les dix chapitres relève du prodige.) Voilà donc Kieslowski enfin consacré cinéaste majeur de la décennie.

Je retrouve avec émotion son sourire juvénile dans le grand hall lugubre de l'hôtel Régina, place des Pyramides. Krzysztof me dresse le tableau de la situation : la Pologne n'a plus de denrées, plus d'argent, rien. Rien que la liberté. La liberté de penser, de parler, de faire. Mais faire quoi sans un zloty ? Naturellement, s'il n'y a plus d'argent pour l'industrie, il y en a encore moins pour la culture, et les cinéastes sont dans la situation paradoxale d'imaginer (enfin !) tous les films qu'ils veulent sans pouvoir les tourner. Je proposai à Krzysztof de l'aider à trouver des fonds. « Des financiers m'en ont déjà offert », me répond-il. Mais il ne veut rien accepter tant que de jeunes cinéastes polonais *bien meilleurs que lui* ne travailleront pas. Affaire de morale.

Un accident d'hélicoptère

Pour *L'Interrogatoire*, Krzysztof est très au courant. La décision d'envoyer le film à Berlin a été prise collectivement en raison de la précarité internationale. Dans six mois – et je reconnais bien là son pessimisme –, Gorbatchev aura péri dans un « accident d'hélicoptère » et le couvercle se sera refermé, plus pesant encore qu'avant la perestroïka. Priver Bugajski d'être reconnu à son tour serait une mauvaise action. En montrant son film dès février à Berlin, on augmente les chances que l'« événement » ci-dessus ne soit pas encore advenu. Je lui propose alors de me faire envoyer la copie à Paris sans délai : je m'engage à présenter le film en mai, *quoi qu'il arrive.*

Faire venir le réalisateur ne poserait aucun problème : il y a belle lurette que Bugajski a émigré au Canada. Kieslowski ne répondit pas, mais je sentis qu'il était touché par ma détermination, et j'ajoutai : « Si, par malheur, les événements évoluaient comme vous le dites, une projection à Cannes montrerait la permanence de la liberté, comme une petite flamme qui brille dans la nuit. » Kieslowski se borna à marmonner : « Dommage que vous ne me l'ayez pas dit il y a dix jours... » Et il m'expliqua qu'il arrivait de Toronto où il s'était rendu justement pour convaincre Bugajski de donner son film… ailleurs. « Voilà ce que nous allons faire, suggéra-t-il, vous allez m'écrire une lettre pour Wajda. Demain je serai en Pologne et je la lui remettrai. » (En tant que chef du groupe de production qui avait patronné *L'Interrogatoire*, Wajda était décisionnaire dans cette affaire.)

Wajda ! *L'Homme de marbre*, mon premier film surprise en 78 (j'arrivais juste). Pour le faire venir en fraude, Tony Molière, son distributeur, avait transvasé les bobines dans de vieilles boîtes toutes rouillées. Je lui avais fait jurer de n'en parler à personne. « Qu'est-ce que je peux marquer sur l'étiquette pour la douane ? m'avait demandé Tony. — Un titre bidon… mettez *J'irai cracher sur vos tombes*, au moins je me rappellerai… » C'est ainsi que nous fîmes, mes fils et moi, une descente, en plein Festival, dans l'appartement cannois que louait Tony, sur le palier duquel attendaient les fameuses bobines. Comme les enfants étaient très jeunes et que ces péripéties rocambolesques enflammaient leur imagination, le chauffeur, un sosie d'Eddie Constantine, avait adopté une conduite sportive, et les crissements des pneus dans les virages leur faisaient pousser des cris d'excitation. En tout cas, la présentation de *L'Homme de marbre* eut les honneurs du *New York Times*, et, pour la première fois pour un film, d'un édito dans les pages politiques.

L'année suivante, je pars pour Varsovie, avec Tony, voir *Sans anesthésie*, le nouveau Wajda. Un soir de neige et de verglas. Avenue Ujazdowskie, Tony glisse et tombe. Plus de peur que de mal.

Nous dînons dans un restaurant sinistre et surchauffé avec les Wajda, sous la surveillance d'un agent du ministère. Malaise. On se borne à parler du froid, des restrictions, du confort dans les hôtels pour étrangers. Je piaffe d'impatience. Wajda, large front, yeux vifs en amande, paraît triste, parle peu, sa femme traduit mais je finis par remarquer que Krystyna baisse le regard avec insistance. C'est une invite à prendre le papier qu'elle me passe sous la table. Je ne peux lui répondre par la même voie : sa note est en polonais et je dois attendre d'être à Paris pour me la faire traduire ; nous voilà revenus, sans même nous en rendre compte, aux temps glorieux de la Résistance.

À cette évocation, et même s'il ne poussait pas des cris de joie comme mes enfants, Krzysztof parut impressionné. Il comprenait qu'entre Wajda et moi – n'oublions pas la palme en 81 pour *L'Homme de fer*, film parvenu si tard à Cannes que je le sélectionnai alors que le Festival était déjà commencé ! – il y avait des liens de confiance réciproque, une vraie complicité. Est-ce que je l'autorisais à dire que si on me refusait Bugajski, nous ne prendrions aucun autre film polonais ? « Sans aucun doute ! Et c'est la vérité. » Tout de même, il eut une dernière hésitation : que se passerait-il si, en plein Festival, les autorités polonaises exigeaient qu'on leur rende un film dont ils sont propriétaires ? « Laissez-moi vous raconter une petite anecdote… »

L'affaire Stalker

Cette fois, il s'agissait des Russes et de Tarkovski, immense artiste qui lui aussi avait beaucoup souffert de l'incompréhension des cloportes. Nous avions décidé de présenter *Stalker*, toujours comme film surprise, seul moyen de garder le secret et d'éviter la saisie. J'avais obtenu une copie par Richard Delmotte, le directeur des films Cosmos. On prétendait que son bureau, rue Berlioz, abritait des agents secrets. Selon moi, il faisait preuve de courage, les Soviétiques étant ses uniques fournisseurs, et sans doute aussi ses actionnaires. À moins que ce ne fût avec leur accord... Donc « programme surprise » un matin, à dix heures, au Palais. Les journalistes, désormais, comprenaient ce que ça voulait dire... Or, entre les Russes et moi, le torchon brûlait souvent, comme on l'a vu. Nous avions donc multiplié les précautions : cabine de projection cadenassée, moi retranché dans mon bureau et Favre Le Bret retenu à son hôtel.

Dès le début de la projection, Oleg Rudnev, imposant Arménien aux sourcils buissonneux, jaillit de son fauteuil, suivi de ses acolytes, et ne fait qu'un bond jusqu'à la cabine. Il tambourine sans succès : pour toute réponse une bande sonore slavissime qu'il ne reconnaît que trop et le ronron exaspérant d'appareils bien huilés... Comprenant que la porte d'acier résistera à ses assauts, Oleg, en sueur, dégouline jusqu'à mon bureau. Il s'écroule dans un fauteuil qui lâche une salve de craquements. Puis le directeur de Sovexportfilm se met à proférer menaces et invectives : ce que je fais là, c'est de la piraterie pure et simple, du banditisme, de l'extorsion de copie... De l'atteinte à la propriété ! Je m'attache à garder mon sang-froid en fixant obstinément ses chaussures bicolores. Elles sont marron et blanc avec de petits trous ajourés comme c'était la mode à Pigalle avant guerre. Puis, débordant d'amabilité, je lui propose de l'emmener chez notre président, juridiction suprême dont relève ce « malentendu ».

Oleg n'est pas dupe. Le côté dilatoire ne lui échappe pas, mais les Russes ont un sens viscéral de la hiérarchie. Il demande juste qu'on se hâte afin de stopper au plus vite cette projection *illégale.* Dans le bureau de Favre Le Bret où j'entraîne la petite troupe, la secrétaire répond qu'il n'est pas encore arrivé. « Si vous le désirez, susurrai-je, je vous emmène au Carlton... » Un chauffeur nous y conduit au ralenti. Réattente. Favre Le Bret fait les choses en grand, ou plutôt en homme du monde : d'abord, trait de génie, il reçoit Oleg et ses sbires en robe de chambre – une très belle robe de soie à franges avec un gland –, et pieds nus dans des mules richement ornées. Nous sommes chez Ali Baba et je représente les quarante voleurs... Comment brusquer un seigneur qui se livre ainsi dans la tiède intimité de son petit lever ? Politesse exquise : « Préférez-vous un café, un thé, un chocolat, ah, que n'ai-je ici le samovar que m'a offert cette chère Mme Fourtseva, votre ancienne ministre de la Culture, et qui infuse un thé d'un arôme… » Favre Le Bret use d'une vieille ruse digne du Quai d'Orsay : il promène la conversation comme on balade son chien. Et se lance dans un de ses récits favoris sur ses voyages en URSS en compagnie du corps de ballet. À sa suite, nous coursons les petits rats dans les coulisses du Kirov, nous ployons sous nos baisers des danseuses aux cous d'albâtre, nous rêvons, nous rêvons, et, pendant ce temps-là, la projection continue, et même elle sera finie avant que les Soviétiques… Victoire ! Elle *est* finie si j'en crois ma montre – et d'ailleurs n'en ont-ils pas assez ? L'exquise urbanité de Le Bret (« Il faudra revenir me voir ») achève de les désarmer.

Tarkovski, interdit de festival, n'a sans doute jamais su à quel point la projection de *Stalker* avait été hasardeuse, mais Kieslowski pouvait, en écoutant ce récit, mesurer ma pugnacité. Il sourit et son regard bleu azur me donnait sa confiance. Je pris congé de mon ami, un officiel approchait : « Dire que c'est moi qui vous demande de l'aide, fis-je tout bas, j'aimerais bien moi aussi faire quelque chose pour vous… — Vous l'avez déjà fait et vous le savez, me répondit-il avec une douceur infinie, j'aimerais beaucoup qu'on se revoie quand je viens à Paris… » L'après-midi, il m'appela. « J'ai une idée, dit-il. Voici le numéro de Bugajski à Toronto. Appelez-le de ma part. Qu'il téléphone à Wajda. Ça peut aider… » J'appris plus tard que, pour les Polonais, cet appel fut déterminant dans la décision de nous donner le film. Et Krystyna Janda reçut le prix.

Il y eut bien d'autres Polonais dans mon aventure cannoise. Zulawski que j'ai aidé en ressuscitant à Cannes deux de ses films interdits *(La Troisième Partie de la nuit* et *Le Globe d'argent)*, en sélectionnant *Possession* (prix d'interprétation pour Adjani), et aussi en lui faisant avoir la nationalité française, si importante pour lui. Skolimovski, enfermé au jury avec ses collègues, appelé d'urgence pour apprendre qu'un de ses fils avait un grave problème. Il lui fallait partir sans délai pour New York. Déjà, moteur tournant, une voiture l'attendait. Il se rassit alors à la table des délibérations et se mit à plaider pour un film, comme si de rien n'était.

Il y eut Zanussi *(Spirale, La Constante, Le Grand Galop)* qui avait l'air d'un prince de l'Église.

Mais jamais aucun ne m'a autant ému que je l'ai été, le jour – le dernier où nous nous sommes vus – où Kieslowski m'a confié dans son anglais elliptique, entre deux bouffées de cigarette : *J'arrête le cinéma. C'est un métier trop dur. Épuisant. J'ai dû tourner trois films en deux ans. Tournés, montés, sortis. Chacun portait pour titre l'une des couleurs de votre drapeau. Comme un salut à la République. Je vais dormir maintenant. Me reposer. Plus tard, peut-être, je reprendrai mon métier de scénariste. En attendant, je vais rentrer chez moi auprès des miens, fumer une cigarette en regardant couler la rivière. Tout ce que j'aime…*

Malgré les prières de Marin Karmitz, son dernier producteur, Krzysztof, au bout du rouleau, tint parole. Il retourna chez lui. Il fuma. Mais, trois mois après, à l'heure où les ombres s'allongent, il s'en alla pour de bon le long de la rivière.

61

L'art et la manière

Quand elle m'appelle au téléphone, je sais que c'est elle dès la première syllabe : son intonation, douce, précise, posée, n'a pas changé depuis l'année où je l'ai croisée pour la première fois, chez Toscan, rue de Monceau. En vérité, ce jour-là, personne n'a entendu le son de sa voix. Daniel tenait, comme on dit, le crachoir, et quand il parlait tout le monde écoutait. D'abord parce qu'il était passionnant, ensuite parce qu'il dévidait les phrases sans qu'on puisse jamais l'interrompre. Elle écoutait comme les autres, un sourire léger traînant sur ses lèvres. Pourtant on n'a pas vécu neuf ans avec quelqu'un sans connaître par cœur toutes les histoires qu'il raconte. Et puis Daniel m'a emmené dans une chambre au bout du couloir, il m'a montré un grand sac de voyage ouvert, une pile de linge entassée à l'intérieur, et il m'a confié en soupirant : « Vous voyez, on ne sait jamais ce qu'elle va faire, ni si elle sera encore là demain... » C'est vrai que, depuis lors, Isabelle Huppert a tracé sa route. Et qu'elle parle désormais, et fort bien.

De l'adolescente aux joues rondes semées de taches de rousseur (dans *Le Bar de la Fourche*) à la juge sèche genre Eva Joly (dans *L'Ivresse du pouvoir*), en passant par *Violette Nozière*, *Sauve qui peut, la vie*, *Les Ailes de la colombe*, *La Cérémonie*, *Saint-Cyr* (je pourrais en citer dix autres), quel splendide, quel impeccable itinéraire ! D'une contenance parfaite, habile à se mouler dans un personnage, à composer avec précision et ferveur un rôle, typant un caractère d'un rien, l'hyperactive Isabelle pratique à merveille l'art de l'ellipse, de la suggestion, l'art du silence. Depuis les années Toscan, depuis son incroyable incarnation de la coiffeuse triste de *La dentellière*, le silence lui va bien. Le silence l'habite, elle excelle autant dans ce qu'elle montre d'elle que dans ce qu'elle cache, dans ce qu'elle dit que dans ce qu'elle tait. C'est la fée de l'intériorité.

Je n'ai connu aucune actrice au monde ayant obtenu autant de sélections à Cannes. Si, par jeu, il ne fallait garder d'elle qu'une seule de ses interprétations, ce pourrait être la pianiste frustrée de Michael Haneke ou la garce moqueuse de Bertrand Tavernier dans *Coup de torchon*. Non, réflexion faite, ce serait un soupir dans *Loulou* de Pialat. Loulou (Gérard Depardieu) va faire l'amour à Nelly (Isabelle). Il étend sur elle son grand corps écrasant, on pressent que le lit va s'effondrer, et Isabelle (ou Pialat) a cette inspiration de génie qui résume tout le film, elle lui souffle : « Pouf, t'es lourd… »

À l'évidence, dans notre cinéma, la Huppert occupe une place à part : elle est à la fois au centre et à la marge. Capable, comme elle vient juste de le faire en 2008, d'aller s'encalminer deux mois durant, au bord d'une autoroute bulgare désaffectée, pour y incarner une drôle de petite bonne femme dans le premier film d'une inconnue, Ursula Meier, comme d'être la comédienne fétiche de grands metteurs en scène, de Godard à Losey, de Tavernier à Chabrol (six fois). Capable aussi – à présent nous sommes au théâtre – de se lancer dans les expérimentations de Bob Wilson comme de susciter le rire des spectateurs dans la nouvelle pièce de Yasmina Reza.

Terriblement exigeante, à commencer avec elle-même, elle a le courage effrayant de vouloir tout simultanément – famille, enfants, métier, culture –, comme si ce groupement était convoqué pour alimenter son inspiration, comme si l'impatience de mettre sa vitalité à rude épreuve la conduisait à cette souriante détermination.

Dans la vie aussi, Isabelle est multiple.

Je me suis promené avec elle sur la 5e Avenue à New York, je l'ai rencontrée boulevard Raspail, à Paris, pas du tout maquillée, un petit imper sur les épaules, sans que les passants la reconnaissent, je l'ai regardée préparer dans sa cuisine un bar aux aromates, je l'ai entendue éclater de rire au café sur la place de L'Isle-en-Dodon près du château de Toscan en Haute-Garonne, je l'ai saluée officiellement montant les marches à Cannes, en princesse de l'écran qui sait ce qui lui va, je l'ai admirée quand elle y présentait un film en conférence de presse avec modestie et connaissance aiguë de son métier, avec finesse pour répondre aux questions les plus baroques, je l'ai appelée au téléphone quand elle a gagné ses prix d'interprétation et les deux fois elle a pleuré…

Avec Isabelle, pourtant, nous avons de longue date deux sujets de discorde. Elle supporte mal que je n'aille pas la voir au théâtre à chaque nouvelle pièce. Et moi, je suis resté longtemps sans oser lui dire que, si réussis et contemporains soient-ils, les fauteuils en carton bouilli de sa salle à manger sont une torture pour les dos fragiles. Dieu merci, elle les a récemment changés. C'est mieux, mais je recommande d'apporter son coussin.

62

Qui veut tuer Robert Bresson ?

Robert. Robert Bresson. Sa magnifique chevelure blanche. Ses yeux bleu pâle. Le choix des mots. Les notes sur le cinématographe. L'échange entre les images et les sons. Bresson le chercheur. On aurait dû lui donner le prix Nobel de chimie. L'écriture. Les modèles. Le « drôle de chemin ». La grâce. « Lutte ! — Je lutte ! » « Reste ! — Je reste… » Les visages de femmes : Anne Wiazemsky, Dominique Sanda, Florence Delay… Filmer le mystère ; l'inconnu. L'âne. Le curé. Le condamné. Le pickpocket. La petite fille. Mouchette roule vers la rivière, sa robe reste accrochée. Monteverdi. Noir.

Bresson, Vigo, Tati, Renoir, Pialat, Resnais : une bonne base de départ pour une vidéothèque. Mais la question n'était pas d'être le premier. Bresson était à part. Pull en cashmere jeté sur ses épaules, pantalon de toile assorti, il avait la coquetterie de son élégance et l'orgueil de sa solitude. Et même, cette solitude, il la revendiquait. Il prétendait ne jamais voir les films des autres. Menteur ! Il les connaissait très bien. Il entrait dans les salles quand le film était déjà commencé et repartait avant la fin. Il ne voulait pas non plus qu'on le filme, ni qu'on le photographie. Un jour de 83, il sortait du Carlton se rendant à une fête pour *L'Argent* dans une villa des Hauts de Cannes. Des photographes d'agence étaient là. Il les repère. Il fonce sur eux. Il lance sa main pour masquer l'objectif. Se baisse dès qu'il aperçoit la caméra. Il les tutoie. Les injurie. Toute la soirée, ce jeu de cache-cache. Se détourner. Mettre sa main devant son visage. Maugréer. Fuir. Partir en courant dans la nuit.

Des journalistes aussi le traquaient : « Avez-vous eu l'avance sur recettes parce que Caroline Lang (la fille du ministre) joue dans *L'Argent* ? Aurez-vous la Palme d'or? — Mais je n'en sais rien », ripostait Bresson. Et Tarkovski, lui aussi orgueilleux, lui aussi en compétition cette année-là, disait, de son côté : « Je suis comme Bresson, c'est la Palme d'or ou rien. » (Moyennant quoi, non seulement ils n'ont pas eu la Palme mais on leur a donné un prix ex aequo qui ne faisait l'affaire ni de l'un ni de l'autre.)

Une autre fois, Bresson vient nous trouver, Favre Le Bret et moi. Il arrive dans le bureau. Refuse de s'asseoir. Il était énervé. Il avait appris qu'on projetait un court-métrage avant son film (c'était l'usage, à l'époque) et il ne voulait pas. Ou alors, disait-il, il faut laisser un intervalle d'une demi-heure entre la fin du court et mon film. Favre Le Bret lui expliqua que ce n'était pas possible, que les gens casseraient les fauteuils. Mais le monde de Bresson s'accommode mal d'un autre univers. Avant la projection, il nécessite silence et recueillement. Robert se tourna vers moi. Nous nous connaissions depuis longtemps. J'avais été chez lui, dans l'île Saint-Louis, à Droue-sur-Drouette. Surtout, je l'avais vu tourner. Les films de Bresson ne sont pas tous totalement réussis. Il arrive que les fameux « modèles », ces non-comédiens, plombent le film. Mais la cohérence de l'ensemble, l'air raréfié des cimes où il nous entraîne, et ses quatre ou cinq chefs-d'œuvre absolus *(Pickpocket, Un condamné à mort…, Mouchette* et *Au hasard, Balthazar)* me mettront toujours du côté de l'artiste.

Je me rappelle une séance d'enregistrement : le simple tintement d'un pot à lait pour *Mouchette.* Enfin, simple… Au bout d'une trentaine d'essais de sons différents, l'ingénieur du son croyait devenir fou. Mais le cinéaste savait exactement ce qu'il voulait, il trouva, et il avait raison, tant il est vrai qu'un film de Bresson, cela se mérite.

Il y eut un grand intervalle après le court-métrage.

63

Le complot

Le baiser d'Ingrid

Au début, j'ai eu ma période « Casimir ».

La pièce est rectangulaire, spacieuse, peut-être vingt mètres carrés. Il y a un bureau en bois blond, deux téléphones, une table de réunion, une cheminée, une bibliothèque où s'entassent livres, dossiers, cassettes. Un canapé de cuir cannelle et six fauteuils pivotants. La pièce est si sombre que, sauf en été, la lumière électrique (une lampe halogène et le fameux lampadaire que le comptable me refusait) brûle continuellement. Sur la porte du couloir, un Post-it oublié : « Ne pas entrer : interview en cours. » Mais je suis seul.

Quand je suis arrivé faubourg Saint-Honoré, les murs étaient nus, à l'exception d'une croûte laissée par mon prédécesseur. À la place, j'ai affiché Casimir, un personnage des débuts du cinéma. Sur ce contretype de la Gaumont, Casimir fait l'important devant des officiels ridicules : antidote ? Plus tard, Casimir m'a lassé ; j'ai préféré des photographies. La plus visible, et pas la moins émouvante, est celle de l'exposition Truffaut, à Chicago : François y porte sa légendaire écharpe blanche. Dessous, au gros feutre noir, sa signature barre le portrait sur toute sa largeur. Il y a d'autres clichés ; les plus beaux sont en noir et blanc : photo magique de Marlène, fameux baiser d'Ingrid Bergman et de Cary Grant dans *Les Enchaînés*, l'affiche de *Bird* avec dédicace de Clint Eastwood.

D'autres encore, de Fellini : le paquebot *Rex* surgissant de la nuit, Gelsomina dos à la plage avec son petit tambour… Dans la bibliothèque, le pastel bariolé du cheval qui se cabre, par Kurosawa. Enfin, un tirage. Il vient d'une exposition de la FNAC : l'escalier du nouveau Palais, avec son tapis rouge, la garde d'honneur en gants blancs et fourragère, un jour d'ouverture, 90? 91? Le ministre est là, sur le palier intermédiaire. D'habitude, Lang passe par-derrière. Mais ce jour-là – la photo en témoigne – il s'est avancé, a descendu quelques marches et il attend les stars. La photo est belle parce que sa composition est celle d'un tableau : bien qu'elle soit en couleurs, c'est le noir qui domine absolument. Un noir qui claque et pose d'emblée les accents de la tragédie. La pièce peut commencer.

Le ministre est furieux

Nous sommes le 2 juin 1991, brume légère sur la capitale, je rentre de Cannes lessivé. À cet instant, la sonnerie du téléphone. On dirait qu'elle dialogue avec le sax de Charlie Parker, la sirène du paquebot *Rex* et qu'elle fait se cabrer le cheval de Ran. Je décroche : « Monique Lang demande à vous voir… — C'est urgent? — Très urgent! » Si tôt après la clôture, cette convocation n'augure rien de bon. Nous y déférons, Pierre Viot et moi, sans enthousiasme.

Pierre a été nommé président en 84, je suis délégué général depuis 78, autant dire la nuit des temps. Le Festival s'est plutôt bien passé mais un délégué est toujours sous haute surveillance et son permis de séjour peut lui être annulé après chaque sélection – ou c'est tout comme. Tandis que nous montons les escaliers de la rue de Valois, usés par les quémandeurs de subventions, les artistes qu'on flatte, les dignitaires nommés, promus, virés en cinq minutes, je pense à la phrase de Juin : *On ne convoque pas un maréchal de France comme un trompette…* Mais, face à sa tutelle, un haut fonctionnaire comme Viot n'a guère le choix. Je le suis (du verbe suivre).

Passé la contemplation des Alechinsky bleus posés là par Michel Guy, on nous introduit devant une sorte de tribunal. Présidente : la ministresse (c'est ainsi qu'on surnomme Monique Lang, au cabinet). Deux sbires lui tiennent lieu d'assesseurs. Nous comprenons très vite que Monique, masque sévère des mauvais jours, n'est pas d'humeur folâtre. Et surtout *elle reste debout.* L'audience est ouverte.

« Voilà, dit-elle sans préambule, j'ai voulu faire le point à chaud avec vous, et je dois vous dire que le ministre n'est pas du tout content. Mais *pas du tout...* » (Nous savons d'expérience que Monique use de trois éventualités : quand le soleil brille, elle dit « Jack et moi..., Jack pense que... » ; quand le ciel est légèrement couvert, c'est « Mon mari », comme dans « Mon mari s'étonne... » ; si c'est un cyclone qui affole les stations-météo, alors Monique emploie « Le ministre ». Exemple : « Le ministre est furieux... ») Que se passe-t-il donc ? Il se passe qu'il y a eu plus de mécontents que d'habitude, que les billets pour le dîner d'ouverture (depuis l'arrivée de Lang, c'est le ministre qui invite) ont été livrés trop tard, que les deux équipes (protocole du Festival-ministère) se rejettent mutuellement la faute, que les coursiers n'ont pas porté toutes les invitations dans les hôtels, il se passe que ça râle, et sec. Descendu de Paris parmi les invités personnels du ministre, Jean-François Josselin *(Le Nouvel Obs)* n'a pas reçu ses billets au Majestic, il a téléphoné une ou deux fois, puis a décidé de laisser tomber le film pour aller seulement au dîner, enfin, comme il pleuvait des cordes, il a fini par trouver rigolo de passer la soirée dans sa chambre devant la télé. « Un film poilant d'ailleurs... » Comme il est d'un naturel pervers, il a savouré l'idée d'être venu à Cannes pour rien, histoire, le lendemain, d'accabler les Lang de sarcasmes.

Dans ces moments de colère rentrée, Monique a toujours l'air de vous faire sauter dans la poêle. Même s'il déteste être enguirlandé devant des sous-fifres, Viot fait bonne figure. Celle qu'il a affichée quand Michèle Rocard (prononcez Michèleu), *tout de même* (comme elle disait) *la femme du Premier ministre de la France,* l'a criblé de reproches pendant un (autre) dîner d'ouverture : le film (c'était *Homicide*, de David Mamet) était *sinistre et, en plus, « antisémite »*... Allons, bon ! Ensuite, pour aller dîner sous une tente proche – il pleuvait toujours ! –, Michèleu avait perdu sa cape (un cadeau de son mari), elle commençait à s'enrhumer, elle reprocha à Viot de ne pas l'avoir placée avec les artistes, à la table de Lang qui n'en voulait pas... Bref, la honte ! Pour calmer la pie-grièche, Viot l'avait d'abord joué *Tout va très bien, madame la marquise*, puis, à la fin, n'y tenant plus : *Madame*, avait-il riposté, et ses yeux étincelaient, *Madame, j'ai compris que vous n'étiez pas contente*... Et, dans les réunions familiales, les dîners, il citera parfois cette épigramme dont l'insolence, encore aujourd'hui, de plaisir le faisait mourir, belle Michèleu...

Sollicitude

« L'année prochaine, prédit Monique, je ferai descendre les conseillers du ministère. — Parlons-en ! (Je lui expédie un exocet de ma façon.) Ce sont eux, justement, qui ont torpillé la décoration de De Niro : l'endroit choisi était microscopique, je m'en suis aperçu en allant tout vérifier... Il a fallu transférer à toute allure, dans la salle à manger, estrade, micro, projecteurs. Six hommes pour porter l'estrade ! Ç'a été un de ces bazars... » Alors, Monique plante une autre banderille : « On n'aurait pas dû mettre à la même table Carlos Fuentes et votre cousin François Jacob *(comment sait-elle que nous sommes cousins ?)*, et on n'a pas su exploiter la présence des Nobel dans les journaux... Et Michèle Rocard, tout de même la femme du..., était furieuse... Vous savez qu'on lui a volé sa cape ? » *(On sait... on sait...)* Enfin, la mise à mort : « Et puis le film ne convenait pas du tout. Pourquoi ne pas avoir mis, plutôt, un film français ? Ou, tenez, le film de clôture ? (*Il paraît qu'il est très bon !*) Ou le film de Spike Lee, un ponte d'Universal *(lequel ?)* a dit *(à qui ?)* qu'ils auraient été ravis de faire l'ouverture. »

Ce qui m'énerve le plus, ce sont les racontars. Mais je ravale. Derrière cette mauvaise querelle perce en filigrane un blâme autrement plus sérieux. Monique Lang me reproche chaque année de ne pas lui amener assez de vedettes pour sa soirée d'ouverture – *Dites-vous bien que c'est pour le Festival que nous faisons tout ça, Jack et moi* –, et de ne pas programmer, dès les premiers jours, des films avec ces fameuses stars, au milieu desquelles le ministre, tout le monde le voit bien, serait filmé. Se souvenant de Raimu dans la fameuse partie de cartes, Monique conclut son engueulade par une expression très tendance : *Voulez-vous que je vous dise? Votre soirée d'ouverture, elle me prend la tête!* Et, joignant le geste à la parole, elle porte à ses tempes l'index et le majeur de ses mains qui volettent délicieusement sous les ors de la République.

Je pourrais facilement lui répondre qu'inviter des journalistes politiques sert peut-être les intérêts du cabinet mais pas ceux du Festival; qu'en accueillant tant de monde, elle nous brouille avec des journalistes-cinéma, avec des professionnels, avec des étrangers pour qui il n'y a plus assez de places dans la salle; que les acteurs en compétition veulent se préserver pour la montée des marches de *leur* film; et que nous, enfin, nous n'avons pas qu'une seule soirée à promouvoir, mais douze! Douze qu'il faut animer, équilibrer, égayer, sinon la morosité s'installe, *et quand la morosité sera là, que tous les prétendants seront venus traîner dans vos couloirs en murmurant que Cannes, vraiment, ce n'est plus ça, qu'on est en train de tuer le Festival, madame, que direz-vous?*

Cette même année, Monique avait décidé d'inviter elle-même les stars. Elle croyait peut-être qu'il suffirait de les convoquer sur papier à en-tête du ministre pour qu'elles accourent. Mais les stars, les vraies, se méfient des politiques. Elles acceptent de venir au Festival sous certaines conditions, et encore. En mai, beaucoup sont en tournage ou en préparation. Et, d'ailleurs, où sont-elles donc les stars? À Hollywood! Monique, qui, reconnaissons-le, n'a peur de rien, a mobilisé sa fille Caroline qui travaille chez

Time-Warner, à New York. Caroline, s'est dit Monique, va convaincre en moins de deux Steve Ross, le grand patron, de venir à l'hôtel du Cap, on entassera une vingtaine de stars dans son jet privé, et voilà. *Vous allez voir : ma fille, elle est extraordinaire.* Alors Caroline, au téléphone, a harcelé acteurs et agents, se faisant passer pour sa mère, sans que personne ne s'étonne jamais que la femme d'un ministre français séjourne à New York si longtemps. Naturellement, le résultat fut voisin de zéro, mais ce n'était en rien la faute de la vive et charmante Caroline. Les agents s'en fichaient, les supers stars ne répondaient même pas. Déjà mécontente de cet échec, Monique était plus fâchée encore que j'en fusse le témoin. Un témoin qui faisait tous ses efforts pour le cacher.

J'ai toujours eu de l'admiration pour une femme qui se bat et consacre sa vie à la gloire de son mari. Autre circonstance atténuante, les Lang n'étaient-ils pas de Nancy, comme mon père ? En nous raccompagnant, Monique m'a tendu la main. « Vous avez l'air fatigué, dit-elle. Il faut vous reposer… » Il y avait de la douceur dans ses yeux.

Cure thermale

J'étais le cadet, on me passait davantage de choses qu'à mon frère, on riait de ma moindre bêtise. Rien ne nous prédisposait à être privés de notre père alors que nous étions si jeunes et ne l'avions jamais quitté. En 40, nous étions donc à Vichy. En temps de guerre, la vie des enfants ne jouit pas de la même indépendance qu'en temps de paix, surtout s'ils déclenchent des drames. Il y avait eu le calot sur le sergent de ville du boulevard Haussmann, il y eut les bombes à eau sur l'armée de Vichy. Après le salut aux couleurs, des officiers entraient et sortaient de l'hôtel du Parc (c'était bien notre veine : avant de se fourrer dans le piège du Vercors, l'hôtel de Pétain !). Il faut savoir lâcher l'objet quelques mètres avant la verticale. Je bats Jean-Claude : ma bombe à eau atteint un colonel en plein képi et l'asperge. Je me rejette en arrière. Les militaires ont-ils moins d'humour que les gardiens de la paix ? *Ça vous ennuierait, madame, de surveiller vos enfants ?* Bien sûr que non, pas du tout. Toujours est-il que nous pliâmes bagage, et vite. Je ne suis jamais retourné à Vichy mais je revois la buvette de la cure thermale où se mélangent dans mon souvenir les personnages grotesques de Fellini faisant la queue, leur verre gradué à la main, devant une demoiselle tout en blanc qui n'est malheureusement pas la Claudia Cardinale de *Huit 1/2*...

Même si on n'assistait pas directement à des combats ou à des bombardements, la guerre nous perturbait ; elle bouleversait nos habitudes, elle nous forçait à déménager sans cesse, elle avait transformé l'insouciance en une inquiétude qui ne nous quitterait plus.

La photo de Mitterrand

Les états d'âme de Monique ont toujours été calqués sur l'humeur de Jack. Or, en haut lieu la colère s'était changée en exaspération : Lang n'avait pas digéré le palmarès : les trois prix pour *Barton Fink* – qui plus est, un film américain pour la troisième année de suite ; l'attitude de Roman Polanski, censé être un ami de la France ; surtout, la présence, de plus en plus envahissante, de Michel Mouillot, le maire de Cannes, que Jack détestait d'instinct, sans se douter qu'il serait plus tard condamné à la prison ferme pour corruption. Pour l'heure, Mouillot occupait le terrain, montait les marches tous les soirs, invitait ses amis dans la loge... Face à cette déferlante électoraliste, au ministère, on commençait à s'agiter. Lang s'en était ouvert à Toscan du Plantier auquel il aurait, selon ce dernier, proposé la présidence du Festival. Mais pour Toscan qui venait d'avoir cinquante ans, un poste honorifique et non rémunéré, c'était beaucoup trop tôt. Il voulait continuer son métier de producteur. En revanche, vice-président, en position d'attente, il ne disait pas non. Pas non du tout...

Le lendemain – décidément, on ne perd pas de temps dans les hautes sphères –, Dominique Wallon nous reçoit dans son bureau du CNC rue de Lübeck. La pièce n'a pas changé, pourtant quelque chose manque. Il manque ma photo qui a longtemps trôné là, et qui a dû être emportée par Jérôme Clément, le prédécesseur parti faire des miracles avec Arte. Quand je dis ma photo, j'exagère. C'est la photo de François Mitterrand serrant la main de Jérôme, lors d'un déjeuner à l'Élysée. Seulement au milieu, juste entre les deux têtes, la sérénissime et la respectueuse, il y a la mienne, intimidée juste ce qu'il faut, et impossible à effacer, sauf à gouacher le tirage. C'est ainsi que j'ai trôné, quatre ans durant, face aux visiteurs du directeur général, voyant tout, entendant tout, enregistrant les conversations les plus secrètes, les récriminations les moins avouables...

Aujourd'hui, c'est Wallon qui attaque et je suis de nouveau aux premières loges mais cette fois en chair et en os. Oh ! je sais bien comment me définissent ceux qui ne m'aiment pas : clergyman, pisse-froid, diplomate en faux col, Machiavel au petit pied, avaleur de parapluies... (Vieille France, aurait ajouté Monique Lang, m'assimilant à Favre Le Bret.) À l'évidence, le clergyman n'est plus en odeur de sainteté. C'est vrai que je ne suis porté ni sur la familiarité ni sur le tutoiement. Et que je ferais tomber à la renverse ceux à qui je dirais que je n'aime rien tant que rire.

Wallon commence par avouer qu'il a trouvé le Festival « formidable ». D'ordinaire, des reproches, des remontrances ; des éloges, jamais. Je savoure ce moment, mais voici qu'il ouvre le feu : il faut modifier le règlement pour qu'on ne puisse plus donner plusieurs prix à un même film, consolider le recrutement des jurés, veiller à la diversité géographique (pan sur Hollywood !).

Je m'y attendais ; aussi brandis-je une statistique sur dix ans : six fois sur dix, ouverture et clôture ont été américaines sans susciter le moindre murmure. Je compare les films français et américains en sélection : pour la même période, le nombre des films américains a augmenté d'un quart, les films français ont doublé. Dominique admet et sourit. Puis il dénonce la présence trop forte des stars hollywoodiennes à la clôture. Cette fois, je sors une lettre du responsable des comédiens. Pour Dominique Segall, les Français se font tellement prier qu'il menace de jeter l'éponge. Devant mon dossier argumenté, je découvre une lueur d'estime dans le regard de Wallon. Vient le plat de résistance : la présence insupportable de Mouillot sur les marches, par comparaison avec celle, discrète, de Viot. Pour le ministre, l'incarnation du Festival devrait être considérablement... étoffée. Dès lors, pourquoi ne pas nommer un troisième vice-président, puisque ni Wallon ni le représentant du Quai d'Orsay – tous deux vice-présidents – n'ont le temps de nous seconder ? Pierre rétorque que nous ne pouvons être partout, et qu'il ne voit personne de cet acabit. Le temps est suspendu. Wallon toussote. Je sens bien qu'il a un nom dans son chapeau mais qu'il répugne à le sortir. Il estime Pierre. Il le ménage. Vieille complicité entre hauts fonctionnaires... Viot le regarde à son tour. C'est le moment décisif : si la mission se passe mal, Lang sera furieux et exigera des décisions autrement dévastatrices. Le nom n'est pas dur à deviner, il circule dans Paris. Viot se doute-t-il de quelque chose ? Je suis sûr que oui. Puis Wallon plonge où il n'a pas pied (il est huit heures, il doit avoir un dîner) : *Pourquoi pas... Toscan ?* Dans une situation similaire, Favre Le Bret aurait flairé le danger. Il aurait hurlé. Viot reste impassible. Il faut en finir. « C'est une idée à considérer, dis-je. Toscan a une stature, une notoriété internationale, et il ignore la mesquinerie. » Il pourrait même nous servir de conseiller le reste de l'année, ce que Pierre conteste *car l'homme n'est pas discret.* Enhardi soudain, Viot empile les obstacles : Toscan ne fait pas partie du conseil et personne ne peut y entrer sans l'accord du Conseil d'État. Wallon se rembrunit. Il suffira, dit-il, d'un simple décret que Lang signera très rapidement. Vice-président serait plus long : le temps d'une modification des statuts. Pas trop longtemps, implore Dominique qui doit rendre compte. Je raccompagne Pierre : un type bien, constate-t-il, comme s'il n'avait retenu de la conversation que l'éloge initial, destiné à nous mettre en confiance. Le vieux sage a-t-il fait la part du feu ? Est-il soulagé de s'en tirer à si bon compte ? C'est vrai qu'avec Toscan, tout se passerait avec élégance. Mais, en revanche, en cas de grabuge, ce n'est pas lui qui jouerait les fusibles. Alors l'argument de Wallon, la défense du Festival contre la politisation (autrement dit : tant que nous serons là, nous tiendrons tête au maire de Cannes), ne valait que ce qu'il valait : du pipeau, ou, pour être indulgent, une manière de faire progresser les choses.

Elles avancent à toute allure. Le décret nommant Toscan est signé et nous définissons nouvelle stratégie et répartition des rôles. Il prendra en main la cérémonie d'ouverture, les relations avec Monique Lang, les invités, la composition de la salle, tout sauf les films. Nous ne savons pas comment se passera cette nouvelle cohabitation ni ce que l'avenir nous réserve. Toscan a cinquante et un ans, le temps travaille pour lui. Il devient même l'allié objectif de Viot, ne voulant pas le remplacer si jeune. Viot n'est pas dupe. « Il n'est pas mauvais que ça bouge un peu », me dit-il. Traduction : N'oubliez pas qu'on nous met tous les deux dans le même panier. Celui de la guillotine ?

64

Ettero Scola

Les débuts de la télé

23 mai 80. La cérémonie de clôture du 33ᵉ Festival s'annonce sous des couleurs pimpantes : c'est la deuxième fois qu'on présente le palmarès en direct et la télé a fait fort.

Au début, le présentateur Michel Drucker (qu'il était jeune, alors) voulut marquer son territoire. De son côté, Favre Le Bret, qui tenait à annoncer les prix lui-même (je n'osai pas lui dire de laisser opérer le président Kirk Douglas), avait trois handicaps : la fatigue, une ignorance de la télévision et des lunettes pour lire. Il passa son temps à les chausser, puis à les enlever.

Voici Marie-José Nat, invitée à remettre un prix. À qui ? Pour Favre Le Bret, c'était à Jack Thompson, acteur australien. Pour Drucker (toujours ce désir de la télé de ne pas traîner), on en était déjà au prix du jury. À qui ? À Krzysztof Zanussi.

Ce fut Jack Thompson qui monta. Alors Drucker, sans s'émouvoir de cet accent britannique, pourtant assez peu pratiqué sur les rives de la Vistule :

— Je crois, monsieur le président, que vous avez sauté une ligne, mais *ça n'est pas tragique* : c'est *La Constante*, de Zanussi.

— Bravo ! s'écria Marie-José, mais j'aimerais savoir s'il s'agit bien de Krzysztof Zanussi…

— Oui, décréta Drucker, la renvoyant déjà : merci beaucoup, Marie-José.

Là-dessus, Jack Thompson décide d'en placer une :

— *Thank you all very much, this is for the Australian film industry…*, et il brandit fièrement son diplôme.

Drucker :

— Maintenant, monsieur le président, nous en sommes bien aux seconds rôles…

— J'appelle Jack Thompson, s'embourbe Favre Le Bret non sans solennité.

Il y eut un flottement dans la salle. Je dégringolai quatre à quatre du balcon pour intervenir. Yvette Camp, notre assistante, m'avait devancé. Elle s'approcha de la scène et Drucker vint parlementer.

— M. Thompson n'est pas là, enchaîna l'animateur qui venait juste de le raccompagner. On lui a remis le diplôme tout à l'heure par mégarde, c'était un malentendu parce que vous avez sauté une ligne, monsieur le président… M. Zanussi revient dans un instant, *ne vous inquiétez pas…*

Mais Favre Le Bret enchaînait :

— Prix du jury pour les qualités de sa mise en scène…

Drucker avait visiblement une autre liste :

— Prix du meilleur scénario et dialogue…, coupa-t-il.

Favre Le Bret en avait vu d'autres :

— Le prix, c'est Krzysztof Zanussi ! (Il prononçait bravement Zanoudzi, avec l'accent tonique sur la deuxième syllabe.)

Là, Drucker se fâcha :

— Non, écoutez, monsieur le président, alors là, je crois que je vais aller jusqu'au bout tout seul…

— Attendez ! dit Fabre Le Bret, impavide.

Drucker :

— C'était le film de Scola…

Favre Le Bret :

— C'est autre chose, là. Prix du scénario et dialogues : *Ettero Scola.* (La fameuse inversion dont on a tant parlé !)

Alors Ettore Scola s'avança sur la scène, tout effaré de prendre part à un spectacle digne de Laurel et Hardy chez les Marx Brothers.

Ettero Scola

Ettore Scola (assez sec) :

— … Nous devons remercier, je pense, M. Favre Le Bret : c'est la première fois qu'à Cannes, on rit pendant le palmarès…

(Applaudissements nourris dans la salle.)

Au deuxième rang, je vis Alain Resnais regarder sa montre.

C'est alors que Drucker monta au filet :

— Monsieur le président, avant d'aller plus loin, il faut accueillir M. Zanussi, *c'est la moindre des choses.* M. Zanussi que nous n'avons pas accueilli tout à l'heure. M. Zanussi, venez !

Zanussi monta, prit sa récompense et s'en fut, sans doute téléphoner aux urgences psychiatriques.

En tant qu'acteur

Mais à présent, Kirk Douglas, président impatienté, leur disputait la vedette. Il y avait eu du tirage pendant la nuit. Kirk avait téléphoné en Amérique pour annoncer que Bob Fosse avait gagné la Palme d'or[1]. Pendant ce temps-là, les autres jurés auraient voulu revoter et donner la Palme uniquement à Kurosawa. Face au danger, Kirk s'enferma dans son hôtel, faisant dire qu'il était souffrant.

Drucker :

— Comme vous le voyez, le président est en pleine forme…

Kirk, soudain d'excellente humeur :

— Il y a vingt-six ans, j'ai gagné le plus grand prix : j'ai proposé le mariage à ma femme (elle travaillait au Festival) et j'ai ga-gné !

La plaisanterie fit long feu.

Mais Favre n'en était plus à son premier pataquès :

— Grand prix spécial du jury décerné à René Resnais…

— … M. *Alain* Resnais, pour *Mon oncle d'Amérique*, reprit Drucker, comme si Le Bret n'existait plus.

---

1. Ex aequo avec Kurosawa.

Resnais monta, très droit, et Jeanne Moreau, de sa propre initiative, lui remit une rose jaune, « à l'unanimité », dit-elle.

À la fin, Bob Fosse étant absent, Kurosawa reçut seul la Palme d'or, comme les jurés l'auraient voulu.

« La prochaine fois, dit l'empereur, j'essayerai de vous amener un meilleur film. » Il me répétera la phrase au dîner.

Michel Drucker s'offrit le mot de la fin : « M. Favre Le Bret m'a promis de revenir *en tant qu'acteur* l'année prochaine ! »

Scola avait raison. Jamais plus on ne rira comme on a ri ce soir-là au Festival de Cannes.

65
Sophie

Imperceptible dandinement

Toscan ne pouvait arrêter ses affaires ni passer la main, d'autant qu'il avait perdu pas mal d'argent dans deux opérations immobilières, une à la Goutte d'Or où il avait eu un temps ses bureaux, l'autre cité Malesherbes, où il avait acheté une maison et réalisé de gros travaux. La crise était arrivée là-dessus et il avait dû tout revendre. À perte, mais cela ne l'inquiétait pas. Il avait toujours eu plusieurs casquettes. L'argent rentrait, l'argent sortait, ce n'était pas important. Son capital, c'était sa notoriété. À l'aérogare de Toulouse-Blagnac, c'est à lui qu'on demandait un autographe, pas à Fabius assis devant moi, à trois mètres de lui. Il avait su valoriser ce qu'il y avait de reconnaissable dans sa silhouette, la splendide chevelure immaculée, la moustache avantageuse, l'œil bleu roi derrière les lunettes. Il marchait avec un imperceptible dandinement comme le font les personnages importants, se sachant observés et aimant l'être. Même si on n'arrivait pas toujours à mettre un nom sur son visage, on le reconnaissait à cause de la télévision. Il y passait chaque fois qu'il le pouvait, toujours en veine de publicité. Pour des émissions, des débats, ou si quelqu'un mourait, il était toujours partant pour saluer ses mérites. Et c'était toujours intelligent, vif, juste et bien senti. Son capital, c'était aussi d'avoir mis son talent et son intelligence au service de notre cinéma, une vocation tardive mais efficace. Il payait de sa personne, l'État le remboursait en considération et en honneurs. Il était devenu une sorte de Monsieur Cinéma français à travers le monde, un brillant et irremplaçable ministre plénipotentiaire. Comme d'autres ont leur bouteille de champagne à demeure dans une boîte de nuit, il avait *sa* bouteille de Perrier dans le Concorde. Il adorait les discours, les ors de la République, les palais présidentiels, les voyages officiels, les ambassades à l'étranger qu'il squattait volontiers lors de ses séjours, surtout il adorait parler. Et comme il parlait bien ! Il avait redonné au cinéma français une dignité qu'il avait perdue et tout le monde, même ses ennemis, lui reconnaissait cet immense talent. Il avait une chronique hebdomadaire dans *Le Figaro magazine* où il flattait ses ennemis pour s'assurer leurs bonnes grâces ou leur neutralité. Ses amis lui en voulaient mais il les neutralisait d'un sourire, et tout était dit. Il produisait de moins en moins de films, présider Unifrance lui suffisait : la route qui devait en fin de compte le conduire à la présidence du Festival s'ouvrait tout naturellement devant lui.

Une Française en Irlande

Et puis, un jour, des années après, la chose la plus horrible qui pouvait arriver est arrivée. Sophie, la femme de Toscan, si jolie avec sa figure souriante et douce semée de taches de rousseur, Sophie, que j'aimais tendrement, était partie quelques jours en Irlande, dans la petite bergerie que Daniel lui avait offerte. En plein vent. Même pas isolée. Elle y allait pour écrire, pour courir sur la lande, pour travailler. Pour souffler : être la femme de Toscan n'était pas une sinécure. Elle devait rentrer ce soir-là.

Nous sommes la veille du réveillon de Noël 96. Ma femme et moi avons passé la journée chez Daniel, à Ambax, et nous sommes rentrés dîner dans notre nouvelle maison de Fabas. Les nouvelles à la télé. Une Française assassinée en Irlande. D'abord on ne l'a pas cru. Je crois même qu'on a blagué. Et puis quand les

Affaires étrangères ont téléphoné, que le ministre a appelé… Alors, on a refait la route en sens inverse. Aller tout de suite chez Daniel. Rester avec lui. L'écouter. L'écouter. On pleurait. Les Pialat sont arrivés presque aussitôt. Maurice et Sylvie. Maurice a caressé la joue de Daniel. Sylvie l'a pris dans ses bras. Est-ce qu'on comprenait ce qui se passait ? On entendait mais on ne réalisait pas. Une jeune femme foudroyée. Si belle. Un corps battu. Saigné. Assassiné. Une pierre qui défonce un crâne. Sophie qui agonise par terre. Longtemps. Est-ce qu'un être humain peut faire ça ? Est-ce qu'on peut être libre après ça ?

Quand on était partis de chez Daniel, avant le dîner, il n'y avait pas de lune. Juste du brouillard. Un brouillard à couper au couteau. On avait douze kilomètres à faire, douze kilomètres de petite route sinueuse de Haute-Garonne. On avait ri, on avait bu un verre, on avait dit à demain. On allait réveillonner ensemble, Sophie, Daniel et nous. Et maintenant, ce brouillard. Une route qui ressemble à une autre. On ne sait plus. Des champs déjà préparés pour le maïs et le tournesol, des maisons qu'on devine, rares et silencieuses. Les phares n'éclairent qu'une étendue cotonneuse et liquide. Des franges blanchâtres. Des trouées. « Est-ce qu'on est encore sur la route ? Est-ce que tu peux descendre regarder ? — J'aimerais mieux m'arrêter. Passer la nuit dans la voiture en attendant que ça se lève. » Le portable ne passe pas. Tout est noir à présent. Il flotte une odeur de champignons, d'eau croupie. « On va bientôt arriver à l'embranchement, dit Jeannette. — Tu es sûre ? » Elle dit oui. « Est-ce qu'on n'est pas déjà passé là tout à l'heure ? »

La mort de Rossellini. La mort de Sophie. Un champ en pente. Le coude de la route. La bruyère. La mer au loin. Le vent. Le froid. Elle a lutté, elle a griffé, elle s'est débattue. Elle a couru, il l'a rattrapée et puis l'horreur. La barbarie. Daniel n'a pas voulu aller la voir, comme ça, défigurée. Il n'a pas pu.

La justice irlandaise a bâclé l'enquête. Elle est ainsi faite qu'elle n'a pas trouvé qui était le coupable ou, si elle l'a identifié, n'a pas pu démontrer que c'était lui. Il est en liberté. Sophie est morte, massacrée par lui, et lui, il va et il vient.

Le château de Daniel, à Ambax. La blondeur de Sophie. Les champs de tournesols. Des fax qu'on s'envoyait. On se faxait beaucoup. Des photos de Sophie, à Cannes sur le grand escalier. Elle monte les marches, différente des autres. Habillée très sobrement, comme une princesse discrète. Si discrète. Juste un bijou ancien que lui avait offert Daniel, sur une robe de velours marron foncé. Elle monte les marches, elle me sourit.

Daniel a continué de vivre pendant six ans, il s'est remarié, il a eu d'autres enfants mais quelque chose était mort en lui. Et un jour, au Festival de Berlin, le 11 février 2003, dans le restaurant de son hôtel, il s'est senti mal. Il a demandé à sortir et s'est écroulé foudroyé, le cœur fendu. On n'a pas pu le ranimer. Le cœur.

Je ne suis jamais plus retourné au château d'Ambax et il nous a fallu du temps pour revenir dans cette maison de Fabas où nous nous étions installés grâce à et à cause de Daniel. Pendant des années, chaque matin d'été, on avait pris le café ensemble sous les ombrage de L'Isle-en-Dodon où on allait faire les courses, on avait commenté les nouvelles, on avait choisi des légumes chez Charlie « À la tomate rieuse », acheté le pain, les journaux… Pendant des années, on était rentrés, on s'était baignés dans sa piscine, il se tenait debout dans le petit bain en téléphonant des heures, on avait cherché une maison pour nous, longé des haies, suivi de petites routes ensoleillées, bu du pastis à la fraîche, hanté les brocanteurs du coin, dîné sous l'auvent avec le bruit répété des grenouilles, partagé une bouteille de bon vin, regardé LCI et la chaîne météo la nuit, on avait été le lundi au marché de Samatan, on avait pris la navette de Toulouse ensemble, on avait ri comme des fous, on avait bavardé, on avait échangé des confidences, on s'était tus aussi comme si le silence devait prolonger éternellement tous ces moments. Peu à peu, sur « l'insistante pression de ses amis », il s'était laissé faire, bon, il ne refuserait pas d'être nommé à Cannes, c'était son rêve : professionnels, ministère, Élysée, il avait rencontré tout le monde, laissé traîner des petites phrases, réuni des supporters, conquis des voix, et puis, au dernier moment, parce que c'était moi et qu'on avait vécu trop de choses ensemble, il m'avait invité à déjeuner au Café de l'Alma, au premier étage, dans la pièce du fond, une petite table ronde, la table de M. Toscan, pour me dire qu'il avait pris sa décision, qu'il ne ferait jamais rien contre moi, qu'il attendrait. C'était quelques semaines avant sa mort.

66

Le 50ᵉ anniversaire

À l'Élysée

« Par ici, messieurs, on va vous conduire. » On passait sous un portique de détection, on se faisait confisquer sa carte d'identité : ça y était ! Pierre Viot et moi étions à l'Élysée. C'est un fait, jamais un président de la République n'avait honoré le Festival de sa visite, mais là, pour le 50ᵉ anniversaire…

Même quand, à la veille du 40ᵉ anniversaire, Mitterrand s'était avisé de l'importance de l'événement, il s'était contenté d'attirer Yves Montand à l'Élysée, pour une photo à domicile, c'était le 7 mai 87. Le déjeuner avait été un coup monté, imaginé par Frédérique Bredin qui occupait, après Guimard et avant Orsenna, les fonctions de conseiller à la Culture du chef de l'État. Yves venait d'être nommé président du jury et, flairant la manip', il m'avait demandé de l'accompagner, me forçant à revenir de Cannes exprès pour la circonstance. C'était la veille de l'ouverture et Montand passa le vol Nice-Paris à répéter les lignes de bienvenue qu'il lirait sur scène, le lendemain. Il avait, en tout et pour tout, douze lignes à retenir, il les savait par cœur mais plus perfectionniste, tu meurs, comme il aurait dit avec l'accent marseillais. Et traqueur. Sa femme, Simone Signoret, se méfiait des politiques. Mais elle n'était plus là pour le conseiller.

Comme à l'accoutumée, Mitterrand fit attendre tout le monde debout dans un salon de l'Élysée. Je me rappelle qu'on avait aligné

Jeanne Moreau, Michèle Morgan, Françoise Sagan, Costa-Gavras et Jérôme Clément (d'où la fameuse photo), entre autres convives, et Pierre Viot, qui se sentait ce jour-là les ailes de son frère Jacques, l'ambassadeur, les présentait tour à tour au président. Arrivé devant moi, Pierre eut un mot aimable, le Festival lui doit beaucoup, ou quelque chose comme ça, mais le président passa, majestueusement impatienté, en disant : *Je sais, je sais...*

Cette double déconvenue (Mitterrand ne vint pas, j'importunais Mitterrand) ne me ferait pas changer d'avis : la présence du président de la République était indispensable à la réussite de notre affaire. Simplement, en 1997, le président n'était plus Mitterrand, mais Chirac. Si nous parvenions à le faire venir, la chose ferait grand bruit dans les médias, y compris les étrangers. Après tout, nous autres Français n'avons pas la reine d'Angleterre en magasin, j'en ai bien peur. Comment, dès lors, faire traverser l'Atlantique aux stars et aux patrons des studios hollywoodiens ? Pierrot Viot était d'accord pour recevoir en grande pompe le président de la République, mais il ne voulait pas envoyer d'invitation officielle. Il s'en tenait au protocole : on fait d'abord demander si l'invitation serait la bienvenue... Il n'y avait que lui pour inventer un truc pareil, mais il n'en démordait pas. Pour lui, les chances de réussite équivalaient à éclater un pneu à 160 sur l'autoroute pendant que le petit dernier vous bouche les yeux en criant coucou !

Depuis un certain temps, toute une ébullition régnait à ce sujet dans les palais de la République. Ébullition qui restait un mystère. Le problème, c'est que tout le monde s'en mêlait : Douste-Blazy, le ministre, Marc Tessier, le nouveau directeur du CNC, et même Toscan. Petites nébuleuses attirées par l'astre élyséen, ils tournaient sur eux-mêmes dans la voie lactée du pouvoir. Bien que l'on fût en bons termes avec chacun d'eux, ces conciliabules discordants ne faisaient pas progresser nos affaires, mais tous s'agitaient, s'agitaient, et cela seul comptait. Nous avons tout de même fini par prendre rendez-vous.

Un gendarme nous précéda chez la conseillère à la Culture dont le bureau bas de plafond donnait sur la cour d'honneur. Pilotant une foule de refus polis, grande, pas ronde mais douce, avec une jolie peau, Christine Albanel promenait sur le petit monde des solliciteurs un œil vif et un sourire de Joconde. Si elle vous avait à la bonne, elle se répandait en longs rires cristallins. Sinon, elle laissait grignoter par le téléphone le peu de temps que durait l'entretien. Nous dûmes lui donner l'impression de marcher sur un champ de mines en pleine guerre du Kippour.

— Alors, madame, dites-nous comment se présente notre affaire, demanda Viot, plus Grand Siècle que colonel de Tsahal.

— Vous savez, nous sommes beaucoup de conseillers.

Ses lèvres dessinèrent un sourire elliptique. En fait de conseillers, ils étaient toute une tribu : Dominique de Villepin, le secrétaire général, Maurice Ulrich que Viot connaissait bien, Jean-David Levitte, dit le sherpa, Christine Albanel, Jacques Pilhan, Claude Chirac…

— Il faut qu'il aille à Cannes, dit elle en promenant sur moi une prunelle rieuse, j'en fais une affaire personnelle.

Et derrière les longs cils bruns, on sentait tout un contentieux avec Claude. À travers les sous-entendus se profilaient des frictions subreptices. Mais Christine, qui rédigeait certains des discours du président, était discrète. C'était « plume de » contre « fille de ». Elle ne disait pas : *Quel foutu panier de crabes, l'Élysée!…*, mais : *Que voulez-vous, nous sommes beaucoup de conseillers.* Tout était dans le « Que voulez-vous ». Et puis, tout change tout le temps… Que pouvait bien peser le Festival de Cannes face à un éventuel remaniement ou au voyage en Chine, celui-ci bien réel, en mai justement…

En fait le président était é-car-te-lé.

— Entre les obligations?

— Non, entre les conseillers.

Mais je n'écoutais plus. Dans la cour, il me semblait voir tout un système de cordes, de poulies, de gros volants en bois, comme dans le supplice que subit Fernandel dans *François Ier*. Soudain, quatre chevaux; à chacun on attache l'un des membres du président, et Villepin les fouette, jusqu'à ce que leur envol répande sur le gravillon élyséen les bras et les jambes éparpillés de Chirac…

« Je veux bien croire qu'il est écartelé, le président », dit Viot en hochant la tête. Nous n'en sûmes pas davantage ce jour-là.

Les nems du Tong Yen

Ce fut Jean-François Boyer, conseiller de Douste-Blazy, qui m'appela pour un déjeuner top secret avec *une personne de l'Élysée.* Je n'avais qu'à me tenir prêt, ce serait pour bientôt. À quelques jours de là, il me rappelle : « Vous connaissez Jacques Pilhan, le conseiller en communication du président ? — Euh... de nom...

— Très bien. Surtout n'en parlez à personne, je vous rappelle... »

Quelques jours plus tard, Jean-François de nouveau :

« C'est arrangé. Retrouvons-nous mercredi à treize heures...

— Où ? (Il parlait plus bas tout à coup.) Vous êtes seul ? (Je l'étais.)

— Chez Thérèse, au Tong Yen, rue Jean-Mermoz.

— Drôle d'endroit pour une conspiration, lui dis-je en arrivant, tout l'audiovisuel y a sa table. »

Mais nous n'avions pas le temps d'en débattre. Je remarque un quatrième couvert.

« C'est pour Claude Chirac, me dit Jean-François. Pilhan va l'amener, c'est bien qu'elle vous connaisse. Ah ! Que je vous dise . tout le monde à l'Élysée est pour la venue du président. Sauf sa fille. — Et le président ? — Le président est favorable, mais il ne fait rien de médiatique sans l'accord de sa fille. Vous voilà prévenu.

— Je crois que je vais prendre des nems », dis-je assez fort pour l'avertir que Thérèse s'approchait.

Elle précédait Jacques Pilhan, souple, précis, rapide, il ressemblait à un de ces enfants dont on dit toute leur vie qu'ils sont petits pour leur âge.

Pilhan chaussait petit mais voyait grand : c'était ce qu'on appelle une pointure. Conseiller en communication des hommes d'État : Chirac après Mitterrand. En cas d'échec, les jaloux ne manqueraient pas de lui reprocher cette successive obédience. Mais Chirac se flattait d'avoir récupéré le conseiller de celui qui l'avait battu.

— Surtout pas de paillettes, me dit Pilhan en me serrant la main. L'entourage a peur qu'avec tout ce qui se passe, la visite du président soit mal interprétée. D'un autre côté, ce serait inconcevable... (Il comprenait tout si vite que lui-même... finir ses phrases..., à vous de ne pas vous laisser larguer...)

— N'oubliez pas, le coupai-je, que jamais aucun président n'est venu...

— Laissez tomber... J'ai peur qu'on se demande pourquoi. Et qu'on dise que ça cache un piège...

Déjà Claude Chirac s'asseyait, comme sortie de nulle part. Elle avait l'œil belliqueux, les cheveux coupés court, et on comprenait qu'elle avait renoncé à la coquetterie au profit du travail. Elle me regarda avec curiosité et nous parlâmes un peu de cinéma, qu'elle connaissait assez bien, de ses amis acteurs qui lui avaient parlé de moi. Mais Pilhan n'allait pas nous laisser décortiquer nos crevettes. Entre eux, on sentait estime et complicité réciproques. Lui, c'était l'expérience et le professionnalisme. Elle aurait toujours l'avantage d'être la fille du président. Il avait la vitesse, elle détenait la méfiance. Visiblement l'attelage marchait dans une belle harmonie.

Il me fallut bien évoquer la fameuse visite à Cannes. Claude me regarda d'un air horrifié, comme si, au Jardin des Plantes, elle était entrée par mégarde dans la cage aux hyènes. J'essayai d'être le plus concret possible et de bannir du programme tout ce qui, de près ou de loin, avait trait aux paillettes. Pas de smoking, pas de montée des marches, pas d'escorte de motards, rien. J'avais même imaginé que Pierre Viot et moi ne serions pas non plus en smoking – on ne le dirait à personne pour éviter la contagion mais au dernier moment nous apparaîtrions en costume sombre. Tous les trois, seuls.

Pierre attendrait le président à l'entrée des artistes, je le recevrais en haut des marches, lui arrivant de l'intérieur, et il accueillerait tous les cinéastes ayant reçu la Palme d'or qui à cet instant précis graviraient le grand escalier. Il fallait régler nos montres, mais, après tout, dis-je en souriant, on ne préparait pas le casse du siècle. L'idée était de présenter les « Palmes d'or » au président pendant que le réalisateur de l'émission transmettrait cette double arrivée et les salutations qui s'ensuivraient en gros plan sur les télés du monde entier. D'avance cette image faisait saliver Jacques Pilhan. Mais je voyais Claude se replier sur elle-même comme les pétales d'une sensitive. Je continuai : ensuite, le président s'installe dans la salle au milieu d'un parterre de stars, les autres officiels dans la loge. Le spectacle commence : Decouflé, Palme des palmes, film. « Quel genre de film ? demanda Pilhan. — J'ai prévu un thriller américain, *Copland*, avec De Niro, Stallone, Harvey Keitel, quelque chose de vif, d'enlevé, qu'il ne s'ennuie pas... Vous voyez le genre... — Je vois », laissa tomber Claude comme si elle venait de s'apercevoir que le compteur de son taxi affichait le tarif de nuit. De fait, elle s'éclipsa peu après et je restai penaud, avec Monsieur Jacques, Jean-François Boyer et mes pâtes chinoises qui ne sont jamais que des vermicelles frits qui avaient eu le temps de refroidir.

Mais avant qu'elle ne disparût, Pilhan qui la connaissait par cœur lui avait dit, comme pour nous faire remarquer qu'il avait fait son possible : « Alors Claude, on marche comme ça, nous sommes d'accord ? — Oui, Jacques, on en reparle... », et elle me serra la main. « J'espère que vous viendrez, lui dis-je de manière totalement intéressée. — Ne vous en faites pas, dit-elle, si le président vient, je serai là. » Et sur les rives du Tong Yen flotta comme un nuage de menaces.

Nous restâmes quelques instants à la regarder partir. « Il viendra », me dit Pilhan. La dissolution de l'Assemblée (21 avril) n'était pas encore prononcée.

Il vint, pour un déjeuner éclair avec le jury d'Isabelle Adjani. Ce n'était pas ce dont j'avais rêvé, mais c'était déjà ça. Un geste qui n'était qu'une infime partie du dispositif inventé pour la circonstance. D'abord la photo-anniversaire. Puisqu'on aurait toutes ces « Palmes d'or » (28) et tous ces grands artistes, autant immortaliser l'événement qu'on ne reverrait peut-être jamais.

Une photo de Greg Gorman

Bon sang, qu'est-ce qu'il faisait là, en plein milieu de la pièce, alors qu'il n'était pas invité ? John Boorman, l'air pincé, me regardait, attendant qu'on s'occupe de lui. Je me suis avancé. « Je suis ici en visite privée, dit John, j'ai entendu parler de votre petite sauterie, et j'ai pensé… — Vous avez bien fait, John. Une minute, je préviens le photographe. »

On avait oublié d'inviter Boorman. Ou plutôt – après tout, il n'était ni Palme d'or ni ancien président de jury – il *n'était pas* invité.

Trois agences avaient flashé pour l'exclusivité sur la photo-anniversaire. Greg Gorman fit pencher la balance en faveur de Gamma. Il venait de publier dans *Inside Life* ses portraits des plus grandes stars du moment. Toutes ces stars… Je les voyais déjà monter le grand escalier. Les relations personnelles de Greg, amicales même, j'en étais sûr, allaient faciliter nos démarches. Quel bonheur ! Sauf que nous étions à côté de la plaque : les stars, il s'attendait à *nous* voir les amener. Nous n'avions qu'à claquer des doigts, supposait-il.

Depuis une semaine, tout le monde était sur le pied de guerre. On avait réparti les tâches entre le personnel et une foule de bénévoles affrétés pour l'occasion. Les forces de l'ordre se mettaient en place. La garde républicaine peignait ses plumets et polissait ses sabres. Elle avait même déplacé sa fanfare à cheval.

Dans un va-et-vient incessant, on conduisit les « Palmes d'or » et les stars au salon des Ambassadeurs, en haut du palais. Déjà, de petits groupes se formaient, on se fêtait, on s'embrassait. Adjani se penchait vers Lauren Bacall, par gestes Almodovar parlait à Joel

Coen, Anouk Aimée souriait à Lelouch et Gina Lollobrigida glissait son bras sous celui de Charlton Heston. Retrouvailles. Steven Soderbergh se présentait à Jeanne Moreau, Johnny Depp à Vittorio Gassman. Altman et Sydney Pollack papotaient comme sur Rodeo Drive et Claudia Cardinale, l'adorable Claudia, avait posé une main affectueuse sur l'épaule d'Antonioni, assis à l'écart, près d'Erica, sa femme-infirmière. Coppola accueillit tout naturellement les hommages de David Lynch tandis que Polanski et Scorsese, si je ne me trompe, se serraient la main sans chaleur excessive. Liv Ullmann me sauta au cou… Dans cet inventaire, j'oublie Jane Campion, la seule réalisatrice palmée, plusieurs « plus belle femme du monde », un Tim Burton, un Bertolucci, deux Taviani, un Chen Kaige, un Wajda, une Vanessa Redgrave, un amateur de bière tchèque (Milos Forman), et bien d'autres encore. Par élégance, Johnny Depp vint, au moment où la presse éreintait *The Brave*. Et aussi Geoffrey Rush, le pianiste de *Shine*… À chaque instant, la porte s'ouvrait sur les plus grands noms du cinéma, même ceux réputés pour n'aller jamais nulle part. Seules manquèrent sur la photo les actrices des films de Bergman, surprise de la soirée, qu'on cacha jusqu'au soir…

Éberlués de contempler en un même lieu tant et tant de leurs idoles, les accompagnateurs écarquillaient les yeux. Le personnel se retenait de demander des autographes. Frédéric Mitterrand, qui devait faire l'aboyeur, le soir, sur les marches, était venu flairer ses clients. Il en avait beaucoup vu dans sa vie, et je ne m'attendais pas à ce qu'il soit aussi excité en découvrant la liste, vraiment il était scié.

Une liasse sous le bras, zigzagante comme une mouche énervée, l'attachée de presse aux initiales D.B. dessinait de grands signes géométriques entre les groupes. « Nous y allons ? » lui demandai-je. Gamma avait intérêt à attendre les derniers retardataires et moi à commencer. L'emploi du temps du président ne me laissait pas le choix.

« Nous y allons ? » répétai-je à la directrice de Gamma qui me fixa dans le blanc des yeux : « Dès que Depardieu est là, on commence… »

Depardieu n'arriva pas. À l'avion que lui offrait TF1, il préféra le jet privé d'un ami. Histoire d'arriver à l'heure qui lui chantait. Après ces palabres, on se dirigea vers le studio improvisé. Le photographe avait fignolé sa lumière, chargé ses appareils et s'apprêtait à placer, suivant une disposition tenue secrète, les êtres les plus susceptibles du monde. Quand tout le monde fut installé, Greg, un rien poseur, se mit à expliquer : il utiliserait un mot à peine moins éculé que « *cheese!* » Prêts ? Mais son appareil s'enraya. Le temps d'en changer et Adjani avait remis ses lunettes noires des mauvais jours.

Pas facile quand tant de vedettes doivent regarder l'objectif en même temps. On dit « On va faire une photo », c'est manière de parler. Greg en tira une bonne quarantaine. Ou plutôt une quarantaine pour une bonne. Il disait un, deux, trois et il ouvrait l'obturateur, un, deux, trois, obturateur… il avait plusieurs appareils, un aide, et il travaillait vite, mais il fallait recharger. Ce qui avait échappé, c'était le caractère itératif de l'opération. D'abord tout le monde se prêta de bonne grâce, puis la mélopée de Greg et les claquements sourds des appareils finirent par les lasser. Prête à soutenir le prof pour un temps limité, la classe s'était muée en sales gosses chahuteurs. Ils scandaient un, deux, trois, prenaient la pose et tout se terminait dans un fou rire. L'horreur ! Quand ce fut fini, Greg était au bout du rouleau.

Je consultai ma montre au moment où mon portable se mit à sonner : « Le président est à La Bocca, hurlait le préfet, comme s'il arrivait deux minutes après la fusillade, qu'est-ce que je fais ?
— Faites-le tourner ! » dis-je, pour rire. Mais la plaisanterie ne l'amusa pas.

Deuxième coup de fil, Davy, l'attaché de presse de Depardieu : « On vient de se poser à Nice. On arrive… » J'étais content de me défouler : « Pas la peine, Claude, on a déjà fini… »

Changement de table

Commençait maintenant la partie la plus délicate : séparer ceux qui étaient invités au déjeuner de ceux qui ne l'étaient pas. L'Élysée avait prévenu : pas un seul invité de plus, pas un seul invité qui ne soit pas sur la liste, pas de changement dans le plan de table… En tout et pour tout, les « Palmes d'or », le jury, le président, Christine Albanel, Pierre Viot et moi. Mais comment dire de but en blanc à des artistes : *Non, vous, c'est par là*, même si on avait prévu un buffet sur la plage ?

Chacun exposait ses désirs. Lelouch ne comprenait pas que les femmes ne soient pas conviées. Au contraire, l'entourage de Scorsese négociait pour qu'il soit dispensé… Adjani voulait son assistante auprès d'elle. Tel un avion furtif, Bertolucci, qui n'avait jamais eu la Palme, s'avançait au cœur du groupe italien, Rosi, les Taviani… Comment refuser Bernardo ? Les assistantes canalisaient les autres vedettes vers le déjeuner sur la plage. Avec des fortunes diverses : repoussée par la sécurité, Andie MacDowell resta coincée dans une coursive ; on la fit sortir par les cuisines.

Je fermai la porte et m'approchai des tables pour une dernière vérification. Tout était bien comme convenu avec le protocole : en face du président, Coppola flanqué à sa gauche de Mike Leigh, Wenders et Scorsese et, à sa droite, de Lelouch, Wajda et Christine Albanel. Jacques Chirac avait à sa droite Isabelle Adjani et à sa gauche Jane Campion, puis Rosi, Costa-Gavras et Lakhdar Hamina. Parfait dosage diplomatique. À ce moment, Michael Ondaatje s'approcha de moi en riant dans sa barbe et me dit : « Elle ne veut pas être à la table du président… » Je sursautai. « Qui ? — Elle… » Et il me désigna Jane Campion. J'eus aussitôt un flash : les essais nucléaires… Mururoa… tout le bataclan. Normal : Jane était néo-zélandaise, pacifiste, féministe, et elle tournait en Australie…

Il fallait faire vite. Déjà dans l'escorte qui précédait le président une imperceptible agitation indiquait que son arrivée était imminente. Je prévins Claude Chirac. « Qu'est-ce que c'est que ces manières ? dit-elle, et qu'est-ce que c'est que cette folle ? Tant pis ! Changez-la... Mais qui allez vous mettre ? » Je proposai Gong Li. « Bonne idée », murmura Claude, rassérénée. Et vite on changea les cartons. Mais Gong Li ne voulait pas quitter Chen Kaige qui était à une autre table. « Mettez-le aussi ! » Informé, le président haussa les épaules : « C'est de l'histoire ancienne ! », et il passa un excellent déjeuner en compagnie d'Adjani et de Gong Li. Le lendemain, les journaux vantèrent la sagacité de l'Élysée d'avoir mis Gong Li à côté du président, à trois jours de son voyage officiel en Chine...

Mais avant cela il fallait présenter les convives à Chirac. Seul à connaître tout le monde, je ne pouvais me défiler. « Tout le monde », ce n'était pas tout à fait vrai : je ne visualisais ni Alan Bridges ni Sérif Goren et procédai donc par élimination. Le président eut un mot aimable pour chacun, à commencer par Coppola qui venait justement d'être nommé chevalier de la Légion d'honneur. Et l'on passa à table.

Le protocole avait prévu qu'entre chaque plat le président changerait de table. Je devais le suivre et m'asseoir juste derrière lui. Tout en poursuivant son repas, Jacques Chirac prenait la place du chef de table. C'est ainsi que Pierre Viot vit le président avaler de bon appétit *son* barbotin à la nougatine. Chirac s'emparait d'un thème (compatriotes, art, météo) et ne le lâchait plus. Il fit un pas de clerc avec Alan Bridges et se rattrapa avec Kusturica. Riant aux éclats, il paraissait très heureux de cette opération séduction. Adjani, au contraire, faisait mine de s'éclipser, mais le protocole ne l'aurait pas permis.

Comme je raccompagnais le président à sa table, un brouhaha soudain. Une porte s'ouvrant à la volée. Un trublion, un attentat, un marmiton en quête d'autographe ? Non, juste Gérard Depardieu qui entendait parler à Chirac et qui se fichait comme de l'an 40 de n'être pas invité. Derrière, la sécurité s'agitait, calmée par Claude Chirac qui ouvrit grandes les mains, en signe d'impuissance. Chirac accueillit la tornade de bonne grâce. Gérard était si pressé de lui passer un papier qu'il ne me vit même pas. Le président prit la feuille et la mit dans sa poche. Gérard parlait, parlait. D'assister à cet aparté me mettait mal à l'aise. Tout à coup, Gérard m'aperçut et réalisa que lui et « mon Jacquot », comme il disait, n'étaient pas seuls. Il m'embrassa alors et demanda : *Comment va mon Gilles ?* « Mon Gilles » le rassura sur sa santé et Gérard décampa, laissant dans son sillage son grand rire caverneux.

Il y eut encore une photo, celle justement pour laquelle Chirac était venu. Photo d'amateur d'abord, si l'on peut dire : Gong Li et le président, prise par Chen Kaige. Mais surtout la photo officielle, celle qui paraîtrait dans les journaux. On avait entassé sur le palier les agences et le pool des photographes : il n'était pas question d'en avoir davantage qu'une vingtaine, triés sur le volet. Le président en personne essaya bien de regrouper tout le monde mais le cœur n'y était plus. Le déjeuner avait duré trop longtemps, surtout pour des étrangers prêts à la débandade. On en perdit quelques-uns que Claude Chirac ne parvint pas à rameuter.

Cette fois encore, Adjani avait gardé ses lunettes noires et tenait devant elle son imperméable blanc. Gong Li retira les siennes et fut happée par Chirac au cœur de la photo. Du coup, Coppola n'arrivait plus à s'intégrer. Les Français eux aussi s'accrochaient aux basques du président, Jane Campion bavardait avec les Coen, seuls posaient pour de bon Lakhdar Hamina, Roland Joffé et le vénérable Antonioni à qui Chirac avait affectueusement pris le bras. Deux heures trente-neuf précises après son arrivée, Pierre Viot et moi raccompagnâmes le chef de l'État à la Safrane du préfet. Claude Chirac m'embrassa. « Vous aviez raison », me dit-elle.

Dehors, il pleuvait. Il y avait tant et tant de gardes mobiles et de barrières de sécurite que la foule n'avait pu approcher. Ni d'ailleurs les gens qui avaient à faire au Palais. Un jour pareil ! Et comme l'escorte tardait à se mettre en place, le président attendit, nous saluant de la main, dans sa grande voiture noire aux essuie-glaces battant dans le vide. Nous restions là nous aussi, à dodeliner de la tête en attendant que le cortège s'ébranle, et à répéter machinalement : *Ça c'est bien passé, ça s'est bien passé…* Ainsi s'acheva, dans un ravissement réciproque, la première visite d'un président de la République au Festival de Cannes.

67

Desdémone

Je me rappelle très précisément quand et comment je suis devenu définitivement accro au cinéma. C'était le 30 septembre 49, un vendredi, à la séance de quatorze heures, au Normandie sur les Champs-Élysées. J'avais dix-neuf ans. S'il faut dire la vérité, je suis tombé amoureux de Suzanne Cloutier en la découvrant ce jour-là comme interprète d'*Au royaume des cieux*, de Julien Duvivier. Je fis ma petite enquête. Elle avait trois ans de plus que moi, une assurance d'ancien mannequin et, quelques semaines plus tard, elle était à l'affiche de *La Langouste qui ne pense à rien*, au Théâtre Édouard-VII. Nous sortîmes ensemble deux ou trois fois, après que je fus allé la complimenter dans sa loge, à la fin de la représentation. Rien de plus.

L'année suivante – nous sommes en 50 –, elle est loin de Paris, elle incarne Desdémone pour Orson Welles et tourne des scènes de son *Othello* à Mogador, au Maroc. J'ai soudain très envie d'aller la surprendre. Sous couvert d'un reportage pour ma revue *Raccords*, je pars interviewer Welles sur son tournage, via Marrakech. Le temps de poser mon sac, un assistant me dit qu'on tourne une scène très importante, l'enterrement d'Othello et de Desdémone qui servira de prologue au film. En vérité, c'était une invention d'Orson. Et l'assistant me dit en riant : « Puisque vous êtes là je vais vous réquisitionner pour être dans le plan, on n'a pas trop de figurants. » J'enfile le burnous de lin blanc qu'il me tend et nous grimpons sur les remparts. On ne m'a pas encore présenté à

Welles qui est là, dirigeant ses techniciens et ses acteurs, tout ripoliné du maquillage du Maure de Venise, qui faisait ressortir le blanc de ses yeux. Welles avait attendu l'« heure exquise », celle où le soleil couchant tombe à l'oblique sur la pierre ocre. Autour de nous, dans ce décor grandiose, les mouettes vociféraient au-dessus des ruines, la brise de mer agitait les filets de pêche et les deux cortèges de moines reprenaient leur lent cheminement sous les ordres du metteur en scène. Suzanne ne tournait pas – et pour cause – mais elle s'avançait gravement elle aussi, pour faire nombre, comme si elle suivait son propre enterrement. Je me glissai près d'elle et lui pris la main, personne ne s'aperçut de mon manège et elle ne la retira pas. J'étais prêt, si elle y consentait, à franchir le seuil de l'intimité.

« Tu sais, je voulais être bonne sœur », me souffla-t-elle, sourire aux lèvres, émue tout comme moi par la splendeur des choses.

Le lendemain, à l'hôtel, je devais faire mon interview d'Orson. Je frappai à la porte de sa chambre au moment où lui et Suzanne se disputaient. Je compris qu'elle lui tenait tête : *Si tu aimes mieux la petite Betsy*, lui disait-elle, *il est encore temps qu'elle prenne le rôle.* Il me cria d'entrer. Welles était tout bonnement allongé dans son lit. Je fis mine de rebrousser chemin mais, culbutant les couvertures, il se découvrit d'un coup de pied. Il s'était couché tout habillé pour me surprendre, en une farce qui n'amusait que lui. Il me demanda de l'escorter jusqu'à un café maure où on faisait de la musique. Une voiture à cheval nous conduisit près de là, puis nous y montâmes par une venelle en pente. C'était l'heure de la prière et, dans la salle déserte, un jeune kaouadji vint nous servir du thé à la menthe encore fumant.

« On me propose de tourner *Les Caves du Vatican*, vous imaginez ? » Welles eut son rire en cascade. « C'est René Clément qui devait le faire, mais sa femme Bella s'est fait dire la bonne aventure, et la voyante a prédit que le film ne ferait pas d'entrées. Ce que je vous raconte là est aussi vrai que le kif qu'est en train de fumer ce vieil Arabe sur sa natte. Je ne sais pas pourquoi on a pensé à moi », et son rire reprit. « Quant à Lafcadio… franchement, vous voyez William Holden en Lafcadio, sous prétexte qu'il vient de jouer un scénariste dans *Sunset Boulevard*? Parce qu'il faudra tourner en anglais, naturellement. Mais ne le dites pas dans votre journal, on n'a pas encore l'accord de Gide. Vous savez qu'il va sur ses quatre-vingts ans ? » Je ne l'écoutais plus. Je me demandais tout à coup si Suzanne serait mieux dans le rôle de Geneviève de Baraglioul ou dans celui de Carola. Pour la première fois, j'étais vraiment amoureux : c'est ainsi que je me rappelle très précisément comment je suis devenu accro à la vie.

Le lendemain, dernier jour de tournage, Suzanne ne se présenta pas à la fête de fin de film. L'assistant – nous étions amis, à présent – me confia qu'elle était partie dans le désert, cette nuit-là, sans faire ses adieux. Une écluse en elle avait-elle cédé ? Qui ou que fuyait-elle ? Les journaux ne s'occupaient à l'époque que de l'entrée en Corée des troupes chinoises. Cette disparition passa inaperçue. « Quand comprendras-tu, me dit ma mère une fois que je fus rentré, qu'une femme est imprévisible ? » Suzanne ne réapparut que deux semaines plus tard, à Londres. Londres où elle finit par se marier, avec Peter Ustinov.

J'ai pensé souvent à cette soirée de Mogador où nous jouions sans rien dire. Elle était la femme du Maure de Venise ; j'étais Iago. Sa chevelure claire brillait comme une couronne dans la lueur du soir.

68

Le 50e (suite)

La montée des marches

À midi déjà, il y avait eu sur Cannes une de ces averses rapides comme on en voit en été. Malgré la pluie, des milliers de personnes avaient commencé de s'attrouper derrière les barrières. Sur des estrades, les gens de télévision couvraient leurs caméras de sacs en plastique et les photographes bardés d'appareils s'étaient mis sur leur trente et un. Ils frissonnaient légèrement, moins à cause du froid que de l'enjeu. Chacun sentait bien qu'il ne verrait jamais plus une soirée pareille, soit parce qu'il ne serait plus de ce monde, soit parce que les vedettes se montrent de plus en plus réticentes à... se montrer. Sortant leurs crayons, les yeux encore pleins des images de la matinée, les chroniqueurs titraient par avance leurs reportages photographiques : « Cannes, la légende ! » dira l'un. « Cannes, la photo historique ! » affichera l'autre. Ou bien : « Casting de rêve sur la Croisette », « Cannes, un festival de stars ! » Et encore : « Inoubliable : L'album-photos de toutes les émotions ! » « Le plus beau générique de l'histoire du cinéma ! »

L'après-midi avançait. Tandis que la fanfare de la garde à cheval se mettait en place sur le flanc du Palais, le ciel prenait cette étrange teinte grise qu'on lui voit dans le Sud avant la tempête. En face, dans les immeubles de la Croisette, les balcons, loués pour certains, étaient noirs de monde. On riait, on regardait à la jumelle, on se passait des rondelles de saucisson. En bas, tout le monde attendait. Bien qu'un écran géant eût été dressé pour retransmettre la cérémonie, on s'entraînait à se hisser sur la pointe des pieds pour mieux voir. Pour une fois, personne ne soufflait mot. On eût dit qu'une invincible timidité s'était abattue sur la Croisette. Vers la mer, la marée humaine montait toujours.

À cinq heures et demie précises, l'ordre fut donné d'ouvrir les portes. Philippe Decouflé, qui mettait en scène la cérémonie d'ouverture, aurait voulu encore répéter, mais c'était trop tard. Déjà la meute des premiers invités se répandait sur le tapis rouge, se redressant pour gravir l'escalier. En quarante minutes, le balcon fut rempli. À six heures, le flot s'arrêta : on ne laissait plus passer que les cent vedettes qui se succéderaient toutes les deux minutes. Au micro, Frédéric Mitterrand allait bientôt dérouler ses longues guirlandes romantiques – c'était parti !

La Croisette avait été barrée aux deux extrémités : seules pouvaient circuler les voitures officielles qui déjà se présentaient, fanions au vent. On ouvrait la portière, la foule criait un nom, la star descendait, attentive à sa robe, elle agitait la main, envoyait des baisers. Puis elle se prêtait aux exigences des photographes qui, tassés sur leurs praticables, hurlaient son prénom à grands cris répétés. En vis-à-vis, les appels redoublaient. La star pivotait, souriait, pivotait encore, jusqu'à ce que le maître de cérémonie lui fasse signe d'avancer. Certaines faisaient durer le plaisir. Puis se dirigeaient à pas lents vers les marches rouges. Arrivées au palier, elles se retournaient, offrant à la foule leurs yeux brillants et leur bon profil. Aux clameurs qui montaient du parvis sur ce mouvement vif on mesurait la popularité. Elles repartaient alors, saluant la direction du Festival au passage. Pierre Viot pressait longuement leurs mains dans les siennes. J'ai souvenir de vedettes, comme Sharon Stone, Elizabeth Taylor ou Madonna, surprises de se voir embrasser sur les deux joues par un grand monsieur jovial qu'elles ne connaissaient pas. D'habitude, les ministres se coulent dans ce bain de gloire comme Poppée dans son lait d'ânesse, mais cette fois-ci il n'y aurait pas de ministre : Douste-Blazy, poignardé par un fou, à Lourdes, se remettait lentement.

La garde avait mis sabre au clair. Jeanne Moreau avait demandé à ouvrir le bal. Son costume d'Arlequin incarnait le patchwork d'élégance qui allait suivre. Elles étaient toutes là, les grandes dames (Lauren Bacall) comme les jeunes (Irène Jacob), les aristocrates (Vittorio Gassman, Charlton Heston) comme les princes héritiers plus *british* que nature (Hugh Grant), les beaux Incas ténébreux (Johnny Depp) comme les Valmont à la voix douce (John Malkovich). Scorsese semblait s'être encore plus charbonné les sourcils. Tandis que Gassman affichait une dignité de monarque, Geena Davis et Renny Harlin fendaient la foule en longs Vikings incestueux. Et Gina s'avançait, reine de Saba en préretraite, portant bravement sa tiare. Anouk Aimée avait lacé des escarpins sous une robe asymétrique. Fine, Alessandra Martines effleurait le bras de Claude Lelouch, Liv Tyler avait des élans de biche, Lena Olin était élégante, et, derrière les plumes de son boa, Andie MacDowell souriait. Apparut alors Sigourney Weaver avec son regard de braise et sa double fossette. Du haut de l'escalier, elle envoya un baiser à la foule et s'engouffra dans la salle. Puis, tandis que Liv Ullmann me caressait le bras gentiment, Angela Bassett se coula derrière nous, comédienne à la carnation si parfaite que son maquillage était réduit à rien…

C'était un ébahissement, une vraie fête pour les yeux. Je ne regrettais pas les batailles qu'il m'avait fallu mener pour que cette fois, juste cette fois, le tapis rouge fût libéré des autres spectateurs. Déjà Depardieu gravissait l'escalier, tenant la main de Carole Bouquet. Auprès d'eux, Jeremy Irons, Judith Godrèche et Leonardo DiCaprio – toute l'équipe du *Masque de fer*. Mais l'ancien prix d'interprétation s'éclipsa : plutôt que la cérémonie, Gérard préférait le 20 heures de TF1. Avec l'arrivée de Stallone, l'allégresse monta d'un cran sur le parvis. Alors qu'il serait resté des heures à folâtrer entre les haies de photographes, la discrète Claudia Cardinale se glissa dans la salle, en petit chaperon rouge..

Le 50e (suite)

Nous avait-on assez rebattu les oreilles avec les nouvelles stars censées remplacer les vedettes de cinéma : les top models, les présentateurs de télévision, les rock stars, les joueurs de football ? Aujourd'hui, les comédiens étaient descendus de l'Olympe, et aucune catégorie alternative n'aurait pu se risquer, en matière d'adoration amoureuse, à la comparaison.

Autrefois, autres fois

Dans la grande saga du Festival, on ne compte plus, bien sûr, les glorieuses cavalcades. Je me souvenais du 40e anniversaire en 87 où Yves Montand, Paul Newman, Catherine Deneuve, Joanne Woodward, Charles Vanel, Monica Vitti, Claudia Cardinale, Jon Voight, Sophie Marceau, Dominique Sanda, Michael York et Elliott Gould avaient attendu Liz Taylor pendant une heure. (Un retard que les historiens comparèrent à celui, en 1966, de la princesse Margaret !) Une attente d'autant plus interminable que nous présentions notre premier film de montage, *Le Cinéma dans les yeux*, et que nous étions morts de trac... De voir qu'on avait commencé sans elle, le nez de Cléopâtre s'allongea et quand elle se glissa enfin dans la loge, l'extrait qui l'évoquait dans *Une place au soleil* était déjà passé...

Plus loin encore dans l'espace-temps (c'était dans l'ancien Palais), je me rappelais l'arrivée groupée, en 76, des vieilles gloires d'*Il était une fois Hollywood* : les fabuleux Fred Astaire, Gene Kelly, Cyd Charisse et Cary Grant, suivis de Donald O'Connor, de Marge Champion et de Leslie Caron, portraits poignants de quelques dieux de notre jeunesse, tous venus à l'ouverture du Festival esquisser un pas de danse mélancolique, une minute de claquettes pour rire ou, pour Johnny Weissmuller, un ultime hululement dans une jungle sans lianes. Mais c'était la dernière valse d'une génération. Le sentiment d'un temps qui ne serait plus. Au contraire, Kate Winslet et Kenneth Branagh qui passaient devant moi à présent, c'était du cinéma d'aujourd'hui et de demain, du moins on l'espérait.

Le fessier de Victoria

À cet embouteillage de stars, l'arrivée du jury offrit un supplément de glamour. Adjani avait sorti un ensemble de satin jaune. Mais ni sa rivière de diamants ni le fourreau aux palmes brodées n'auraient fait quitter son visage des yeux. La baudelairienne Mira Sorvino dispensait calme, luxe et volupté. Enfin, oubliant pour une fois son masque impavide, Gong Li, comme autrefois Garbo, se mit à rire. Une expression joyeuse apparut sur ses lèvres et l'on ne vit plus, sous le plumage de cygne noir, qu'une simple envie de s'amuser chez une jeune Chinoise d'aujourd'hui.

S'amuser, Victoria Abril le voulait aussi. Elle et le couturier Jean-Paul Gaultier avaient eu l'idée de jouer les grenades dégoupillées. Très court-vêtue, elle ne portait qu'une veste noire : pas de quoi chagriner la police des mœurs, mais comme elle passait devant les gendarmes en tenue d'apparat nous vîmes que le dos du corsage, fendu d'en haut jusqu'en bas, s'ouvrait sur un derrière aussi rondement découpé que le fer-blanc par l'ouvre-boîte. Montrer ses fesses en public, seule Katharine Hepburn l'avait osé mais c'était dans un film. Victoria s'avança bien réelle et, comme escompté, son arrière-train fit fureur. Sans doute aurait-elle été bien penaude si un malappris avait saisi la plaisante invite. Mais il n'y a pas, c'est bien connu, de malappris au Festival de Cannes. Et la photo fit le tour du globe…

La main d'Anjelica

C'est par une mélopée étrange que débuta le spectacle de Philippe Decouflé. Sur fond de flûte et de percussion, un gros œil bleuté tournoya lentement comme une lune suspendue le long du rideau de scène. Puis trois danseuses aux voiles blancs, phalènes vibrionnantes, s'animèrent en un miroitement laiteux : leurs corps dénudés étaient zébrés d'éclats de films et de lumière, et c'était beau comme un court-métrage de McLaren lorsqu'il peignait directement la pellicule. Danseurs en queue-de-pie ; funambules. Petits pas de danse démultipliés, kaléidoscopes, reflets infinis, costumes qui s'amplifient au son d'un xylophone, cygnes, fleurs, rosaces, étoiles de mer, lucioles, combinatoire de songes éveillés où deux hommes au crâne rasé dansent front contre front ; ces rafales de poésie introduisirent l'entrée de Jeanne Moreau dans ses atours d'Arlequin.

Cette soirée est dédiée à Marco Ferreri. Ton pèlerinage a pris fin ; va mon ami, va mon frère..., dit Jeanne. La salle se fit attentive. Et Jeanne, avant d'appeler les Palmes d'or, dit : *Je vous en prie, n'applaudissez qu'à la fin...* De grands drapeaux blancs s'élevèrent alors, agités par des danseurs que des collants et cagoules noirs rendaient invisibles, et tandis que Jeanne égrenait les noms, chacun vint à son tour se placer en demi-cercle devant les gigantesques miroirs que Decouflé avait fait dresser. Tout le monde comprit alors ce que ce dispositif si simple et si bien introduit par la danse avait d'ingénieux. Le public de la salle se découvrait dans les glaces qui le reflétaient et ce reflet renvoyait également la silhouette des cinéastes. Écho renvoyé à l'infini et dont l'effet, où qu'on soit assis, était saisissant. Déjà les plus anciens par ordre chronologique étaient entrés. Vingt-huit hommes et une femme, beaucoup venus du bout du monde, représentant le plus grand rassemblement international de metteurs en scène, s'alignèrent face à un parterre de stars et de réalisateurs qui auraient bien aimé figurer sur la scène.

Il n'existait aucun survivant avant la palme 61. Henri Colpi entra donc le premier. L'auteur d'*Une aussi longue absence* arborait une veste jaune safran. Anselmo Duarte, le Brésilien, le rejoignit, mais, hélas, ni Visconti ni Jacques Demy pour les années suivantes. Se succédèrent alors Richard Lester et son crâne d'intellectuel chauve, Claude Lelouch ravi d'être en compagnie d'Antonioni et de Robert Altman, Francesco Rosi, Jerry Schatzberg et Alan Bridges, Coppola suivi de Lakhdar Hamina dont le catogan, l'air ravi et la pochette écarlate se multiplièrent aussitôt dans les miroirs. Puis Martin Scorsese, les frères Taviani, Vittorio retirant aussitôt sa célèbre casquette, Wajda et Imamura qui s'avançait péniblement tandis que les drapeaux s'agitaient de plus belle. Wim Wenders, Emir Kusturica, les yeux levés vers le ciel, Roland Joffé, Bille August ne fermaient pas la marche car il restait Steven Soderbergh, Joel et Ethan Coen et David Lynch à la drôle de coiffure empanachée. Enfin ce furent Chen Kaige, l'air dégagé, puis Mike Leigh, et l'on assista à des voisinages aussi fabuleux que Coppola et Scorsese échangeant de brefs apartés.

À cet instant, Jeanne Moreau revint vers nous, joyeuse. Comme elle avait bien fait de refuser par avance l'applaudimètre de la popularité ! *Et maintenant : standing ovation*, libérant par là même l'enthousiasme contenu jusqu'alors. Ce fut une immense, une bruyante acclamation. Se dressant d'un bond, le public se mit à frapper dans ses mains, le balcon accompagnant ces applaudissements d'un roulement de pieds grondant comme un tremblement de terre. Charlotte Rampling, Roman Polanski, Lauren Bacall, Jeremy Irons, Sydney Pollack, Vanessa Redgrave, Gabriel Byrne, Johnny Depp, Daniel Auteuil, John Hurt, Pedro Almodovar, Helen Mirren, Terence Stamp, Michel Blanc et tous ceux que j'ai cités applaudissaient à tout rompre. Dennis Hopper poussait des barrissements de joie. Chacun sentait que s'écrivait devant lui une page de l'histoire du Festival et il aurait voulu que ces longues minutes durent toujours. J'eus le temps de voir Sigourney Weaver échanger avec son mari un joli mouvement de tête comme pour dire : la classe… Bientôt des larmes apparurent dans les yeux de beaucoup, y compris dans ceux des « Palmes d'or » qui, surpris d'une telle chaleur, finirent par applaudir à leur tour. Par l'écho des miroirs réverbérant ce ban collectif, une communion s'établit entre la scène et la salle. Ainsi pour une fois le public le plus blasé du monde se laissa-t-il aller à des sentiments vrais parce qu'un tel spectacle était le fondement de sa propre vie…

Nous étions assis, ma femme et moi, près de Hugh Grant et d'Elizabeth Hurley. Depuis un moment déjà, je n'avais pas pu retenir mes larmes et je m'étais affalé sur mon fauteuil, submergé par l'émotion, quand la main d'Anjelica Huston, assise juste derrière moi, vint se poser sur mon épaule et y resta un moment. La tension avait été trop forte et je réalisai d'un seul coup toute la difficulté que nous avions eue à faire que le rêve se matérialise. Maintenant il fallait se ressaisir, redescendre sur terre…

La Palme des palmes

Enfin ce fut le tour de la Palme des palmes : *Jane Campion, please,* dit Jeanne, *can you tell us who has won. – Ingmar Bergman,* dit Jane simplement, et elle sourit.

Puis Jeanne appela Harriet Andersson, Bibi Andersson, Gunnel Lindblom, Lena Olin… Qu'elles étaient belles, fines et délicates, ces actrices si enviées pour avoir joué les héroïnes bergmaniennes ! Elles s'avancèrent à tour de rôle, courant jusqu'à la scène avec cet air de famille qui les rendait uniques. Enfin Liv parut, porteuse de cette Palme décernée par tous ceux qui avaient eu la Palme d'or à celui qui aurait dû déjà la recevoir. Elle appela sa fille Linn qui s'approcha, tremblante. Liv eut alors un geste touchant. Elle piqua un petit baiser gracieux dans le cou de sa fille, comme pour lui donner du courage.

Bien qu'elle ne fût pas actrice mais journaliste, Linn paraissait à sa place parmi ce quintette à l'unisson. J'avais demandé qu'elles se rassemblent toutes, prêtes à entourer le maître suédois s'il avait pu venir. Et c'était délicieux de voir les femmes de Bergman animées d'un si doux élan.

« Mon père m'a chargée de vous demander de pardonner à un vieil homme de n'être pas là ce soir, commença Linn d'une voix mal assurée. *Mais,* dit-il, *après avoir, des années et des années, joué avec des images de vie et de mort, la vie m'a rattrapé et maintenant je me sens timide et fragile. Avec honneur et humilité, je dis merci à chacun de vous.* »

C'était au palais des Festivals, à Cannes, le dimanche 11 mai 1997.

69

Catherine

Bien que souffrant, je le reconnais volontiers, d'un léger préjugé, je crois que le Festival de Cannes est un lieu unique pour inspirer l'adoration. Pour une fois, ce n'est pas d'une Américaine qu'il s'agit. Nous ne nous connaissons pas intimement mais j'ai souvent croisé Catherine Deneuve au cours de notre itinéraire cinématographique, et on a pu l'apercevoir à plusieurs reprises dans ce livre. Comme tout le monde, j'ai succombé à sa séduction chez Polanski, Buñuel, Demy, Cavalier, Deville, Truffaut, Berri, Corneau et surtout chez Téchiné dont elle est un peu l'inspiratrice. Et je garde le souvenir ébloui de Catherine chez Jean-Paul Rappeneau (sa manière de croquer une pomme ou d'enquiquiner Noiret dans *La Vie de château*) et chez Marco Ferreri dans *Liza*, en 1972, où sa blondeur troublante et son air imprenable la rendent tout simplement inouïe de beauté.

Un soir de 97, Catherine Deneuve attendait en coulisses de remettre la Palme d'or. Catherine vient à Cannes comme un soldat en service mais elle ne cache pas que ce n'est pas ce qui l'amuse le plus au monde. En la regardant ce soir-là, je me disais qu'elle était venue dix-sept fois en sélection officielle sans jamais recevoir le prix d'interprétation qu'elle méritait haut la main. Et je me promis qu'un jour je lui remettrais une Palme d'honneur à elle aussi. Ce que j'ai fait, par surprise, dans les années 2000, sous couvert de lui faire tenir une « leçon de cinéma ». Une palme pour cet air solitaire et racé, une palme pour son port de tête, une palme pour sa photogénie. Pour tout ce qu'elle représente. Pour le plaisir de faire plaisir.

Pour sa prestation de 97, elle entra donc sur la scène, dans une robe vert Nil, et la moitié masculine de la salle se retrouva comme Yves Montand dans *Le Sauvage.* Elle entra, rayonnante de la beauté solaire de la star à plein temps. Sauf pour un rôle de composition, on n'imagine pas Catherine se montrant décoiffée, et personne n'aurait pu contester qu'à cinquante ans passés, elle demeurait ce chef-d'œuvre d'élégance et d'harmonie. Elle entra et, à partir de cette minute, on ne vit plus qu'elle. Les autres, toutes les autres n'existaient plus. Catherine récita son petit compliment : un rappel de sa première visite à Cannes avec *Les Parapluies de Cherbourg*, la Palme d'or que Jacques Demy avait gagnée et qu'à présent elle allait remettre : la joie de recevoir, le plaisir de l'offrande... Elle avait horreur de parler en public (c'est pourquoi elle n'avait jamais accepté la présidence du jury, simplement la vice-présidence, et parce que le président était cette année-là Clint Eastwood), mais seule une infime fixité risquait de la trahir. Elle ne céda pas à la panique et rosit de plaisir de se voir ainsi entourée (les deux Palmes ex aequo avaient maintenant été annoncées) d'un cinéaste iranien (Kiarostami) et d'un acteur japonais (celui d'Imamura, absent). À eux trois, ils incarnaient le cinéma mondial sur cette photo qui serait publiée partout, justement. Catherine eut soudain l'impression d'être la dernière femme occidentale sur la terre et cette idée lui plaisait bien.

70

Le dîner

Zelda

On était encore dans l'inoubliable, dans le temps suspendu de la soirée anniversaire. Il s'agissait à présent de revenir au monde réel. Nous sortîmes. Une grâce étrange auréolait la nuit. À quelques pas, directement sur la plage, la tente s'ouvrait sur un immense vestibule qui surplombait la salle. Il y avait du Camp du Drap d'or dans ce tissu écarlate et dans les vastes baies qui dominaient la mer. Au large, sous une bruine nautique, des rideaux d'eau irisaient les contours d'une palme.

Déjà des grappes de convives se succédaient. L'air commença à vibrer de bavardages et de rires. Verrerie, argenterie et vaisselle jonchaient les nappes brodées de fleurs pâles. Mais ce qui émerveillait, c'étaient ces dizaines de lustres descendant du plafond. Baignant les tables d'une douce lumière qui donnait au teint des femmes un éclat laiteux. On eût dit que Zelda allait apparaître, provocante et déjà grise dans une robe qui la déshabillait. À la place, ce furent Jeanne, le rire et la chevelure semés de paillettes d'or, Gina, Claudia, Barbara, Isabelle, Sigourney et ses hautes pommettes, Geena, Charlotte, Andie, Vanessa, la sensuelle Angela, Anouk et les autres, toutes les autres. Cartier qui fêtait aussi son anniversaire avait sorti, pour l'occasion, ses trésors historiques. On n'avait pas dévalisé les cassettes de la bourgeoisie, on avait sorti la joaillerie des rois. Une autre différence était qu'il s'agissait là d'une soirée unique, entre artistes venant du monde entier et dont beaucoup ne se connaissaient pas. Des amitiés se nouaient, on cherchait à séduire.

Un grand escogriffe, soudain, leva le bras, et une nuée de serveurs et de maîtres d'hôtel s'échappa des cuisines pour courir vers les tables tandis qu'à la ronde les sommeliers s'activaient. Quand, l'espace d'une soirée, le monde s'agrandit de la sorte, il est bon qu'un incident minuscule, dont la futilité prête à rire, le rétrécisse à sa dimension familière. Ma voisine de table, Emmanuelle Seigner, avait demandé une bière, ce qui, répercuté en cuisine, fit l'effet d'un coup de tonnerre incongru. On la lui apporta. Emmanuelle leva les yeux vers moi d'un air espiègle. « Je suis éblouie », s'écria-t-elle joyeusement, en secouant ses épaules rondes. Elle but une gorgée, reposa son verre et trois secondes plus tard la bouteille roulait vers moi, se répandant sur mon smoking… À en juger par son air ingénu, il n'est pas exclu qu'elle l'ait fait exprès.

Le premier instant de surprise passée, Gérard Jugnot et Michel Blanc, assis avec nous, se relayèrent pour amener ma voisine à davantage de confusion. « Roman dit toujours que je suis insupportable, me confia Emmanuelle pour s'excuser, est-ce que vous le croyez aussi ? » Ses yeux exprimaient la joie de vivre, un soupçon de vertige. Le lendemain, je lui fis porter une caisse de bière.

J'allai saluer les invités au hasard des travées. Christophe Lambert m'apparut rose comme s'il sortait d'un bain bouillant. (Lors d'un dîner, cet humoriste m'avait fait porter une petite fiche où il avait écrit : *trois sauces de suite, tiens, tiens !*) Barbara Hendricks avait un décolleté pigeonnant sur un lit de dentelles rouges, Coppola gardait son air de professeur enveloppé. Même Scorsese s'amusait. Je serrai encore quelques mains mais à cette heure avancée d'une journée si remplie je n'aurais pas reconnu ma propre mère. Le dessert, une pièce montée, s'approchait. Et avec lui les discours, les photos, à nouveau la Palme des palmes… C'était plus que je n'en pouvais supporter, et je pressai la main de ma femme. « C'est quand tu veux », me souffla-t-elle.

Nous nous glissâmes dehors l'un après l'autre. La pluie avait cessé et la chaussée luisait. Fléchant la ligne des hôtels, un réseau de petites ampoules illuminait la Croisette. Battant la semelle, une foule de chauffeurs attendaient, par petits groupes. J'avais les jambes en flanelle mais le cœur exalté et nous suivîmes la mer, la tête encore pleine des heures que nous venions de vivre. L'eau clapotait doucement contre le ponton du Majestic et l'on entendait dans le lointain les flonflons des bals populaires agréés par la mairie pour la circonstance. Les rues étaient pavoisées. Un parfum de lauriers-roses montait des jardins où de rares badauds s'égayaient encore. Tendre était la nuit.

71

Intrépide Juliette !

Parmi toutes les actrices que je porte aux nues, il y en a une qui prend une place toute particulière. Les critiques de cinéma l'encensent chez Carax, Kieslowski, Minghella, Rappeneau ou Haneke, ils ont raison, moi je l'aime encore plus quand elle est elle-même, femme épanouie dans la vraie vie. Bien sûr, comme l'a dit Truffaut cité par Jean-Marc Roberts, il ne faut jamais forcer la porte de ceux que l'on admire. Mais j'adore jouer dans l'ombre, dans le secret même, le rôle de l'admirateur de service. Regarder Juliette Binoche, c'est l'inventer. Je ne suis pas de ses intimes, mais il y a une chose que je sais, c'est qu'elle est double. Il y a la Juliette à l'air sérieux, là, pas de problème, on est sous le charme et la malice de ses yeux noirs, vifs, vivants, intelligents. Quand elle est joyeuse, les choses se compliquent, le nez à la Julia Roberts se fronce, on aperçoit ses dents à la blancheur immaculée, qui sont autant de cailloux récupérés du Petit Poucet. Et son rire ne se raconte pas.

Avec Juliette on s'adresse de temps en temps des photos prises par chacun de nous, une récente passion commune dont l'évidence est née un jour de projection au Centre du cinéma où je n'ai pas été fichu de la reconnaître. Quelle honte ! Dieu merci, l'intelligence rend les femmes mutines : s'apercevant de ma confusion, elle est venue s'asseoir à côté de moi et nous avons fait plus ample connaissance (j'en demande pardon au metteur en scène du film).

Mais qui est donc Juliette Binoche ? Une comédienne ? Évidemment oui, et une grande. Qu'elle jaillisse du fond d'une piscine bleue, arpente le Pont-Neuf en belle vagabonde, se lance d'un avion en parachute, photographie en guêpière une Lena Olin aussi sensuelle qu'elle, soigne en douce infirmière un malade amnésique ou chevauche à bride abattue dans la Provence de Giono, elle s'avance comme une force qui va, au hasard d'un itinéraire non programmé. Avec ses mots, son innocence dans le regard, sa manière de dire, de rire, de bouger, comble du naturel et de la simplicité, elle éclipse les autres, toutes les autres. Aujourd'hui, en plus de peindre, elle écrit et elle danse. En général, les touche-à-tout ne sont pas bien vus. Mais qui ne devine qu'en s'élançant ainsi sur les scènes mondiales où la danse est reine, elle ose le défi le plus héroïque ? Qui ne sent qu'elle réussit sa plus belle prouesse, dans un intrépide don d'elle-même, en brave petit soldat – et au diable la souffrance d'un corps martyrisé à laquelle rien ne l'a préparé ? Elle qui est le portrait craché de l'allégresse et de la joie de vivre a besoin de se mettre en danger pour vérifier qu'elle progresse sans relâche et ne se laisse pas engluer par la routine. Si l'on étudiait les mots qu'elle emploie le plus souvent et qui lui vont comme un gant, il y aurait liberté, mouvement, travail, aventure, improvisation, expérience, défi, feu, vent, passion, sacrifice.

Alors, Juliette, je vous le demande une fois pour toutes, à présent qu'Ingrid et Falconetti sont parties, quand est-ce que vous faites Jeanne d'Arc ?

72

Une vieille amie

Quelle vie aurais-je eue si nous étions restés à Paris, en juin 40 ? J'aurais été à Carnot, j'aurais porté l'étoile jaune, j'aurais été arrêté par la police française, un jour de 42 au petit matin, je serais passé par le Vél d'Hiv, Fresnes ou Drancy, j'aurais fini dans un camp. Et, trop jeune pour m'échapper, franchir la frontière et rejoindre la France libre, je ne serais sans doute jamais revenu. C'est ma mère qui a voulu nous protéger et qui ne s'est pas dit, comme beaucoup de Juifs : « Ces mesures ne nous concernent pas… » Mais à quoi bon revivre aujourd'hui un passé qui, pour nous, ne s'est pas déroulé ainsi ? Peut-être ce cauchemar est-il le prix à payer pour redevenir le petit garçon que j'étais et recevoir un soir de 2007 la lettre d'un revenant – d'une revenante plutôt. La lettre est longue, d'une belle écriture régulière. C'est la lettre d'une de mes condisciples de Carnot qui me dit se lancer à l'eau. Elle m'a vu à la télévision, est-ce que je suis bien le Jacob de la 7e A qui n'avait d'yeux que pour Nicole Bernard et pas pour elle ? Elle a gardé un souvenir d'autant plus vif de ses camarades que son père a illustré, d'une petite vignette à la plume et de leur nom, les élèves qui figurent sur la fameuse photo de classe avec le surveillant général M. Constantini et la prof Mlle Lahoussoie, alors que moi, je l'avais presque oubliée. Je regarde la photo, c'est bien ma classe, ce sont bien les frères de Huster dont je me rappelle soudain qu'ils n'aimaient pas les Juifs ; je porte mon pull à losanges, Michel Biffe son col Claudine, et presque soixante-dix ans ont passé… La revenante me raconte sa vie, une belle vie, avec une famille, des drames, des douceurs, une histoire. Est-ce que nous allons nous revoir ? J'hésite, ce serait peut-être agréable… et peut-être pas. Si elle était restée la même petite fille, je ne l'aurais déjà pas reconnue, alors à notre âge… Bien sûr, ç'aurait été à la fois bizarre et émouvant de la serrer dans mes bras, de lui dire quelque chose, mais quoi ? Que nous étions des survivants, conçus pendant la crise de 29, et, que nous nous préparions, au contraire, à venir au monde tandis qu'à Wall Street, des financiers se jetaient par la fenêtre ? Euh, n'avais-je rien de plus joyeux, de plus tendre en magasin ? Mais qu'aurions-nous à partager si ce n'est une nostalgie carabinée de l'enfance, et comment retrouver des gestes et des rires qu'il aurait fallu inventer de toutes pièces ? Nous avons si peu en commun d'un passé si lointain, et qui, à l'échelle d'une vie, se résume à un instant. Quand on rencontre quelqu'un pour la première fois, on peut s'attacher à lui plaire mais là, j'étais sûr que ni l'un ni l'autre ne voulions d'une séduction réchauffée. Alors pourquoi m'avait-elle écrit ? Peut-être juste pour savoir si j'étais bien moi, et c'était bien comme ça. Car, enfin, elle s'était *manifestée*. Elle semblait avoir gardé de cette drôle d'époque un souvenir plus aigu que moi. Nous nous écrirons deux fois, nous racontant nos vies par lettre, préférant – moi en tout cas, elle je ne sais pas – le mystère de l'inconnu à la réalité de notre apparence d'aujourd'hui. Pour l'un comme pour l'autre, nous restons les enfants du passé.

J'ai interprété cette lettre comme un message venu de l'extérieur m'incitant à terminer mon manuscrit. Elle s'était mise en contact avec moi, m'avait appris ce que je devais savoir sur elle après toutes ces années, à présent, c'était mon tour. J'ai bien cherché à éluder, à me dire que cette histoire de signes mystérieux dont j'ai parlé au début de ce livre était un tissu de sornettes émanant de mon imagination. Pourtant la chose m'échappait. Mais puisque mon récit entendait continuer tout seul son achèvement, qu'il ne compte plus sur moi.

73

Amarcord

Je me souviens d'Helen Scott, américaine, obèse et cultivée, secrètement amoureuse de François Truffaut qui utilisait ses services à chacun de ses séjours à Los Angeles. Comme il se refusait à apprendre ne serait-ce que trois mots d'anglais, il téléphonait chaque matin à Helen pour que, depuis New York, elle commande son petit déjeuner au room service du Beverly Hills Hotel.

Je me souviens de Jean-Pierre Melville distribuant, du haut de son chapeau Stetson à large bord et de ses éternelles lunettes noires, des pourboires princiers à la brigade du restaurant La Méditerranée, place de l'Odéon, après les avoir tenus debout jusqu'à pas d'heure.

Je me souviens, quand j'ai eu vingt ans, d'avoir considéré Élina Labourdette comme la plus belle femme du monde, avec Rita Hayworth. Toutes deux portaient des bas noirs, toutes deux dansaient les claquettes. Aujourd'hui, mes goûts s'orientalisent. Entre Gong Li, Zhang Ziyi et Shu Qi, comment choisir ?

Je me souviens d'avoir trouvé une définition de la télévision. C'est l'endroit où l'on invite Michael Douglas, au français impeccable, et à qui on demande de parler anglais parce qu'il y a un traducteur.

Je me souviens avoir vu Chabrol, au café Le Luco, boulevard Saint-Michel, avaler une tablette de chocolat Suchard.

Je me souviens de l'accueil du film *Thérèse*, à Cannes. Vingt minutes d'ovation, les gens debout sur leurs fauteuils. Ce genre de moment où l'on se dit : « J'étais là. » Alain Cavalier m'en parle encore aujourd'hui. Au lieu de se servir de ce triomphe pour relancer une carrière artistico-commerciale, Alain s'est au contraire converti à un cinéma intime, aux films du for intérieur.

Je me souviens du monocle de Fritz Lang.

Je me souviens de Mastroianni venu à Cannes en avion privé avant de repartir sur un tournage. Mais les gens sont bêtes et méchants : sur la (fausse) rumeur que le réalisateur, Tornatore, venait d'avoir une crise cardiaque, la responsable médias annula la conférence de presse. C'est ainsi que Giuseppe et Marcello, tremblants de rage, ont été conduits à mon bureau où je les ai réconfortés de mon mieux, et d'un espresso. C'est ainsi également que Marcello, raccompagné à sa voiture, m'a dit de son inoubliable voix de baryton : « En somme, je suis venu jusqu'à Cannes pour prendre un café avec vous. » Et j'ai compris que ce n'était même pas un bon espresso.

Je me souviens, en arrivant un jour à l'embarcadère du Lido, d'avoir dit à mon voisin de *motoscafo* : *Comment était Prague?* Je venais de prendre Bertolucci (que je connais très bien) pour Milos Forman. *Vous devez vous tromper*, a lâché, faussement suave, Bernardo. Comme quoi, on peut être physionomiste mais distrait et gaffeur.

Je me souviens de Jean-Luc Godard, arrivant sur la scène des césars. On a beaucoup remarqué sa phrase sur « les professionnels de la profession », mais un peu moins qu'il avait gardé son imper sur le bras, signe qu'il ne resterait pas.

Je me souviens que le grand Satyajit Ray, invité au jury dans les années 70, a annulé au dernier moment, le Festival ayant commis la boulette de lui envoyer un billet d'avion en classe éco.

Je me souviens de ma grand-mère me disant : *C'est dommage par ce beau temps de rester enfermés.*

Je me souviens de Michel Piccoli montant sur la table de la salle à manger où je venais de lui remettre un trophée et protestant, dans sa manière faussement brusque et véritablement affectueuse : *Je déteste être pris pour un hommagé.*

Je me souviens d'une réplique de *Zéro de conduite* que j'avais mise en exergue d'un de mes premiers articles : *M'sieur, y peut y aller, il a mal au ventre ?*

Je me souviens d'avoir proposé, au temps de sa gloire, à Michael Ovitz, grand agent hollywoodien, patron de CAA (Creative Artists Agency), de donner un cocktail en son honneur, à Cannes. Malin, il déclina en ces termes : *Mais qui viendrait ?*

Je me souviens du jury de Venise en 90 dont j'étais membre. Gore Vidal était président. Les femmes, très féministes, s'affrontaient aux hommes, plus concernés par des films où primait la mise en scène. Deux surtout restèrent en lice : un film scandinave dont j'ai charitablement oublié le titre mais pas que le réalisateur était une réalisatrice. Nous étions quatre contre quatre et la voix d'Omar Sharif allait faire basculer le verdict d'un côté ou de l'autre. Omar déclara : « Je vote comme les femmes, elles savent mieux que nous. » Devant cette abdication, il fallut que le directeur du festival, Guglielmo Biraghi, un homme cultivé qui faisait collection de coquillages, vînt supplier le jury de reconsidérer son vote : il craignait, disait-il, d'être renvoyé après le scandale que cette décision ne manquerait pas de provoquer. On reconsidéra :

c'est ainsi que *Rosencrantz et Guildenstern sont morts* remporta le Lion d'or et que le délicieux Guglielmo ne fut pas décapité.

Je me souviens de Louis Malle et Sven Nykvist filmant un hérisson sur la route de Lugagnac (Lot) : j'étais venu interviewer Louis sur le tournage de *Black Moon*, et il m'avait montré sa carte d'identité. Profession : trufficulteur.

Je me souviens, dans un discours rendant hommage à Max von Sydow, d'avoir vanté *son allure de beau burgrave à l'aquavit triste.* Après quoi, nous sommes allés trinquer.

Je me souviens d'avoir déjeuné avec Alain Resnais et de m'être fait la réflexion en le regardant s'éloigner ensuite, sur l'avenue – baskets, sac à dos, grandes enjambées –, qu'il ressemblait de plus en plus au jeune botaniste de *cinq semaines en ballon.*

Je me souviens d'avoir été acteur dans *Grosse fatigue*, de Michel Blanc. Je jouais mon rôle de délégué qui doit, en catastrophe, trouver une chambre dans un palace au célèbre acteur Michel Blanc. J'avais proposé à Michel un léger développement où je prenais dans son portefeuille un billet de banque avec lequel je serrais la main du réceptionniste. Michel a trouvé que cela rallongeait la scène.

Je me souviens, dans *À nos amours*, du père (joué par Pialat) disant à Sandrine Bonnaire qu'elle n'avait plus qu'une fossette, et de m'être promis de vérifier si elle était toujours là.

Je me souviens, toujours à propos de Sandrine, d'avoir passé la nuit avec elle. C'était sur le tournage de *Femme fatale*, en 2001, où je jouais mon propre rôle. Sandrine incarnait l'actrice principale d'un film supposé être en compétition et je l'accueillais sur les marches. Le réalisateur, Brian de Palma, avait imaginé un mouvement d'appareil compliqué, on recommençait sans cesse et, pour tenir Sandrine éveillée, je la faisais rire de mon mieux. À la fin, Brian courroucé a couru à moi : « Est-ce l'usage de rire ainsi sur les marches ? »

Je me souviens avoir reçu plusieurs fois Jane Fonda au Festival. Pour *Coming Home* (*Le Retour*), pour *The China Syndrom* (*Le Syndrome chinois*), pour *Old Gringo*… Mais je me souviens surtout de cet instant magique où j'ai vu les yeux de Jane s'embuer de larmes, le soir de 2007 où je lui ai remis sa Palme d'or. Et aussi de son rire perlé lorsque je lui ai rappelé ce dossier de vingt mille pages que le FBI avait rassemblé sur sa personne « classée subversive » Pour moi, sa véritable subversion, c'est d'avoir des yeux pareils.

Je me souviens d'Emma Thompson montant les marches pieds nus, en veste du soir et blue-jean, m'offrant une boîte de gâteaux secs que j'ai conservée, sans l'ouvrir. Je l'ai toujours ; dans quel état sont les biscuits ?

74

La glissade

Encore une petite minute

Les gens croient que la disparition d'un proche ravive le souvenir des êtres chers, partis eux aussi, mais ce n'est pas comme ça. La plupart des vies disparaissent sans laisser de traces. Depuis que mon frère est parti à son tour, sans que j'aie eu le temps de lui faire lire ces pages, je pense à lui, aux miens. J'aimerais que leur mémoire ne se perde pas tout à fait. Quand j'évoque mes parents, mon frère, je recherche aussi le souvenir de mes origines, des bribes de vie qui remontent à la surface, des traces de la famille. J'aimerais que notre histoire soit publiée en gros livre rouge sentant bon la colle comme le proviseur en offrait lors de la distribution des prix. J'aimerais trouver sur la couverture l'image gaufrée de notre chienne Muriel quand elle tourne ses prunelles suppliantes vers ma femme pour lui demander de dormir avec nous, contre nous. Cette famille s'augmente de quelques-uns de mes héros familiers, François Truffaut est toujours là sur ma table de chevet et nous ne nous tutoyons toujours pas. Charlot s'éloigne sur les routes, Woody s'assied tout au bord du fauteuil et Orson mendie un cigare.

Le XXe siècle, où se situe mon histoire, a été celui de ma famille et aussi celui du cinéma. Mais cet état des lieux serait plus incomplet encore s'il ne mentionnait articles, discours, films, photos, et enfin, des milliers de lettres, sans compter mes réponses aux réponses. J'en ai conservé beaucoup, et cet ensemble donnera, un jour, une idée de l'air du temps, ces années-là.

Dans les livres de mémoires surnage parfois un souvenir qui remonte, la description d'une photographie (je ne m'en suis pas privé), *la* scène d'un film aimé.

J'ai souvent regardé celle, dans *Citizen Kane*, où le journaliste consciencieux vient consulter les annales de Charles Foster Kane. On l'introduit dans une pièce gigantesque, froide, rébarbative. Les pas de la trop masculine bibliothécaire résonnent sinistrement. La reliure est poussiéreuse. La porte se referme dans un claquement de coffre-fort. Une lumière crue, brutale, dessine un cône qui emprisonne le reporter. Et sa lecture commence…

J'aimerais, pour ma part, que, dans un lieu plus riant, par exemple la petite pièce pimpante d'une cinémathèque chaleureuse, sur une étagère accessible et rangée, un étudiant des futures générations vienne feuilleter ces archives, histoire de flairer à quoi ont pu ressembler toutes ces années, ces temps pour lui inconnus. Ce ne furent certes pas les plus malheureuses de ma vie et le cinéma ne s'y portait pas mal non plus, qu'on en juge.

Celle qui ordonnancerait cette collection, si elle y consent, serait Nicole Petit qui m'a protégé, au bureau, pendant cette période bien remplie. Et le soir, quand sonnerait l'heure de la fermeture, elle irait chercher l'étudiant.

Il lui dirait : *J'ai encore une petite minute ?*

Et elle répondrait : *On n'est pas si pressés.*

Généalogie

12 septembre 1902, 2 h 30 du matin, lettre écrite à la main sur du papier à en-tête de la maison « Paris-Fashion », 31, boulevard Saint-Michel, téléphone 810-52. À gauche de la feuille, il y a un encadré en forme de cadre chantourné, et le texte dit : « Trousseaux pour Messieurs, Articles de Sports, Rayon Spéciale (*sic*) pour la Mesure, Maison réputée pour le bon goût de ses créa-

tions. » Et la lettre, d'une petite écriture fine et penchée, adressée à Mlle Marguerite Salomon, 5, place du Théâtre-Français, dit : *Margot adorée, Je suis content. La soirée fut bonne parce qu'on m'y a fait une promesse formelle pour dans un mois au plus tard.* Cette lettre de l'au-delà, écrite par Lambert Lévy, mon grand-père, arrachant à ma grand-mère une promesse de mariage m'en apprend plus sur mes origines que bien des histoires anciennes racontées par mes parents. En la flairant, il me semble en sentir l'encre comme si elle était encore fraîche.

Côté paternel, un arbre généalogique remonte quatre générations en arrière et indique que mon arrière-arrière-arrière-grand-père *Abraham Jacob est décédé le 27 messidor an 2 à Borst, actuellement Farschwiller.* Il montre aussi que, contrairement à l'histoire qui se transmet dans la famille, mon grand-père Jacob n'avait pas huit sœurs. Du côté de ma grand-mère paternelle, Jeanne Weil, née à Colmar, 16, rue de l'Eau (la section de rue n'existe plus), son père, Moïse Weil, né le 10 janvier 1822, était négociant à Haguenau, et son grand-père, Hercule Weil, était colporteur au XVIIIe siècle. On ne sait pas grand-chose sur eux, en fait rien du tout, sauf que, pendant des générations, leur problème a été de nourrir leur famille.

1965. Mon cousin François, fils de Simon qui me taquinait à Grenoble, reçoit le prix Nobel de médecine, à Stockholm.

1941. Mon frère Jean-Claude et moi nous courons vers le soleil déjà haut dans le jardin de l'Hermitage, à Cimiez. C'est l'été, nous sommes des enfants et nous courons. Nous allons nous disputer pendant des heures au tennis de l'hôtel en nous renvoyant des balles qui ont perdu, à force d'être relancées, toute trace de leur enveloppe duveteuse. Il y a une photo qui montre l'immense jardin. Devant un palmier qui pousse au beau milieu de la cour d'entrée, un écriteau : sens giratoire. Mais il n'y a plus d'essence. Maintenant que je regarde la photo, je revois le jardin dont j'étais le roi et dont les allées descendent en pente douce vers Carabacel. Un hectare, pour un enfant, c'est assez pour se fabriquer un empire. Il y a des palmiers, des buissons, des arbustes qui embaument, un surtout, des massifs de fleurs, des jardiniers, des essences rares, des pelouses qui serpentent, des arceaux qui les bordent et ces parfums forts du Midi qui montent de la terre arrosée par des tourniquets. Des bruissements d'insectes aussi. Les insectes : nous y voilà ! En dégringolant les terrasses déjà chaudes, arrivé à l'endroit où il y a des marches, j'ai voulu me rattraper à un arbuste et j'ai ressenti une violente douleur, je regarde ma main, elle est là, morte de m'avoir piqué, l'abeille est là, coincée entre mon annulaire et mon médium, elle me fait horreur et je ne sais pas comment m'en débarrasser. Esther Agid (Alex, son mari, est propriétaire de l'Hermitage) qui promène son caniche s'aperçoit du drame en train de se dérouler, elle se baisse, me prend dans ses bras, extirpe le dard, jette l'abeille ; son caniche me lèche, j'ai besoin d'affection, de compresse fraîche, de chambre obscure... Sur la photo, Esther est entourée de ses enfants, déjà grands. Tous sont debout, habillés pour la circonstance. Jean-Claude et moi sommes assis devant, en culottes courtes et en veston, sur des fauteuils en fer, je les reconnais, ils sont faits de bandes flexibles peintes en vert, des fauteuils de jardin, mais si on n'y prend garde, en mettant la main pour s'asseoir on se pince cruellement les doigts. Nous étions là, à quelques jours de l'arrivée des nazis et je m'embarrassais de piqûres d'abeille et de fauteuils qui font mal. Peut-on se laisser distraire des vraies horreurs par d'aussi infimes désagréments ?

22 juin 1930

Je m'éveillai de bonne heure sans savoir trop quoi faire de ma journée. J'étais à peu près formé maintenant, j'étais bien. Je n'avais aucune bonne raison de sortir de ma cachette liquide sinon que le temps en était venu. Voué à l'école d'Hollywood, il me fallait une fin heureuse. On était le 22 juin 1930 et, d'après mon signe astral, l'événement était prévu pour onze heures. Si mes calculs étaient exacts, j'étais tranquille deux heures encore. Autant profiter de ma prime jeunesse. À l'intérieur du sanctuaire, il faisait sombre. J'approchai de la paroi humide et lisse et j'y collai ma toute petite oreille. J'entendais des bruits sourds, le halètement sifflant de ma mère et une voix inconnue qui lui donnait un ordre. Je ne réussissais pas à me lever. Je me disais que j'avais besoin que quelqu'un m'aide et je ne savais pas qui appeler. Un moment intense en tout cas. Quelque chose était imminent, mais quoi ? Je me sentais fripé et légèrement fébrile. Au moment où je m'aperçus que je n'avais rien à me mettre, une sorte de raz de marée m'emporta plus bas, m'offrant une vue à couper le souffle sur l'intérieur de ma mère pourtant mal éclairé. La visite guidée ne me tentait pas, pourtant, sans le vouloir, je dévalai la pente sur le ventre. La caverne faisait un coude puis je restai coincé dans un couloir étroit. Je ne trouvais pas mes mots. Je voyais bien que c'était une première, comme la descente des rapides dans *African Queen*, mais il me fallait agir seul. Je décidai de ne pas trop m'éloigner. Pour me libérer, j'aurais dû me transformer en esquif, j'étais près d'y parvenir quand j'aperçus une lueur. Des muscles autour de moi se contractaient, des vaisseaux se dilataient, toute une machinerie à intervalles réguliers se mettait en branle. Cette caverne me plaisait. J'aurais bien fait encore un petit somme mais il me sembla que j'étais attendu. Suffisait-il de se laisser aller pour être admis dans le monde ? Ce n'était pas un épisode à traiter à la légère, oh non ! J'avançais tête la première, mais j'avançais. Il faisait chaud. Je ne pouvais pas rebrousser chemin, mais ça m'était égal. J'étais prêt à présent. Soudain, j'eus conscience d'être expulsé. Le lycée Carnot, l'Hermitage, l'alumnat du Saint-Rosaire, Louis-le-Grand, *Raccords*, Jeannette, Toledo, Laurent, Didier, *Un jour, une mouette*, *Le Cinéma moderne*, *L'Express*, Cannes, *Au cœur du festival*, *Chacun son cinéma*, Ilya, Marie, Francine, Ava, Dimitra, *la vie passera comme un rêve*, c'était mon avenir, mais je n'en savais rien encore. Je n'avais pas d'autre projet que de découvrir le sol de mes ancêtres.

Paris-Fabas 2004-2009

TABLE

Cet ouvrage a été composé et imprimé par

CPI
Firmin Didot

Mesnil-sur-l'Estrée

pour le compte des Éditions Robert Laffont
24, avenue Marceau, 75008 Paris
en mars 2009

Dépôt légal : mars 2009
N° d'édition : 49771/02 – N° d'impression : 94550
Imprimé en France